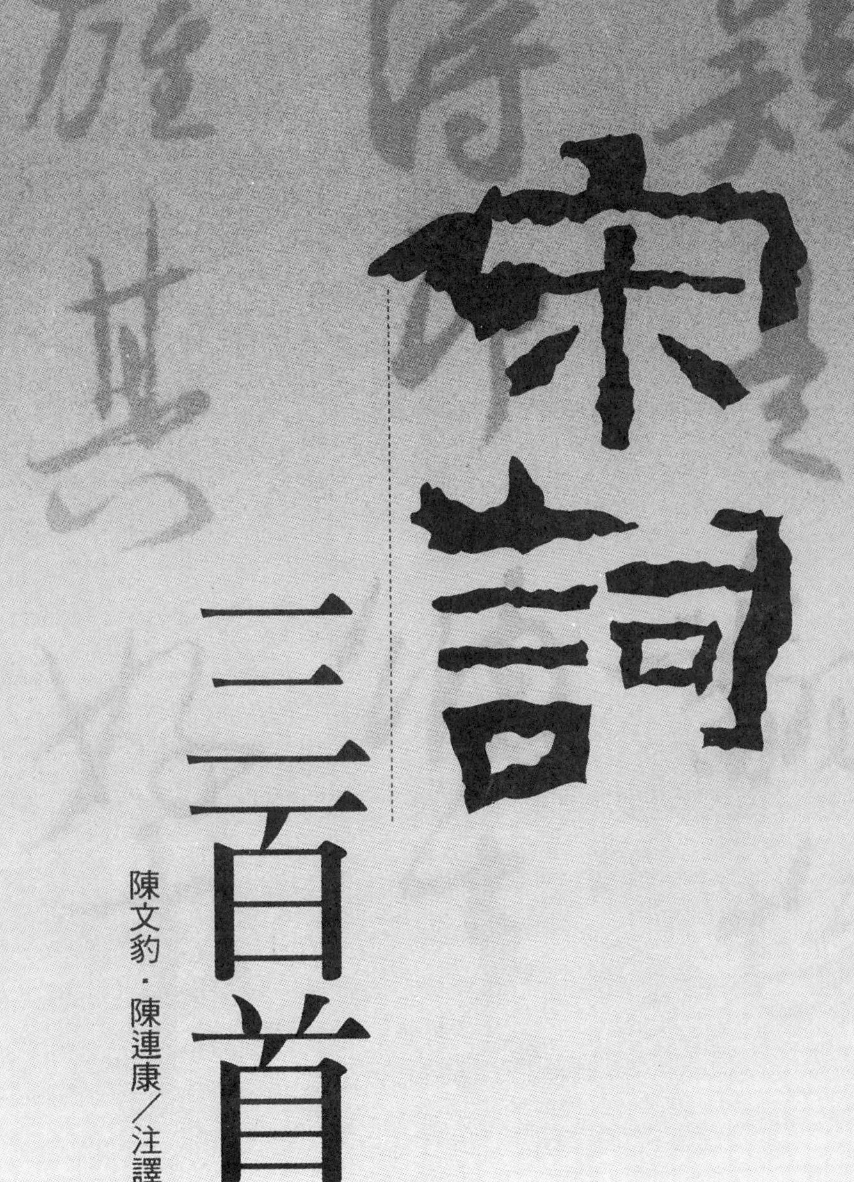

宋詞三百首

陳文豹・陳連康／注譯

國家出版社 印行

序言

詞是宋代文學的主流，句法長短不齊，聲調與音樂有更密切的關係，所以詞又名「長短句」。關於詞的起源，說法有二：一派認爲詞是詩之漸，主張詞是由詩演變來的，故詞也稱「詩餘」；另一派則認爲，詞是唐代新樂府詞的總稱，其產生爲自然的進展，是「里巷之音」和「胡夷之曲」的結合。

西元九六〇年趙宋政權建立，後蜀趙崇祚所編《花間集》及南唐後主李煜、大臣馮延巳的詞風卻不因政權的更替而消逝，反倒深深影響著北宋詞壇。北宋前期重要詞作家如張先、晏殊、宋祁、歐陽修以至晏幾道等，都是承襲南唐、《花間》遺韻的，其作品有雍容華貴之氣，言情纏綿又不流於輕薄，措辭華麗而不至淫艷，在格調上就勝過《花間集》。

北宋中期慢詞全盛，此體裁蔚爲流行，而開端者首推柳永，其詞體現了部分城市市民的生活和思想感情，而且能採用民俗曲和俗語入詞，並善用鋪敘手法，大量創作慢詞。之後蘇軾登場，在詞壇上聳峙起氣象萬千的巨嶽。詞風豪放，劉熙載在《藝概》中言：「無意不可入，無事不可言。」說明至蘇軾時，詞的境界已經大爲寬廣了，之後秦觀、黃庭堅、賀鑄等都能各自開闢蹊徑，卓然成家，而北宋末期注重格律，又以周邦彥爲集大成者。

南宋以後，由於民族矛盾的尖銳，從宋金抗爭到元蒙滅宋，愛國歌聲始終回蕩詞壇，悲壯

慷慨之調應運發展。詞人生當離亂易代之世，有人或慷慨悲歌，或詠物寄意，致力於「寄託」。這些作品以纖麗工巧的外表，實則懷有深沉的悲痛，於是形成了南宋詞的特色。其中，李清照是兩宋過渡時期自創一格的大家，無論文字技巧或遣辭造句，尤其眞摯深刻，對後世影響極大。

由於經歷了國破家亡的變動，詞人們愛國情緒高漲，發之於詩詞，豪邁激昂，擲地有聲，此時期代表有張元幹、張孝祥、陸游、辛棄疾，以及稍後的劉克莊等人。其中以辛棄疾的成就爲最高，他一生有詞六百多首，其中有抒寫抗金和恢復中原的宏願，壯志被抑的悲憤；風格以雄深雅健、激昂慷慨爲主。辛棄疾在宋詞人中創作最爲豐富，歷來與北宋蘇軾並稱「蘇辛」。中期還有許多傑出詞人對婉約詞風進一步開拓，宛如叢叢奇葩爭勝，如姜夔的「清空騷雅」，史達祖的「奇秀清逸」，吳文英的「如七寶樓臺，眩人眼目」等。亡國時期詞的特色，多力求純正典雅，美辭雋語。當時四大家以張炎、周密、蔣捷、王沂孫爲代表，他們都是在詞的音律與修辭藝術上精益求精。

宋詞是中國古代文學皇冠上光輝奪目的一顆寶石，歷來與唐詩並稱雙絕，遠從《詩經》、《楚辭》及漢魏六朝的詩歌裏汲取營養，又爲後來的明清戲劇、小說輸送了有機成分。本書收錄宋詞三百首，除了具代表性的詞人外，基於能讓讀者一窺宋詞的絕代風華，是故著重在美辭佳句、意境悠遠的作品上，這些作者或許名氣不大，但卻也是默默推動中國文學發展的重要助力。希望藉由本書的引導，激發讀者的興趣，並進一步去了解、欣賞中國詩詞之美。

目錄

蔡幼學（一首）——258

辛棄疾（十首）——259

姜夔（十七首）——275

章良能（一首）——305

趙　佶

趙佶（ㄐㄧˊ）（一〇八二—一一三五），北宋徽宗皇帝。在位二十五年（一一〇一—一一二五）。靖康二年（一一二七），與其子欽宗皇帝一起被金兵俘虜，後死在金國。趙佶在政治上腐敗無能，藝術上卻造詣頗深。繪畫工花鳥；書法自成一體，即瘦金體；詞別具一格。《全宋詞》錄其詞作十二首。

宴山亭

北行見杏花

裁剪冰綃①，輕疊數重，淡著燕脂勻注②。新樣靚妝③，豔溢香融，羞殺蕊珠宮女④。易得凋零，更多少、無情風雨。愁苦！問院落淒涼，幾番春暮？　憑寄離恨重重，這雙燕，何曾會人言語。天遙地遠，萬水千山，知他故宮何處？怎不思量，除夢裏、有時曾去。無據⑤，和⑥夢也新來不做。

〔注〕①冰綃：綃（ㄒㄧㄠ），生絲織成的綢子。冰綃，言其潔白透明。這裏形容杏花輕薄明亮。②燕脂：即胭脂。③靚妝：靚（ㄐㄧㄥˋ），妝飾，打扮。靚妝，意為精心梳妝打扮。④蕊珠宮女：道教稱天上神仙居住的宮闕為蕊珠宮。蕊珠宮女，即仙女。⑤無據：不知什麼原因。⑥和：連的意思。

【譯文】

看這團團杏花，像是用潔白透亮的絲綢裁剪而成的，輕盈的花瓣重重疊疊，淡淡的粉色，像是勻勻地敷了胭脂，白裏透紅，晶瑩明亮。如同那精心打扮、梳妝一新的美女，豔麗灼灼、清香融融，蕊珠宮的仙女見了也會羞愧不已、無地自容的。可惜芳華難留，這嬌豔無比的杏花卻是那樣容易凋落飄零，更何況還有那麼多無情的風風雨雨。這淒慘的情景真令人愁苦！往昔那團花似錦的院落，經過幾番暮春，怕也只剩下一片淒涼了吧？

如今我被拘押北行，靠誰來寄託這重重離恨？那雙雙飛燕，又何曾會通曉人言，理解我愁苦的心情？天遙地遠，相隔萬水千山，誰知道故宮此時的情景？怎麼能叫我不思量，也只有在夢裏，有時還能尋見，慰藉我這顆破碎的心。可是近來連夢也不做了，這究竟是什麼原因呢？

□錢惟演

錢惟演（？—一〇三四），字希聖。臨安（今浙江杭州）人。吳越王錢俶之子，曾任翰林學士等官職。北宋著名詩人，是西昆詩派代表人之一。詞作頗豐，常與楊仁、劉筠等人和唱。《西昆酬唱集》收錄他的詞作達五十四首，《全宋詞》收錄兩首。他還曾參與編寫大型類書《冊府元龜》。

木蘭花

城上風光鶯語亂，城下煙波春拍岸。綠楊芳草幾時休？淚眼愁腸先已斷。　情懷漸覺成衰晚，鸞鏡①朱顏驚暗換。昔年多病厭芳尊②，今日芳尊惟恐淺。

【注】①鸞鏡：鸞（ㄌㄨㄢˊ），傳說中鳳凰一類的鳥。相傳晉代罽賓王抓獲一隻鸞鳥，十分珍愛，但鸞鳥始終閉口不鳴，直到用鏡子照牠，才開始鳴叫。由是，稱鏡子為鸞鏡。②芳尊：尊，同「樽」（ㄗㄨㄣ），古代的酒具。芳尊，酒具的美稱。

【譯文】

城上春光明媚，鶯鳴陣陣；城下煙波浩渺，春水拍岸。綠楊婆娑，芳草如茵，雖然歲歲有秋冬，但仍是一年一度春，春是永無止境的。面對這爛漫的春色，我卻是淚眼迷離、愁腸已斷了。

我也感覺到自己情趣衰減，似乎已到了晚年，看到鏡子裏的面容，卻依然吃驚，當年風華正茂時的容貌已蕩然無存，取而代之的是委靡不振的老態了，想不到容貌的變化竟是如此之快。回想過去，因爲多病而討厭飲酒，可是此刻的我，愁腸百轉，只怕空了酒杯。

□范仲淹

范仲淹（九八九—一〇五二），字希文，蘇州人。大中祥符八年（一〇一五）中進士，曾任陝西宣撫使等職，戍邊多年，卒贈兵部尚書楚國公，謚文正。北宋著名文學家，詩文多有名篇，《岳陽樓記》膾炙人口，「先天下之憂而憂，後天下之樂而樂」，成爲古今傳誦的名句。詞作存世不多，風格明快，精彩紛呈。著有《范文正公集》。

漁家傲

塞下秋來風景異，衡陽雁①去無留意。四面邊聲連角起。千嶂裏，長煙落日孤城閉。　濁酒一杯家萬里，燕然未勒②歸無計。羌管③悠悠霜滿地。人不寐，將軍白髮征夫淚。

〔注〕①衡陽雁：湖南衡陽城南有座回雁峰，傳說大雁到此就不再南飛了。這裏指南飛的雁。②燕然未勒：燕然，山名，即今蒙古國境內的杭愛山。勒，在石上刻記。據《後漢書・竇憲傳》記載：竇憲追擊北匈奴，追擊三千里，登上燕山，在山石上刻下戰功，凱旋而歸。燕然未勒，意思就是還未平定邊患、立下戰功。③羌管：即羌笛，古代羌族的樂器。

【譯文】

大漠荒涼，秋風蕭殺，邊關的秋天與內地的秋景秋色相比，是那麼不同。那南歸的大雁也毫無留戀之情，匆匆地離去了。秋風呼嘯，吹來牧馬悲鳴、胡笳嗚咽，伴隨著軍營中激越悲壯的號角聲此起彼落，混成這邊關特有的聲音，在荒漠上空，在高山低谷中迴蕩，蕩擊著塞外牧民、戍邊將士的心靈。群山起伏，層巒疊嶂，圍困著緊閉的孤城城門，那斷斷續續的炊煙，在昏黃的落日映照下似有似無地飄逸，彷彿在告訴人們，這裏還繁衍生息著大宋臣民。一杯邊民釀造的渾濁的水酒，伴我挨過這漫漫秋夜，苦苦地思念著遠在萬里之外的親人。昔日的溫情，令我神往心醉，企盼的眼神，令我神傷心碎。可是，邊患未平，戰功未建，凱旋榮歸還遙遙無期啊！羌笛悠悠，華霜侵肌，長夜寂寥，難以成寐。油燈昏黃，映照著將軍的滿頭白髮、征夫的閃閃淚花。

蘇幕遮

碧雲天，黃葉地，秋色連波，波上寒煙①翠。山映斜陽天接水，芳草無情，更在斜陽外。　黯鄉魂②，追旅思③，夜夜除非，好夢留人睡。明月樓高休獨倚，酒入愁腸，化作相思淚。

〔注〕①寒煙：秋天裏江面上的水氣霧靄，遠看如煙，彷彿能感受到秋天的寒意。②黯鄉魂：因思念家鄉而心神不定，如同失魂落魄。這裏暗用了江淹《別賦》裏「黯然銷魂者，惟別而已矣」的句意。③追旅思：旅思，羈旅中思念家鄉的情懷。追，形容離情別緒始終追隨著自己，難以排遣。

【譯文】

湛藍的長空飄浮著淡淡的白雲，寬廣的大地鋪滿了金黃的落葉。淼淼江水，彷彿也染上了秋色，遠遠看去，那水氣霧靄凝結著秋的翠綠，猶如輕煙縹渺，傳來微微的寒意。太陽已經西斜了，一抹斜陽映照著山影，蒼茫遼闊，那天水相接的盡頭，已分不清哪裡是天色，哪裡是水氣。那無情無意的芳草，自顧自地向遠處延伸，竟長到那斜陽也照不著的天際，延伸到了我的家鄉。　離別家園、羈泊外鄉的日子已經很久了，思念家鄉親人的情懷使我黯然神傷，離情別緒始終緊隨著自己，難以排遣。除非夢歸故里，才有片刻的安睡。然而好夢苦短，常常是輾轉反側，夜夜難眠。月亮升起來了，月色朦朧，依樓凝視，只是更增添愁緒，心中暗想再也不要獨登高樓。舉起一杯清酒，一飲而盡，藉以澆愁，可是誰知道酒入愁腸，頃刻間竟化作了相思淚，眞是徒增憂愁！

御街行

紛紛墜葉飄香砌①，夜寂靜，寒聲碎②。真珠簾卷玉樓空，天淡銀河垂地。年年今夜，月華如練③，長是人千里。

愁腸已斷無由醉，酒未到，先成淚。殘燈明滅枕頭攲④，諳盡⑤孤眠滋味。都來⑥此事，眉間心上，無計相迴避。

【注】①香砌：砌，指臺階。香砌，形容其美好華麗。②寒聲碎：落葉墜在石階上聲音細碎，令人感到秋寒。③練：潔白的綢子。④枕頭攲（ㄑㄧ）：斜靠著。即斜靠在枕頭上。⑤諳盡：嘗盡。⑥都來：算來。

【譯文】

夜深人靜，玉樓空空。樹葉飄落在石階上，傳來細碎而又清晰的沙沙聲，更顯出秋夜的寂靜與寒意。輕輕地捲起珠簾，好一輪明月，映得天宇空曠，夜色淡淡，星光閃閃。年年歲歲，春去秋又來。同樣的明月，同樣的秋夜，月光依舊如絲絹般潔白，人兒依舊在千里之外。看那銀河垂地，急盼鵲鳥快來，怎地一個也不見？

縱然是借酒能澆愁，怎奈思念太久，牽掛太深，愁腸已寸斷，那酒還未到唇邊，已先化作熱淚盈眶，想求得一時的忘卻，竟也無望了。夜已深，殘燈將滅，和衣斜靠，望著那忽明忽暗的燈花，更令人心緒飄忽，煩躁不安。孤棲獨宿的苦楚，眞是不堪回味；然而，人未歸，情未斷，又怎能迴避得了？看來這杯苦酒還得慢慢品嘗。想到這裏，心在隱痛，眉頭緊鎖，這愁情又能向誰訴說？

張先

張先（九九〇—一〇七八），字子野，吳興（今浙江湖州）人。天聖年間舉進士，官至都官郎中，晚年退居鄉里。因詞作中有三處巧用「影」字：「雲破月來花弄影」、「簾壓卷花影」、「墜風絮無影」三名句，被人戲稱爲「張三影」。有《張子野詞》。

千秋歲

數聲鶗鴂①，又報芳菲歇。惜春更選殘紅折，雨輕風色暴，梅子青時節。永豐柳②，無人盡日花飛雪。

莫把么絃撥③，怨極絃能說。天不老，情難絕，心似雙絲網，中有千千結。夜過也，東窗未白孤燈滅。

【注】①鶗鴂（ㄊㄧˊ ㄐㄩㄝˊ）：亦作「鵜鴂」，鳥名，即杜鵑。②永豐柳：白居易有詠楊柳句：「永豐西角荒園裏，盡日無人屬阿誰。」此處借用，意為無人眷顧之處。③么絃：即琵琶第四絃，最細。

【譯文】

每年的這個時候，梅子還未黃熟的時節，鶗鴂又在鳴叫了，彷彿在告訴人們：那花花草草快要衰謝，旖旎的春光也將過去了，眞是風雨送春歸啊！那雨，雖說還輕柔；那風，卻是聲色俱厲，肆意施虐，嬌豔的花草在掙扎，滿樹的青梅在顫抖，令人心痛，令人惋惜。快選那殘留的紅花，輕輕折下，留住這春色。那倔強的楊柳，雖在無人眷顧的寂寞處，卻在強風中抗爭，把那白雪般的楊花柳絮，撒得漫天飛舞。　且不要彈撥琵琶，那細細的么絃怨極了也會訴說不平，更令人愁腸百轉。只要青天不老，我的深情也難了。心中如有一張雙絲織成的情網，雙方的情思結成了千萬個難解難分的情結。東方尚未發白，那盞孤燈卻已熄滅，又度過了一個不眠之夜。

菩薩蠻

哀箏一弄《湘江曲》①，聲聲寫盡湘波綠。纖指十三絃②，細將幽恨傳。　當筵秋水③慢，玉柱斜飛雁④。彈到斷腸時，春山⑤眉黛低。

〔注〕①湘江曲：相傳舜之二妃娥皇、女英死後，被封為湘水之神，人稱湘夫人。《湘江曲》是紀念二妃的樂曲名，曲多哀怨。②十三絃：古箏有十三根絃，代表十二個月和閏月。③秋水：比喻女子眼睛明媚，如同清澈的秋水。④玉柱斜飛雁：這句是說，箏上斜行排列的絃柱好似一行飛雁。⑤春山黛眉：春山，古代女子流行的一種眉式。黛，青黑色顏料，即女子用來畫眉的黛粉。意思是用黛粉把眉毛描繪成春山的樣子。

【譯文】

箏聲哀怨，正是那紀念娥皇、女英二妃的《湘江曲》，時而悠揚、時而幽怨的樂聲，寫盡湘江綠波，一江春水如在眼前。那纖細靈巧的手指，時而輕撫，時而旋躍，琴絃幽咽低婉，細細地傳訴著悵恨愁苦之情。　她安坐在筵席間，一泓秋水般的明眸凝神慢轉，斜排的琴柱，如一行行秋雁群飛。彈到傷心處，黛眉微蹙、雙目低垂，愁容悽楚，琴聲如泣，令人腸斷！

醉垂鞭

雙蝶繡羅裙，東池①宴，初相見，朱粉不深勻②，閑花淡淡春。　細看諸處好，人人道，柳腰身。昨日亂山昏，來時衣上雲③。

【注】①東池：泛指一般的池塘。②不深勻：勻，塗抹。不深勻，即淡妝。③衣上雲：衣服上的圖案花紋。

【譯文】

在東池的宴會上，與你初次相見，那時你穿著繡有一對蝴蝶的羅裙，臉上只抹著淡淡的紅粉。在萬紫千紅的花叢中，你如香花一朵，帶著淡淡的春色，幽閒清雅，風韻天成。　人人稱道你腰身細柔、舞姿婀娜。細細端詳，更覺你處處完美，令人愛憐。你如仙女般徐徐走來，衣服上的花紋猶如那亂山昏暗朦朧中飄動的白雲。

一叢花

傷高懷遠幾時窮？無物似情濃。離愁正引千絲亂，更東陌①，飛絮濛濛。嘶騎漸遙，征塵不斷，何處認郎蹤？　雙鴛池沼水溶溶，南北小橈通②。梯橫畫閣黃昏後，又還是斜月簾櫳③。沈恨細思，不如桃杏，猶解嫁東風。

〔注〕①東陌：田間東西向的小路稱陌，此處泛指田間小路。②橈：船槳，此處代指船。③簾櫳：帶簾的窗户。

【譯文】

登上閣樓遠眺，不由得思念遠方的遊子，這孤寂傷感的思緒何時才有窮盡？人世間沒有什麼能比相思的戀情更濃更深。那紛亂的柳絲，還有那山路上的飛絮，彷彿都是我鬱悶煩亂的心緒引起。想往日，他騎著嘶鳴著的馬兒漸漸遠去；看如今，這路上征塵不斷，可我到哪兒去辨認郎君的蹤影呢？　看近處，池水溶溶，成雙成對的鴛鴦在盡情戲水，幾條小船來來往往，在南北之間穿行。往昔人約黃昏後的溫情還記憶猶新，如今黃昏又過，景象依舊，卻是人去樓空。那梯子斜橫在樓旁似乎已被遺忘，只剩下一彎斜月空照著畫閣簾櫳。細細想來，怨恨更深，

眞不如那桃花杏花，還知道在凋零之前，嫁給東風。

天仙子

時為嘉禾小①，以病眠，不赴府會。

《水調》②數聲持酒聽，午醉醒來愁未醒。送春春去幾時回？臨晚鏡，傷流景③，往事後期空記省。　沙上並禽池上暝④，雲破月來花弄影。重重簾幕密遮燈，風不定，人初靜，明日落紅應滿徑。

〔注〕①嘉禾小：嘉禾，宋代地名，即今浙江省嘉興市。小，小官，作者曾任嘉禾判官。②《水調》：曲詞的調名。古曲有「新水調」，詞有「水調歌頭」。相傳為隋煬帝所制，唐宋時十分流行。③流景：流逝的時光。④並禽池上暝：並禽，成雙的鳥，多指鴛鴦。暝，日暮。

【譯文】

邊品美酒邊聽曲，漫飲細聽。誰料年老不勝酒力，樂曲纏綿中竟昏昏睡去。一覺醒來日過午，醉意雖消悶愁依舊。送走了春天，何時春再來？傍晚時分對鏡長歎，春光已去春還來，年華易逝青春不再，那少年風流、悠悠往事都已過去了，待以後在記憶中慢慢尋味。　傷愁之中來到庭園，夜暮已臨，池面上一片昏暗，看那鴛鴦已在河岸上雙棲並宿、燕兒親昵，頓覺自尋煩惱。忽然一陣輕風過，吹破了雲層，迎來了明月，花枝在微風中搖曳生姿，彷彿在賣弄倩影。夜深風緊，拉上重重的簾幕嚴密地遮住孤燈，那燈焰仍是搖擺不定。人聲已靜，更聽得風兒迅猛，到明日，那月下弄影的姹紫嫣紅，怕剩一片狼藉，鋪滿了小徑。

青門引

乍暖還輕冷，風雨晚來方定。庭軒①寂寞近清明，殘花中酒②，又是去年病。

樓頭畫角③風吹醒，入夜重門靜。那堪更被明月，隔牆送過鞦韆影。

〔注〕①庭軒：軒，有窗户的長廊或小屋。此處泛指庭院。②中酒：飲酒過量。③畫角：軍中使用加了彩繪的號角。

【譯文】

天氣剛剛變暖和，還能感覺到陣陣輕微的寒冷，一整天風雨交加，直到傍晚方才風靜雨停。時近清明，庭院裏寂寞難耐，冷冷清清。目睹殘花敗葉更令人傷情，不覺多飲了幾杯竟然大醉酩酊，情同去年，還是心病。　一陣陣輕冷的晚風，夾著城樓上畫角淒厲的嘶鳴，將我吹醒。夜已降臨，院門重重緊閉，更覺庭院寂靜。正心煩意亂、心緒不寧，哪料到，溶溶月光，送過來牆那邊盪鞦韆的婀娜身影，更是情思萬千，難以平靜。

生查子

含羞整翠鬟①，得意頻相顧。雁柱十三絃②，一一春鶯語。嬌雲容易飛，夢斷知何處。深院鎖黃昏，陣陣芭蕉雨。

〔注〕①翠鬟：婦女環形髮髻稱鬟。翠鬟，泛稱美髮。②雁柱十三絃：箏有十三弦；琴柱斜排如雁斜飛，稱雁柱。這裏代指古箏。

【譯文】

似嬌還羞抿了抿秀髮烏鬟，笑靨盈盈秋波流轉頻頻顧盼。玉手纖指輕彈，箏聲婉轉歡快，琴絃飛蕩迴旋，似春鶯傳情，低語交歡。　曲終人去，宛如飛雲飄逸，只留下嬌柔的身影。春夢已斷，不知何處尋覓。庭院深深，鎖住的是寂寞和黃昏，還有那陣陣淒雨敲打的芭蕉聲。

❑晏　殊

晏殊（九九一——一〇五五），字同叔，撫州臨川（今江西撫州）人。七歲能屬文，十四歲，以神童召試，賜同進士出身，後官至集賢殿學士、同中書門下平章事，兼樞密使。北宋著名詞人，詞作閒雅婉麗，極富韻味。著有《珠玉詞》。

浣溪沙

一曲新詞酒一杯，去年天氣舊池臺，夕陽西下幾時回？　無可奈何花落去，似曾相識燕歸來，小園香徑①獨徘徊。

〔注〕①香徑：小路鋪滿落花，充滿花香，故稱。

【譯文】

彷佛情同去年，聽一曲新填的詞，飲一杯美酒，風光依舊，亭臺依舊；然而，年華易逝，青春不再。升起的新日那是明天，西下的夕陽幾時還能回來？　花敗花落本無奈，欣喜的是那似曾相識的飛燕又雙雙歸來。世事無常，我不由得在那落英繽紛的庭園小徑上，獨自徘徊。

浣溪沙

一向年光有限身①，等閒②離別易消魂③，酒筵歌席莫辭頻。　滿目山河空念遠，落花風雨更傷春，不如憐④取⑤眼前人。

〔注〕①一向年光有限身：一向，一晌，片刻。有限身：意思是人生短暫。②等閒：平常，一

般。③消魂：靈魂離開肉體。意思是極度悲傷、痛苦，或極度快樂。④憐：珍惜，憐愛。⑤取：語助詞。

【譯文】

年華易逝，人生是多麼的短暫，平常的離別也會引起極度的悲傷和愁苦，還是及時行樂歡歌筵飲吧，不要嫌歌舞酒宴太頻繁而推辭。登高望遠，放眼遼闊的河山，更懷思遠別的親友；看到風雨摧落繁花，更是傷感春光易逝。空念遠親和落花傷春都是徒勞無益，還不如去憐愛眼前這輕歌曼舞的美人吧！

清平樂

紅箋小字，說盡平生意，鴻雁在雲魚在水①，惆悵此情難寄。斜陽獨倚西樓，遙山恰對簾鉤。人面不知何處②，綠波依舊東流。

【注】①「鴻雁」句：古人有「雁足傳書」和「魚傳尺素」的說法，是詩文中常用的典故。此句意為無由傳遞。②人面：指思念的意中人。語出唐崔護的名句：「人面不知何處去，桃花依舊笑春風」。

【譯文】

淺紅色的信箋上寫滿了密密麻麻的小字，說盡了我對你的愛意，寄託著我對你的癡情，可是鴻雁在藍天飛翔，鯉魚在碧水中暢游，這封情書難以寄給你，千言萬語無法向你訴說，令我多麼苦悶惆悵。紅日偏西，在斜陽映照中，我獨倚西樓遠眺，那遠處的山峰正對著我身後的簾鈎，擋住了我的視線，隔斷了你的音訊。高樓下綠水悠悠，曾映照過你我的身影。如今綠水依舊東流，我的意中人啊！不知你身在何方？

清平樂

金風①細細，葉葉梧桐墜。綠酒初嘗人易醉，一枕小窗濃睡。　紫薇朱槿②花殘，斜陽卻照闌干③。雙燕欲歸時節，銀屏昨夜微寒。

〔注〕①金風：古人以陰陽五行解釋季節的變化，秋屬金，所以稱秋風為金風。②紫薇朱槿：紫薇，是一種落葉小喬木，花紫紅色或白色。朱槿，是一種落葉灌木，花紅色，也叫「扶桑」。③闌干：同「欄杆」。

【譯文】

秋風徐徐，似有若無，那梧桐葉一片一片地飄落。新釀的酒晶瑩透綠、醇香無比，容易醉

人，我才小飲幾口，便覺微醉，在小窗下沈沈酣睡。憑窗望去，紫薇花和朱槿花都已凋謝了，斜陽正淡淡地照著畫堂前的欄杆。那成雙成對的燕子此刻正欲歸巢，我想起昨夜裏酒醉獨眠，看到這銀屏猶感到微微寒意。

木蘭花

燕鴻過後鶯歸去，細算浮生①千萬緒。長於春夢②幾多時，散似秋雲無覓處。

聞琴解佩③神仙侶，挽斷羅衣留不住。勸君莫作獨醒人④，爛醉花間應有數⑤。

〔注〕①浮生：古人認為世事難料，生命短促，人生飄浮不定，因稱人生為浮生。②春夢：這裏比喻好景不長。③聞琴解佩：聞琴，指卓文君聽到司馬相如的琴聲，聞琴知音，遂起愛慕之心，並與司馬相如結成恩愛夫妻，事見《史記》。解佩，指鄭交甫遊漢水，見二美女而愛悅之，二女便解下佩玉相贈，見劉向《列仙傳》。④獨醒：獨自清醒。語出屈原「衆人皆醉我獨醒」句。⑤數：氣數，命運。

【譯文】

大雁飛走了，燕子也來了又去，那黃鶯也隨著春光飛走了，一下子便靜了許多。細細尋思，人生不也是飄浮不定，世事不也變化無常麼？來去匆匆、悲歡離合，徒增多少牽掛、多少思緒。歡樂相聚也不過如春夢一場，一朝離散卻似秋雲飄逸，無蹤無影。情深如卓文君聞琴知音，多情如漢江女解佩相贈，如此神仙伴侶，有意離去，就是扯斷衣裙，也留不住她們的心。世人皆昏醉，你又何必獨自清醒，自尋煩惱？時勢如此，不如痛飲消愁，爛醉在鮮花叢中。

木蘭花

池塘水綠風微暖，記得玉真①初見面。重頭②歌韻響琤琮③，入破④舞腰紅亂旋。玉鈎闌下香階畔，醉後不知斜日晚。當時共我賞花人，點檢⑤如今無一半。

〔注〕①玉真：指仙人，這裏代指美貌的女子。②重頭：指一首詞上下闋句式、音韻完全相同。在此形容歌聲回環重疊。③琮：形容美玉相擊之聲。④入破：樂曲之繁聲。此處指節奏激越急促。⑤點檢：查對。

【譯文】

春風和暢，池塘裏綠波蕩漾。記得也是在這春暖花開的季節，就在這園中的歌舞宴會上，我初次見到你那天仙般的容貌。你的嗓音圓潤甜美如玉琮，唱到回環重疊處，歌喉婉轉明亮；

你的舞姿婀娜翩躚，舞到曲調激越時，只看到紅裙隨著腰肢急促飛旋，眞是歌舞並作，動人心弦。玉鈎掛起絲幔，我斜靠在欄杆下面的香階旁邊，不知是花香、酒醇還是對往日的回憶，我醉意濃濃不覺日落西山天已晚。年華易逝，人生苦短，當時與我一起賞花的佳人舊友，如今算算已不足一半。

木蘭花

綠楊芳草長亭①路，年少拋人容易去。樓頭殘夢五更鐘，花底離愁三月雨。無情不似多情苦，一寸②還成千萬縷。天涯地角有窮時，只有相思無盡處。

〔注〕①長亭：古時設置在路邊的亭子，五里一短亭，十里一長亭，供行人歇息，也是送人別離之處。②一寸：古人常以方寸稱心。

【譯文】

芳草萋萋楊柳翠綠，長亭外的大路通向天邊，那薄情的少年郎竟輕易地離我而去。從此夜夜守空樓，春夢難圓，數著鐘聲直到五更後。花兒低垂，想是爲我暗歎；三月裏的春雨，細密濛濛，更添幾分別緒離愁。無情無意的負心人，怎知我深情厚意的痛楚？寸寸芳心痛欲碎，化成千思萬縷都是情。大路通天，即使走到天涯地角也有盡頭；只有我的相思，卻是連綿不斷永無窮盡。

踏莎行

祖席①離歌，長亭別宴，香塵②已隔猶回面。居③人匹馬映林嘶，行人去棹④依波轉。　畫閣魂消，高樓目斷，斜陽只送平波遠。無窮無盡是離愁，天涯地角尋思遍。

【注】①祖席：古人出行需祭祀路神，因此稱餞別宴會為「祖席」，與下文「別宴」同義。②香塵：被落花染香的塵土。③居：停止，留下。④棹：船槳，這裏代指船。去棹，指離去的船。

【譯文】

在長亭設下餞別的宴席，吟唱著離別的詞曲，依依惜別。塵埃帶著落花的芳香徐徐騰起，隔著這香塵，彼此依然頻頻回首，難捨難離。小樹林擋住了送行者的視線，那馬兒像是懂得主人的心情，昂首嘶鳴；遠行的人兒已乘上小船漸漸遠去，在那江流的轉彎處消失了。　登上高樓畫閣，想起往日之情，不由得黯然魂銷。舉目遠眺，只看見江波映著落日的餘暉，伸向遙遠的天邊；讓我這無窮無盡的離愁別緒，隨著這渺渺平波，將那天涯地角尋遍。

踏莎行

小徑紅稀①，芳郊綠遍，高臺樹色陰陰見②。春風不解禁楊花，濛濛亂撲行人面。翠葉藏鶯，朱簾隔燕，爐香靜逐游絲③轉。一場愁夢酒醒時，斜陽卻照深深院。

〔注〕①紅稀：指花因凋落而稀少。②陰陰見：形容樹木繁茂成蔭，幽深的顏色。③游絲：蜘蛛等昆蟲吐出的細絲在空中飄蕩，稱游絲。

【譯文】

小路兩旁，花兒已經稀疏，間或還可見到星星點點的幾瓣殘紅；那廣闊的郊野，卻已是綠色染遍。高樓臺樹的近處，也已綠樹成蔭，濃郁幽深。那春風竟不懂得管住柳絮，讓它漫天飛舞，亂撲我的臉，落滿我的身。樹葉翠綠茂密，遮住了黃鶯的身影，卻藏不住牠婉轉的叫聲；珠簾低垂，把飛燕隔在了外邊。香爐裏的香煙嫋嫋上升，像是去追逐那下垂的蛛絲，那蛛絲繞著香煙在空中飄蕩。永日無聊，獨酌小飲，漸漸地進入了愁夢；醒來時，夕陽斜照著這深深的院落，正是日暮時分。

踏莎行

碧海無波，瑤台①有路，思量便合雙飛去。當時輕別意中人，山長水遠知何處？　綺席②凝塵，香閨③掩霧，紅箋小字憑誰附？高樓目盡欲黃昏，梧桐葉上瀟瀟雨。

【注】①瑤台：古人想像中神仙住的地方。②綺席：用一種暗花紋絲綢做成的座席。這裏指女子的座席。③香閨：即閨閣。舊時女子居住的內室，香是形容閨閣幽香。

【譯文】

湛藍的大海風平浪靜，即便想去瑤台仙境也有路可通。想當時原可與她雙飛同去，卻讓意中人輕易離去，現在思量起來是多麼後悔，山長水遠不知她投身在何處？　看如今，她坐過的綺席已佈滿了灰塵，她住過的香閨已被霧掩塵封，這滿紙的思念又靠誰去傳送？音訊全無別已久，登樓遠眺，望穿雙目又有何用，黃昏將盡，迎來的只是風雨瀟瀟吹打梧桐的聲音。

蝶戀花①

六曲闌干偎碧樹，楊柳風輕，展盡黃金縷②。誰把鈿箏③移玉柱，穿簾海燕④

雙飛去。滿眼游絲兼落絮，紅杏開時，一霎清明雨。濃睡覺來鶯亂語，驚殘好夢無尋處。

〔注〕①這首詞，一說是馮延巳詞，一說是歐陽修詞。②黃金縷：柳枝吐新綠，嫩葉泛出金黃的顏色，如縷縷金絲。③鈿箏：鑲嵌著金銀貝殼的箏。鈿（ㄉㄧㄢˋ），用金銀貝殼在器物上鑲嵌的花紋。④海燕：古人認為燕子生於南方，渡海而來，因此別稱燕子為海燕。

【譯文】

曲曲折折的欄杆依偎著枝葉扶疏的綠樹，春風輕輕吹拂著楊柳，縷縷柳絲鵝黃嫩綠，盡情地展示著婀娜的風姿。是誰在調弄琴弦、彈奏鈿箏，驚起雙燕穿簾飛去。　滿眼晴空，游絲飄浮，柳絮飛舞，正是杏花盛開時，一霎間又到了清明時節，陰雨陣陣。沈睡中，一陣黃鶯細碎亂語，驚醒了我的好夢，無處能尋還。

❑韓縝

韓縝（一〇一九—一〇九七），字玉汝，開封雍丘（今河南杞縣）人。進士出身，曾任尚書右仆射兼中書侍郎等職。《全宋詞》僅存此詞。

鳳簫吟

鎖離愁連綿無際，來時陌①上初熏②，繡幃③人念遠，暗垂珠露，泣送征輪④。長行長在眼，更重重、遠水孤雲。但望極樓高，盡日目斷王孫⑤。消魂，池塘別後，曾行處，綠妒輕裙。恁時⑥攜素手，亂花飛絮裏，緩步香茵。朱顏空自改，向年年、芳意長新。遍綠野、嬉遊醉眼，莫負青春。

【注】

①陌：田間東西向的道路，這裏泛指道路。②熏：同「薰」，泛指草香。③繡幃：繡花帷帳，這裏借指閨閣。④征輪：出行人乘坐的車子之輪。⑤王孫：古代泛稱貴族子弟。詞裏暗用《楚辭》：「王孫遊兮不歸，春草生兮萋萋」句意，切合「草」字。因此，王孫在這裏代替芳草。⑥恁（ㄖㄣ）時：那時。

【譯文】

陌上芳草萋萋，草香微微、沁人心脾，遠方歸來的遊子，似乎聞到了那熟悉的氣息；想到還要別離，這連綿無際的碧草，又將離愁緊緊鎖起。相逢正繾綣，又要思念遠離，那閨中人暗暗垂淚、幽咽抽泣，如那碧草之神灑下晶瑩的露珠，閃閃滴滴。送別那遠去的車輪，長長的征途上，青草相伴隨行，令遊子觸目傷心；山水重重，那躑躅的身影恰如天邊的一片孤雲。登樓

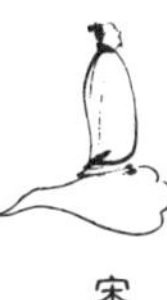

遠眺終日，盼望看到遊子影，望穿雙眼卻只見綠草如茵。愁別離，黯然神傷長歎息！回憶昔日同遊池塘畔，看她姍姍而行，羅裙輕拂，竟使碧草生妒意。那時候，攜著她白皙的纖手，在花繁柳絮飛的季節，漫步於如茵綠草間，眞是花草馨香兩情依依。看芳草年年春風吹、年年生新綠；相逢無期，空歎年華漸老，愧對芳意。待等春回大地，綠滿田野時，還須放懷宴遊、醉眼芳草地，且莫辜負了這美好的青春，又何必觸景傷情空悲淒！

❑宋　祁

宋祁（九九八—一〇六一），字子京，祖籍湖北安陸，後遷至河南杞縣。宋仁宗時與其兄同中進士，曾任翰林學士、工部尙書等職，工詩善文，曾和歐陽修等同修《新唐書》。《全宋詞》收有他六首詞。這裏選的這首詞是他的得意之作，因詞中有名句「紅杏枝頭春意鬧」，被人戲稱爲「紅杏尙書」。有《宋景文公長短句》。

木蘭花

東城漸覺風光好，縠皺①波紋迎客棹。綠楊煙外曉雲輕，紅杏枝頭春意鬧。浮生長恨歡娛少，肯愛千金輕一笑？為君持酒勸斜陽，且向花間留晚照②。

〔注〕①縠皺：本指縐紗一類紡織品，這裏形容水的波紋像縐紗一樣細。②晚照：落日的餘輝。

【譯文】

漫步來到城東郊外，春光風景越來越好，春風和煦，清澈的江水波汶細如縐紗，漾漾溶溶、粼粼閃光，迎送著來來往往的遊春畫船。岸邊的楊柳，鵝黃淺碧搖曳浮動，朦朧間如輕煙薄霧般籠罩枝梢；遠處山澗飄來的白雲虛幻飄渺，似乎傳來輕輕的曉寒。啊！看那杏樹林，枝頭上紅杏盛開，如火如荼，蜂蝶爭喧，遊人佇足指點，好一派春意盎然。常說人生虛幻苦短，總恨那歡娛太少，怎能夠吝惜金錢而捨棄這歡快的一笑？讓我端起酒杯勸斜陽，喝下這杯美酒吧！且莫要急急下山，還是把落日餘暉留在花間，延歡娛於一晌，讓人間多一些歡笑！

❏歐陽修

歐陽修（一〇〇七—一〇七二），字永叔，號醉翁，又號六一居士，廬陵（今江西吉安）人。宋仁宗天聖八年（一〇三〇）舉進士，累官樞密副使、參知政事。他是北宋著名的文學家與史學家。文學上詩、詞、文均有很高成就，尤以散文成就最高，是北宋詩文革新運動的領袖，爲唐宋八大家之一。他曾修《新唐書》，撰有《新五代史》、《集古錄》、《歐陽文忠公集》、《六一詞》和《六一詩話》。《六一詩話》開創了新的文學批評樣式，對後世影響很大。存詞

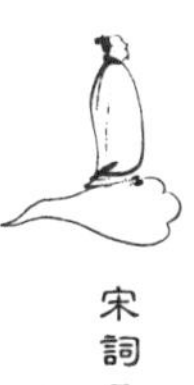

有二〇〇餘首。

采桑子

群芳過後西湖①好，狼藉殘紅②，飛絮濛濛，垂柳闌干盡日風。　笙歌散盡遊人去，始覺春空，垂下簾櫳③，雙燕歸來細雨中。

〔注〕①西湖：指潁州西湖。在今安徽阜陽縣西北。長五公里，寬一公里。②狼藉殘紅：指落花零亂。③簾櫳：帶簾子的窗户。櫳，窗户。

【譯文】

雖說是百花凋落，暮春時節的西湖依然是美的，殘花輕盈飄落，點點殘紅在紛雜的枝葉間分外醒目；柳絮時而飄浮，時而飛旋，欄杆外邊的垂柳依然翠綠，搖曳多姿，在和煦的春風中，怡然自得。　遊人盡興散去，笙簫歌聲也漸漸靜息，頓覺一片空寂。一陣東風吹來春雨，回到居室放下窗簾，細雨朦朧中，簷下那對燕子已雙雙歸來，正呢喃軟語，梳理羽絨。

訴衷情

清晨簾幕卷輕霜，呵手試梅妝①。都緣自有離恨，故畫作遠山長②。　思往事，惜流芳③，易成傷。擬歌先斂，欲笑還顰④，最斷人腸。

〔注〕①呵手試梅妝：呵（ㄏㄜ）手，冬天較冷，用口中熱氣使手溫暖靈活些，以便梳妝。梅妝：據說南朝宋武帝女壽陽公主臥於含章殿下，一朵梅花落在額上，成五瓣花形，三天後才洗去。宮女覺得很美而競相仿效，即所謂梅花妝。②遠山長：形容女子眉毛猶如遠山彎而細長。③流芳：流逝的年華。④顰（ㄆㄧㄣˊ）：蹙眉。

【譯文】

清晨捲起簾幕，窗外一片輕霜，輕輕地呵氣暖暖纖手，試著描畫梅花新妝。只因心裏有別離的幽恨，不由得把雙眉描得像遠山一樣細細長長。

思量那難以追回的往事，惋惜易逝的年華，那是最容易觸目動情，淒然傷感的。欲歌之際已先斂容不歡；將笑之時卻還帶恨含顰，楚楚可憐，最令人肝腸寸斷。

踏莎行

候館①梅殘，溪橋柳細，草熏風暖搖征轡②。離愁漸遠漸無窮，迢迢不斷如春水。

寸寸柔腸，盈盈粉淚，樓高莫近危欄③倚。平蕪④盡處是春山，行人更在春山外。

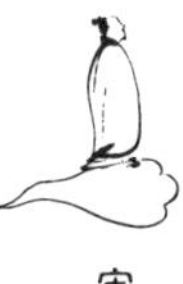

【注】①候館：迎候賓客的館舍。②征轡：行人乘騎的轡羗繩。轡（ㄆㄟˋ），駕馭牲口的嚼子和轡羗繩。③危欄：指高樓上的欄杆。危，言其高。④平蕪：亂草叢生之處，這裏指雜草繁茂的原野。

【譯文】

客舍院落裏的梅花已經凋零，只剩下幾朵殘英；小溪橋頭的柳樹剛抽出細嫩的枝葉，隨風搖曳；春風和煦，送來碧草的清香，征途中的遊子搖著轡羗繩徐徐而行。離家漸遠，離愁別緒愈積愈深，越思越濃，猶如一溪春水，來之無窮，去之不盡。　想那留居家中的親人，何忍乍別？定是柔腸寸寸，千繞百轉；熱淚盈盈，流盡了粉妝。你莫要再登高樓，莫要再憑高倚欄遠望。極目所見，莽莽原野的盡頭是隱隱的春山；縱然望斷春山，你思念的人兒還是遠在春山之外。

蝶戀花

庭院深深深幾許？楊柳堆煙，簾幕無重數。玉勒雕鞍①遊冶處，樓高不見章臺路②。　雨橫風狂三月暮，門掩黃昏，無計留春住。淚眼問花花不語，亂紅③飛過鞦韆去。

【注】①玉勒雕鞍：鑲嵌玉飾的馬籠頭和雕花的馬鞍，代指華麗的車馬。②章臺路：漢長安城的章臺下有章臺街，相傳是歌妓聚居的場所，後以此指妓女出沒之處。③亂紅：零亂的落花。

【譯文】

庭院幽深，落寞寂寥；晨霧如煙，濃濃地堆聚在叢叢柳枝上；簾幕重重，懸掛低垂。獨依高樓，望不見丈夫冶遊不歸的章臺路，尋不見他騎著玉勒雕鞍的身影。我心中的苦楚、孤獨悵惘、哀怨情深能知多深？　一陣狂風，一陣橫雨，眼見殘紅狼藉，不由我心酸淚紛紛。已是暮春三月，時近黃昏，房門緊掩，怎奈留不住年華青春。淚眼迷離問紅花，那紅花含悲卻無語，隨著無情風雨飛過那寂寞的鞦韆去，毫無蹤影。

蝶戀花①

誰道閒情②拋棄久？每到春來，惆悵還依舊。日日花前常病酒③，不辭鏡裏朱顏瘦。　河畔青蕪堤上柳，為問新愁，何事年年有？獨立小橋風滿袖，平林新月④人歸後。

【注】①此詞一說是馮延巳詞。②閒情：指閒愁。③病酒：指醉酒。④平林新月：平林，平原

上的樹林。新月，即朔日。夏曆每月初一日，此時月亮呈月牙形，稱新月。

【譯文】

閒情纏綿，縈繞心頭，誰說能把它永久拋棄得到解脫？每到春暖花開時，依舊是惆悵憂愁。爲了忘卻，爲了消愁，天天在花前月下痛飲美酒，常常喝到酩酊大醉仍不罷休，全不顧鏡子裏容顏憔悴人消瘦。　河邊青草又泛清香，堤上楊柳又抽新綠，心底裏又起新愁。爲什麼啊！伴著這草、這柳，面對這明媚春光、良辰美景，無端的閒愁總是年年襲來，年年常有？夜清人靜，遠處樹林鬱鬱，新月彎彎如鈎，淡淡的清輝灑向小橋，灑向橋頭獨立人，清涼的夜風鼓滿衣袖，只留下長長的孤影在身後。

蝶戀花

幾日行雲何處去？忘了歸來，不道①春將暮。百草千花寒食②路，香車繫在誰家樹③？　淚眼倚樓頻獨語，雙燕來時，陌上相逢否？撩亂春愁如柳絮，依依夢裏無尋處。

〔注〕①不道：不覺，不理。②寒食：節令名，清明前一天，從這天起，三日內不准升火，人皆冷食，因而叫寒食。相傳是晉文公為悼念介子推而設。之後，民間有寒食出外踏青之

風俗。③香車：用香木製成或用香料塗飾的車。泛指華麗的車。

【譯文】

那薄情郎似行雲般在外尋歡覓愛，不知又飄浮到哪裡去了？幾日來影蹤全無竟忘了回家，全不顧時光飛逝已到了暮春時節。寒食踏青，路上百草千花，爭妍鬥芳，他那輛香車，又不知拴在誰家的樹下門前？　我獨倚高樓淚眼盈盈，自言自語心神不定。看那雙燕歸來時呢喃軟語，不知道是否在路上相遇？柳絮飛揚飄零，迷迷濛濛，更使我春愁撩亂無頭無緒。只盼在夢裏相偎相依，只怕依然是無處尋覓。

木蘭花

別後不知君遠近，觸目淒涼多少悶！漸行漸遠漸無書，水闊魚沉①何處問？

夜深風竹敲秋韻②，萬葉千聲皆是恨。故攲單枕夢中尋，夢又不成燈又燼③。

〔注〕①魚沉：古人有魚雁傳書之說，「魚沉」指魚不傳書，則音訊不至。②秋韻：即秋聲。秋天的風聲、落葉聲、鳥蟲聲。此處指風吹竹聲。③燼：燃燒後的灰燼。

【譯文】

自與君分別後不知你行蹤遠近，終日裏滿目淒涼我心裏有多少鬱悶！你卻越走越遠反而越不寫信，天高水寬，雁落魚沈，叫我到何處去尋問？不知你的近況，你可曾知道我有多麼思念、多麼愁苦？　夜已深，人已靜，秋風吹竹葉，傳來陣陣颯颯聲。這片片竹葉都牽動著我的心緒，聲聲秋韻皆是怨和恨。淒苦難耐間我斜倚著孤枕，企盼著能與你在夢中相會。可誰料想愁極竟難眠，尋夢也不成，眼睜睜地看著那盞孤燈又漸漸燒盡。

臨江仙

柳外輕雷池上雨，雨聲滴碎荷聲。小樓西角斷虹明。闌干倚處，待得月華生①。　燕子飛來窺畫棟，玉鈎垂下簾旌②。涼波不動簟紋平③。水精雙枕④，旁有墮釵橫。

【注】①月華：月光，月色。這裏借指月亮。②簾旌：簾幕。③簟（ㄉㄢˋ）：竹席。④水精：即水晶。

【譯文】

透過密密的柳枝，傳來隱隱的雷聲；荷花池上，飄來一陣疏雨。雨聲細碎，打得滿池荷葉一片颯颯聲。雨過天晴，碧空如洗，小樓西角上空，飛出一彎斷虹，七色彩練，更顯出了雨後晚晴的明媚。那畫廊下斜倚欄杆的人兒，戀戀而不思歸去，直待到一鈎新月彎彎浮現。　燕子輕輕飛來，暗暗地探視那華麗的畫棟；玉鈎空垂、放下了繡花的門簾。席紋平滑猶如靜止的水波，透著清涼；一副水晶枕依偎相伴，散落的髮釵橫在枕旁，閃著幽幽的月光。

浣溪沙

堤上遊人逐畫船，拍堤春水四垂天①，綠楊樓外出鞦韆。　白髮戴花君莫笑，六么②催拍盞頻傳，人生何處似尊前。

〔注〕①四垂：語出詩句「淚眼倚樓天四垂。」②六么：曲調名，節拍急促輕快。

【譯文】

正是踏青賞春時節，堤岸上遊人如織，熙熙攘攘，好像在追趕著畫船。看春水溶溶，碧波浩瀚，不斷地拍打著堤岸；看上空天幕四垂，遠遠看去天水相連。岸邊人家，綠楊成蔭，喧笑聲中鞦韆盪出樓牆外。　請別笑我竟把鮮花插在滿頭白髮上，你看那樂曲催促酒杯頻傳多歡快！人生多坎坷，除了面前這杯醇酒，何處能解愁尋樂。

浪淘沙

把酒①祝東風，且共從容。垂楊紫陌洛城②東，總是當時攜手處，遊遍芳叢。

聚散苦匆匆，此恨無窮。今年花勝去年紅，可惜明年花更好，知與誰同？

〔注〕①把酒：端起酒杯。②紫陌：開滿紫花的路，這裏泛指郊野的大路。洛城：即河南洛陽。

【譯文】

我端起酒杯，祈願春日的東風，不要來去如此匆匆，暫且從容地共賞這美景良辰。在洛城東面的郊野上，垂柳依依，春意濃濃，正是去年春天，我與友人攜手同遊的地方。今年久別重逢，舊地重遊，賞遍了姹紫嫣紅的花叢。

聚散離別過於匆促令人悲苦，離別的愁恨無窮無盡。今年的鮮花比去年更加繁盛鮮豔；明年的鮮花會比今年更盛更豔紅，可惜的是，卻不知道一同賞花的人是誰？

青玉案

一年春事都來①幾？早過了、三之二。綠暗紅嫣渾可事②，綠楊庭院，暖風簾幕，有個人憔悴。　買花載酒長安市③，又爭似④家山⑤見桃李？不枉⑥東風吹客淚，相思難表，夢魂無據⑦，惟有歸來是。

〔注〕①都來：算來。②渾可事：滿可以的事，指風景還可以。③載：充滿。長安市：京都長安的街市。④爭似：怎似。⑤家山：家鄉的山，即家鄉。⑥不枉：不要冤枉，不要責怪。⑦無據：無根無據，虛無縹渺。

【譯文】

細細算來，一年的春光能有多長？三分春光早已過了二分。庭院中垂柳飄拂，綠陰濃濃，簾幕掀動著暖風，這柳綠花紅的景致優美，有個人卻面容憔悴、心事重重。　縱然長安街市無比繁華，能買到鮮花和酒，怎抵得我家鄉山花爛漫滿目桃李？不怨東風吹得遊子相思落淚，鄉思之情太濃難以表白，夢回故鄉虛無縹渺，醒來更傷情，惟有回到故鄉才能了卻鄉思之情。

❑聶冠卿

聶冠卿（九八八—一〇四二），字長孺，安徽歙縣人。大中祥符五年（一〇一二）中進士，曾任兵部郎中、翰林學士等職。著有《蘄春集》，已佚。

多麗

想人生，美景良辰堪惜。向其間、賞心樂事，古來難是並得。況東城、鳳台沁苑①，泛清波、淺照金碧。露洗華桐，煙霏②絲柳，綠蔭搖曳蕩春色。畫堂回，玉簪瓊佩③，高會盡詞客。清歌久，重燃絳蠟，別就瑤席。　有翩若驚鴻④體態，暮為行雨標格⑤。逞朱唇、緩歌妖麗，似聽流鶯亂花隔。慢舞縈回，嬌鬟低嚲⑥，腰肢纖細困無力。忍分散、彩雲歸後，何處更尋覓？休辭醉，明月好花，莫漫輕擲。

〔注〕①鳳台沁苑：鳳台，即秦樓，是秦穆公為其女弄玉及女婿蕭史所造的住處。沁苑：漢明帝女兒沁水公主的園林，後泛指皇家公主的園林。②霏：飄揚。③玉簪瓊佩：指首飾，此處指代衣著華麗的人。④翩若驚鴻：翩，很快地飛。形容體態輕盈，若鴻鳥驚飛。⑤暮為行雨標格：巫山神女般的風采。宋玉《高唐賦》中說，楚襄王曾遊高唐，夢與巫山神女相會，神女臨去說自己「旦為朝雲，暮為行雨」。這裏以「暮為行雨」代指巫山神女。標格：指風采，風範。⑥嚲（ㄉㄨㄛˇ）：下垂。

【譯文】

想想人的一生中，碰到良辰美景應該要十分珍惜。良辰美景、賞心悅目使人身心快樂的事，自古以來都是難以同時得到的。比方城東那地方，風景幽麗如同鳳台沁苑，碧水澄澈泛著清波，初升的太陽照得亭臺樓閣金碧輝煌。華桐樹葉清翠欲滴，像是被晨露剛剛洗過；薄霧如煙，伴著柳絲輕輕飄揚；綠陰搖曳春色蕩漾。畫堂外迴廊曲折環繞，佳麗如雲，玉簪瓊佩相映成輝；高朋滿座，風流倜儻都是詩人墨客。清唱低吟，你歌我和，意猶未盡興正濃，再設盛宴、重點紅蠟燭。　群芳薈萃，彩雲追月。有的體態輕盈若鴻鳥驚飛，有的婀娜風姿似神女下凡。微啓口紅唇慢聲緩歌，情態妖嬈豔麗，像聽黃鶯在姹紫嫣紅的花叢中婉轉飛鳴。曼舒長袖，翩翩起舞或徐徐盤旋或急轉往復，嫵媚的雲鬢漸漸鬆散下垂，嬌柔纖細的腰肢也好似困乏無力。如此良辰美景、享盡人間樂事，怎忍得匆匆分離別散，那彩雲歸去後，再到何處去尋？不要以不勝酒力、人已昏醉相辭，難得這月明花好時光，不要輕易蹉跎、薄意慢待。

❑柳　永

柳永（九八〇？——一〇五三？），字耆卿，原名三變，今福建崇安人，景元年（一〇三四）中進士，官至屯田員外郎。他排行第七，人稱柳七或稱柳屯田。他的詞在當時獨具一格，善於慢詞，多寫歌妓生活、城市風光及文人羈旅行役生活，對北宋慢詞的興盛及發展多有貢獻。有《樂章集》。

曲玉管

隴首①雲飛，江邊日晚，煙波滿目憑闌久。一望關河蕭索，千里清秋，忍凝眸。杳杳神京②，盈盈仙子，別來錦字③終難偶。斷雁無憑，冉冉飛下汀洲④，思悠悠。　暗想當初，有多少、幽歡佳會；豈知聚散難期，翻⑤成雨恨雲愁！阻追遊，每登山臨水，惹起平生心事，一場消黯⑥，永日⑦無言，卻下層樓。

〔注〕①隴首：山頭。隴，高丘、山嶺。②神京：指北宋京都汴梁，今河南省開封市。③錦字：指情書。典出《晉書》竇滔、芳蕙的故事。苻秦時，竇滔獲罪被行徙流沙，芳蕙作回文詩，織於錦上寄出，言詞淒婉。偶：在此作遇。④汀洲：水中或水邊的平地。⑤翻：反而。⑥消黯：黯然銷魂之意，形容精神委靡不振。⑦永日：終日，長久的意思。

【譯文】

在高樓上憑欄已久，遠處山頭上暮雲紛飛；落日餘暉映照之下，江邊暮靄迷茫，滿眼煙波浩渺。一眼望去，千里關河盡收眼底，卻又望不見那盡頭處，只見蕭條冷落、清秋淒涼，何忍凝神目睹。在那遙遠的京都汴梁城裏，有一位體態輕盈、嬌美如仙的情人，想必京城別後給我寄來了情書，終因路途迢迢而難見到。料想大雁傳書無非是個傳說，看那大雁不是冉冉地落在汀洲再也無意飛走，如此奈何，我的愁思更加悠悠。　暗想當初，有多少次美好的相會、幽幽歡娛。豈知聚散難料，一別難相遇，往日之歡情反而成爲今日的綿綿愁恨！千里阻隔、無從相見，只能追憶往事，徒增思念。每次登山臨水，觸目生情，惹起平生鬱積，多少心酸事。今日登樓，黯然傷神如故，終日悶悶無語，默默下樓。

雨霖鈴

寒蟬淒切，對長亭①晚，驟雨初歇。都門帳飲②無緒，留戀處，蘭舟③催發。執手相看淚眼，竟無語凝噎④。念去去，千里煙波，暮靄沈沈楚天⑤闊。　多情自古傷離別，更那堪、冷落清秋節⑥！今宵酒醒何處？楊柳岸，曉風殘月。此去經年，應是良辰好景虛設。便縱有千種風情，更與何人說？

〔注〕①長亭：古時驛道上五里一短亭，十里一長亭，供人歇息，送行的人亦往往至此分手。②都門帳飲：在京都城門外設帳擺筵送行。③蘭舟：裝飾華麗的船。④凝噎：因過於激動而不能出聲。⑤楚天：長江中下游，是古楚國之地，這裏借指南方。⑥清秋節：清涼蕭瑟的初秋季節。

【譯文】

初秋時節，已覺清涼蕭瑟，寒蟬叫得哀婉淒切。正當傍晚時分，一場滂沱驟雨剛剛停歇，你在都門外十里長亭爲我設帳擺筵，餞別送行，面對別離在即，我沈默哽咽。正依依不捨、留戀情濃時，那蘭舟卻催我登船。你我雙手緊握，淚眼相對，千言萬語竟哽噎著說不出話來。想你我今日分別，一去千里之外，煙波浩渺，暮靄沈沈，楚天何等遼闊，真不知何日能與你相見！

多情人自古就怕離別傷懷，更何堪在這涼落蕭瑟的清秋時節！今宵獨酌酒醉，明晨醒來是何處？想必是曉風習習吹岸柳，一彎殘月高掛楊柳梢頭。此去一別數年，沒你相伴身邊，良辰美景也形同虛設一般，縱然有千種柔情，萬般蜜意，又能去向誰訴說？

蝶戀花

佇倚危樓①風細細，望極春愁，黯黯②生天際。草色煙光殘照裏，無言誰會憑闌意？　擬把疏狂③圖一醉，對酒當歌，強樂④還無味。衣帶漸寬終不悔，為伊消得人憔悴⑤。

〔注〕①佇倚危樓：佇，長時間地站立。倚，靠。危樓，高樓。②黯黯：心神沮喪的樣子。③疏狂：放縱，狂妄不羈。④強樂：勉強行樂。⑤消得：值得，能忍受。

【譯文】

我倚著高樓佇立良久，不忍離去。春風徐徐，細膩溫馨地吹拂著我的臉頰。舉目四望，空曠的原野上，碧草如茵，在夕陽斜暉裏，草色如煙似霧，朦朧迷離，鋪向天際。一股愁思卻悠悠升起、襲上心頭，我心神沮喪默默無語，有誰能理解我此時的心意？　我真想放縱自己，無拘無束地狂飲，圖個一醉方休，忘卻愁意。奈何勉強行歡求樂、把酒高歌，還是興趣索然無滋味。我日思夜想，日漸消瘦衣帶漸寬，但是我並不後悔，爲了你的眞情，我能忍受一切，不怕消瘦，不怕憔悴。

采蓮令

月華收，雲淡霜天①曙。西征客、此時情苦。翠娥執手，送臨歧②、軋軋③開朱戶。千嬌面、盈盈佇立，無言有淚，斷腸爭忍④回顧？　一葉蘭舟，便恁急槳凌波⑤去。貪行色⑥、豈知離緒，萬般方寸，但飲恨、脈脈同誰語？更回首、重城⑦不見，寒江天外，隱隱兩三煙樹。

〔注〕①霜天：寒冷的天空，多指晚秋或冬天。②臨歧：來到要分別的岔路口。③軋軋：開門的響聲。④爭忍：怎忍。⑤淩波：高出水波，形容船速很快。⑥行色：這裏指行程中的

景色。⑦重城：統稱內城與外城。古代城牆一般有二重，內為城，外為廓。

【譯文】

月光消逝，寒冷的天空泛起了灰白的曙光，飄浮著淡淡的薄雲。即將西行的我，想到臨別在即，心情萬分痛苦。隨著一陣陣吱吱軋軋的開門聲，走過一道道殷紅的房門，戀人緊緊地拉著我的手，依偎著直送到岔路口。她千般嬌媚、儀態盈盈地站在那裏，默默無語卻淚流滿面。那悽楚的神態令我肝腸寸斷，怎忍心頻頻回顧？　一葉蘭舟，竟這樣急搖櫓槳淩波而去。那船上眾人只貪看途中景色，豈知我心中萬般離情別緒。只有暗暗飲恨，脈脈情深向誰訴說？回頭再望，那重重城樓早已不見；江面上寒氣襲襲，那天水相連之處，煙霧繚繞，隱隱約約只見三兩棵樹影。

浪淘沙慢

夢覺透窗風一線，寒燈吹息。那堪酒醒，又聞空階，夜雨頻滴。嗟因循①、久作天涯客。負佳人、幾許盟言，更忍把、從前歡會，陡頓②翻成憂戚。　愁極，再三追思，洞房深處，幾度飲散歌闌，香暖鴛鴦被。豈暫時疏散，費伊心力。殢雲尤雨③，有萬般千種，相憐相惜。　恰到如今，天長漏永④，無端自家疏隔。知何時、卻擁秦雲態⑤？願低幃昵枕⑥，輕輕細說與，江鄉夜夜，數寒更思憶。

【注】①嗟因循：嗟（ㄐㄧㄝ），歎息。因循：遲延拖拉。②陡頓：突然。③殢雲尤雨：暗指男女情事。殢（ㄊㄧˋ），形容困倦已極。④漏永：古時以銅壺滴漏計算時間，漏壺水滴不斷，形容夜長。⑤秦雲態：古代稱妓院為秦樓。秦雲態，即男女歡情之態。⑥昵枕：枕上親近。

【譯文】

寒風如線，穿透窗櫺縫隙襲來，我從夢中覺醒，那盞孤燈已被吹熄。昨夜獨酌，醒來更覺苦愁；又不斷傳來空洞沈悶的雨滴石階聲，攪得心煩意亂。可歎我遲延漂泊，孑然一身，淪落天涯。現在想起來，眞是辜負了佳人的一片眞情，多少山盟海誓竟成空言；又怎能忍心把從前的兩情歡愉，陡然間變成眼下這孤獨憂戚。

煩愁已極，把當時的歡情再三追憶。想當初洞房幽深處，多少次暢飲酣歌後，鴛鴦被下同床共枕，溫馨如春。何曾有一刻的分離，讓你費心勞力。想那時男歡女愛，萬般溫柔、千般風情，愛憐相惜綿綿不盡。

看如今，漫漫長夜，就這樣兩地相思隔絕千里。我眞是自尋離愁，卻讓你牽腸掛肚徒悲淒。不知要等到哪日，你我再擁鴛鴦被，共度歡情。到那時，願帷幕低垂玉枕親昵。我會輕聲細語地告訴你，在這偏遠的寒江水鄉，我夜夜難眠，數著寒星更把你思念，把你惦記。

定風波

自春來、慘綠愁紅，芳心是事可可①。日上花梢，鶯穿柳帶，猶壓香衾臥。暖酥②消、膩雲嚲③、終日厭厭倦梳裹。無那④，恨薄情一去，音書無個。早知恁麼⑤，悔當初、不把雕鞍鎖。向雞窗⑥，只與蠻箋象管⑦，拘束教吟課⑧。鎮相隨⑨、莫拋躲，針線閒拈伴伊坐。和我，免使年少光陰虛過。

〔注〕①是事可可：什麼事都不在意。②暖酥：紅潤的臉。酥，形容女子皮膚細膩。③膩雲嚲（ㄉㄨㄛˇ）：發膩的頭髮散亂下垂。④無那（ㄋㄨㄛˋ）：百無聊賴，無可奈何。⑤恁（ㄖㄣˋ）麼：如此。⑥雞窗：相傳晉兗州刺史宋處宗曾買一長鳴雞，關在籠子裏，掛於窗前，雞忽做人言，終日與宋處宗談論學問。後世遂以雞窗代指書房。⑦蠻箋象管：四川產的彩色紙和象牙做的筆管，這裏泛指紙和筆。⑧吟課：以吟詠詩詞為功課。⑨鎮：即鎮日，整天。

【譯文】

自入春以來，看到那紅花綠葉就憂愁，心裏煩悶做什麼事都無聊。陽光已照上樹梢，黃鶯在柳枝間飛穿鳴叫，我依舊擁著繡被高臥。紅潤的兩頰消瘦了，秀髮變膩雲鬢散落，終日懨懨欲睡，懶於打扮梳妝。眞是百無聊賴莫可奈何，只恨那薄情郎一去不返，書信全無，連音訊也不捎回一個。　早知如此結果，只後悔當初沒把雕鞍鎖牢，留他在家中安坐書房，只與筆墨紙硯相伴，吟詩賦詞寫文章。我與他終日相伴不必躲藏，拿著針線閒坐在他身旁，和我日夜廝守相親相愛，哪會像現在這樣孑身獨處，白白虛度了青春好時光。

少年遊

長安古道馬遲遲，高柳亂蟬嘶。夕陽島①外，秋風原上，目斷四天垂②。　歸雲一去無蹤迹，何處是前期③？狎興④生疏，酒徒蕭索，不似去年時。

〔注〕①島：這裏指高山，形容山峰高峻，猶如大海中的島嶼。②四天垂：四方天與地相接，猶如簾幕四垂。③前期：這裏指願望、期待。④狎（ㄒㄧㄚˊ）興：遊冶之興。

【譯文】

這條通往長安的古道上，來去匆匆多少過客？人事紛爭、世事滄桑！我正行進在這條古道上。馬兒遲遲緩緩地走著，彷彿明白主人的心思。那柳樹被秋風剪去了許多枝葉，一下子高了許多；蟬兒嘶叫著，此起彼落，撩亂人的心緒。夕陽昏黃，漸漸地落在高山的另一邊。原野遼闊，秋風顯得更是淒涼。極目四望，天空灰濛濛的，蒼茫之際像是幕布垂向四方，不知今夜投宿何方？　歸雲四散，一下子就消失得無影無蹤。過去的事情，過去的年華也像這歸雲一樣

消失了，消失得無蹤無影。回想起來，我曾經有過的許許多多夢想，苦苦等待的期望，也已消逝了，哪裡還有它們的影子？早年冶遊狎玩的意興，已經冷落荒疏；當日與我一起歌酒留連的酒友也已日漸散去，今年更不如去年了，留下的只是虛幻和落寞。

戚氏

晚秋天，一霎微雨灑庭軒。檻菊蕭疏，井梧①零亂惹殘煙。淒然，望江關，飛雲黯淡夕陽閑。當時宋玉悲感②，向此臨水與登山。遠道迢遞，行人悽楚，倦聽隴水潺湲③。正蟬吟敗葉，蛩④響衰草，相應喧喧。孤館度日如年，風露漸變，悄悄至更闌。長天淨，絳⑤河清淺，皓月嬋娟。思綿綿，夜永對景，那堪屈指，暗想從前。未名未祿，綺陌紅樓，往往經歲遷延。帝里⑥風光好，當年少日，暮宴朝歡。況有狂朋怪侶，遇當歌對酒競留連。別來迅景如梭，舊遊似夢，煙水程何限！念利名、憔悴長縈絆，追往事、空慘愁顏。漏箭移⑦，稍覺輕寒，漸嗚咽畫角數聲殘。對閑窗畔，停燈向曉，抱影無眠。

〔注〕①井梧：井邊梧桐。②宋玉悲：宋玉是戰國時楚國的著名辭賦家，他在其《九辯》中，悲歎「悲哉秋之為氣也」，認為秋天萬象蕭瑟，尤覺悲涼淒慘。③隴水：泛指山間流水。

潺湲（ㄔㄢˊ ㄩㄢˊ）：溪水流淌的聲音。④蛩（ㄑㄩㄥˊ）：即蟋蟀。⑤絳河：即銀河。⑥帝里：京都，這裏指宋都汴京。⑦漏箭：古代計時器漏壺中的立箭，箭上有刻度，隨著漏壺中水的減少，立箭露出刻度，以示時間的推移。

【譯文】

晚秋天氣，一陣小雨灑落在客舍的庭院裏。門檻下的秋菊已蕭條凋零，殘花疏落。水井邊的梧桐，落葉紛亂；那濃蔭如煙的景象早已不復存在，只剩下殘枝敗葉還在秋風細雨中抖動。一片淒然！遠望江關，飛雲黯淡、夕陽閒散。想當時，宋玉正是在此登山臨水，悲歎秋天的蕭殺悲涼。坎坷不平的大路，千里迢迢而來，又伸向遙遙的天際，漂泊不定的行人，面容悽楚，疲倦中聽到緩緩的流水聲，想必引起了悠悠的鄉情。驀然間，蟬吟敗葉，蛩響衰草，此起彼伏，相應和唱，把我從冥想中驚醒。　孤居客舍，度日如年。風漸涼，露漸冷，靜夜悄悄，直至更盡尚未入眠。見長空清澈，銀河清淺，一輪明月嬋美如嬋娟。長夜漫漫，面對此景此色，思緒綿綿。屈指細算想當年，那時名未成、功未祿，年復一年地流連於煙花柳巷中盡情冶遊，眞不堪回首。　京城裏繁華喧鬧風光好，那時我正當年少風華茂，便夜夜宴飲日日尋歡，更有那狂疏怪誕的朋友作伴，遇到便對酒當歌流連忘返。自別離京城後，日月如梭光陰似箭，昔日的遊歷似同夢幻，但不知，這煙村水驛的漂泊行程，何時是期限？想以前爲這追名逐利事，魂牽夢縈成羈絆，面容憔悴，受盡多少熬煎。追憶往昔風流荒唐事，只落得愁緒滿懷。漏箭顯露，

夜色已深沈，稍覺寒冷。遠處傳來幾聲畫角，殘音嗚咽。我面對寒窗閒坐，看著孤燈靜等黎明，懷抱空影長夜無眠。

夜半樂

凍雲黯淡天氣，扁舟一葉，乘興離江渚①。渡萬壑千巖，越溪②深處。怒濤漸息，樵風③乍起，更聞商旅相呼。片帆高舉，泛畫鷁④、翩翩過南浦⑤。　望中酒旆⑥閃閃，一簇煙村，數行霜樹。殘日下、漁人鳴榔⑦歸去。敗荷零落，衰楊掩映。岸邊兩兩三三，浣紗遊女，避行客、含羞笑相語。　到此因念，繡閣輕拋，浪萍難駐。歎後約叮嚀竟何據？慘離懷，空恨歲晚歸期阻。凝淚眼、杳杳神京路⑧，斷鴻聲遠長天暮。

〔注〕①江渚：水中小塊陸地。這裏泛指江邊。②越溪：指春秋時越國美女西施在那裏浣過紗的若耶溪，在今浙江紹興境內。③樵風：指順風。《嘉泰會稽志》載漢代鄭弘少年時砍柴，拾到一枝箭。不一會有人來找箭，問鄭弘要什麼。鄭弘看出此人是神仙，就說若耶溪用船運柴很困難，願早晨刮南風，晚上刮北風。後來果然如此。世人稱之為樵風。④畫鷁（ㄧˋ）：古人將鷁鳥畫在船頭以祈求吉利，後則以畫鷁鳥作為船的代稱。⑤南浦：南

面的水濱，常代指送別之處，也泛指水邊。⑥斾：古時尾端像燕尾的旗子。這裏指酒家招客的幌子，即望子，也叫簾子。⑦鳴榔：即敲榔，木棒。漁人捕魚時，以木棒敲擊船發出聲響，藉以驅魚入網。有時也用來擊拍唱歌。這裏指後者。⑧神京：即汴京（今河南省開封市）。

【譯文】

厚厚的雲層似乎凍住了，凝滯不動，天氣陰沈沈的。我乘上一葉小舟，興沖沖地離開了江岸。漂過萬壑爭流、千岩爭秀的越溪深處，江面豁然開闊，湍急洶湧的怒濤也漸漸平息。順風乍起，小船高高地扯起風帆。江面上漁船往來，客商們相互招應，漁家悠悠地撒網捕魚。小船順風揚帆，輕快地駛過了南浦。

小船平穩，我站在船頭觀望風景。看遠處，一挑酒簾隨風閃閃，映入眼簾。村落簇擁，炊煙繚繞，村頭幾行霜樹影影綽綽。斜陽映照，水波閃閃，漁民敲著木榔、哼著漁歌回家。淺水灘頭，荷花已枯萎敗落；岸邊衰柳掩映下，三三兩兩的浣紗女看到客船行過，側身避客，含羞地低聲笑語。

觸景生情，浣紗女的倩影，又勾起了我心底的思情。我竟輕率離家，拋下閨中佳人，像浮萍逐浪，行蹤難定，不知要漂泊到哪年才止。想當年曾與我約定歸期，她也曾叮嚀又叮嚀，可歎我如期不歸竟成虛言。感傷別離，心中痛苦悲淒。恨只恨時至歲暮，歸期卻一再延誤。淚漣漣，呆呆凝望，路途杳杳，不見京城影；長天空闊，暮色蒼茫，那離群的孤雁哀鳴聲聲，不知飛向何處？

玉蝴蝶

望處雨收雲斷，憑欄悄悄，目送秋光。晚景蕭疏，堪動宋玉悲涼。水風輕、蘋花①漸老；月露冷、梧葉飄黃。遣情傷，故人何在？煙水茫茫。　難忘，文期②酒會，幾孤風月，屢變星霜③。海闊山遙，未知何處是瀟湘④？念雙燕、難憑音信；指暮天、空識歸航。黯相望，斷鴻聲裏，立盡斜陽。

〔注〕①蘋：蕨類植物，生長在淺水中，也叫田字草。②文期：古代文人相約聚會，賦詩作文。③星霜：一星霜即一年。星一年一周天，霜每年而降，因稱一年為一星霜。④瀟湘：本指瀟水和湘水，這裏借用梁柳惲《江南曲》「洞庭有歸客、瀟湘逢故人」詩意，指故人所在之地。

【譯文】

我憂心悄悄，倚欄眺望。雨停了，風吹雲散，我目送秋光消失在那天邊。傍晚的景色蕭疏衰颯，足以令多愁善感的宋玉心中悲涼。秋風輕吹水面，吹得花蘋漸漸變老；月寒露冷，梧桐葉泛黃飄落。此情此景，不由人寂寞傷心，我的故朋舊友，不知你們都在何方？只見茫茫然煙水一色。　那文期酒會，故友相聚、賦詩飲酒，何等樂事，至今難忘。無奈別離後物換星移，虛度了多少良辰美景、大好時光！海壯闊山遙遠，不知道何處是故友所在之地？想給故友傳信，那雙雙飛去的燕子，難以靠牠傳送音信；企盼故友歸來，遙指蒼茫天際，辨識歸來航船，無奈都是空等。我默默佇立，黯然相望，只見斜陽已盡，傳來孤雁哀鳴。

八聲甘州

對瀟瀟暮雨灑江天，一番洗清秋。漸霜風淒緊，關河①冷落，殘照當樓。是處紅衰翠減②，苒苒物華休③。惟有長江水，無語東流。　不忍登高臨遠，望故鄉渺邈，歸思難收。歎年來蹤跡，何事苦淹留④？想佳人、妝樓凝望⑤，誤幾回、天際識歸舟？爭知我、倚闌干處，正恁凝愁？

〔注〕①關河：關山江河。②是處紅衰翠減：是處，到處。紅衰翠減，指花木凋零。③苒苒物華：苒苒，同「冉冉」，漸漸地。物華，即景物。④淹留：久留。⑤凝望：抬頭凝望。

【譯文】

我登上江樓極目四望，暮雨瀟瀟灑向大江南北，千里無際。一番秋雨，洗盡了纖埃微霧，清秋長空更顯澄澈清明。漸覺淒涼的秋風一陣緊似一陣，俯瞰關河，滋榮盛茂的景象已蕩然無存，滿目蕭瑟；落日的餘暉也毫無生氣，淡淡地映照著江樓。俯視近處，到處是敗花殘枝，一

片凋零；物換星移，那豔麗的景色轉瞬間都已歇休。惟有這滔滔長江水，依舊靜靜地東流。

登樓遠眺極度不忍，望故鄉去路迢迢，一片雲霧渺茫，徒增歸思難以收束。歎只歎幾年來浪跡天涯，這究竟是爲了什麼？想那佳人閨中寂寞，也是登樓凝望，遙指天際歸舟，盼我人在船上，卻是一次次地誤認，一次次地失望。然而你怎麼會知道，我也在這裏倚樓憑欄思念你、思念著家鄉，也是深深地思愁！

迷神引

一葉扁舟輕帆卷，暫泊楚江南岸。孤城暮角①，引胡笳②怨。水茫茫，平沙雁，旋驚散。煙斂寒林簇，畫屏展，天際遙山小，黛眉淺。

舊賞輕抛，到此成遊宦③。覺客程勞，年光晚。異鄉風物，忍蕭索，當愁眼。帝城賒④，秦樓⑤阻，旅魂亂。芳草連空闊，殘照滿，佳人無消息，斷雲遠。

〔注〕①暮角：黃昏時的畫角聲。②胡笳：一種古代北方少數民族的管樂器，吹奏的曲調多哀怨之聲。③遊宦：即在外做官。④帝城賒：京城遙遠。⑤秦樓：歌樓舞館。這裏代指佳人居所。

【譯文】

天色將晚，小船輕輕靠岸，船家收起風帆，今晚暫時停泊在楚江南岸。暮色蒼茫中，孤城裏傳來號角聲聲，悲壯蒼涼，又引出胡笳的悲咽。舉目望去，江水茫茫，平坦的沙灘上數隻大雁徐徐落下，旋即又被驚散；遠處樹林簇擁，暮靄如煙般籠罩在林間，黝黝地透出寒氣；天邊遙遙，群山顯得渺小，淡淡的如同淺淺黛眉，猶如展開的畫屏一樣。往日那些賞心樂事都輕易地捨棄了，卻漂泊到這鄉異地來做個小官。任所未到，已覺旅途勞頓，眞是時光易逝、年事已老了。異鄉風物如畫，怎奈我胸懷愁悶，看上去竟是如此蕭索。京城遙遠，是難以回還了；那歌樓舞榭、舊日相好也隔絕在千里之外，羈旅在外，心神迷亂，愁緒綿綿。芳草萋萋伸向天邊，夕陽斜照，滿目空寂，自離京城，再無佳人消息，那往日的舊情，也如同斷雲飄忽遠去了。

竹馬子

登孤壘荒涼，危亭曠望，靜臨煙渚①。對雌霓②挂雨，雄風③拂檻，微收殘暑。漸覺一葉驚秋，殘蟬噪晚，素商④時序。覽景想前歡，指神京、非霧非煙深處。

向此成追感，新愁易積，故人難聚。憑高盡日凝佇⑤，贏得消魂無語。極目霽靄霏微⑥，暝鴉零亂，蕭索江城暮。南樓畫角，又送殘陽去。

〔注〕①煙渚：煙霧水氣籠罩的水中小塊陸地或沙洲。②雌霓：古人將雙虹並出時顏色亮者稱

為雄虹，顏色暗者稱為雌霓，亦稱為副虹。③雄風：清涼強勁之風。語出戰國楚宋玉《風賦》：「此大王之雄風也。」④素商：秋季。五色中，白屬秋；五音中，商屬秋，白為素色，故曰素商。⑤凝佇：佇立凝望。⑥霽靄霏微：霽（ㄐㄧˋ）靄，雨晴後的霧氣。霏微：霧氣或細雨瀰漫的樣子。

【譯文】

我登上荒涼的孤壘殘壁，站在高亭上眺望四周，對面是靜靜的煙霧繚繞的沙洲。陣雨初停，虹霓掛在半空；陣陣涼風拂過門檻，送走了殘存的暑氣。漸覺涼意飄來，一葉落而驚秋；殘蟬在暮色中嘶鳴，已是秋天的時令了。瀏覽眼前的景色，便想起以前的歡娛，指看京城，就在那沒有煙霧的遙遠處。

面對此情此景，勾起我對往事的追思，感慨不已。新添的愁悶容易積鬱，舊時的友人卻難以相聚。終日裏在高處佇立凝望，也只落得憂愁傷感、黯然無語。遠望雲煙瀰漫的秋空，昏鴉歸巢零亂翻飛、聒噪，暮色中的江城一派蕭索。南城樓上號角聲聲，又一次把殘陽送走。

❑王安石

王安石（一〇二一—一〇八六），字介甫，號半山，撫州臨川（今江西撫州）人。宋神宗時二度任相，倡導變法。封荊國公，世稱王荊公。其詩詞均獨具一格，爲時人所尊崇。散文亦有很高成就，是唐宋八大家之一。有《臨川先生歌曲》存世。《全宋詞》收其詞二十九首。

桂枝香

登臨送目，正故國①晚秋，天氣初肅。千里澄江似練②，翠峰如簇③。歸帆去棹斜陽裏，背西風，酒旗斜矗。彩舟雲淡，星河鷺起④，畫圖難足。　念往昔、繁華競逐，歎門外樓頭⑤，悲恨相續。千古憑高，對此漫嗟榮辱。六朝⑥舊事如流水，但寒煙、衰草凝綠⑦。至今商女，時時猶唱《後庭》遺曲⑧。

〔注〕①故國：即故都，指金陵（今江蘇省南京市，是南朝舊都）。②澄江似練：清澄的長江像一條白色的綢帶。③簇：聚集、簇擁。④星河鷺起：星河即指銀河。這裏比喻晚上的長江猶如銀河。白鷺洲在今南京西南的長江中。鷺起：說白鷺洲猶如白鷺起飛。⑤門外樓頭：這裏用陳後主寵張麗華亡國的典故，說的是當隋將韓擒虎率大軍壓境時，陳後主還和寵妃張麗華在一起尋歡作樂。又濃縮了杜牧的詩句：「門外韓擒虎，樓頭張麗華」。⑥六朝：指江南的東吳、東晉、宋、齊、梁、陳等六個朝代，均建都金陵，因此常並稱；金陵也被稱為六朝故都。⑦凝綠：暗綠。⑧《後庭》遺曲：指陳後主曾作《玉樹後庭花》

曲，後人稱之為亡國之音。本詞的末句化用了杜牧的兩句詩：「商女不知亡國恨，隔江猶唱《後庭花》。」

【譯文】

我漫遊南朝故國，登高遠眺，正值晚秋時節，天氣一片肅穆。遠看千里長江，清澄婉曲猶如白色素絹，蒼翠的山峰聳峙簇擁。江面上斜陽映照波光粼粼，歸來的風帆、遠去的棹影交錯而行；在那西風緊處，酒家的酒簾兒高高挑起，隨風斜飄。畫船上的白帆似是朵朵淡雲浮動，江中的沙洲猶如銀河裏的白鷺起飛。這美景韻致，畫圖也難以盡收。想當年，這六朝故都、金陵勝地，何等繁華，幾多競逐。可歎六朝君主皆以荒樂而相繼亡覆。那隋軍已到城外，陳後主還在尋樂，只落得一身遭囚，爲千古悲恨續新幕。古往今來多少後人登高憑弔，也只能空歎榮辱。六朝舊事已隨那江水流逝，消失無痕，惟見寒煙籠罩江面，秋草暗綠淒淒，猶令人觸目驚心。六朝已遠，時至今日，賣唱歌女還不時地唱著《後庭》遺曲那亡國之音！

千秋歲引

別館寒砧①，孤城畫角，一派秋聲入寥廓。東歸燕從海上去，南來雁向沙頭落。楚臺風②，庾樓月③，宛如昨。　無奈被些名利縛，無奈被他情擔閣，可惜風流總閑卻。當初謾留華表語④，而今誤我秦樓約⑤。夢闌時，酒醒後，思量著⑥。

【注】①砧：擣衣石。這裏指擣洗寒衣的聲音。古人有秋夜擣衣，遠寄邊人的習俗。②楚臺風：宋玉在《風賦》中說，楚王遊蘭臺，清風徐來，楚王敞懷而近之，贊曰：「快哉此風！」「楚臺風」即用此典，以清風指昔日遊賞之快。③庾樓月：《晉書・庾亮傳》載，庾亮在武昌時，與其下屬殷浩等人登武昌南樓賞月，後世人稱此樓為庾樓。「庾樓月」即用此典，也是以明月指昔日遊賞之快。④華表語：據《搜神後記》載，遼東人丁令威學道有成，化鶴歸來，落在城門華表柱上，有少年舉弓欲射，遂歌唱：「有鳥有鳥丁令威，去家千年今來歸；城廓如故人民非，何不學仙塚累累。」歌罷飛去。詞中借這個故事喻指當初的山盟海誓。⑤秦樓約：指男女之間情愛之事。⑥著：讀先生（指周邦彥）之詞，於文字之外，須更味其音律。今其聲雖亡，讀其詞者，猶覺拗怒之中，自饒和婉，曼聲促節，繁會相宣，清濁抑揚，轆轤交往，兩宋之間，一人而已。

【譯文】

客舍裏傳出擣洗寒衣的聲音，孤城樓上又傳來悲涼的畫角聲，秋聲悠遠哀長。燕子東歸，飛向蒼茫的大海；大雁南來，落向平坦的沙洲。楚臺清風清爽宜人，庾樓明月賞心悅目，昔日遊賞的歡娛宛如昨天才發生，至今未嘗忘懷。無可奈何，總是被名利束縛了手腳；無可奈

何，總是被紛雜的事情耽擱了自在的生活，只可惜風流美景總是被閒棄一旁。想當初也曾毫不遲疑地留下許諾，可是如今在名利場中奔波，辜負了紅顏情，耽誤了秦樓約。夢盡時，酒醒後，只能細細思量著、回憶著。

□王安國

王安國（一〇二八—一〇七四），字平甫，今江西撫州人，王安石之弟。宋神宗熙寧之年賜進士出身，曾任大理寺丞、秘閣校理等職，後因事罷官，放歸田里。有《王校理集》，已失傳。存詞三首。

清平樂

留春不住，費盡鶯兒語。滿地殘紅宮錦①汙，昨夜南園風雨。　小憐②初上琵琶，曉來思繞天涯。不肯畫堂朱戶，春風自在楊花。

〔注〕①宮錦：宮中製作的錦緞，這裏喻指落花點綴在草地上的景狀。②小憐：即馮小憐。北齊後主高緯的寵妃，善彈琵琶。這裏泛指歌女。

【譯文】

黃鶯兒盡心盡力、終日裏婉轉鳴叫，還是無法留住春天。南院裏百花被昨夜一場風雨摧殘，草地上殘紅點點，猶如美麗的宮中綿緞。破曉時分，那歌女彈起琵琶，琴聲幽怨纏綿，引得我思緒紛亂，天涯海角誰知我心事。那漫天飛舞的柳絮，不肯飄入畫棟高堂朱門人家，兀自在春風中怡然自得，悠閒翩躚。

❑晏幾道

晏幾道（一〇三〇？—一一〇六？），字叔原，號小山，今江西撫州人。他是著名文人晏殊的幼子，曾任潁昌府許田鎮監、開封府推官等職。詞風沈鬱婉麗，工於言情，與其父齊名，並稱「二晏」。有《小山集》。

臨江仙

夢後樓臺高鎖，酒醒簾幕低垂。去年春恨卻來時①，落花人獨立，微雨燕雙飛。　記得小蘋②初見，兩重心字羅衣③。琵琶弦上說相思，當時明月在，曾照彩雲歸。

〔注〕①去年春恨卻來時：去年春天的離愁別恨在這時又來到心頭。②小蘋：歌女的名字。③心字羅衣：穿著繡有雙重心字的薄羅衣衫，表示心心相印。宋代婦女衣裙上常見類似小篆的「心」字。

【譯文】

午夜夢迴，只見人去樓空，房門都已深鎖。宿醉方醒，更覺帳中冷清，簾幕重重低垂。此情此景恰似去年，正是春恨來襲時。一個人孤零零地佇立在庭院中，面對著紛紛凋落的花瓣，又見那雙燕在霏微細雨中翻飛。　怎能忘記初見小蘋的情景，款款而來，薄薄的羅衣上繡著雙重心字。低眉信手輕彈琵琶，琴聲婉約，傾訴著愛慕相思情。當時明月當空，月光皎潔，照著她輕盈的身影，如同那彩雲般翩然歸去。

蝶戀花

夢入江南煙水路，行盡江南，不與離人遇。睡裏消魂無說處，覺來惆悵消魂誤。　欲盡此情書尺素①，浮雁沈魚，終了無憑據。卻倚緩絃②歌別緒，斷腸移破秦箏柱③。

〔注〕①尺素：即書簡，古人多書於絹，故有此稱。②緩絃：古箏絃有柱支撐，柱可左右移動以調節音調。絃急則高，絃緩則低。③移破秦箏柱：移破，意為移盡或移遍。秦箏，一種十三根絃的古樂器，相傳為秦國蒙恬所製，故名。

【譯文】

夢境之中，我奔走在江南煙水迷茫的路上，但走遍江南，也沒遇到離我而去的心上人。那渴望見到心上人的急切心情，在夢裏無處訴說，好似喪魂落魄一樣，夢中醒來一陣惆悵。細思量，那夢中急切豈非枉然？即便見到了心上人也是空夢一場，醒來後豈不更讓人喪魂落魄？想寫一封情書傾訴衷腸，然而雁飛魚沈，情書寄不出去，即使寄走了也收不到回音，最後還是尋不著伊人蹤影。幽懷難抒，只好彈奏秦箏，以緩絃低音來抒發傷別的情懷，終究因爲心情太過悲切，移遍箏柱盡是斷腸聲。

蝶戀花

醉別西樓醒不記，春夢秋雲①，聚散真容易。斜月半窗還少睡，畫屏閒展吳山翠②。衣上酒痕詩裏字，點點行行，總是淒涼意。紅燭自憐無好計，夜寒空替人垂淚③。

〔注〕①春夢秋雲：春夢短暫易醒，秋雲飄忽不定，比喻聚散無常，來去匆匆。可參見晏殊《木蘭花》：「長於春夢幾多時，散似秋雲無覓處」句意。下文「聚散」，詞中偏義於散。②吳山：地名。③「紅燭」二句：化用杜牧《贈別》詩句：「蠟燭有心還惜別，替人垂淚到天明」。

【譯文】

歡宴西樓時喝得酩酊大醉，別離時的情景，酒醒後竟渾然不記得了。人生無常，來去匆匆，如同那春天的夢、秋天的雲，好事難久，聚合離散無常。月光已斜照到半窗，夜已深，我卻難以入睡，而床前的畫屏倒悠閒平靜，兀自展示著吳山翠景。　看這衣衫上殘留的酒痕，還有這筵席上賦寫的詩句，使我想起往日的歡樂，可如今舊侶風流雲散，這斑斑點點、字字行行反而引起無限的淒涼意緒。看那紅燭彷彿在爲我傷心卻又愛莫能助，默默地空灑同情之淚，伴我度過這寒寂的長夜。

鷓鴣天

彩袖殷勤捧玉鍾①，當年拚卻②醉顏紅。舞低楊柳樓心月，歌盡桃花扇底風。

從別後，憶相逢，幾回魂夢與君同③。今宵剩把銀釭照④，猶恐相逢是夢中。

【注】①彩袖：穿彩衣的歌女。玉鍾：即玉盅，酒杯。②拚（ㄆㄢˋ）卻：不惜一切，心甘情願。③同：相聚。④剩把：盡把。銀釭：燈。

【譯文】

記得當年你盛裝豔麗，捧著玉盅殷勤地頻頻勸酒。我不惜一醉開懷暢飲，直喝得滿面通紅。在楊柳環抱的樓中，你翩翩起舞，婀娜婆娑；徐徐地搖著桃花扇，輕展歌喉，婉轉嫋繞。輕歌曼舞，直到高照樓臺的明月低到楊柳梢頭，那桃花團扇也因困倦而停止了搖動。自從與你分別後，總是回憶起相見時的情景，總是盼望著再次相逢，多少回在夢中與你相聚，共訴衷情。今晚眞的與你相聚，我要把這銀燈盡量高舉、仔細照看，只怕這次相聚還是在夢中。

鷓鴣天

醉拍春衫惜舊香，天將離恨惱疏狂①。年年陌上生秋草，日日樓中到夕陽。
雲渺渺，水茫茫，征人歸路許多長。相思本是無憑語，莫向花箋②費淚行。

【注】①惱疏狂：惱，困擾，折磨。疏狂，狂放不羈。②花箋：寫信用的紙。

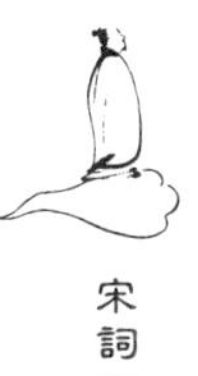

【譯文】

微醉中我輕輕撫摸、輕輕拍打著這件十分珍貴的春衫，她舊日留下的馨香勾起我無限的思念。蒼天啊，你總是讓我這個性情疏狂的人，倍受離情別恨的煩惱而又無法排遣。年復一年，等到陌上長滿秋草；日復一日，盼到落日斜照樓上。　看這雲浩浩渺渺、煙水茫茫，寥廓無際，更增惆悵。我也曾想即刻歸去，無奈路途遙遠、歸程也迷茫。這天各一方的相思之情，年年月月鬱積胸懷的離愁別恨，本來就是言語難以表達的，再不要空對信箋，書未成行而淚已漣漣了。

生查子

金鞍美少年，去躍青驄馬。牽繫玉樓人①，繡被春寒夜。　消息未歸來，寒食梨花謝。無處②說相思，背面鞦韆下。

【注】①玉樓人：閨樓裏的美貌少婦。②「無處」二句化用李商隱詩句：「十五泣春風，背面鞦韆下」。

【譯文】

青驄馬兒配上了金鞍，威武俊美的少年郎君，揚鞭躍馬飛馳而去。牽走了閨中少婦的思緒，從此後，夜夜春寒獨眠，繡被不暖，寂寞難耐。天天等待消息，月月盼望人歸。寒食節過了，梨花開了又謝，一次次地失望，不見人歸來。相思之苦向誰訴說，鞦韆架下她默默佇立，背過臉兒暗自歎息。

生查子

關山魂夢長，塞雁音書少。兩鬢可憐①青，只為相思老。　歸傍碧紗窗，說與人人②道：「真個別離難，不似相逢好。」

【注】①憐：憐惜。②人人：對所親近的人的暱稱。

【譯文】

荒漠淒涼的關山，常常令我魂牽夢縈，那遠在塞外的親人難得寄家信回來。可惜我兩鬢秀美的青絲，只因爲日日盼望、夜夜相思而漸漸變白了。　等到他回來的時候，我要依偎在他懷裏，傍著碧綠的紗窗共訴衷情。我一定要告訴他：「那別離的淒苦眞是難耐，還是團聚在一起的時光美好。」

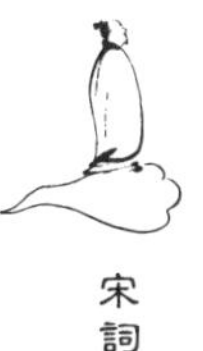

木蘭花

東風又作無情計，豔粉嬌紅吹滿地①。碧樓簾影不遮愁，還似去年今日意。
誰知錯管春殘事，到處登臨曾費淚。此時金盞直須深②，看盡落花能幾醉。

〔注〕①豔粉嬌紅：各種落花的顏色。②直須：只管。

【譯文】

東風又開始無情的吹拂，姹紫嫣紅的春花被吹得落英滿地、慘不忍睹。我躲進綠陰濃罩的高樓，放下重重簾幕，然而花飛花謝的情景仍依稀可見，簾影兒遮不住春殘花落，觸動我的心愁。這殘景，這愁情，同去年一模一樣，更令人愁上加愁。　誰知道我是錯管了這春殘花落之事，春去花落豈能挽回，我到處登臨枉自流了多少淚水。此刻，只管斟滿酒杯，痛飲美酒，眼看落花將盡，還能有幾次像這樣的狂醉？

木蘭花

鞦韆院落重簾暮，彩筆閒來題繡戶①，牆頭丹杏雨餘花②，門外綠楊風後絮。

朝雲信斷知何處？應作襄王春夢③去。紫騮④認得舊遊蹤，嘶過畫橋東畔路。

〔注〕①彩筆：相傳南朝江淹得到五彩筆後，下筆如神，後被神人索去，從此文思枯竭。人稱「江郎才盡」。繡户：雕繪華麗的門户，這裏指窗户。②雨餘花：雨後花，指杏花多已凋謝。③襄王春夢：指男女情事。據宋玉《高唐賦序》，楚襄王遊高唐，夢神女薦枕席，臨行有「朝為行雲，暮為行雨」之語。④紫騮：駿馬。

【譯文】

看庭院裏空空落落的，暮色中鞦韆閒掛在那裏，層層簾幕低垂，更顯得寂靜。想當初慵閒無事時，她便會拈起彩筆倚窗題詩。只見一枝紅杏伸出牆頭，風吹雨淋，嬌豔的花容似已憔悴；幾棵楊柳靜立門外，隨風漂浮的殘絮，此時亦輕輕地飄落，堆積在樹底門邊。朝雲現在會在何處呢？很久不見她的蹤影也毫無音信。想必是應襄王之邀同赴春夢去了。寶馬識途，紫騮馬還記得舊日走過的路徑，長嘶一聲，經過畫橋，沿著小溪東邊的路信步走去。

清平樂

留人不住①，醉解蘭舟去。一棹碧濤春水路，過盡曉鶯啼處。渡頭楊柳青

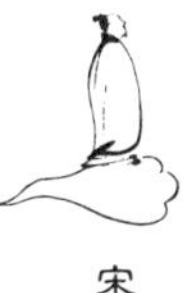

青，枝枝葉葉離情。此後錦書②休寄，畫樓雲雨無憑。

〔注〕①留人不住：留不住心上人。②錦書：相傳蘇蕙曾在錦上織出回文詩寄給其夫，後來便以「錦書」代指情書。

【譯文】

我苦苦挽留，無奈他去意已堅，留他不住，這會兒他帶著醉意解開蘭舟登上了歸途。想那一江春水碧波蕩漾，小舟定是輕快捷行，一路上處處能聽到曉鶯啼鳴。　看渡口空空蕩蕩，只剩下楊柳鬱鬱青青，枝枝葉葉都滿含著別意離情。從此後不須要寄信訴衷情，畫樓裏的歡娛不過是一場春夢，那山盟海誓都是空口無憑。

阮郎歸

舊香殘粉似當初，人情恨不如。一春猶有數行書，秋來書更疏。　衾鳳冷①，枕鴛孤②，愁腸待酒舒。夢魂縱有也成虛，那堪和③夢無。

〔注〕①衾鳳：繡有鸞鳳的錦被。②枕鴛：繡有鴛鴦的枕頭。③和：連的意思。

【譯文】

這香粉胭脂雖是用剩的往日舊物，卻香豔如初；那離去的人兒卻不如從前，可恨他情意已變，逐日冷淡了。春天裏還有幾行書信寄來，入秋以來更是音信稀疏。　長夜獨眠，錦被不暖，被上繡的鳳凰都覺得清冷，枕上繡的鴛鴦都顯得孤寂。愁腸百結，只待酒來舒愁了。儘管夢境虛幻，但能在夢中相會、重溫舊情，也能有片刻的歡樂。可悲的是，夜來空相思，竟難成夢，連這虛幻的慰藉也尋求不得，叫我怎能忍受？

阮郎歸

天邊金掌露成霜①，雲隨雁字長。綠杯紅袖趁重陽②，人情似故鄉。　蘭佩紫，菊簪黃，殷勤理舊狂③。欲將沈醉換悲涼，清歌莫斷腸。

〔注〕①金掌：漢武帝在長安建章宮修建的高達二十丈的銅柱，柱上有仙人手執承露盤，以接取長生不老的「玉露」。仙人手為銅鑄，故稱金掌。承露金掌是帝王宮中的建築物，這裏用此典點明地點是在京城汴梁。②趁重陽：歡度重陽佳節。當時，都城中的仕女紛紛到郊外遊賞宴樂。③理舊狂：昔日的清狂豪飲因受刺激而一度冷淡和衰退，需要調整它，恢復昔日的清狂豪飲。

【譯文】

秋高氣爽，京城宮裏那高聳天際的金掌中的仙露，怕已結成輕霜。鴻雁排成一字長陣穿雲遠翔，飄帶似的彩雲隨著雁陣冉冉延伸。時逢重陽佳節，城中男女紛至沓來，在郊外遊賞宴樂。身著紅裝的豔麗倩女，捧著泛綠的新釀美酒，勸我盡情品嘗。這人情風物，恰似我魂牽夢縈的故鄉。

佩戴紫色的蘭花，插上金黃的菊花，趁著這過節的氣氛，讓我除卻胸中的煩悶不快，像過去那樣清狂豪飲吧！希望一番歡歌狂飲後的沈醉，能壓住心底的悲涼，換得一時的忘卻。還得請席間的歌女們，不要唱那清淒纏綿引人斷腸的樂曲，以免我忘卻不了，連沈醉也不得。

六么令

綠陰春盡，飛絮繞香閣。晚來翠眉宮樣，巧把遠山學。一寸狂心未說，已向橫波①覺。畫簾遮匝②，新翻曲妙，暗許閒人帶偷掐③。前度書多隱語，意淺愁難答。昨夜詩有回文④，韻險還慵押。都待笙歌散了，記取留時霎。不消紅蠟，閒雲歸後，月在庭花舊闌角。

【注】①橫波：眼神傳情。②遮匝：遮圍一圈。匝（ㄗㄚ），一周，一圈。③掐：在此通「插」，即插譜記曲。④回文：一種詩體，詩句可以回環往復，讀之皆成詩。

【譯文】

綠陰濃濃春已將盡，柳絮圍繞著香閣輕盈飄飛，迷離朦朧。夜晚終於來臨，我開始精心梳妝，學著宮女把翠眉畫成遠山一樣。庭堂四周遮護著幕簾，我尋覓著情郎的身影。春心熾烈，我何需言說；秋波傳情，情郎已經察覺。我盡情施展技藝，把新譜的曲子彈奏得妙不可言，也不顧有人偷記暗抄。　你先前的來信中有太多的隱語，我正愁意會不深難以回覆；昨晚上寫給我的回文詩，韻字太窄我一時懶慵也沒有和答。只待今夜會面時再細細向你訴說。你可要千萬記著，待曲盡人散時暫留片刻。你不用拿紅蠟燭，庭園花圃舊欄的角落處，那時候，浮雲散盡，花前月下，你我幽會盡情訴衷腸。

御街行

街南綠樹春饒絮，雪滿遊春路。樹頭花豔雜嬌雲，樹底①人家朱戶。北樓閒上，疏②簾高卷，直見街南樹。　闌干倚盡猶慵去，幾度黃昏雨。晚春盤馬③踏青苔，曾傍綠陰深駐。落花猶在，香屏空掩，人面知何處？

〔注〕①樹底：即樹下。②疏：稀；亦指粗布。③盤馬：騎馬盤桓。

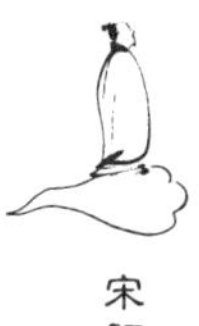

【譯文】

街南綠樹成行，紛繁的柳絮繞著綠樹飛舞，雪花般落滿遊春的道路。樹頭盛開的鮮花，與飛絮交織成片片彩雲。樹下正是記憶中的朱門人家。重訪故人不見，懶懶地登上北樓，高高捲起布簾，一眼看去正是街南那棵樹。　時已黃昏，細雨霏霏，遊人已盡，我倚在欄杆上惆悵慵懶，還不願離去。記得是一個晚春時節，我曾騎著馬徘徊在青苔地上，傍著綠樹久久不願挪步。如今落花依舊，朱門空掩，那位令我魂牽夢縈的人兒不知去了何處？

虞美人

曲闌干①外天如水，昨夜還曾倚。初將明月比佳期，長向月圓時候、望人歸。
羅衣著破②前香在，舊意誰教改。一春離恨懶調絃，猶有兩行閑淚、寶箏前。

〔注〕①曲闌干：欄杆曲折，指迴廊上的欄杆。②羅衣著破：舊時的羅衣已經穿破。

【譯文】

迴廊幽幽，欄杆曲折圍繞，浩月當空，夜色如水般明澈清涼。昨夜，我也曾在這裏倚欄望月。本來我也把明月當作佳期，相信月滿之時人也會團圓，所以長期以來我倚欄望月，一次次地等待月圓，盼望我那心中人能歸來。　羅衣已經穿破了，但舊日溫馨的芳香猶在，然而是誰輕易地改變了舊日的情意？一春離恨幽怨，無心撫箏調絃，只有兩行清淚灑落在寶箏前。

留春令

畫屏天畔，夢回依約，十洲①雲水。手撚紅箋寄人書，寫無限、傷春事。　別浦高樓曾漫②倚，對江南千里。樓下分流③水聲中，有當日、憑高淚。

〔注〕①十洲：傳說中海上的十座仙山，為神仙居住處。據東方朔《十洲記》載，十洲為祖洲、瀛洲、玄洲、炎洲、長洲、元洲、流洲、生洲、鳳麟洲、聚窟洲。②漫：這裏作枉然、徒然講。③分流：不同流向的水流。

【譯文】

夢中初醒，朦朦朧朧，恍惚間那畫屏上的風景彷彿遠在天邊，行雲流水疑是那夢中經歷的十座仙山。我手拿著幾頁紅箋，那是準備寄給伊人的情書，寫滿了我無限的傷春心事。然而水遙山遠，何止天涯，信箋情長，如何寄出？　就在你我分別的水邊，我曾徒然地獨倚高樓，眺望著千里江南，萬般悽楚。河水在高樓下分流，潺潺的水聲好似在道別泣訴，這分流的水中

還有我那日滴下的淚珠。

思遠人

紅葉黃花秋意晚，千里念行客。飛雲過盡，歸鴻無信。何處寄書得？　淚彈不盡臨窗滴，就硯旋①研墨。漸寫到別來，此情深處，紅箋為無色②。

〔注〕①旋：隨即。②紅箋為無色：彩箋被淚水浸濕因而褪色，可見傷心情重。

【譯文】

楓葉轉紅，菊花盛開，又是晚秋時節，寒氣襲來，不由得更惦念遠行千里外的遊子。我望眼欲穿，看渺渺長空，浮雲已散盡，南飛的大雁來了又走，還是沒有他的音信，想寫上一封家書可是又該往何處投寄？　倚窗長歎，止不住的清淚臨窗滴落，馬上就石硯磨墨，字字衷情字字淚。漸漸寫到傷情處，分別後的離愁積怨，和著淚水一齊湧上來，竟將那彩箋的顏色褪盡。

滿庭芳

南苑吹花，西樓題葉①，故園歡事重重。憑欄秋思，閒記舊相逢。幾處歌雲夢雨，可憐便、流水西東。別來久，淺情未有，錦字繫征鴻②。年光還少味，開殘檻③菊，落盡溪桐。漫留得，樽前淡月淒風。此恨誰堪共說，清愁付、綠酒杯中。佳期在，歸時待把，香袖看啼紅。

【注】①西樓題葉：西樓，與上文「南苑」都是泛指意中人相會之地。題葉，即在紅葉上題詩。②錦字繫征鴻：相傳漢武帝在上林苑打獵射下一隻大雁，雁足上繫有帛書，說蘇武流落北國，漢朝得此消息後，才將蘇武要回國。這裏借指情人之間以書傳情。③檻（ㄎㄢˇ）：窗户下或長廊旁的欄杆。

【譯文】

秋日，倚欄凝思，靜靜地回憶舊日相聚時的情景。曾在南苑賞花嬉戲，還在西樓紅葉題詩，那時候故園裏有過多少歡欣美好的情事。現在想起來幾處歡娛如同在夢中，可憐你我分別後似那分流之水各奔西東。分別太久，舊情已淡漠，竟不見歸雁送書傳情。　時光流逝，心緒黯然，時值深秋，庭院裏的殘菊枯敗，溪邊梧桐樹的葉子也已落盡。只留下苦酒一杯，對著淡淡的月色與淒涼的風，此愁此恨能向誰訴說？且把一腔清愁暫時付託給綠酒，等月滿團圓佳期到，伊人歸來時，再讓他細看這袖頭上的斑斑淚痕。

蘇軾

蘇軾（一〇三七—一一〇一），字子瞻，號東坡居士，今四川眉山人。宋嘉祐二年進士，先後任祠部員外郎、禮部尚書，湖州、潁州、杭州等地刺史，曾因反對王安石變法而貶謫黃州，後屢出屢進，歷盡宦海沈浮。他是北宋最負盛名的文學家、書畫家。詩風雄健清新，善用誇張比喻，獨具風格，與黃庭堅並稱「蘇黃」。散文汪洋恣肆，明白暢達，與其父蘇洵、其弟蘇轍並稱「三蘇」。詞開豪放派先河，與辛棄疾並稱「蘇辛」，對後代很有影響。書法與黃庭堅、米芾、蔡襄並稱「宋四家」。詩文有《東坡七集》等，詞今傳《東坡樂府》三〇〇餘首。

水調歌頭

丙辰中秋，歡飲達旦，作此篇兼懷子由①

明月②幾時有，把酒問青天。不知天上宮闕，今夕是何年。我欲乘風歸去，又恐瓊樓玉宇③，高處不勝寒。起舞弄清影，何似在人間。　轉朱閣，低綺戶④，照無眠。不應有恨，何事長向別時圓？人有悲歡離合，月有陰晴圓缺，此事古難全。但願人長久，千里共嬋娟⑤。

〔注〕①丙辰：宋神宗熙寧九年（一〇七六），時蘇軾四十一歲。子由：蘇軾弟蘇轍，字子由。②「明月」二句：源自唐李白詩：「青天有月來幾時？我今停杯一問之」。③瓊樓玉宇：

即上文所說之「天上宮闕」，指月宮裏的華麗殿堂。④綺（ㄑㄧˇ）户：雕繪華美的門户。⑤嬋娟：指女子貌美好，這裏代指美麗的月光。

【譯文】

我端起酒杯詢問蒼天，什麼時候起長空有了明月，把它那清輝灑向人間？也不知道在月宮中，今晚是哪一年？我想像神仙那樣乘長風飛回月宮，只怕在高聳雲霄的瓊樓玉宇處，不勝淒寒。在那裏翩翩起舞卻是身孤影單，哪裡比得上這人間？　明月漸漸西偏，皎潔的月光轉向紅色的樓閣，斜斜地透過雕飾華美的門窗，映照著我失眠的臉龐。明月啊明月！月圓時本應無恨，可究竟為什麼，總是在我受到離愁別恨之苦時，偏偏月圓？細細想來都是常情，無須埋怨。自古以來，人有悲歡離合，月有陰晴圓缺，人合月圓的事本來就難全，何必因月圓而感喟離，萌生無謂的悵恨呢？當此中秋圓月，我只願人世間所有離別的親人青春長在，即使相隔千里，也是共賞一輪明月。

水龍吟

次韻章質夫《楊花詞》①

似花還似非花，也無人惜從教墜②。拋家傍路，思量卻是，無情有思③。縈損柔腸，困酣嬌眼，欲開還閉。夢隨風萬里，尋郎去處，又還被鶯呼起。　不恨

此花飛盡，恨西園、落紅難綴。曉來雨過，遺蹤何在？一池萍碎④。春色三分，二分塵土，一分流水。細看來不是楊花，點點是離人淚。

〔注〕①章質夫：蘇軾的文友，這首詞便是蘇軾為和章質夫《楊花詞》而寫的。次韻：和別人的詩詞，並完全依照原詩詞用韻的次序，叫次韻。②從教墜：即任憑楊花飄零墜落。③有思：即有情，④萍碎：相傳楊花落水會化為浮萍。

【譯文】

像是花又不像是花，竟也無人憐惜，任由它墜落飄零。它猶如拋家出走似地離了枝頭，飄落在路旁。細細思量，它看似無情卻是有情。它彷彿是閨中思婦，寸寸柔腸似受盡了離愁的折磨，嬌媚的雙眼也因春夢纏繞困極難開。在夢中隨風飄行千萬里，正落地尋覓情郎去處，卻又被啼鶯驚醒喚起。　沒有人怨恨楊花已飛盡，只恨西園裏的眾花凋落，再難連綴在枝頭。拂曉一陣小雨過後，哪裡還有楊花的蹤影？只見那楊花已化作一池浮萍。如將春色分作三分，二分已作路旁塵土，一分已成流水上的浮萍。仔細一看那紛紛飄落水中的，不是楊花，是思婦的滴滴清淚。

念奴嬌

赤壁懷古①

大江東去，浪淘盡、千古風流人物。故壘②西邊，人道是、三國周郎赤壁③。亂石崩雲，驚濤拍岸，捲起千堆雪。江山如畫，一時多少豪傑！　遙想公瑾當年，小喬初嫁了④，雄姿英發。羽扇綸巾⑤，談笑間，檣櫓灰飛煙滅。故國神遊，多情應笑我，早生華髮。人間如夢，一尊還酹⑥江月。

〔注〕①赤壁：指今湖北黃岡赤壁，這裏並非三國古戰場，而是因蘇軾兩遊而聞名，人稱為「東坡赤壁」。②故壘：指古戰場留下的舊營壘。③周郎：即三國吳名將周瑜。下文「公瑾」是他的字。④小喬：東吳著名美女，周瑜之妻，其姐大喬嫁給吳主孫策。⑤羽扇綸巾：羽毛做的扇子和絲帶做的頭巾，形容周瑜從容自若。⑥酹：以酒灑地祭奠。

【譯文】

滾滾長江奔騰東去。自古以來，有多少英雄豪傑風流人物，在時間的長河裏消逝了，猶如被這洶湧浪濤滌盡。就在這古營壘的西邊，聽說正是三國時期東吳名將周瑜大戰曹操的赤壁古戰場。山崖絕壁亂石嶙峋，直入九天雲霄；驚濤駭浪搏擊江岸，捲起千萬堆雪浪。江山如此多嬌如畫，一時間，曹操煮酒、孫權射虎、劉備三顧、諸葛亮隆中定策、周公瑾足智多謀，湧出多少英雄豪傑！

遙想當年的周公瑾，新娶江南國色小喬爲妻，正是韶華似錦，雄姿英發。看他頭戴青絲頭巾，手搖羽扇，瀟灑從容，一副儒將風範，談笑之間，指揮若定，霎時間滾滾

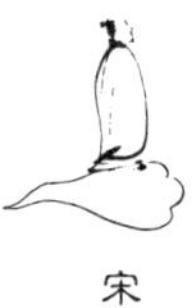

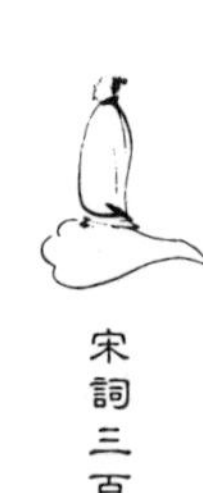

奔流的大江上，火烈風猛，往船如箭，飛埃絕爛，燒盡北船。橫江而來的強敵曹軍，萬艘舳艫頓時化作灰燼，灰飛煙滅！一番故國神遊，不禁長歎自笑多情，想我壯懷未酬，卻已生白髮。人世間世事紛繁，恰如夢中一遊，且讓我把這杯美酒，獻給這奔流不息的長江，還有那亙古長空的明月！

永遇樂

彭城夜宿燕子樓，夢盼盼，因作此詞 ①

明月如霜，好風如水，清景無限。曲港②跳魚，圓荷瀉露，寂寞無人見。③紞如三鼓，鏗然④一葉，黯黯夢雲驚斷。夜茫茫、重尋無處，覺來小園行遍。天涯倦客，山中歸路，望斷故園心眼⑤。燕子樓空，佳人何在？空鎖樓中燕。古今如夢，何曾夢覺，但有舊歡新怨。異時對、黃樓⑥夜景，為余浩歎。

〔注〕①彭城：即今江蘇徐州市。燕子樓：唐徐州尚書張建封宅第中的小樓。盼盼：張建封的愛妾，張建封死後，盼盼戀舊情而不嫁，在燕子樓中住了十多年。②港：本指與江湖相通的小河，此處似代指園中小池。③紞（ㄉㄢˇ）：擊鼓之聲。④鏗然：本指金石之聲，這裏形容落葉聲。⑤故園心眼：懷念故園，望眼欲穿。⑥黃樓：蘇軾任徐州太守時所建，在彭城東門上。

【譯文】

月色明亮，皎潔如霜，秋風和暢，清冷如水，暮秋的夜景無限清幽，令人神往。曲折的園池裏，魚兒歡蹦不時跳出水面；圓圓的荷葉上，晶瑩的露珠順著斜面滾落。夜深人靜，園中寂寞，沒有人來觀賞這安謐的夜景。鼓聲傳來，好像已是三更天；樹葉墜地，鏗然有聲，把我從夢中驚醒，不見了盼盼身影，心中黯然悵惘。夜色茫茫，何處再尋夢境，不知不覺間已把小園走遍。

漂泊天涯，身心疲憊，眺望山中歸路時隱時現，故園千里迢迢，望眼欲穿。燕子小樓空空，佳人今在何處？那樓中只空鎖著一對雙燕。看來這古今人生，世事紛爭、戀情綿綿，都是一場長夢，何曾有人覺醒？只有更多舊歡新怨情未斷。等到將來有那麼一天，人們面對黃樓夜景，看到人去樓空，也會爲我歎息悵惘，如同今夜的情景。

洞仙歌

余七歲時，見眉州老尼，姓朱。忘其名，年九十歲。自言嘗隨其師入蜀主孟昶①宮中，一日大熱，蜀主與花蕊夫人夜納涼摩訶池上，作一詞，朱具能記之。今四十年，朱已死久矣，人無知此詞者，但記其首兩句，暇日尋味，豈《洞仙歌》令乎？乃為足之云。

冰肌玉骨，自清涼無汗。水殿②風來暗香滿。繡簾開、一點明月窺人，人未寢，攲枕釵橫鬢亂。

起來攜素手，庭戶無聲，時見疏星度河漢③。試問夜如

何？夜已三更，金波④淡、玉繩⑤低轉。但屈指、西風幾時來，又不道流年⑥、暗中偷換。

【注】①孟昶（ㄔㄤˇ）：五代後蜀國主，後降宋。下文摩訶池，在後蜀宣華苑中。花蕊夫人：孟昶寵妃，姓徐，別號花蕊夫人。②水殿：指摩訶池中或附近臨水的宮殿。③河漢：即銀河。④金波：指月光。⑤玉繩：兩星宿名。《文選》李善注認為在北斗七星中之第五星（玉衡）之北。⑥流年：即年華。「不道」，即不覺。

【譯文】

她天生麗質，冰肌玉骨，自然滿身清涼，絕無粗俗之氣。水面上吹來一陣輕風，幽幽的淡香飄滿了這水中閣樓。暑熱難當，繡簾微開，一線月色瀉進殿來，似乎想把佳人麗質窺視一番。但見人兒尚未入睡，正斜倚著繡枕，釵橫枕邊鬢髮紛亂。

樓內太熱難以成眠。他攜著她的手來到樓外。庭院裏悄然無聲，仰望夜空，銀河清澈、寂靜無嘩，偶爾有流星掠過其間。只聽見軟語嬌聲，輕問夜已何時？轉遊已久，想必已是三更。看這月色澄輝漸漸淡去，北斗柄的玉繩星已經低垂。夜已深沈，暑熱未減。屈指盤算，夏盡秋來，金風送爽，還須等待久？殊不知就在這盼望等待之際，時令已在不知不覺間轉換，人生大好年華也就這樣流逝了！

卜算子　黃州定惠院寓居作①

缺月挂疏桐，漏斷人初靜②。誰見幽人獨往來③，飄渺孤鴻影。　驚起卻回頭，有恨無人省④。揀盡寒枝不肯棲，寂寞沙洲冷。

〔注〕①黃州定惠院：在今湖北黃岡縣東南，蘇軾被貶至黃州任團練副使，時曾寓居此寺，蘇軾曾作有《遊定惠院記》。②漏斷：古時以滴漏計時，漏斷指夜深。③幽人：幽居之人。④省：意為理解、領悟。

【譯文】

夜深人靜，一輪彎月好似掛在那棵梧桐稀疏的枝杈上。月色婆娑，彷彿有一個幽人獨自在院中走動，如同孤鴻縹緲的影子。　這孤鴻忽被無端驚起，又不斷地回頭察看動靜，好像有無限的幽恨卻又不被人們所理解。牠來回盤旋，揀盡寒枝，卻總是不肯棲息，只得歸宿在荒涼寂寞的沙洲上。

青玉案　送伯固歸吳中①

三年枕上吳中路，遣黃犬②，隨君去。若到松江③呼小渡，莫驚鴛鷺，四橋④

儘是、老子經行處。輞川圖⑤上看春暮，常記高人右丞句⑥。作個歸期天定許，春衫猶是，小蠻⑦針線，曾濕西湖雨。

〔注〕①伯固：蘇軾的詩友蘇堅，字伯固，隨蘇軾在杭州三年。吳中：指吳郡，在今蘇州市。②黃犬：據《晉書・陸機傳》載，晉陸機有犬名黃耳，陸機在洛陽時，曾將書信繫在黃耳頸上，黃耳不但送到松江陸機家中，還帶回了回信。這裏用此典表示希望常通音信。③松江：即今吳淞江。④四橋：即蘇州的四座名橋。⑤輞川圖：唐代詩人王維有別墅在陝西藍田輞川，王維曾在藍田清涼寺壁上繪過輞川圖。⑥右丞句：即指王維的詩句。他曾官為尚書右丞，詩以山水田園詩著稱。⑦小蠻：唐詩人白居易寵妓，善舞。這裏指蘇東坡的侍妾王朝雲。

【譯文】

離開吳中已有三年，常常在夢中回到吳中。如今你要回歸吳中，我眞希望有條黃犬可以隨你回去，好爲你我傳遞書信。到了松江渡口請小聲招呼船家，不要驚動白鷺和鴛鴦，牠們是那樣招人愛憐，那四座名橋，都是我經常遊賞的地方。

我曾像王維描繪輞川圖那樣，把故園的春色暮景細細品味，也時常吟誦他的田園詩句，來回憶故園的山山水水。暗自定個歸期相信蒼天能允許；身上的春衫還是小蠻一針一線親手縫製的，那上邊還曾留著西湖的風雨。

臨江仙　夜歸臨皋①

夜飲東坡②醒復醉，歸來彷彿三更。家童鼻息已雷鳴，敲門都不應，倚仗聽江聲。　長恨此身非我有，何時忘卻營營③。夜闌風靜縠紋平④，小舟從此逝，江海寄餘生。

〔注〕①臨皋：在今湖北黃岡縣南長江邊，蘇軾貶居黃州時的寓所在這裏。②東坡：本是黃州營地，蘇軾在此墾荒種地，名之為「東坡」，並自號「東坡居士」，後又在此築屋名「雪堂」。③營營：本指往來不絕狀，這裏指為功名利祿而奔忙。④縠紋：指江上波紋細如縐紗。縠，有皺紋的紗。

【譯文】

晚上在東坡雪堂喝得微醉，醒來又接著喝，直喝到酩酊大醉，回到臨皋寓所時，彷彿已是半夜三更。家童已酣然入睡，打呼聲像雷鳴一樣大。我怎麼敲門都不應，也就倚著手杖聽江聲。

我的身子並非我所有，本不該因世事而周旋忙碌，何時才能忘卻功名利祿、榮辱得失，不再為這些紛繁世俗而東奔西跑？夜已將盡，江風漸漸平靜，細如紋的江波也已撫平，何不趁此良辰美景，駕起一葉扁舟隨波流逝，遠離這世俗漩渦，到風平浪靜的江海中度過我的餘生。

定風波

三月三日沙湖①道中遇雨，雨具先去，同行皆狼狽，余獨不覺，已而遂晴，故作此。

莫聽穿林打葉聲，何妨吟嘯且徐行，竹杖芒鞋輕勝馬②，誰怕？一蓑煙雨任平生③。　料峭春風吹酒醒④，微冷，山頭斜照卻相迎。回首向來蕭瑟處⑤，歸去，也無風雨也無晴。

〔注〕①沙湖：在今湖北黃岡縣東十五公里處。②芒鞋：指草鞋。③一蓑煙雨：披著蓑衣在風雨中穿行，任憑風吹雨打。④料峭：形容春天的微寒。⑤蕭瑟處：指原先淋雨之處。

【譯文】

不要聽這風穿樹林、雨打竹葉的聲音，何妨繼續吟嘯、緩緩而行。手持竹杖、腳穿草鞋步行，雖然拖泥帶水，我卻覺得渾身輕鬆，勝過那騎馬而行，誰怕這點風風雨雨？一襲蓑衣，穿行在煙雨中，任憑風吹雨打，浪跡江湖，我正想如此度過這一生。　春風微寒，吹醒了我的醉意，看山頭上落日斜照撲面相迎。回顧來時路上，那風雨蕭瑟處，也已經雨過天晴。回去的時候，既沒有風雨，也無所謂晴了。

江城子

乙卯正月二十日夜記夢①

十年生死兩茫茫②，不思量，自難忘。千里孤墳③，無處話淒涼。縱使相逢應不識，塵滿面，鬢如霜。　夜來幽夢忽還鄉，小軒窗，正梳妝。相顧無言，惟有淚千行。料得年年腸斷處，明月夜、短松岡④。

【注】

①乙卯：即宋神宗熙寧八年（一〇七五），時蘇東坡知密州（今山東諸城縣）。②十年：蘇軾妻王氏病死於宋英宗治平二年（一〇六五），是年僅二十七歲，至蘇軾作此詞時正好十年。③千里孤墳：王氏歸葬於四川眉州，東坡時在密州，故云千里孤墳。④短松岡：長滿低矮松林的山岡，這裏代指蘇軾妻王氏之墓地。

【譯文】

你我撒手永訣，轉瞬間已十年了。你我一生一死，誰也無法知道誰的情況。不用思量，你的音容笑貌自然難以相忘。你在千里之外的孤墳裏，無處可訴淒涼。縱使你我相逢，也應該不認識我了，我已經衰老，滿面塵土，兩鬢如霜。　夜裏，幽思入夢境，憑藉夢幻的翅膀我回到了故鄉，在共度恩愛歲月的地方，我又見到了你當年的模樣，在小屋的窗前，你正細心梳妝。你我卻是相顧無言，只有淚水不斷地流淌。夢中醒來更覺悲傷，料想得到，以後年年令我傷心

的地方，就是那月色淒迷、長著松林的小山岡。

木蘭花

次歐公西湖韻①

霜餘已失長淮②闊，空聽潺潺清潁③咽。佳人猶唱醉翁詞④，四十三年⑤如電抹。　草頭秋露流珠滑，三五盈盈還二八⑥。與余同是識翁人，惟有西湖波底月。

〔注〕①歐公：指北宋大文學家歐陽修。歐陽修居潁（今安徽阜陽）時，寫有《木蘭花令》多首。西湖：潁州西湖。蘇軾此詞作於哲宗宋元六年（一〇九一）八月，時任潁州知州。②長淮：指淮河。③清潁：指潁水。④醉翁詞：即指歐陽修在潁州寫的《木蘭花令》，歐陽修自號醉翁。⑤四十三年：從歐陽修寫《木蘭花令》至蘇東坡寫這首《木蘭花》時，已過了四十三年。⑥三五：即舊曆十五。二八，即舊曆十六日。

【譯文】

深秋季節，霜後的淮河已失去了盛水季節那寬闊的氣勢；那清澈的潁水也水淺聲低，只聽得潺潺水聲如幽咽悲切。這裏的佳人還在傳唱醉翁的詞調，想起來醉翁寫這些詞至今已有四十三年了，歲月流逝，如電光飛逝。　人生短暫，眞像那秋草上圓潤的露滴，流滑似珠，但轉眼即逝；又如那一輪明月，十五日是圓滿的，到十六日就開始缺損了。歐公去世已經二十年了，像我這樣欽佩歐公、感念他的政德、欣賞他的道德文章的，怕只有這倒映在西湖波底的明月了。

賀新郎

乳燕飛華屋①，悄無人、槐陰轉午②，晚涼新浴。手弄生綃白團扇③，扇手一時似玉。漸困倚、孤眠清熟，簾外誰來推繡戶？枉教人、夢斷瑤台曲，又卻是、風敲竹。　石榴半吐紅巾蹙④，待浮花、浪蕊⑤都盡，伴君幽獨。穠豔一枝細看取，芳意千重似束。又恐被西風驚綠⑥，若待得君來向此，花前對酒不忍觸。共粉淚，兩簌簌⑦。

〔注〕①乳燕：即雛燕。華屋：裝飾精美的房屋。②槐陰轉午：槐樹的影子轉移，表示時間已過正午。③生綃白團扇：生綃（ㄒㄧㄠ），生絲織成的綢子；白團扇，用絲綢製作的圓形帶把扇子。在古代詩人筆下，白團扇常是紅顏薄命、佳人失時的象徵。④紅巾蹙：形容半開的石榴花，好像是摺皺了的紅巾。⑤浮花浪蕊：比喻那些早開的春花如趕時髦的浮花浪蕊。⑥西風驚綠：指石榴花凋殘後只剩片片綠葉。唐皮日休《石榴》詩云：「石榴香老愁寒霜」。⑦兩簌簌：無數的榴花與淚水紛紛同落。

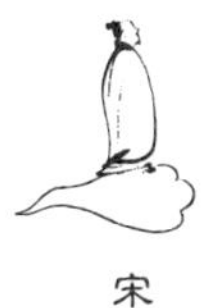

【譯文】

一隻雛燕飛進華麗的堂屋，屋內靜寂無人。日轉影移，庭院裏槐樹的陰影已偏東，日過正午了。傍晚清涼，美人剛剛出浴，手裏緩緩撫弄著一把白綢團扇，她那雙纖手同團扇一樣潔白如玉。她漸覺困意襲來，昏昏欲睡，便倚著孤枕悄然睡去。其間彷彿聽見有人掀開珠簾、輕推房門，打斷了美夢，原來又是風吹翠竹聲，枉教人一陣驚喜。　那半開的石榴花眞像摺皺的紅巾，它晚開獨放，無意與百花爭春，等到那些浮花浪蕊紛紛凋謝，只有石榴花陪伴你，爲你排遣幽寂。她折下一枝豔的石榴花細看，花瓣重重恰似芳心緊束不移。花開總有花落時，只恐怕一陣西風，紅花落盡，只剩下片片殘綠，眞讓人心驚！到那時你來此賞花，面對殘紅，目不忍睹，只能對酒傷懷，讓淚珠兒伴著花瓣兒一同簌簌落下了。

❑黃庭堅

黃庭堅（一〇四五—一一〇五），字魯直，號涪翁、山谷道人。洪州分寧（今江西修水）人，宋英宗治平進士，曾任校書郎、著作佐郎等職。因修《神宗實錄》而遭貶。他是北宋著名的詩人和書法家，開創了「江西詩派」，詞與秦觀齊名，是「蘇門四學士」之一。書法行、草俱佳，有《山谷集》、《山谷詞》、《山谷精華錄》等，詞集名《山谷琴趣外篇》。

鷓鴣天

坐中有眉山隱客史應之和前韻①，即席答之。

黃菊枝頭生曉寒，人生莫放酒杯乾。風前橫笛斜吹雨，醉裏簪花倒著冠②。身健在，且加餐。舞裙歌板盡情歡。黃花白髮③相牽挽，付與時人冷眼看。

【注】

①史應之：名鑄，字應之。四川眉山人，以塾師為業。常與黃庭堅詩詞唱和。②倒著冠：晉代征南將軍山簡，經常暢飲大醉，反戴帽子而歸。這裏引用此典，描述醉相。③黃花白髮：老人頭上插著黃花，指作者自己。

【譯文】

黃花盛開於枝頭，彷彿還帶著濃濃的曉寒。賞菊自當飲酒，人生在世，應讓杯中常有酒，不要放著酒杯讓它空乾。迎著風雨橫笛斜吹，頭插鮮花又倒戴帽冠，只有酒後才會這樣放狂，忘掉憂慮和煩惱。只顧身體長健，且多多加餐，穿上舞裙拿著歌板，高歌曼舞盡情狂歡。黃菊傲霜，老人彌堅，白髮老人頭上插著黃花，任憑世間俗人冷眼相看。

定風波

次高左藏使君韻①

萬里黔中一漏天②，屋居終日似乘船。及至重陽天也霽，催醉，鬼門關③近蜀

江前。　莫笑老翁猶氣岸，君看，幾人黃菊上華顛④。戲馬台前追兩謝⑤，馳射，風情猶拍⑥古人肩。

〔注〕①高左藏：作者友人。②黔中：道名，治所在今四川彭水縣。漏天：即天氣多雨。③鬼門關：在四川奉節縣東北十五公里處。④華顛：滿頭白髮。⑤戲馬台：在今江蘇銅山縣南，為楚霸王項羽遺跡。東晉劉裕北伐至江蘇徐州，曾在此大會群僚，當時著名詩人謝靈運與謝瞻，二人均參加了劉裕的戲馬台大會並作了詩。⑥拍：亦是追蹤的意思。

【譯文】

萬里黔中的秋雨連綿不斷，四面遍地是雨水，整日閒在家中好像乘著船一樣。直到重陽佳節來臨，天終於放晴，不禁大喜，在鬼門關外蜀江前登高痛飲，不惜一醉。　不要笑我老翁還如此豪情滿懷、狂傲不羈；請君細看，有幾人像我在白髮上插著黃花？我還要騎馬射箭、賦詩填詞，追隨戲馬台前的兩謝，讓萬丈豪情跟隨著古時的風流人物！

❑秦　觀

秦觀（一〇四九—一一〇〇），字少遊，一字太虛，號淮海居士，今江蘇高郵人。進士出身，曾任秘書省正字，兼國史院編修。因涉黨爭，多次遭貶謫，死於被放還的途中。他的詞極受推崇，是蘇門四學士之一。其詞多寫男女戀情，或感歎身世，柔麗典雅，韻味深永。有《淮海居士長短句》。

望海潮

梅英①疏淡，冰澌溶泄②，東風暗換年華。金谷③俊遊，銅駝④巷陌，新晴細履平沙。長記誤隨車，正絮翻蝶舞，芳思交加。柳下桃蹊⑤，亂分春色到人家。　西園夜飲鳴笳⑥，有華燈礙月，飛蓋⑦妨花。蘭苑未空⑧，行人漸老，重來是事堪嗟。煙暝酒旗斜，但倚樓極目，時見棲鴉。無奈歸心，暗隨流水到天涯。

〔注〕①梅英：即梅花。②冰澌溶泄：冰塊溶化，流動。澌（ㄙ）：解凍時流動的冰。③金谷：洛陽名園，在洛陽西北，西晉石崇所建的花園，這裏代指京城汴梁的名園。④銅駝：指西晉都城洛陽皇宮前的一條繁華街道，以宮前立有一對銅駝而得名。這裏也是代指汴梁的繁華街道。⑤桃蹊：桃樹下的路徑。⑥西園：非指洛陽西園，當代指汴梁的西園。鳴笳：本指一種胡人樂器，這裏指音樂歌舞。⑦飛蓋：蓋即車蓋，代指車。⑧蘭苑：名園，即指金谷園。

【譯文】

枝頭上的梅花逐漸稀疏了，豔麗的顏色也漸漸清淡。河面已經解凍，冰塊溶化，隨著水流浮動。東風煦拂，春天悄悄地降臨人間，新的一年又開始了。令人難忘的是那年在京城遊宴，適值雨過初晴，遊賞幽美的名園，漫步繁華的街道，緩踏郊外平沙，心情何等輕快。更難忘懷的是，當時春遊仕女傾城，眞是車水馬龍，我竟誤跟了一輛馬車而去。那時正是柳絮翻飛、彩蝶起舞，令人蕩魄銷魂。楊柳碧青、桃花粉紅，濃濃的春意沿著樹下小徑，鬧鬧哄哄地送到了許多人家。　晚上又到西園夜飲，欣賞優美的樂曲。華燈高照，交相輝映，使皓月彷彿減明；彩車飛馳，倩影流動，使鮮花也覺遜色。看如今，蘭苑依舊遊人如織，而我已老矣，青春不再，京城遊宴那樣豪華富貴的歡娛已不再屬於我了。舊地重遊，眞是感慨不已。登樓遠眺，暮靄如煙、酒旗橫斜，幾隻歸鴉不時聒噪盤旋。歸隱之心無奈地湧現，我的思緒似乎也隨著流水飄向了天涯。

八六子

倚危亭，恨如芳草，萋萋剗盡①還生。念柳外青驄②別後，水邊紅袂③分時，愴然暗驚。　無端天與娉婷④，夜月一簾幽夢，春風十里柔情。怎奈向⑤、歡娛漸隨流水，素絃聲斷，翠綃香減。那堪片片飛花弄晚，濛濛殘雨籠晴。正銷凝⑥，黃鸝又啼數聲。

【注】①剗（ㄔㄢˇ）盡：同「鏟」，剷除盡。②青驄：青白色相雜的馬。③紅袂：袂，袖子。代指女子。④娉婷：形容女子姿態美，也代指美貌佳人。⑤怎奈向：宋人方言，即無奈、奈何之意。向：語助詞，無義。⑥消凝：即失魂，指因感傷而出神凝思。

【譯文】

我靠在高高的亭子上，看到青青芳草，一股怨恨之情油然從心底升起。這怨情纏綿悠長，就像是那青草，即使盡了，春風吹又生。一想起在柳樹旁牽著青驄馬與她依依道別、在水邊拉著紅衣袖不忍分手的情景，我就悽愴心驚。

老天為何賜予她如此美好的身姿，迷得我神魂顛倒？月夜裏同入幽迷的夢境，春風裏說不盡的柔情蜜意。怎奈這昔日的歡樂已伴隨著流水逝去，再也聽不到她那悠揚的琴聲，她留下的翠綠綢巾也不再香濃。看這片片落花在暮色中紛飛，點點殘雨還籠罩著初晴的天空，這淒涼的景象更難以忍受。正黯然凝思，又聽得幾聲黃鸝啼鳴。

滿庭芳

山抹微雲，天連衰草，畫角聲斷譙門①。暫停征棹②，聊共引離尊③。多少蓬

萊舊事④，空回首、煙靄紛紛。斜陽外，寒鴉萬點，流水繞孤村。 消魂，當此際，香囊暗解，羅帶輕分⑤。謾贏得青樓、薄幸⑥名存。此去何時見也？襟袖上、空惹啼痕。傷情處，高城望斷，燈火已黃昏。

〔注〕①譙門：即譙樓之門，古時在城門上建樓用以望，上為樓，下為門。聲斷：停止，表示時間已晚。②征棹（ㄓㄠˋ）：行船。棹，船槳，這裏代指船。③離尊：指送別之酒。尊，即樽。這裏指酒。④蓬萊舊事：指作者暫居會稽時的一段愛情故事。蓬萊閣在今浙江紹興臥龍山下，為吳越王錢所建。⑤羅帶：即絲帶。古人用絲帶結同心結，表示男女相愛。⑥薄幸：薄情。

【譯文】

遠山連綿起伏、層巒疊嶂，淡淡的薄雲飄浮其間，像是畫筆隨意塗抹、暈染而成；枯黃的秋草逶迤千里，與遠天相連。城門譙樓上畫角聲剛斷，天時已晚。暫時停下遠行的船槳，姑且端起酒杯，你我共飲這苦澀的告別酒。回顧蓬萊相聚，多少歡情舊事，一幕幕皆成過去的幻影，眼前所見，只是煙靄紛紛。斜陽昏昏，遠處寒鴉聚集，細細的流水繞過荒僻的小村。 正是倍感傷心時，依依難捨。我暗自解下香囊，她輕輕拆了羅帶，相互送上一片眞情。私自慶倖覓得青樓一知音，到頭來只留下一個薄情的名聲。此去你我何時才能相見啊？只見襟袖上斑斑淚痕，離情別緒湧塞胸間，正痛徹傷情時，回首再望，高樓已悄然不見，只有燈火昏黃一片。

滿庭芳

曉色雲開，春隨人意，驟雨才過還晴。古臺芳榭，飛燕蹴①紅英。舞困榆錢自落，鞦韆外、綠水橋平。東風裏，朱門映柳，低按小秦箏。　多情，行樂處，珠鈿翠蓋②，玉轡③紅纓。漸酒空金榼④，花困蓬瀛⑤。豆蔻梢頭⑥舊恨，十年夢、屈指堪驚。憑闌久，疏煙淡日，寂寞下蕪城⑦。

〔注〕①蹴（ㄘㄨˋ）：踢，踏。②珠鈿（ㄉㄧㄢˋ）：用珠寶鑲嵌的花紋。翠蓋：車篷蓋上插著翠羽。③玉轡（ㄆㄟˋ）：鑲玉的轡繩。④金榼（ㄎㄜˋ）：金色酒杯。⑤蓬瀛：指仙山蓬萊和瀛州，神仙居處，這裏借指行樂處。⑥豆蔻梢頭：喻年少貌美的處女。此句源自唐杜牧詩：「娉娉嫋嫋十三餘，豆蔻梢頭二月初。春風十里揚州路，卷上珠簾總不如。」⑦蕪城：即指揚州城，南朝宋時著名文學家鮑照曾寫有《蕪城賦》，因而得名。

【譯文】

拂曉時分，雲開霧散。真是天從人願，陣雨剛過，又是春光明媚。古臺旁水榭裏充滿芳香；燕子在繁花叢中穿飛，不時踢落紅花。那榆錢兒隨風飄舞，困倦了便悄然落地。鞦韆架旁的院

牆外，河水溢漲，幾乎漫過了橋面。東風和煦，楊柳掩映的紅門小院裏，綠樹下一位少女正低頭凝神，撫奏著小巧的秦箏。　那是個充滿溫馨的情調、令人歡快愉悅的遊樂處。她乘著嵌有珠寶花紋、篷蓋上插著翠羽的小車，我騎的是套著鑲玉轡繩、籠頭上飄著紅纓的駿馬，如同到了蓬瀛仙境。我們同飲美酒，漸漸地酒杯都空了，她已微醉慵困，共赴瑤台春夢。怎奈是好景不長，純情女子、風流韻事都已是前塵舊夢。屈指算來，已是十年離愁、十年別恨，怎不令人暗自心驚。憑欄凝思已久，只見薄薄的煙霧四處瀰散，落日透出暗淡的餘暉，寂寞地向揚州城牆落下。

減字木蘭花

天涯舊恨，獨自淒涼人不問。欲見回腸①，斷盡金爐小篆香②。　黛蛾長斂③，任是春風吹不展。困倚危樓，過盡飛鴻字字愁。

〔注〕①回腸：形容因思慮而極為痛苦，好像腸子在旋轉。②篆（ㄓㄨㄢˋ）香：一種形狀回環如篆文字形的盤香。③黛蛾長斂：雙眉總是緊鎖著。黛蛾：以青黛畫眉，如蠶蛾觸鬚般細長彎曲，稱黛蛾。多形容女子。

【譯文】

他與我相隔天涯，孤苦伶仃，何其淒涼，無人關心尋問，也沒有寄回一句問候的話。想知道我是怎樣苦苦思念、愁腸百結？請你看看金爐裏那寸寸斷盡的篆香。　細長彎曲的黛眉總是緊緊鎖著，任憑春風怎樣吹拂，也難以舒展我的雙眉。我站在高樓向遠處眺望，站得太久，困倦地斜靠在欄杆上，路上依然不見他的歸影，天上飛過陣陣鴻雁，也未見捎來書信，我看那排列成行的「雁字」，竟覺得字字都是愁。

踏莎行

霧失樓臺，月迷津渡，桃源①望斷無尋處。可堪孤館閉春寒，杜鵑聲②裏斜陽暮。　驛寄梅花③，魚傳尺素④，砌成此恨無重數。郴江幸自⑤繞郴山，為誰流下瀟湘⑥去！

【注】①桃源：即晉陶淵明《桃花源記》中與世隔絕的桃花源，後人稱之為「世外桃源」。②杜鵑聲：杜鵑鳥的叫聲似「不如歸去」，作者視之為催歸之聲。③驛寄梅花：南朝陸凱曾寄梅花給范曄，並贈詩一首：「折梅逢驛使，寄與隴頭人。江南無所有，聊贈一枝春。」詞中用此典比喻親友多有饋贈。④魚傳尺素：即鯉魚傳書。古詩曰：「客從遠方

來，遺我雙鯉魚。呼童烹鯉魚，中有尺素書。長跪讀素書，書中竟何如？上有加餐飯，下有長相憶。」詞中以此典說親友們問候的書信很多。⑤郴江：郴江在今湖南郴縣東，北流入湘江。幸自：本自，本來是。⑥瀟湘：湘江的別名，因水清而得名。

【譯文】

巍峨的樓臺在漫天大霧中消失；那通向彼岸的渡口竟也在朦朧月色中迷失；那被世人稱之爲世外桃源的東土勝地，更是雲遮霧障，無處可尋了。這般情景總是縈繞腦際，直覺得淒淒迷迷、前程茫茫了。更何況我旅居在這孤寂的客館中，春寒難挨，暮色沈沈、斜陽慘澹，又傳來杜鵑聲聲悲鳴：「不如歸去！」　古人有驛寄梅花、魚傳尺素的美談，親友們也多有禮物饋贈、書信問候，卻不能給我帶來絲毫的慰藉，徒增離愁別恨積鬱重重，如同這些堆砌案頭的書信和饋贈。郴江啊郴江！你本來生自郴山，流自郴山，在本鄉本土與郴山縈繞歡聚，爲什麼像我這樣要離鄉背井？究竟是爲了誰，你千里奔波、歷盡曲折地向瀟湘流去？

浣溪沙

漠漠①輕寒上小樓，曉陰無賴②似窮秋。淡煙流水畫屏幽。　自在飛花輕似夢，無邊絲雨細如愁。寶簾③閑掛小銀鉤。

〔注〕①漠漠：瀰漫、密布之意。②無賴：無奈，百無聊賴。③寶簾：華麗的珠簾。

【譯文】

薄薄的寒意向四處瀰漫，無聲無息地爬上了小樓。一清早天便是陰沈沈的，眞是無可奈何，暮春時分竟像深秋時節一樣凄涼。畫屏上那幅「淡煙流水圖」也顯得幽遠。自由自在的柳絮隨風輕飄，猶如夢境一般虛幻飄悠；無邊無際的雨絲細密不斷，好像愁緒一樣紛繁纏綿。珠簾已被小巧的銀鈎高高掛起，顯得悠閒而又恬靜。

阮郎歸

湘天風雨破寒初，深沈庭院虛。麗譙吹罷小單于①，迢迢清夜徂②。　鄉夢斷，旅魂孤，崢嶸③歲又除。衡陽猶有雁傳書④，郴陽和雁無⑤。

〔注〕①麗譙：指司更鼓的譙樓。小單于：唐代大角曲名，在此代指畫角聲。②迢迢清夜徂：漫漫的長夜又已過去。徂（ㄘㄨˊ）：往，過去。③崢嶸：形容山勢高峻險要。詞中形容歲月艱難。④雁傳書：衡陽舊城南有衡山回雁峰，相傳北來的鴻雁至此不再南飛。詞中意思是在衡陽還可以有鴻雁傳書。⑤郴（ㄔㄣ）陽：即今湖南郴縣，在衡陽南。和雁無：連鴻雁也不能飛來。

【譯文】

滿天的風雨正衝破湘南的嚴冬、送走寒氣，深沈而又空虛的庭院裏，寂靜淒涼。譙樓上悽楚的畫角聲悠悠地傳來，漫漫清夜悄悄地逝去。　今晚又是除夕夜，歲月多艱難，度日如年。想到家家戶戶正在團聚守歲，我卻長夜難眠、輾轉反側，竟斷了鄉思夢；背井離鄉、客居旅舍，孑然一身似遊魂一般，怎叫人不傷心、不恨怨！衡陽還能有鴻雁傳書，這郴陽連大雁都看不見。

鷓鴣天

枝上流鶯①和淚聞，新啼痕間舊啼痕。一春魚鳥無消息，千里關山勞夢魂。

無一語，對芳尊，安排②腸斷到黃昏。甫③能炙得燈兒了，雨打梨花深閉門。

【注】①流鶯：黃鸝鳥。②安排：任憑，聽任。③甫：「剛剛」的意思。炙：烤。炙得燈兒了：意思是點上燈兒了。

【譯文】

黃鸝鳥在枝頭歡騰歌唱，我含著眼淚聽著那歡樂婉轉的啼鳴；舊的淚跡未乾，又添上了新的淚痕。一個春天沒有他的消息，千里關山牽動著我的夢魂。　默然無語，空對一樽美酒，思念著遠方的親人，任憑寂寞悲涼的煎熬直到黃昏。剛熬到能點燈的時候，又聽到雨打梨花聲，便深深地閉上了房門。

❑晁元禮

晁元禮（一〇四六—一一一三），一名端禮，字次膺，江蘇徐州人，北宋詞人晁補之的族叔。熙寧六年（一〇七三）進士，曾兩爲縣令，因得罪上司而遭廢。晚年以承事郎爲大晟府協律。詞風近周邦彥。今傳《閑齋琴趣外篇》六卷。

綠頭鴨

晚雲收，淡天一片琉璃①。爛銀盤②，來從海底，皓色千里澄輝。瑩無塵、素娥淡佇③，靜可數、丹桂參差④。玉露初零⑤，金風未凜⑥，一年無似此佳時。露坐久、疏螢時度，烏鵲⑦正南飛。瑤臺冷，闌干憑暖，欲下遲遲。念佳人、音塵別後，對此應解相思。最關情、漏聲正永⑧，暗斷腸、花影偷移。料得來宵，清光未減，陰晴天氣又爭知。共凝戀、如今別後，還是隔年期。人強健、清尊素影⑨，長願相隨。

【注】①琉璃：各種有光澤的寶石。唐代稱為玻璃，宋元以後稱寶石。②爛銀盤：描寫月光亮

如白玉盤。爛：燦爛明亮。③素娥：即嫦娥。淡佇：淡雅寧靜。④丹桂：傳說中月宮裏的桂花樹。⑤玉露：白露。初零：初降。⑥凜：凜冽。⑦烏鵲：源自三國曹操詩「月明星稀，烏鵲南飛，繞樹三匝，無枝可依。」⑧漏聲正永：古人以銅壺滴漏計時。表示時光在不斷流逝。⑨清尊素影：酒樽和月光。

【譯文】

晚雲收盡，淡淡的藍天顯出一片琉璃光彩。一輪滿月從海底冉冉升起，猶如藍空托起白玉盤，潔白燦爛、千里銀輝。看月宮晶瑩澄澈，一塵不染，那嫦娥淡雅寧靜、亭亭玉立；再看那桂花樹悄然不動，枝杈參差可數。當此中秋之夜，白露初降，天氣已涼而秋風未寒，正是一年四季最美好的時刻，良辰美景，令人流連。在露天下久坐之際，不時有幾隻螢火蟲飛閃而過，又有幾隻烏鵲向南飛去。樓臺上已覺清冷，是憑欄望月太久，欄杆微暖，有心下樓去，卻又遲遲不動。不知伊人在何處？想她分別後再無我的音信，面對這團團圓圓的明月，她一定也在把我苦苦思念。最令她傷懷動情的，莫過於是滴漏之聲清晰可聞，月光下花影正悄然移動，時光在不斷流逝，良辰美景即將過去，而我卻總不見歸去，怎不讓她柔腸寸斷、黯然神傷呢？料想明晚的月亮，清光未必衰減，但怎能知道會是陰天還是晴天？還是讓我們共同凝視今晚明月，相戀今宵吧！告別今晚中秋，下次月圓還得整整一年，但願你我二人身體強健、康泰平安，讓這斟滿清酒的酒杯，和明月映照下的素影，與你我長相隨。

趙令時

趙令時（一〇五一—一一三四），字德麟，涿郡（今河北薊縣）人。他是宋太祖次子燕王趙德昭之玄孫，與蘇軾過從甚密。曾任右朝請大夫、右監門衛大將軍、洪州觀察使等職。因受蘇軾牽連，遭受新黨打擊。詞風近秦觀。有詞集《聊復集》。

蝶戀花

欲減羅衣寒未去，不捲珠簾，人在深深處。紅杏枝頭花幾許？啼痕止恨清明雨。　盡日沈煙香①一縷，宿酒②醒遲，惱破春情緒。飛燕又將歸信誤，小屏風上西江路③。

〔注〕①沈煙香：即沈香。古人以沈香燃點作熏香。②宿酒：昨夜之酒。③西江路：泛指水路。

【譯文】

想要減件羅衣，又覺春寒尚未消去。珠簾也不想捲起，一個人在深深的閨閣裏靜坐。料想那雨中紅杏，怕是已搖曳凋零，枝頭上還能剩下幾許？那殘花上想必還帶著雨痕，像是啼哭一樣，憎恨這無情無義的清明雨。　終日面對沈香，看那一縷香煙嫋嫋。昨夜裏悶酒喝得過多，

今日裏竟遲遲不醒。惱恨這春將逝去，免不得又添新愁情緒。來去輕飛的雙燕，兀自呢喃親近，該不是你們又耽誤了帶來回信。我淚眼淒迷，呆望著小巧的屏風，那上面畫的是遙遠的西江水路，卻不見他的身影。

蝶戀花

捲絮風頭寒欲盡，墜粉飄香，日日紅成陣①。新酒又添殘酒困，今春不減前春恨。　蝶去鶯飛無處問，隔水高樓，望斷雙魚信②。惱亂橫波秋一寸③，斜陽只與黃昏近。

〔注〕①紅成陣：指遍地落花。②雙魚信：指雙鯉魚傳書的典故，又稱魚書、魚信，均指書信。③橫波：指美麗的眼睛如清澈流動的水波。秋一寸：也是指眼睛，形容眼睛似一寸秋波。

【譯文】

柳絮隨著風翻捲飛舞，春寒即將消盡。每日見紅花陣陣飄落，滿地紅英，清芬沁人，眞讓人痛惜不已。殘酒未消，新酒又滿，更添愁困。年年惜春生離恨，今年更比去年多幾分。蝴蝶翩翩離去，黃鶯鳥也鳴叫著飛走，我還能向誰去尋問音信？獨倚高樓，凝望碧水，望穿雙眼也不見雙魚送書信來。眼見日已偏西，又是臨近黃昏，更增愁緒。

清平樂①

東風依舊，著意隋堤柳②。搓得鵝兒黃③欲就，天氣清明時候。　去年紫陌青門④，今宵雨魄雲魂⑤。斷送一生憔悴，只消幾個黃昏。

〔注〕①此詞一說是劉弇詞。②著意：垂愛，垂顧。隋堤柳：隋煬帝開通濟渠時沿堤所植的柳樹。③鵝兒黃：即鵝黃，淡黃色。形容柳葉初生時的顏色。④紫陌：指京都郊野的道路。青門：漢長安城東南門，因其門色青，俗稱青門。這裏紫陌、青門皆泛指遊冶之地。⑤雨魄雲魄：指襄王夢神女之事。意為今夜只能到夢中去尋找伊人。

【譯文】

正是清明時節，和煦的東風像是特別垂愛隋堤上的楊柳，幾經吹拂，幾經搖曳，翠綠鵝黃便已染就。　也是這青色城門，也是這京郊大街，正是去年同遊之地；然而今天晚上，卻只有在夢中去尋找伊人。如果要斷送青春，終生憔悴傷魂，只需經歷幾個這樣寂寞難挨、喪魂落魄的黃昏。

張耒

張耒（一〇五四—一一一四），字文潛，號柯山，今江蘇清江市人。熙寧進士，曾任秘書省正字、起居舍人等職，是蘇門四學士之一。有《張右史文集》。詞有《柯山詩餘》。

風流子

木葉亭皋①下，重陽近，又是擣衣②秋。奈愁入庾腸③，老侵潘鬢④，謾簪黃菊，花也應羞。楚天晚，白煙盡處，紅蓼⑤水邊頭。芳草有情，夕陽無語，雁橫南浦，人倚西樓。　玉容知安否？香箋共錦字，兩處空悠悠。空恨碧雲離合，青鳥沈浮⑥。向風前懊惱，芳心一點，寸眉兩葉，禁甚閑愁。情到不堪言處，分付東流。

〔注〕①亭皋：廣闊的水邊平地。②擣衣：古代女子每到秋天，便為離家在外的親人準備寒衣，將寒衣取出在砧石上捶打整洗，即所謂「擣衣」。③庾腸：即南朝梁庾信的愁腸，庾信寫有《哀江南賦》，這裏作愁腸解。④潘鬢：指西晉文學家潘岳的斑鬢。潘岳在《秋興賦》中寫道：「餘春秋三十有二，始見二毛。」即頭髮有了黑白二色。這裏指斑白的頭髮。⑤紅蓼（ㄌㄠˇ）：一種水邊草，秋季開花，花淡紅。⑥青鳥：古人認為青鳥能傳遞資

訊。相傳漢武帝在承華殿舉佛事，西王母派青鳥告知武帝她將赴會的消息。

【譯文】

登上西樓，舉目悵望，那川原上樹木蕭然，落葉飄零。眼看重陽臨近，又聽到了爲漂泊他鄉的親人準備寒衣的搗衣聲。無奈我羈留異鄉，已如庾信那樣愁腸百結；只歎年華易逝，早已像潘岳般兩鬢斑白。如果輕狂地簪上菊花，連花兒也會感到羞赧的。天色漸晚，白煙盡處、紅蓼水邊，暮煙蒼蒼。看芳草萋萋接連天際，牽動我思念之情；夕陽蒼茫，觸動我心，相望無語；那大雁飛來，雁陣橫落南浦；我獨倚西樓，佇立已久。　不知伊人可乎安？本當書信往來，兩情頻傳；誰知音信全無，兩處離散茫茫，互相思念，愁思悠悠。恨只恨碧天白雲離合不定，竟使青鳥沈浮不前誤了傳信，然而空恨徒然，又有何用？還是讓秋風帶走你那無限的煩惱怨恨吧！放寬你那嬌弱的芳心，舒展你那嫵媚的雙眉，何必去忍受戀情的折磨。兩情濃濃，到了無法用言語來表述的時候，就只有把這深深衷情、無限長恨，一齊交付給那長長東流水了。

❑晁補之

晁補之（一〇五三—一一一〇），字無咎，濟州鉅野（今山東鉅野）人。神宗時進士及第，曾任太學正、秘書省正字、校書郎、著作佐郎等職，後回鄉隱居，號歸來子。能詩善畫，是蘇

門四學士之一，詞風受蘇軾影響，於豪爽中寓沈鬱之意。詞集名《琴趣外篇》。

水龍吟

次韻林聖予《惜春》①

問春何苦匆匆，帶風伴雨如馳驟。幽葩細萼②，小園低檻，壅培③未就。吹盡繁紅，占春長久，不如垂柳。算春長不老，人愁春老，愁只是、人間有。　春恨十常八九，忍輕孤④、芳醪⑤經口。那知自是、桃花結子，不因春瘦。世上功名，老來風味，春歸時候。最多情猶有，尊前青眼⑥，相逢依舊。

【注】①林聖予：作者詩友，生平不詳，原詞《惜春》已佚。②幽葩細萼：幽，暗，這裏指花色。葩：即花。萼：即花萼。包著花朵的葉狀薄片，花開後托著花朵。③壅培：給園中花培土。④孤：同辜，即辜負。⑤芳醪（ㄌㄠˊ）：醇香的美酒。⑥青眼：史載晉人阮籍能為青白眼，對人重視時正視，露出眼黑，即青眼；斜視時則為白眼。

【譯文】

春天啊春天，我問你何苦總是這樣急匆匆地離去？隨著風雨，如同駿馬驟馳而去。我那低欄小園裏，壅土栽培還未完，花萼還細嫩微薄，花色還幽暗，春光卻已逝去。姹紫嫣紅的花朵，一經風雨，便已吹掃淨盡，不如垂柳春綠長久。可見春是萬物生長季節，春是不會老的。人們因春去而惜春懷愁，其實春去復來，無所謂老，亦無所謂愁，憂愁、傷感只是人間的事。人們因春去花殘而生悵恨，這是十常八九，常有的事，怎麼能因此而忍心輕易辜負已到嘴邊的美酒佳肴。哪裡知道桃花凋謝，自是其結子的需要，並不是因爲春光無情而使桃花瘦殞枯黃。人世間的俗事，如功名利祿的失意、人老珠黃的悵惘寂苦，都是在春歸時感受最爲深切。只有那些多情而又尊重你的知心好友，在你失意時仍然會相逢依舊開懷暢飲、恣意放狂。

鹽角兒

亳社觀梅①

占溪

開時似雪，謝時似雪，花中奇絕。香非在蕊，香非在萼，骨中香徹。

風，留溪月，堪羞損山桃如血②。直饒更，疏疏淡淡，終有一般情別。

〔注〕①亳社：亳為商殷故都，社為祭祀土地神的地方。②羞損：即「羞殺」之意。

【譯文】

梅花，當它盛開時，像白雪一樣淡雅；當它凋謝時，又像白雪一樣沈靜。它從不爭春，亦不屑鬥妍，在百花叢中，它分外奇麗清絕。它沁人的芳香，不是來自花蕊，不是來自花萼，凜凜的風骨中馨香透徹。

它迎風傲立於峭壁岩之上，與淒厲凜冽的溪風周旋，練就了凜凜不屈的風骨；它沐浴在銀輝月色之中，留下明月皎潔素淡的神韻，造就了玉潔冰清的麗質，直把

那紅如滴血的山桃羞煞。更令人驚羨的是，淡雅中別有一番情致。

憶少年

別歷下①

無窮官柳②，無情畫舸，無根行客③。南山尚相送，只高城人隔。　罨畫園林溪紺碧④，算重來、盡成陳跡。劉郎鬢如此⑤，況桃花顏色。

〔注〕①歷下：古邑名，在今山東歷城縣西。北宋時是齊州濟南郡治所。晁補之於紹聖元年（一〇九四）六月任齊州知州，次年二月被貶通判應天府。這首詞是離別任所時所寫。②官柳：泛指官道旁的柳樹。③無根行客：自喻宦途漂泊。④罨（ㄢˇ）畫：即雜彩之畫。紺（ㄍㄢˋ）：一種深青透紅的顏色。⑤劉郎：本指唐代詩人劉禹錫。他有詩《再遊玄都觀絕句》曰：「百畝庭中半是苔，桃花淨盡菜花開。種桃道士知何處，前度劉郎今又來。」這裏是作者藉以自喻，遙想他日重來，當鬢染秋霜。

【譯文】

官道兩旁楊柳成行，直向兩端延伸，無窮無盡。彩繪華麗的大船，無情地載著宦途漂泊的我，遠走他鄉。那南山似乎有情，尚知來送行，只是阻隔了站在高城處依依送別的佳人。那歷城園林景色繽紛，溪水碧青如染，猶如絢麗的水墨丹青。就算能別後重來，恐怕也物是人非，歡快的往事只能成為回憶。那時我已兩鬢斑白，更何況嬌弱似桃花的佳人，怕也經不起離愁的熬煎而憔悴了。

洞仙歌

泗州中秋作①

青煙冪②處，碧海飛金鏡，永夜閑階臥桂影。露涼時，零亂多少寒螿③，神京遠，惟有藍橋④路近。　水晶簾不下，雲母屏⑤開，冷浸佳人淡脂粉。待都將許多明，付與金尊，投曉共流霞⑥傾盡。更攜取胡床⑦上南樓，看玉做人間，素秋⑧千頃。

〔注〕①泗州：在今安徽泗州。晁補之於宋大觀末知達州、泗州，大觀四年卒於泗州任上。這首詞是他絶筆之作。②青煙冪（ㄇㄧˋ）：青煙，指遮蔽月光的雲影；冪，即遮蔽，覆蓋。③寒螿：蟬的一種，個體較小，入秋鳴叫，因而稱為寒螿，亦叫寒蟬。④藍橋：在陝西藍田縣藍溪之上。相傳此地有仙窟，唐裴航在此遇仙女雲英並與之結為夫婦，曾夜見玉兔搗藥。這裏引用這個故事，以藍橋仙窟代指月宮。⑤雲母屏：一種用透明發光的雲母鑲嵌的屏風。⑥流霞：一種仙酒。⑦胡床：一種可以折疊的輕便坐具，又稱交椅、繩床。⑧素秋：形容澄澈、清冷的秋天景象。

【譯文】

夜空無邊無際，幾片浮雲遮蔽了月光，似青煙繚繞。驀然間，一輪明月破雲而出，像一面金鏡飛上碧空，金色的光輝灑向人間。長夜漫漫，徘徊庭院，月光將桂樹的影子映照在臺階上，飄來桂子陣陣清香；夜露已降，涼意浸人，傳來寒蟬零亂的鳴叫聲。那京城汴梁，路途遙遠；惟有這月宮仙境清晰可見，近如身邊與我爲伴。　晶瑩的珠簾高高捲起，雲母屏風也被挪開，瀉進滿屋月光。明月的冷光浸潤著佳人，宛如薄施淡淡的脂粉，嬌媚如月宮仙女。待我把這許多明月光全都注入金樽，直到夜盡天曉，同著流霞一道飲盡。我還要攜帶胡床登上南樓，去觀賞月光普照下白玉般的人間世界，領略這素白千頃的清秋景象。

❑晁沖之

晁沖之，生卒年不詳。字叔用，一字用道，濟州鉅野（今山東鉅野）人。晁補之的堂弟。進士出身，因黨爭被貶，後隱居河南具茨山下，號具茨先生。詞情致深長，詞語清秀柔媚，近人輯有《晁叔用詞》一卷，有詞十六首。

臨江仙

憶昔西池①池上飲，年年多少歡娛。別來不寄一行書，尋常相見了，猶道不如初。安穩錦衾②今夜夢，月明好渡江湖。相思休問定何如？情知春去後，管得落花無。

〔注〕①西池：這裏泛指城西池塘，是作者懷念昔日的宴樂之地。②錦衾（ㄑㄧㄣ）：華麗的繡花錦被。

【譯文】

回憶當年，在城西池塘上宴飲，那幾年多麼歡欣娛悅。然而，自從分別以來，彼此之間不再寄信，音訊斷絕；即便能像以往那樣天天相見，也不會像當初那樣親密談論了。今夜我要鋪好錦被，安安穩穩進入夢境，但願故人趁著月明好渡江，來夢中相聚。我細細思想，夢中相見後也不須相互詢問別來景況了，明知春天已經過去了，還須問落花的命運嗎？

❑舒亶

舒亶（一〇四一—一一〇三），字通道，號懶堂，明州慈谿人。治平二年（一〇六五）進士，試禮部第一。神宗元豐年間爲監察御史中丞，和李定彈劾蘇軾的詩歌誹謗朝政，釀成「烏台詩案」。徽宗時，官至龍圖閣待制。工小詞，思慮縝密，有趙萬里輯《舒學士詞》一卷；存詞五〇首。

虞美人

芙蓉落盡天涵水，日暮滄波起。背飛①雙燕貼雲寒，獨向小樓東畔倚欄看。

浮生只合尊前老，雪滿長安道②。故人早晚上高臺，寄我江南春色一枝梅③。

【注】①背飛：相背而飛，意指分離。②「浮生」二句：浮生，人生短促；合，該，應當；尊前，即酒杯前；長安，即代指京城汴梁。③江南春色一枝梅：此原引南朝陸凱寄梅花給范曄並贈詩的故事，化用陸凱詩意。陸凱詩曰：「折花逢驛使，寄與隴頭人。江南無所有，聊寄一枝春。」

【譯文】

荷花都已凋落了；秋水淼淼，連著藍天。暮色蒼茫，晚風吹起了綠波。那雙燕何故分離，貼著秋雲各自飛去。我孤獨一人，在小樓東側倚欄凝望，思緒隨著飛燕遠去。　人生短促又多煩惱，勢必在酒醉中逐漸蒼老。光陰荏苒，白雪又落滿了京師大道。我那位老友想必也會不時登上高樓把我思念，給我寄來一枝臘梅，送上濃濃的江南春意。

□朱服

朱服（一〇四八—？），字行中，烏程（今浙江湖州）人。熙寧六年（一〇七三）進士。曾官國子司業、起居舍人、中書舍人、禮部侍郎、集賢殿修撰等職，並先後任多年地方官。因與蘇軾有交而遭貶。這首《漁家傲》是其存世的唯一一首詞。

漁家傲

小雨纖纖風細細，萬家楊柳青煙裏。戀樹濕花①飛不起，愁無際，和春付與東流水。　九十光陰②能有幾？金龜解盡③留無計。寄語東陽④沽酒市，拚一醉，而今樂事他年淚。

【注】①戀樹濕花：雨打濕的花貼在樹上，好像依戀著樹。②九十光陰：指春季三個月的天數。③金龜解盡：金龜：唐三品以上大臣佩金龜。④東陽：即今浙江金華市，朱服時為東陽守。

【譯文】

春雨隨風輕飄，雨絲纖纖，風亦如雨絲般細密如針。雨中楊柳更顯得鬱鬱蔥蔥，一片青煙

綠霧，掩映著千家萬戶。淋濕的花絮緊貼著樹身，戀戀不捨，不忍飛離。愁緒綿綿無際，還是把這愁緒同這春光，一起付與東流的逝水吧！　一春光陰九十天，能有幾多春光？即便解盡金龜全換酒，也難以解愁，留不住春光。既然無計留春，只好告訴東陽市裡的酒家，我將不惜一切，只求酩酊大醉。可是我心裏明白，今天一時痛快喝下的解愁酒，都是來年感傷的淚。

□毛　滂

毛滂，字澤民，今浙江江山人。曾任杭州法曹、武康縣令、秀州知州等職。受知於蘇軾。詞風清新圓潤，以清疏見長。有《東堂詞》一卷。存詞約二〇〇首。

惜分飛

富陽①僧舍作別語，贈妓瓊芳

淚濕闌干②花著露，愁到眉峰碧聚③。此恨平分取④，更無言語空相覷⑤。

斷雨殘雲無意緒，寂寞朝朝暮暮。今夜山深處，斷魂分付潮回去⑥。

〔注〕①富陽：今浙江富陽縣。②闌干：形容涕淚縱橫。闌干，縱橫。③愁到眉峰碧聚：形容愁上眉梢，雙眉緊蹙的樣子。④平分取：指雙方感受到的愁苦是一樣的。取，作「著」字解。⑤覷（ㄑㄩ）：注視。⑥斷魂：由於哀傷而魂銷魄散的樣子。分付：付予，付給。

【譯文】

你淚流滿面，猶如嬌豔的花朵沾滿了晶瑩的露珠；你黛眉緊鎖，滿腔的離愁別恨都凝聚在眉宇之間。我同你一樣承受著沈重的離恨，千言萬語似已說盡，淚眼淒迷、默默無語。看這零零落落的雨點，飄散的殘雲，令人心煩意亂毫無思緒。從此後朝朝暮暮只有孤寂相伴，任憑時光流去。今晚我寄宿在茫茫深山裏，把我對你的無限思念、哀哀離情全託付給潮水，但願能帶回到你的身邊。

❑陳　克

陳克（一〇八一——一一三七），字子高，自號赤城居士，今浙江臨海人。紹興年間曾爲敕令所編修官。其詞近乎花間派，詞風婉雅，語言工麗。有《赤城詞》。

菩薩蠻

赤闌橋盡香街直，籠街細柳嬌無力。金碧上青空，花晴簾影紅。　黃衫①飛白馬，日日青樓②下。醉眼不逢人，午香吹暗塵。

【注】①黃衫：隋、唐時少年的華貴服裝，這裏泛指貴族子弟。②青樓：這裏指歌妓住的地方。

【譯文】

走過朱紅欄杆的橋，是一條筆直的長街，迎面撲來濃濃的脂粉香氣。長街兩旁楊柳翳翳，遮天蔽日，細柳隨風擺動，嬌弱婀娜。街旁的樓閣高聳青空，金碧輝煌。晴空綠樹，更顯花兒豔紅，映得窗簾兒也飄忽紅影。

那些矯情的公子哥兒，穿著黃綢衣衫，騎著高頭白馬，急匆匆飛馳而來，天天在青樓尋歡作樂。一個個酒氣沖天、醉眼斜睇，驕橫恣肆、旁若無人。時值正午，馬蹄聲聲踏起陣陣路塵，夾雜著淡淡的芳香。

菩薩蠻

綠蕪①牆繞青苔院，中庭日淡芭蕉捲。蝴蝶上階飛，烘簾②自在垂。　玉鉤雙語燕③，寶甃④楊花轉。幾處簸錢聲⑤，綠窗春睡輕。

【注】①綠蕪：綠色的雜草。②烘簾：擋風的暖簾。③玉鉤雙語燕：雙雙燕子落在簾鉤上呢喃。④寶甃（ㄗㄡˋ）：井壁的美稱。，井壁，這裏代指井。⑤簸錢：古代一種遊戲，以擲錢為賭。

【譯文】

院牆上綠草叢生，庭院內滿地青苔。淡淡的日光照著中庭微捲的芭蕉葉。蝴蝶在臺階上翻舞，暖簾兒安閒自如地低垂著。燕子雙雙落在玉鈎上呢喃低語；砌得很精緻的井臺上，幾團楊花翻捲飛轉。有幾處正玩簸錢的，傳來擲錢的聲響；綠窗裏又透出春日晝眠的輕輕酣聲。

❑李元膺

李元膺，今山東東平人，大約與蔡京同時。紹聖年間曾任南京教官。詞風格清麗，多流連光景之作。有《李元膺詞》。

洞仙歌

一年春物，惟梅柳間意味最深。至鶯花爛漫時，則春已衰遲，使人無復新意。餘作《洞仙歌》，使探春者①歌之，無後時之悔②。

雪雲散盡，放曉晴庭院。楊柳於人便青眼。更風流多處，一點梅心，相映遠，約略顰③輕笑淺。　一年春好處，不在濃芳，小豔疏香④最嬌軟。到清明時候，百紫千紅花正亂，已失春風一半。早占取韶光⑤、共追遊，但莫管春寒，醉紅自暖。

【注】①探春者：尋找春天的人。②無後時之悔：意思是沒有因錯過春光而悔恨。③顰（ㄆㄧㄣˊ）：

皺眉。④疏香：指梅花。宋林逋《山園小梅》詩：「疏影橫斜水清淺，暗香浮動月黃昏。」這二句最為著名，後來就稱梅花為「疏影」、「暗香」。這裏，又合稱為「疏香」。⑤韶光：即美好的時光，多指春光。

【譯文】

拂曉時分，紛紛揚揚的雪停了，厚厚的烏雲也漸漸散盡；晴空清澈，紅日東升，庭院裏充滿了紅紅的、似乎透明的陽光。楊柳樹彷彿一夜之間抽出了新芽，那剛剛綻出的嫩芽碧綠青翠，迎著朝陽如同媚眼，向人們露出抑制不住的喜悅。朵朵梅花，映襯著殘雪怒放，露出幽淡馨香的點點花心，像含著淺淺的笑容，隱約間又像似微皺著雙眉，帶著一絲輕輕的憂愁。這梅芯與那綠芽，遙相照映，顰笑之間風韻嫵媚，更多出幾分風流情致。　一年之間春光最美好的時候，不在於那濃香撲鼻、爭妍鬥芳之時，而在於臘梅傲雪的早春。暗香微微卻沁人心脾，淡妝素抹卻風骨凜凜，最多嬌媚柔軟之情卻無意爭豔，讓你分明感受到那無限美好的春光已經降臨。待到清明時節，正是姹紫嫣紅、百花盛開、紛亂鬧春之際，那美好的春光早已失去了大半。且莫錯過時機，還是盡早出遊，共同去享受這大好春光。休管那早春料峭，此時飲杯美酒，待微醉臉紅時，自會感到通身溫暖。

時彥

時彥（？—一一〇七），字邦美，今河南開封人。元豐二年（一〇七九）考中第一名進士。曾任官兵部員外郎、集賢校理、河東轉運使、吏部尚書等職。存詞僅此一首。

青門飲

胡馬嘶風，漢旗翻雪，彤雲又吐，一竿殘照。古木連空，亂山無數，行盡暮沙衰草。星斗橫幽館，夜無眠、燈花空老①。霧濃香鴨②，冰凝淚燭，霜天難曉。

長記小妝才了，一杯未盡，離懷多少。醉裏秋波，夢中朝雨，都是醒時煩惱。料有牽情處，忍思量耳邊曾道：甚時躍馬歸來，認得迎門輕笑。

【注】①燈花空老：因情緒不佳，不剪燈花，任憑燭淚凝結起來。②香鴨：鴨形的熏爐。

【譯文】

胡馬在呼嘯的北風中嘶鳴，宋朝的大旗在漫天大雪中翻舞。驀地，風停雪霽，陰陰的天空中忽又吐出一輪殘陽，低低地垂掛在西天，染出一片紅彤彤的晚霞。老樹枯枝光禿禿地伸向空中，山巒紛亂、錯雜堆疊。車馬徐徐而行，暮色蒼茫中惟有近處的黃沙衰草尚可辨識。星斗橫

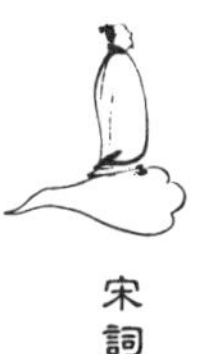

斜，荒僻的客舍裏幽靜寂寞，徹夜難眠。鴨形熏爐裏香霧繚繞，燈芯未剪已聚結成花，燭淚滴滴凝成了積冰。天寒夜長，愁緒綿綿，在思念中苦等著黎明的到來。　我始終記著分別前夕你剛梳妝完畢的樣子，你淺施粉黛，裝束淡雅。你爲我餞別，可是一杯尚未飲完，離愁傷懷，你就難以自持。你醉眼微開，仍然閃著脈脈含情的秋波，在夢裏你重溫柔情蜜意。可是這些醉裏夢中的幻情，卻只會增添你清醒後的煩惱。你一定能料想到，最牽動我情懷的是什麼。我怎能忍心思量起，在我臨行之際，你曾在我耳邊的叮嚀勸說：什麼時候飛馬歸來，可別忘了，懷著喜悅的心情在門口笑臉迎接的舊日情人。

❑李之儀

李之儀，字端叔，自號姑溪居士，今山東無棣縣人。宋神宗熙寧三年進士，曾爲蘇軾幕僚，後任樞密院編修、原州通判等職，後因文章獲罪除名。詞以小令見長，有《姑溪詞》。

謝池春

殘寒消盡，疏雨過、清明後。花徑款①餘紅，風沼縈新皺。乳燕穿庭戶，飛絮沾襟袖。正佳時仍晚晝，著人②滋味，真個濃如酒。　頻移帶眼③，空只恁厭厭瘦④。不見又思量，見了還依舊，為問頻相見，何似長相守。天不老，人未偶，且將此恨，分付⑤庭前柳。

〔注〕①款：緩緩的樣子。②著人：讓人感受到。③帶眼：衣帶上的孔洞，人瘦則移動帶眼。④空：徒然，白白地。恁：那樣。厭厭：同懨懨，無精打采，精神不振。⑤分付：交付。

【譯文】

清明節過後，天氣漸暖，一場小雨剛停歇，殘餘的一點寒意也消盡了。庭院裏，餘花緩緩地凋落在花間小徑上。微風吹過沼池，水波縈回，如同帶紋的縐綢。乳燕在庭院門戶間來回穿飛，柳絮翻飛沾滿了我的襟袖。風光正美好，依然近黃昏，讓人感受到一種滋味，眞像是濃濃的醇香美酒。近來只覺得無精打采，日見消瘦，繫衣服的革帶上的扣眼頻頻後移。不見面時是那麼思念，見了面想到還要分別，更傷情懷。我眞想問問你，是否有同樣感覺，即便能頻頻相見，哪比得上長相廝守？蒼天無情才不老，人雖有情卻難成對成雙。且把這相思別恨，交托給庭前垂柳。

卜算子

我住長江頭，君住長江尾；日日思君不見君，共飲長江水。　此水幾時休？此恨何時已？只願君心似我心，定不負相思意。

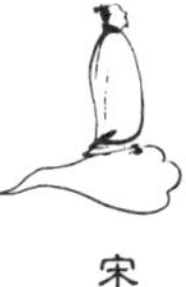

【譯文】

我住在長江的上游，你住在長江的下游。我站在長江邊，看著滾滾江流，天天思念你。總因相隔遙遠，日日思君而不得相見，你我卻又共飲這條長江水。　這濤濤江水啊何時能斷流？這長長的思恨啊何時能止休？只願你的心能同我的芳心一樣，心心相印、一脈相通，就一定不會辜負你我的相思情意。

□周邦彥

周邦彥（一〇五七—一一二一），字美成，自號清眞居士，今浙江杭州人。宋神宗時，他因獻《汴都賦》歌頌變法被提拔爲太學正。徽宗時任徽猷閣侍制，提舉大晟府。負責制譜作曲，供奉朝庭。他精通音律，曾主持搜求、審訂和考證詞調、詞譜，使之更精密。他的詞作多寫豔情和羈愁。詞釆佳麗，富豔精工，詞律細密，爲後來格律派遵爲祖師。有《片玉詞》。

瑞龍吟

章臺路①，還見褪粉梅梢，試花②桃樹。愔愔③坊陌人家，定巢④燕子，歸來舊處。　黯凝佇⑤，因念個人癡小⑥，乍窺門戶。侵晨淺約宮黃⑦，障風映

袖，盈盈笑語。前度劉郎⑧重到，訪鄰尋里，同時歌舞，惟有舊家秋娘⑨，聲價如故。吟箋賦筆，猶記燕臺句⑩。知誰伴，名園露飲，東城閑步？事與孤鴻去，探春儘是，傷離意緒。官柳低金縷，歸騎晚、纖纖池塘飛雨。斷腸院落，一簾風絮⑪。

【注】①章臺路：原指漢長安章臺下的一條街，這裏借指京城汴梁的繁華街道。②試花：桃花初綻。③愔愔（ㄧㄣ）：寧靜無聲。④定巢：安巢，安家。⑤黯凝佇：黯然傷感，凝思久立。⑥個人癡小：個人，那個人，即作者意中之人；癡小，嬌小，靈巧。⑦侵晨淺約宮黃：侵晨，清晨；淺約宮黃，古代婦女在前額塗上黃色，以為妝飾，又稱約黃。⑧前度劉郎：唐劉禹錫因獲罪朝廷被貶離京，臨走前遊玄都觀。後被招回京，重遊玄都觀，作《再遊玄都觀》詩曰：「種桃道士歸何處。前度劉郎今又來。」這裏借劉郎自指。⑨秋娘：即唐金陵歌妓杜秋娘，這裏泛指歌妓。⑩燕臺句：唐李商隱曾作《燕臺四首》，洛陽妓女柳枝愛慕李的才華，欲以身相許，未成，後柳枝被人娶走。這裏借用這個典故，暗示那個意中人已歸他人。⑪風絮：風吹來的楊花柳絮。

【譯文】這條繁華的長街，景色依然。枝頭上梅花將謝變暗，桃樹上花蕾初放吐豔。街巷裏靜幽幽的，那歸來的燕子又回到了舊窩，正忙著安家。　我沮喪地凝神佇立，思念那位玲瓏嬌小的舊日情人。那日清晨初見時，她恰好倚門觀望。她前額約黃淺淺，一邊揚起袖子遮風掩面，一邊笑盈盈地和我言談。　我這次舊地重遊，訪尋舊好故里，可惜同時歌舞的只見以前的幾名歌女，色藝聲價依舊；惟獨不見她的身影。當我吟詩作賦時，猶如想起柳枝愛慕燕臺詩句的故事，我那位佳人在哪裡呢？如今，誰和我相伴，一起去名園露天野飲、到東城漫步遊賞？歡情舊事都已隨著天邊飛逝的孤雁一去不復返了。興高采烈回來探春，卻是離情別緒、感人傷懷。官道旁的柳樹低垂著金黃色的枝條，彷彿在爲我歎息。我騎馬歸來時天色已晚，細雨綿綿，雨絲打濕了衣襟，落滿了池塘。那令人傷懷斷腸的院落啊，風吹過來，滿院狼藉，那門簾上也落滿了濕柳絮。

風流子

新綠小池塘，風簾動、碎影舞斜陽。羨金屋①去來，舊時巢燕，土花②繚繞，前度莓牆③。繡閣裏、鳳幃深幾許？聽得理絲簧④。欲說又休，慮乖芳信⑤，未歌先噎，愁近清觴。　遙知新妝了，開朱戶、應自待月西廂⑥。最苦夢魂，今宵不到伊行⑦。問甚時說與，佳音密耗⑧，寄將秦鏡⑨，偷換韓香？天便教人，霎時廝見何妨！

【注】①金屋：典出漢武帝金屋藏阿嬌的故事。漢武帝少時，他的姑姑指著自己的女兒問他：「願不願意娶阿嬌為妻？」漢武帝答：「若得阿嬌，當以金屋藏之。」後即以金屋代指女子的華麗住房。②土花：即苔蘚。③莓牆：長滿莓苔的牆。④絲簧：絲，即琴絃；簧，即管樂器上發聲的簧片。這裏合指樂器。⑤慮：擔擾。乖：違拗。芳信：美好的資訊，指佳人傳出的心意。⑥待月西廂：在西廂房裏等候月亮升起。唐元稹《鶯鶯傳》裏，崔鶯鶯寫詩贈張生：「待月西廂下，迎風户半開；拂牆花影動，疑是玉人來。」詞裏引用此典，暗含希望她與自己有約，自己能似張生那樣前往赴約。⑦伊行：你那邊。伊：你。⑧密耗：密約。⑨秦鏡：漢代秦嘉在外為官，其妻徐淑贈秦嘉明鏡，秦嘉賦詩答謝。韓香：晉賈充女賈午喜歡韓壽，就偷偷地將其父珍藏的御賜異香送給韓壽，二人最終結為夫妻。秦鏡、韓香，借指男女互贈的定情之物。

【譯文】

碧綠的春水漲滿了小小的池塘，春風吹得門簾兒飄動，吹碎了映入池中的簾影；斜陽被那碎影舞弄得金光閃爍。我真羨慕那燕子，在舊年築巢的樑上又築新巢，能在她住的華屋裏來去飛翔；還有那苔蘚，在之前生過的圍牆上，又繞著華屋重新生長。她那繡閣有多深？掛著幾層繡著丹鳳的幃幔？我只能聽得絲簧的奏鳴聲，琴聲裏彷佛心事重重，想要訴說卻又躊躇，滿懷幽怨又無處傾訴；想對酒當歌卻是未開口已先哽咽，怕端起酒杯醒來更顯怨愁。　我知道她

剛梳妝完畢，便打開朱紅房門，就像鶯鶯那樣在西廂房等候月亮升起。最讓我痛心疾首的是，今晚上就是做夢也到不了她身旁。我要長問一句，什麼時候能告訴我相訂密約的佳音？我將贈她秦嘉的寶鏡，偷偷地換取韓壽的異香。蒼天啊，你爲何不發善心，哪怕給我們極短的時間，讓我們相會，這對你又有何妨？

蘭陵王

柳陰直，煙裏絲絲弄碧。隋堤上①、曾見幾番，拂水飄綿送行色②。登臨望故國，誰識、京華倦客？長亭路、年去歲來，應折柔條過千尺③。　閑尋舊蹤跡④，又酒趁哀絃，燈照離席，梨花榆火催寒食⑤。愁一箭風快，半篙波暖，回頭迢遞便數驛，望人在天北。　淒惻，恨堆積。漸別浦縈回⑥，津堠岑寂⑦，斜陽冉冉春無極。念月榭攜手，露橋聞笛。沈思前事，似夢裏，淚暗滴。

〔注〕①隋堤：隋煬帝在汴京附近開通濟渠時，沿渠築堤，命百姓沿堤植柳，此堤遂稱隋堤。②拂水飄綿送行色：細長的柳枝拂掠水面，潔白的柳絮飄飛，好像在送別即將離去的行人。③應折柔條過千尺：古人折柳送別，年復一年，柳條不知折斷了多少，怕已過千尺。④閑尋舊蹤跡：閑，船啟程後，從雜亂的送客場面中靜閑下來；尋，尋思；舊蹤跡，在

這裏是指過去的行跡，往事。⑤榆火催寒食：清明前一天為寒食節，唐宋習俗寒食禁火，清明時，朝廷另取榆柳之新火賞賜近臣。⑥別浦：水流分支的地方。⑦津堠（ㄏㄡˋ）：渡口附近的守望所。津：渡口。堠：守望所。

【譯文】

時當正午，那成行的柳樹陰影也連成了直線。細長如絲的柳枝在霧靄中隨風飄拂蕩漾，像在賣弄自己可人的碧色。在隋堤上曾多次見過送別的景象，那垂柳拂掠水面，楊花隨風飄飛，像在依依惜別。那時我登上高堤眺望，故鄉遙遙。久居京華，難歸家園，誰能知道一個遊宦倦客的心情？長亭路邊，年復一年送走了多少行客，送行人折斷的柳條怕早已超過了千尺。

閑靜下來，尋思舊日行跡，哀婉的樂曲伴隨著餞別酒，殘燈映照著離別的宴席。那時正是梨花盛開、分發榆火的寒食節後，離別在即，江水已暖，正愁間，只見風鼓船帆，那竹篙點入江中也只過半，船便快如離弦之箭。回頭再看，船已遠遠過了好幾個驛站；那送行人兒已遠若在天邊。

我內心悲傷、怨恨鬱積。漸漸地，暮色降臨，船過江流岔口，只見江波迴旋，渡口冷冷清清，附近的守望台孤零零地立在那裏；斜陽冉冉西沈，春色一望無際。四周寂靜，我又思念起曾與她在月下水榭前攜手共遊賞，在露水瑩瑩的小橋上傾聽笛音。沈浸在這些往日舊事中，宛如在夢境裏，悽楚之情向誰訴說，淚珠不禁暗暗滴落。

瑣窗寒

暗柳啼鴉，單衣佇立，小簾朱戶。桐花半畝，靜鎖一庭愁雨。灑空階、夜闌①未休，故人剪燭西窗語②。似楚江暝宿③，風燈零亂，少年羈旅。遲暮，嬉遊處。正店舍無煙，禁城百五④。旗亭⑤喚酒，付與高陽儔侶⑥。想東園、桃李自春，小唇秀靨⑦今在否？到歸時，定有殘英，待客攜尊俎⑧。

【注】①夜闌：夜將盡。②剪燭西窗語：語出自唐李商隱《夜雨寄北》詩：「何當共剪西窗燭，卻話巴山夜雨時。」③楚江暝宿：楚江，長江中游一段稱楚江。作者年輕時曾在楚江一帶的荆州居留。暝宿，即夜宿。④禁城百五：禁城，舊俗寒食節禁火，故全城禁火；百五，從冬至到寒食節恰是一〇五日。⑤旗亭：指酒樓。⑥高陽儔侶：即高陽酒徒。相傳漢劉邦不願見儒生酈食其，酈食其按劍大呼說：「我不是儒生，而是高陽酒徒。」劉邦這才接見了他。這裏代指酒客。儔（ㄔㄡˊ）侶：伴侶、夥伴。⑦靨（ㄧㄝˋ）：酒窩。⑧攜尊俎（ㄗㄨˇ）：尊俎是古代盛酒肉的器具，這裏指酒席。

【譯文】

在那柳蔭深處，傳來烏鴉的啼叫聲，我在紅門小屋裏，穿著單衣憑窗久立。半畝大的庭院

裏長滿了桐花，陰雨靜靜地籠罩著庭院，更使人愁思萬端。雨滴灑落在空落落的臺階上，徹夜未停。在這孤燈雨夜，眞希望有一位老朋友與我在西窗下剪燭談心。這情景讓我想起年少時曾夜宿楚江，那江中零亂的燈火在風中閃爍不定，孤寂落寞的心境同今晚一樣。　如今我已年老，時有垂暮之感。春遊嬉戲的地方，旅舍酒店煙火不舉，正巧是全城禁火過寒食節。我毫無在酒樓裏高聲呼喚酒家快拿美酒的那種豪興，還是讓給那些酒客吧！想起故鄉東園裏的桃樹、李樹應當繁花盛開了吧！那位嘴唇小巧、雙頰有酒窩的姑娘如今還在嗎？等我回去時，春已盡，花自零落，那殘存的花朵一定會等我帶著美酒去欣賞。

六醜

薔薇謝後作

正單衣試酒，悵客裏、光陰虛擲。願春暫留，春歸如過翼①，一去無跡。為問花何在？夜來風雨，葬楚宮傾國②。釵鈿③墮處遺香澤，亂點桃蹊，輕翻柳陌。多情為誰④追惜？但蜂媒蝶使，時叩窗槅⑤。　東園岑寂，漸蒙籠⑥暗碧，靜繞珍叢⑦底，成歎息。長條故惹行客⑧，似牽衣待話，別情無極。殘英小、強簪巾幘⑨。終不似、一朵釵頭顫嫋⑩，向人敧側⑪。漂流處、莫趁⑫潮汐。恐斷紅、尚有相思字⑬，何由見得？

【注】①過翼：飛過的鳥。②楚宮傾國：楚王宮中的傾國美女。漢李延年曾歌曰：「北方有佳人，絕世而獨立。一顧傾人城，再顧傾人國。」後即以「傾城」、「傾國」代指絕色佳人。詞裏以美貌佳人比喻薔薇。③釵鈿（ㄉㄧㄢˋ）：女子頭上的簪飾。④為誰：誰為。⑤窗槅（ㄍㄜˊ）：窗櫺、窗格子。⑥蒙籠：草木茂盛的樣子。⑦珍叢：即薔薇花叢。⑧長條故惹行客：薔薇的枝條有刺，扯住我的衣衫，像有意逗起我的憐惜。⑨強簪巾幘：勉強把殘花插在布帽上。巾幘：頭巾，布帽。⑩顫嫋（ㄋㄧㄠˇ）：搖擺顫動。⑪側欹：偏向一旁。向人欹側，有媚人、取悅於人的意思。⑫趁：追隨。⑬相思字：這裏用了「紅葉題詩」之典。相傳唐盧渥偶然在禦溝裏拾到宮女題詩的紅葉，後來湊巧與題詩的宮女結成夫妻。

【譯文】

正是換上單衣品嘗新酒的美好時光，我卻在客居中虛度光陰。但願能暫時留住春光，然而春光就像鳥兒一樣飛掠而過，一去便無痕無跡。那薔薇花在哪裡呢？昨晚一夜淒風苦雨，勢必葬送了那傾國傾城般的薔薇花。那墜落的花瓣，好似美人頭上的釵鈿，還散發著幽幽的香氣。花瓣片片，零亂地散落在桃樹下的小徑上，輕飄飄地翻落在柳陌上。又有誰會多情地去爲落花惋惜呢？只有蜜蜂和蝴蝶，像是花的媒人和使者，還在追尋落花，飛來飛去，時時碰響我的窗櫺。

東園裏的薔薇凋謝了，一片靜寂；草木漸漸茂密，現出一派暗幽幽的濃綠。我靜靜地繞著凋零的薔薇花叢，心痛珍愛的薔薇，歎息不已。薔薇那帶刺的枝條像是有意要逗起我的憐惜，扯住我的衣襟，彷彿有話要說，露出依依惜別的無限深情。我摘下一朵小小的殘花，勉強插在頭巾中，終究不如盛開的鮮花，插在美人頭上顫動搖曳，那樣嫵媚生姿。落花啊，且莫要追隨著潮汐漂流而去，只怕在落紅上有人題寫相思情字，若是漂走了，我怎能看見？

夜飛鵲

河橋送人處，涼夜何其①。斜月遠、墜餘輝，銅盤燭淚已流盡，霏霏涼露沾衣。相將②散離會，探風前津鼓③，樹杪參旗④。花驄會意，縱揚鞭、亦自行遲。迢遞路回清野，人語漸無聞，空帶愁歸。何意重經前地，遺鈿⑤不見，斜徑都迷。兔葵燕麥⑥，向斜陽欲與人齊。但徘徊班草⑦，欷歔酹酒⑧，極望天西。

〔注〕①夜何其：夜深到什麼時候了。其：語助詞。②相將：行將，即將。③津鼓：設在渡口的報時鼓，擊鼓表示船將啟航。④樹杪（ㄇㄧㄠˇ）參旗：樹杪，樹梢。參（ㄕㄣ）旗為星名，初秋時於黎明前出現在天空。⑤遺鈿：婦女遺留的首飾。⑥兔葵燕麥：野生植物。⑦班草：鋪草於地而坐。⑧欷歔酹酒：欷（ㄒㄧ），抽咽歎息；酹（ㄌㄟˋ），以酒澆地，以示祭奠、立誓或禱祀之意。

【譯文】

當初在河橋附近送別情人的地方，兩情依依，秋夜微涼，夜深也不知到了什麼時分。月亮遠遠地斜向西邊，餘光亦漸漸墜收；細密清涼的露水沾濕了衣衫；屋內銅盤上的蠟燭也已燃盡。臨別前短暫的相聚即將結束，探頭聽聽隨風傳來的渡口鼓聲，可不要誤了行船；看看樹梢上空參旗星的光影，已是到了黎明時分。那花驄馬彷彿會解人意，縱使我揚鞭催趕，牠也只是自顧慢慢緩行。　送別情人，我孤零零地踏上了歸途，渡口那嘈雜的人聲漸漸聽不到了。原野上空曠清寂，歸途竟是那麼遙遠。我沒想到會再次來到當初與她分別的地方，不但未見她的一點蹤跡，連斜插的小路都迷離難辨了。兔葵和燕麥在斜陽裏搖擺，長得快有人一般高了，路上只有它們搖曳的影子和我的孤影。我只能在過去與她鋪草並坐的地方徘徊，抽泣歎息，灑酒於地，望向著情人遠去的西方。

滿庭芳

夏日溧水無想山作①

風老鶯雛，雨肥梅子，午陰嘉樹清圓②。地卑山近，衣潤費爐煙③。人靜烏鳶④自樂，小橋外，新綠濺濺⑤。憑闌久，黃蘆苦竹，疑泛九江船⑥。　年年，如社⑦燕，飄流瀚海⑧，來寄修椽⑨。且莫思身外⑩，長近尊前。憔悴江南倦

客，不堪聽、急管繁弦⑪。歌筵畔，先安枕簟⑫，容我醉時眠。

〔注〕

①夏日句：哲宗元祐八年（一〇九三）至紹聖三年（一〇九六），作者在溧水（今屬江蘇）任縣令，這首詞即作於溧水任上。無想山，在縣南九公里處，山上的無想寺中有韓熙載讀書堂。②「風老鶯雛」三句：這三句分別化用杜牧《赴京初入汴口》：「風蒲燕雛老」、杜甫《陪鄭廣文遊何將軍山林》：「紅綻雨肥梅」及劉禹錫《晝居池上亭獨吟》：「日午樹陰正」的句意，寫初夏景物。「老」、「肥」在此作動詞用。嘉樹，樹的美稱。「清圓」二字，寫綠樹亭亭如蓋的景象。③衣潤費爐煙：梅雨季節，衣服易泛潮，常需要烘乾。④烏鳶：烏，烏鴉；鳶，鷂鷹。⑤濺濺：水聲。⑥「黃蘆苦竹」句：指唐白居易曾貶九江郡司馬，《琵琶行》就寫於此地。詩中有句云：「住近湓江地低濕，黃蘆苦竹繞宅生。」作者見遍地黃蘆苦竹，懷疑自己成了當年的白居易被貶到了九江。⑦社：古時春秋兩次祭祀土地神的日子。⑧瀚海：沙漠。這裏泛指偏遠荒涼之地。⑨修椽：長椽。⑩身外：指功名利祿身外事。杜甫《絕句漫興》：「莫思身外無窮事，且盡身前有限杯」。杜牧《張好好詩》：「身外任塵土，尊前極歡娛」。⑪急管繁弦：急，急促、激越；繁，繁複；管、弦，均指樂曲。杜甫《陪王使君》：「不須吹急管，衰老易悲傷」。上句「不堪聽」，即含「易悲傷」之意。⑫枕簟（ㄉㄧㄢˋ）：即枕席。簟：竹席。

【譯文】

雛鶯在和風吹拂中長大了，梅子在細雨滋潤下已經滾圓碩大。時當正午，紅日中天，亭亭如蓋的綠樹鋪下清晰而圓正的樹影。只是這溧水地方近靠山巒，低窪潮濕，爲烤乾泛潮的衣衫費時費爐煙。好在這裏清靜，人們相安無事，連鳥雀彷佛也自得其樂，在空中自由飛翔。看小橋外溪水新漲，碧綠清澄，濺濺有聲。我久久地憑欄眺望著，看到那成片的黃蘆和苦竹，不由想起白居易的詩句，想當年他被貶九江，那環境與這裏何其相似，我眞懷疑自己就是那個泛舟九江的白居易了。　我就像那秋去春來的社燕，年復一年漂泊在荒涼的窮鄉僻壤，來到這長椽上築巢，只是暫時寄居在他人簷下。既然如此，姑且不要再想功名利祿、榮辱得失這些身外之事，還是借酒遣愁吧。容顏憔悴的江南遊子，不忍聽宴席上那激越繁複的樂曲，怕更會引起感傷。請在宴席旁，先爲我安好枕席，允許我喝醉時歇息安眠。

過秦樓

水浴清蟾①，葉喧涼吹，巷陌馬聲初斷。閑依露井，笑撲流螢，惹破畫羅輕扇②。人靜夜久憑欄，愁不歸眠，立殘更箭③。歎年華一瞬，人今千里，夢沈書遠。　空見說鬢怯瓊梳，容消金鏡，漸懶趁時勻染④。梅風地溽，虹雨苔滋，一架舞紅⑤都變。誰信無聊為伊，才減江淹⑥，情傷荀倩⑦。但明河影下，還看稀星數點。

〔注〕①清蟾：代指月亮。清蟾，指月色明亮。②「笑撲流螢」二句：化用杜牧《秋夕》中：「銀燭秋光冷畫屏，輕羅小扇撲流螢」詩意。畫羅：畫有花紋的絲織品。③更箭：漏壺中標有刻度的立尺，形如箭。隨著水的滴漏，漏壺中水面下移，露出立尺上的刻度即表示時間。殘更箭，意謂刻度即將全部露出，更漏將殘，天將明也。④趁時匀染：追趕時尚，梳妝打扮。⑤一架舞紅都變：滿架的薔薇花都謝了，只剩下枝頭的殘英。⑥江淹：據《南史・江淹傳》載，南朝文學家江淹幼時夢得五彩筆，才思大進，後來神仙取走了彩筆，從此才思大減，人稱「江郎才盡」。⑦荀倩：據《世說新語・惑溺》載，荀奉倩與其妻曹氏感情深篤，妻死，荀奉倩亦神傷而亡。

【譯文】

圓圓的明月，倒映在清澈的池中，彷彿在水底沐浴蕩漾。清爽的晚風，吹得樹葉沙沙作響，帶來陣陣清涼。街巷裏，已聽不見車馬來來往往的吵雜聲。我和她悠閑地依偎在井臺旁，她嬉笑著撲打飛來飛去的螢火蟲，弄壞了輕羅花扇，她那嬌嗔的模樣，我至今難以忘懷。夜已深，人已靜，我久久地憑欄凝思，往昔的歡聚，如今的孤零，更使我愁思綿綿，不想回房，也難以成眠，直站到更漏將殘。可歎青春年華，轉眼即逝，如今我和她天各一方相隔千里，別說音信

稀少，連夢也難得啊！　聽說她雙鬢見稀而怕用玉梳，面容消瘦而不照金鏡，漸漸地懶於梳妝打扮了。想必是思念我而憔悴；而我也只能是空自聽說，卻不能去看望。眼前正是梅雨季節，潮風濕雨，青苔滋生，滿架迎風搖動的薔薇花已變得零落凋黃了。有誰會相信，我也是因思念她而恍惚，像才盡的江淹，無心寫詩賦詞，又像是傷情的荀倩，哀傷不已。即使她不知道，我也無悔無怨。舉目望長空，只見銀河茫茫，還有幾點稀疏的星星，微微閃爍。

花犯

粉牆低，梅花照眼①，依然舊風味。露痕輕綴，疑淨洗鉛華②，無限佳麗。去年勝賞曾孤倚，冰盤同燕喜③。更可惜、雪中高樹，香篝熏素被④。　今年對花最匆匆，相逢似有恨，依依愁悴。吟望久，青苔上，旋看飛墜。相將⑤見、翠丸薦酒⑥，人正在、空江煙浪裏。但夢想、一枝瀟灑，黃昏斜照水⑦。

〔注〕①照眼：映入眼簾，耀眼。②鉛華：古代婦女化妝用的脂粉。③冰盤同燕喜：冰盤，如冰樣潔白的瓷盤。燕，同「宴」，指宴席。④香篝（ㄍㄡ）：指裏面燃香用來熏衣用的熏籠。⑤相將：即將，行將的意思。⑥翠丸薦酒：翠丸，指梅子；薦酒，佐酒。⑦黃昏斜照水：化用宋林逋《山園小梅》詩：「疏影橫斜水清淺，暗香浮動月黃昏」。

【譯文】

一堵粉白的矮牆，襯著滿樹盛開的梅花耀人眼目，那風神韻味依舊同往年一樣。花瓣上淡淡的露水痕跡，好像是佳人剛剛洗去了鉛華，顯露出無限光豔的天生麗質。去年梅花盛開時，我也曾獨依臘梅，盡興欣賞，在宴席上欣喜地品嘗白玉盤中的青梅。更令人憐惜的是，高高的梅樹上覆蓋著厚厚的白雪，猶如香篝上薰著潔白的綿被，透出梅花陣陣暗香。　今年來賞花，卻是最爲匆忙，相逢時似乎滿含著怨恨，看它依依不捨，因愁別而面容憔悴。我久久地凝望著梅花，不禁低吟歎息，隨後就看到花瓣一片片輕輕飄落在青苔上。過不了多久，熟透的梅子就成爲人們佐酒之食，到那時我可能正遠行在煙波浩渺的江上。只能在夢裏追想：一枝紅梅斜出，瀟灑地在黃昏的餘輝中映照著清清的池水。

大酺

對宿煙收①，春禽靜，飛雨時鳴高屋。牆頭青玉旆②，洗鉛霜③都盡，嫩梢相觸。潤逼琴絲④，寒侵枕障，蟲網吹粘簾竹。郵亭無人處，聽簷聲不斷，困眠初熟。奈愁極頻驚，夢輕難記，自憐幽獨。　行人歸意速，最先念、流潦妨車轂⑤。怎奈向蘭成憔悴⑥，衛玠清羸⑦，等閒時、易傷心目。未怪平陽客⑧，

雙淚落、笛中哀曲。況蕭索、青蕪國⑨，紅糝鋪地⑩，門外荊桃如菽⑪。夜遊共誰秉燭？

【注】①對宿煙收：昨夜的煙霧已經消散。②青玉旆（ㄆㄟˋ）：本指旗幟，末端如燕尾狀的垂飾，這裏用來形容新生的翠竹好像青玉雕成的垂旆。③鉛霜：竹子枝幹上的粉霜。④潤逼琴絲：空氣濕潤，使琴絃受潮。⑤流潦妨車轂（ㄍㄨˇ）：路上有積水。妨礙車輛行進。流潦：道路積水。轂：車輪中心的圓木，這裏代指交通。⑥蘭成：南北朝時文學家庾信。庾信小字蘭成，原為南朝梁人，後滯留北朝不得南歸，常有思鄉之念。⑦衛玠清羸（ㄌㄟˊ）：晉人衛玠很美，他的身體很弱，清瘦多病。羸：瘦弱。⑧平陽客：指漢代音樂家馬融，他在平陽時，曾作過《長笛賦》。未怪：難怪。⑨青蕪國：雜草叢生的地方。⑩紅糝（ㄙㄢˇ）：糝，散粒狀的東西，紅糝，指落花的碎片。⑪荊桃：即櫻桃。

【譯文】

隔夜的濃霧散盡，聽不見春鳥的啼鳴，只聽得陣陣急雨飛灑而下，敲打得屋頂沙沙作響。新生的嫩竹伸出牆頭，青翠的竹葉宛如青玉雕成的垂旆在風雨中晃動；枝幹上的粉霜被雨水沖刷一盡，更顯翠綠；那尖嫩的竹梢被風雨吹打得來回搖擺，不時地互相碰觸。屋檐下的蟲網軟綿綿地粘在竹簾上。潮濕的氣息侵入屋內，緊繃的琴絃因受潮而鬆弛了；寒氣透過屏風，襲來一片涼意。旅舍裏寂寥無人，屋簷下單調的滴水聲連連不斷，聽得人昏昏然，迷迷糊糊地睡了過去。無奈心中太過愁悶，屢屢被風聲雨聲驚醒。夢境恍惚，醒來竟難以記起，倍感淒涼孤獨，不免自憐自傷。　遠行之人，歸心似箭。誰知大雨不止，最令人擔心的就是泥濘的道路上積滿雨水，車轂難行，歸期難人。眞是無奈啊！我就像庾信那樣因思鄉而憔悴，因憂愁而像衛玠那樣清瘦羸弱。旅途滯留，困頓清閒，更易愁損心目。難怪當年客居平陽的馬融，聽得笛聲便會潸然淚下。更何況原本繁花盛開的庭園，被風雨摧殘得滿目蕭瑟，雜草叢生；凋落的花瓣紅紅點點，滿地皆是；門外的櫻桃已大如豆粒，春天即將在風雨聲中悄悄消逝了。在這愁風苦雨後的夜晚，有誰和我秉燭共遊，同賞這即將逝去的春色呢？

解語花　上元

風消焰蠟，露浥烘爐①，花市光相射。桂華②流瓦，纖雲散、耿耿素娥③欲下。衣裳淡雅，看楚女纖腰一把④。簫鼓喧，人影參差，滿路飄香麝。　因念都城放夜⑤，望千門如晝，嬉笑遊冶。鈿車羅帕，相逢處、自有暗塵隨馬⑥。年光是也，惟只見、舊情衰謝。清漏移，飛蓋歸來⑦，從舞休歌罷。

〔注〕①露浥烘爐：清露彷彿沾濕了花燈。露：浸濕，沾濕。烘爐：指花燈。②桂華：指月光。

神話傳說月中有桂樹，故稱月光為桂華。③素娥：即指嫦娥。唐李商隱《霜月》詩有：「青女素娥俱耐冷，月中霜裏鬥嬋娟。」④「楚女」句：相傳楚靈王好細腰，因此楚國女子多腰肢纖細者。《韓非子·二柄》：「楚靈王好細腰，而國中多餓人。」這裏暗用此典形容楚女身材好。⑤放夜：宋代京城有宵禁，只有正月十五日及前後各一日弛禁，允許在街上徹夜遊玩，千家萬戶亦放門，允許婦女走出閨門，到街巷中賞燈。⑥暗塵隨馬：化用唐蘇味道《觀燈》中：「暗塵隨馬去，明月逐人來。」詩意，暗指少男少女間情事。⑦飛蓋歸來：乘著車子飛快地趕回來。蓋：車頂，代指馬車。

【譯文】

微風輕輕吹拂著燈焰，蠟燭在慢慢地消融。夜露悄悄浸濕著花燈，街市上各色燈光交相映射，耀眼眩目。皎潔的月光流瀉在屋瓦上，淡淡的薄雲飄散了，夜空如洗，皓月倍明，寂寞嫦娥逢此良辰，彷彿也要奔向人間，同享歡樂。再看那南國淑女，一個個衣著素淡，細腰纖纖，風情優雅。簫鼓喧鬧聲中，萬人遊賞，人影晃動，參差錯亂滿街，瀰漫著脂粉香氣。眼前這景象，使我想起當年京城上元佳節的盛況。那時候，官家放夜，私家放門，千家萬戶高舉彩燈，輝煌如同白晝，人們徹夜遊樂，歡聲鼎沸。佳麗們坐在華麗的馬車上揮舞著絲羅巾飛馳而過，塵土揚處，便有美少年騎著駿馬緊隨流連。眞是馬逐香車，人拾羅帕，少男少女們趁這良辰美景盡情嬉笑。想必今年京城的燈宵盛景依然如舊，惟有我年衰興減，舊日的豪情不再。時間飛逝，夜已深沈，我驅車回家，任憑他人歌舞狂歡吧！

定風波

莫倚能歌斂黛眉，此歌能有幾人知？他日相逢花月底，重理①、好聲須記得來時。　苦恨城頭傳漏永②，催起、無情豈解惜分飛。休訴金尊推玉臂，從醉、明朝有酒倩③誰持。

〔注〕①重理：重新調理琴絃以備演唱。②漏永：古人用銅壺滴漏的方法計算時間，漏永指夜深。③倩（ㄑㄢˋ）：請人代替自己。

【譯文】

莫要矜持，莫要憂傷，舒展你的黛眉，放聲歌唱吧！除了你知我知，有誰能理解這歌中的情意？他日如能再相聚，你我在花前月下訴衷情，那時重理琴絃，唱一首新曲，追憶別時深情，知音新曲，我將永生銘記。　城頭傳來更漏聲，恨渡口離別在即。夜已深，船家催起身，他人無情，怎了解你我痛惜分飛？這長別時刻重值千金，不要再咽咽泣訴，休用玉臂推開金樽，縱然因此醉倒，也請你喝下這杯辭別酒。即使明日有酒，可是有誰能代替我為你勸酒呢？

蝶戀花

月皎驚烏棲不定，更漏將闌①，轆②牽金井。喚起兩眸清炯炯③，淚花落枕紅綿冷。執手霜風吹鬢影，去意徊徨，別語愁難聽。樓上闌干橫斗柄④，露寒人遠雞相應。

〔注〕①闌：將盡。②轆（ㄌㄨ）：轤轆轉動發出的響聲。③兩眸清炯炯：雙眼飽含離別的淚珠。炯炯：明亮。④闌干橫斗柄：闌干，橫斜的樣子；斗柄，是北斗星的簡稱，這裏是說，夜已經很深了。

【譯文】

烏鴉因月色皎潔而噪動不棲，啼叫不已。殘漏滴滴，天將破曉。有人早起汲井水，轆轤發出單調的吱吱聲。我喚起她時只見她雙目閃動著亮晶晶的淚光，淚水沾濕了紅棉枕芯，一片冰冷。

我握著她的手來到庭院裏，秋風吹拂著她的鬢髮，她依戀不捨，離別的話語不忍細聽。北斗橫空，斜掛在閨樓角上；在朝露的寒氣中我已走遠，傳來遠近相應的雞鳴聲。

解連環

怨懷無托，嗟情人斷絕，信音遼邈。縱妙手、能解連環①，似風散雨收，霧輕雲薄。燕子樓空②，暗塵鎖、一床絃索③。想移根換葉，儘是舊時，手種紅藥④。

汀洲漸生杜若⑤，料舟依岸曲，人在天角。漫記得、當日音書，把閒語閒言，待總燒卻⑥。水驛春回，望寄我、江南梅萼⑦。拚⑧今生、對花對酒，為伊淚落。

〔注〕①解連環：《戰國策》載，秦王送給齊王一串玉連環。齊國群臣無人能解。齊王後用鐵椎將玉連環擊破，並告訴秦王使者，玉連環已經解開。這裏用連環代指雙方的感情糾葛。②燕子樓：唐代張愔（一說為張建封）為愛妾關盼盼在彭城（今江蘇徐州）建造的一座樓。張死後，盼盼終生不嫁，一直孤單地住在燕子樓中，直至去世。蘇軾《永遇樂》詞歎曰：「燕子樓空，佳人何在？」③一床絃索：滿架子的樂器。絃索，泛指樂器。④手種紅藥：花名，即紅色的芍藥。芍藥，寓含往日的歡情，又名將離，則寓含別離後的淒苦。手種，意謂親手所種，喻意精心培植的愛情。⑤杜若：一種香草。古詩文中常以香草寄贈遠行人，以示思念。這裏用《九歌・湘君》：「采芳洲兮杜若，將以遺兮下女」句意。⑥待總燒卻：即將昔日的情書通通燒掉。這裏暗用漢樂府《有所思》：「拉雜摧

燒之，當風揚其灰。」句意，以示決絕。⑦江南梅萼：據盛弘之《荊州記》載，吳陸凱從江南寄梅花到長安，送給好友范曄，並附詩一首：「折梅逢驛使，寄與隴頭人。江南無所有，聊贈一枝春。」這裏引用這個典故，是希望情人能心回意轉。⑧拚：捨棄，不惜。

【譯文】

可歎我滿懷的幽怨無所寄託，無法排遣，只因你絕情而去，音信渺茫。縱然有高超妙手能解開連環，我胸中的情感也是藕斷絲連，恰似那風散雨霽也還有薄雲輕霧在。即便燕子樓空，塵封琴絃，但你留下的滿架樂器還在，睹物思人，相思之情難斷。那院子裏的芍藥花想必已長出新根、換了新葉，但畢竟是我與你親手所種、精心培植的舊時芍藥。汀洲，那是我送別你的地方，杜若香草已漸次成叢了，卻欲寄無由，料想你已遠在天涯海角，你乘坐的小舟正傍依在彎曲的岸邊。而我還記著當年信裏的山盟海誓，現在看來不過是閒言閒語，留之何用，只待全部燒掉罷了。春天又回到了水邊驛站，我又企盼著，你能給我寄來一枝江南早梅。哎，縱使今生今世不能如願，我也甘願空對鮮花飲苦酒，爲你落淚。

拜星月慢

夜色催更，清塵收露，小曲幽坊月暗。竹檻燈窗，識秋娘庭院①。笑相遇，似覺瓊枝玉樹相倚，暖日明霞②光爛。水盼蘭情③，總平生稀見。畫圖中、舊識春風面④，誰知道、自到瑤臺⑤畔。眷戀雨潤雲溫，苦驚風⑥吹散。念荒寒、寄宿無人館，重門閉，敗壁秋蟲歎。怎奈向⑦、一縷相思，隔溪山不斷。

〔注〕①秋娘：指唐代著名的金陵歌妓杜秋娘。這裏是指意中人。②暖日明霞：形容美人光采照人。曹植《洛神賦》中有「皎若太陽升朝霞」。③水盼蘭情：是說美人眼神明媚如流水，性情幽靜似蘭花。④舊識春風面：春風面，比喻女子嬌美的面容。源自唐杜甫《詠懷古跡》五首其三：「畫圖省識春風面。」⑤瑤臺：原指仙境，此指美女居住的地方。⑥驚風：衰颯的秋風。這裏似乎指不可抗拒的外力。⑦怎奈向：宋人熟語「無奈」之意。向，語助詞。

【譯文】

夜色降臨，催動著更鼓。路上的輕塵吸收了露水，不再飛揚。月光暗淡，一所小曲幽坊蒙上了一層幽暗。以竹爲檻，窗內燈光閃閃，這就是我所愛慕的意中人的庭院。她甜甜地笑著相迎，我眼前一亮，她體態優美，亭亭玉立，像似瓊枝與玉樹相依偎；她丰姿灼灼，光采照人，猶如日光和彩霞相輝映；雙目傳神，水汪汪像似秋波流動；溫柔體貼，芳情宛若幽蘭熏人欲醉。這樣可愛的美人，眞是平生罕見。

在那晚見面之前，我已看到了她的畫像，傾慕她的嬌美。

意料不到的是，我眞會走進她的住所，來到她的身邊；我和她兩情如此融洽，總以爲從此能長久歡聚，永相眷戀。苦眞苦，恨眞恨，雨潤雲溫竟被驚風吹散。現在我竟寄宿在寂寞無人的館驛裏，緊閉房門，只聽到秋蟲在破牆下悲鳴，像在爲我歎息不平。此境此情，情何以堪！無奈啊！隔山隔水也隔不斷我對她的思念之情。

關河令

秋陰時晴漸向暝①，變一庭淒冷。佇聽寒聲②，雲深無雁影。　更深人去寂靜，但照壁、孤燈相映。酒已都醒，如何消夜永③？

〔注〕①暝（ㄇㄧㄥˊ）：黃昏。②寒聲：即秋聲，指秋天裏的風聲、落葉聲、蟲鳥哀鳴聲等。這裏專指雁叫聲。③如何消夜永：怎麼能熬過那漫漫長夜。消：消磨，打發。夜永：即永夜，長夜。

【譯文】

秋日多陰天，一連幾日都是陰沈沈的，好不容易放晴，卻已是黃昏，漸漸昏暗了。整個庭院裏都變得淒冷難挨。我佇立在空落落的庭院裏聆聽雲際傳來的秋聲，聽得大雁鳴叫，卻只見厚厚的暗雲，不見鴻雁南飛的身影。　夜半更深，湊在一起飲酒閒聊的客人已散去。萬籟俱寂，屋子裏只有一盞孤燈，搖曳的微光把我的身影投向那空蕩蕩的牆壁。原以爲趁著酒酣可以昏昏睡去，偏偏酒已醒了，這漫漫長夜，如何能熬到天明？

綺寮怨

上馬人扶殘醉，曉風吹未醒。映水曲、翠瓦朱簷，垂楊裏、乍見津亭①。當時曾題敗壁，蛛絲罩、淡墨苔暈青。念去來②、歲月如流，徘徊久、歎息愁思盈。　去去倦尋路程，江陵舊事，何曾再問楊瓊③。舊曲淒清，斂愁黛、與誰聽？尊前故人如在，想念我、最關情。何須渭城④，歌聲未盡處，先淚零。

〔注〕①津亭：建在渡口供人歇息的亭子。②去來：指時間流逝，年去和年來。③楊瓊：唐時名妓，這裏泛指妓女。④渭城：即指唐代詩人王維《渭城曲》。其詩曰：「渭城朝雨浥輕塵，客舍青青柳色新，勸君更盡一杯酒，西出陽關無故人。」後人多以此借指離別。

【譯文】

昨晚喝得酩酊大醉，清涼的晨風吹來也沒使我清醒，因爲宿醉，上馬還需人相扶。一路悠悠晃晃，信馬而行。醉眼瞇瞇，卻見小河彎曲處，翠瓦朱簷的倒影，猛抬頭，忽見垂柳掩映中渡口的涼亭。記起當年曾在破壁上題寫詩句，如今牆上罩滿了蛛網塵埃，墨色消淡，字跡已被

青苔斑蝕得模糊不清。年來年去，歲月如流水，我徘徊歎息，愁思如潮，久久難以平靜。行役未了，多次別離，迢迢征程，已倦於尋問。江陵的風流韻事已是昔日舊夢，何必再去打聽楊瓊的情形。昨晚上那歌女緊鎖雙眉，滿臉愁容，唱著淒清的別離舊調，誰能忍心去聽？席前如有故友在該多好，他的思念最牽動我的情懷。可歎無人送行，何須再唱那《渭城曲》，一曲未盡，人已悲泣涕零。

尉遲杯

隋堤路，漸日晚，密靄生煙樹。陰陰淡月籠沙，還宿河橋深處①。無情畫舸，都不管、煙波隔前浦②。等行人、醉擁重衾，載將離恨歸去③。　因思舊客京華，長偎傍疏林、小檻歡聚。冶葉倡條俱相識④，仍慣見珠歌翠舞。如今向、漁村水驛，夜如歲⑤、焚香獨自語。有何人、念我無聊，夢魂凝想鴛侶。

〔注〕①還：回轉，掉轉。河橋深處：指停泊在河橋深處即將載詞人離京的船。②前浦：前面水邊與情人分別的地方。③載將離恨歸去：源自唐鄭仲賢《送別》。詩云：「亭亭畫舸繫寒潭，直到行人酒半酣。不管煙波與風雨，載將離恨過江南。」④冶葉倡條：指歌伎舞女。唐李商隱《燕台春》詩句有「冶葉倡條偏相識」。⑤夜如歲：一夜猶如一年那麼長。

【譯文】

我蹣跚地走在長長的隋堤路上，天色已晚，濃密的霧靄籠罩著路邊的樹木。一輪淡月冉冉升起，幽幽的月光灑向河邊的沙灘，一片朦朧。一條客船泊在河橋深處的水路驛站旁，今晚我就寄宿在這條將載我離去的船上。我回到了船上，船身彩繪華麗，卻是一條無情的客船，全不顧浩渺的煙波會把我和戀人隔開，只等我擁著重重被子醉臥，便會將我和離愁一起載走。無情的客船，不由使我想起京城裏的情人。在客居京城的這段時間裏，常常去京郊小樹林旁的亭榭樓閣裏，與情人依偎在小巧的雕欄邊，歡聚飲宴。一齊歡聚的那班歌妓舞女我都熟識，也看慣了她們熱鬧非凡、豪華奢侈的歌舞表演。可如今，眼前是偏僻的漁村，寂寥的水驛，漫漫長夜，苦熬如度年，我獨自一人面對焚香，不時地喃喃自語。有誰會想到，現在的我竟會如此孤獨無聊，只能凝想著夢中的鴛鴦情侶。

西河

金陵懷古

佳麗地，南朝盛事誰記①？山圍故國繞清江，髻鬟對起②。怒濤寂寞打孤城，風檣遙度天際。

斷崖樹、猶倒倚，莫愁艇子③誰繫？空餘舊跡鬱蒼蒼，霧沈半壘④。夜深月過女牆來⑤，傷心東望淮水。

酒旗戲鼓甚處市？想依稀⑥王謝鄰里⑦，燕子不知何世，向尋常巷陌人家相對，如說興亡斜陽裏。

〔注〕①「佳麗」二句：佳麗地，指金陵（今江蘇南京）。語出南朝謝朓《入朝曲》：「江南佳麗地，金陵帝王州。」②「山圍」二句：山圍句和下文怒濤句，皆化用唐劉禹錫《石頭城》詩：「山圍故國周遭在，潮打空城寂寞回。淮水東邊舊時月，夜深還過女牆來。」故都：指金陵，六朝皆在金陵建都。青江：指長江。髻鬟（ㄐㄧˋ ㄏㄨㄢˊ）：古代婦女的髮髻。③莫愁艇子：莫愁是南北朝時期的著名美女。古樂府《莫愁樂》：「莫愁在何處？莫愁石城西。艇子打兩槳，催送莫愁來。」今南京城內有莫愁湖。④霧沈半壘：霧氣掩沒了半壁舊營壘。⑤「女牆」二句：這二句亦化用劉禹錫詩句，見注②。女牆：城上的矮牆。淮水：即秦淮河。⑥依稀：這裏解作大概、彷彿的意思。⑦「王、謝鄰里」三句：王、謝均是東晉的豪門大族。他們在金陵烏衣巷一帶比鄰而居。這裏化用唐劉禹錫《烏衣巷》詩：「朱雀橋邊野草花，烏衣巷口夕陽斜。舊時王謝堂前燕，飛入尋常百姓家。」

【譯文】

好一處佳麗勝地。當年南國六朝先後在此建都，這些興亡盛事，如今有誰還曾記得呢？巍巍青山、滔滔長江，依然圍繞著故都，兩岸秀峰猶如美人高聳的髮髻，隔岸對峙。喧囂的怒濤擊拍著寂沈寥寞的城池，帆船馳向遙遠的天際。　枯樹老枝依然倒立般扎根在斷崖峭壁上，生長著新枝；昔年莫愁女在此繫著遊艇，如今誰在這裏繫艇呢？往事已逝去，空留下些許舊跡，掩映在鬱鬱蒼蒼的樹林之中。霧氣籠罩處，半隱半顯的便是那舊日的營壘。夜深人靜，月光悄悄越過女牆，望著東去的秦淮河，蒼蒼茫茫，令人神傷。　當年熱鬧繁盛的酒肆戲樓，如今又搬到何處開市？猜想那一片破落的里巷，大概就是當年比鄰而居的豪門大族王、謝兩家的舊址。那對燕子想必是不知人間是什麼朝代，牠們飛進了尋常百姓人家，在斜陽裏相對呢喃，彷彿在敘說這古城的盛衰興亡。

瑞鶴仙

悄郊原帶郭，行路永①、客去車塵漠漠。斜陽映山落，斂餘紅猶戀，孤城闌角。凌波步弱②，過短亭③、何用素約④。有流鶯勸我，重解繡鞍，緩引春酌。

不記歸時早暮，上馬誰扶，醒眠朱閣。驚飆動幕⑤，扶殘醉，繞紅藥。歎西園已是，花深無地，東風何事又惡⑥？任流光過卻，猶喜洞天⑦自樂。

〔注〕①行路永：永，久長，長遠。行路永，即道路漫長。②凌波步弱：凌波，形容女子步態輕盈。語出魏曹植《洛神賦》：「凌波微步，羅襪生塵。」在這裏，指的是陪同作者送客的歌妓。步弱：走不動。下文「流鶯」，也是代指另一相好的歌妓。③短亭：建於路邊供行人歇息的涼亭。十里一長亭，五里一短亭。過：來到，蒞臨。④素約：素即尺素，指書信。素約，即指書信相約。⑤驚飆動幕：疾風掀動了簾幕。驚飆：疾風。⑥東風何事又惡：指那吹落花的東風，也有人認為是別有所指。宋陸游《釵

頭鳳》詞中有「東風惡，歡情薄」句。⑦洞天：道教稱神仙居處為洞天福地。此處借指作者居處。

【譯文】

郊外的原野挨著城廓展開，長路漫漫，客人已乘車離去，留下迷茫的塵煙。夕陽映照著遠山徐徐落下，卻遲遲不忍收去最後那一抹餘紅，猶如戀戀難捨城樓上那一角欄杆。陪我同去送客的歌妓一路上步態輕盈，這時也感到勞頓，於是來到短亭歇息，不期然竟遇到了我的情人，眞是有情人何需事前相約，她勸我下馬，重解繡鞍，再喝上幾杯春酒，她那圓柔悅耳的嗓音、溫情體貼的勸說，讓我十分舒心。　醒來時發現自己睡在紅樓裏，是什麼時候回來的，是昨晚還是今晨？又是誰扶我上馬鞍？我竟然全記不得了。忽然一陣疾風，吹得簾幕飄飛翻動。我帶著醉意，急匆匆來到西園，扶起吹倒的芍藥，繞著紅花長歎，歎我西園已是敗花滿地，這兇殘的東風爲何又如此作惡？罷了！任憑春光如水般流逝吧！欣喜的是我還有一個洞天福地，還能自得其樂。

浪淘沙慢

晝陰重，霜凋岸草，霧隱城堞①。南陌脂車待發②。東門帳飲乍闋③。正拂面、垂楊堪攬結④，掩紅淚⑤，玉手親折。念漢浦、離鴻去何許？經時信音絕。情切，望中地遠天闊，向露冷、風清無人處，耿耿寒漏咽。嗟萬事難忘，惟是輕別。翠尊未竭，憑斷雲、留取西樓殘月。　羅帶光消紋衾疊，連環解、舊香頓歇；怨歌永、瓊壺敲盡缺⑤。恨春去、不與人期，弄夜色、空餘滿地梨花雪。

【注】①城堞（ㄉㄝˊ）：古城牆上矮牆，上端間隔突起，形成垛口。②脂車：指車轄塗上了油脂，整裝待發之意。③東門帳飲乍闋：在東門外的餞別酒剛喝完。古人送別，在城外路旁設帷帳擺酒宴餞別，稱帳飲。乍：剛剛。闋：終了。④堪攬結：堪，可以；攬結，採摘編結。⑤紅淚：引自晉王嘉《拾遺記》中，載魏文帝曹丕愛妾被選入宮，離別父母時，淚流甚多，以玉唾壺承接，淚皆成紅色，凝結如血。後稱女子眼淚為紅淚或血淚。⑥瓊壺敲盡缺：《晉書》記載東晉大將軍王敦酒後，一邊吟詠曹操的「老驥伏櫪，志在千里，烈士暮年，壯心不已」詩，一邊用鐵如意擊打唾壺為節，壺口盡缺。

【譯文】天空陰沈沈的，岸邊的青草已被嚴霜打得枯萎凋落。晨霧瀰漫，隱沒了城上的矮牆。東門外的帷帳裏，餞別的酒宴剛剛結束；南去路上停著的車子，車軸上早已抹好了油脂，正等著出發。垂柳拂面，細枝青綠尚可採折。她低頭掩面，悄悄拭去漣漣紅淚，抬起纖纖玉手，折柳送

別。想那漢水邊的鴻雁，你究竟去了什麼地方？離去那麼長的時間，音信杳無，可曾知有人把你牽掛？　情意切切，思緒綿綿。登高眺望，只見地遠天闊，在這露冷風清、無人顧及的地方，只聽得寒夜漏壺滴滴，悽楚嗚咽，更惹人心煩意亂。可歎世間萬事，惟離別最難忘懷。翠玉杯中酒未乾，待等重逢時再斟滿。但願那片薄雲，留住西樓角上將落的殘月，讓我舉杯對月，遙遙思念。　她送我的絲羅帶久經摩挲，已暗無光澤；花紋繡被久疊一邊，皺折已難平展；雙環相扣的玉連環也已斷開解結；芳馨的異香一時香消氣散；不停地怨唱悲歌，敲壺擊拍，玉壺被敲得盡是破缺。可恨的是春光竟匆匆逝去，也不與人事先相約，空留下滿地梨花，把夜色裝點得皎潔如雪。

應天長

條風布暖①，霏霧②弄晴，池塘遍滿春色。正是夜堂無月，沈沈暗寒食③。梁間燕，前社客④，似笑我、閉門愁寂。亂花過、隔院芸香，滿地狼藉。　長記那回時，邂逅相逢，郊外駐油壁⑤。又見漢宮傳燭⑥，飛煙五侯宅。青青草，迷路陌。強⑦載酒、細尋前迹。市橋遠、柳下人家，猶自相識。

〔注〕①條風：指春風。《太平御覽》卷九引《易緯》：「立春條風至。」②霏霧：霧氣很盛。③寒食：指寒食節，即清明前一日。④前社客：即指燕子。古人有春、秋兩社，為祭社

神之日，立春後五戊為春社，立秋後五戊為秋社，燕子在春社前飛來，故稱前社客。⑤油壁：一種華麗的車，車廂壁以油塗飾。⑥漢宮傳燭：寒食禁火，日暮時，皇宮傳燭點火給公侯大臣之家。唐韓詩：「春城無處不飛花，寒食東風御柳斜。日暮漢宮傳蠟燭，輕煙散入五侯家。」五侯，泛指公侯大臣。⑦強（ㄑㄧㄤˇ）：勉強。

【譯文】

春風將溫暖送遍人間，霏微的霧氣飄散，逗弄出一輪紅日。池塘水綠池邊草青，一片春色。正是寒食之夜，卻黯然無月，沈沈夜色籠罩大地，堂屋裏亦黑暗無光。樑上的燕子呢喃低語，這些春社前趕回來的客人，彷彿在嘲笑我閉門獨坐，太過孤寂愁悶。一陣風吹來亂花紛飛，院裏院外芳香四溢，卻落得殘花滿地，一片狼藉。

我永遠記著那回寒食節，你我都是去踏青，不期然而在郊外相逢，記得你是乘坐著油壁輕車離去的。今天又是寒食，日暮時漢宮中傳送蠟燭，公侯大臣的宅院飛出輕煙。白天我曾沿著那條舊路，重遊故地，企盼重逢。無奈萋萋芳草，不識舊路。我硬是帶著美酒，細細地尋覓舊址。在市橋遠處，柳樹下居住的那戶人家，還與自己相識。

夜遊宮

葉下斜陽照水，卷輕浪、沈沈千里。橋上酸風射眸子①，立多時，看黃昏燈火

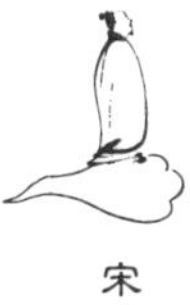

市。古屋寒窗底，聽幾片、井桐飛墜。不戀單衾再三起，有誰知，為蕭娘②書一紙？

〔注〕①酸風射眸子：冷風刺眼。語出唐李賀《金銅仙人辭漢歌》詩：「東關酸風射眸子。」

②蕭娘：唐人泛稱女子為蕭娘。宋楊巨源詩《崔娘詩》：「風流才子多春思，腸斷蕭娘一紙書。」

【譯文】

一抹斜陽從樹葉下映照著水面，江水翻捲著細浪，深沈地流向千里之外。小橋上寒風刺眼，我佇立已久，眼看著黃昏將盡，街市上亮起了燈火點點。　古舊的小屋裏，緊靠寒窗底下，我孤單單地躺在床上。一陣沙沙聲，那是井臺邊梧桐樹葉被風吹響；又聽得輕輕的擦地聲，是幾片樹葉飄然墜下。單薄的綿被清清冷冷，實在無可依戀；披衣而起又是寂寞難耐，忽起忽睡折騰再三。有誰知，如此心神不安，全是因爲她的一封信。

❑賀　鑄

賀鑄（一〇五二—一一二五），字方回，自號慶湖遺老，今河南輝縣人。他是孝惠皇后族孫，任過右班殿直、泗州、太平州通判等職，晚年退居蘇州。能詩善文，尤精於詞，詞風哀婉，內容多刻畫閨情離思，也有慨歎懷才不遇、縱酒狂放之作。著有《東山集》，一名《東山寓聲樂府》。

更漏子

上東門，門外柳，贈別每①煩纖手。一葉落，幾番秋，江南獨倚樓。　曲闌干，凝佇久，薄暮更堪搔首②。無際恨，見閑愁，侵尋③天盡頭。

【注】①每：這裏作語助詞，無義。②搔首：即搔頭，心緒不寧或若有所思時的動作。③侵尋：同「侵淫」。漸進，逐漸擴展。

【譯文】

想當年在上東門外與你離別，路邊垂柳依依，你親折柳枝爲我送別。一葉落而知秋，幾個秋天過去了，如今又到了秋天。我在江南獨倚高樓，眺望北國，把你思念。　我久久地佇立在彎彎曲曲的欄杆邊，凝神思慮，薄暮降臨，更是讓我心緒不寧。無限的離別怨恨，戀情愁思，飄向那茫茫北國天際。

青玉案

淩波不過橫塘路①，但目送、芳塵去。錦瑟華年②誰與度？月橋花院，瑣窗③朱戶，只有春知處。　飛雲冉冉蘅皋④暮，彩筆新題斷腸句。試問閒愁都幾許？一川煙草，滿城風絮，梅子黃時雨⑤。

〔注〕①淩波：喻美人步履輕盈，如淩波仙子。語出曹植《洛神賦》：「淩波微步，羅襪生塵。」橫塘：在蘇州盤門之南十餘里處，賀鑄在此築有居處。②錦瑟華年：以華麗美好的錦瑟比喻青春年華。唐李商隱詩曰：「錦瑟無端五十絃，一絃一柱思華年。」③瑣窗：雕有連環紋飾的窗子。④蘅：即杜蘅，香草。皋（ㄍㄠ）：水邊高地。⑤梅子黃時雨：江南春夏之間梅子熟時，連下數十天淫雨，人稱黃梅雨。

【譯文】

你宛如淩波仙子飄然而來，你那風姿神韻令我驚豔。誰知你竟不到我這橫塘路上來，我只能癡癡地看著你，目送你的倩影帶著芳塵翩翩然離去。真不知誰有幸能與你相伴，共度這如錦瑟般美好的青春年華。你的深閨，是在鮮花盛開的月橋院內，還是在雕窗朱紅門裏？我費力猜想，也無路可訪，只有春風才會知道。　浮雲冉冉飄過，暮色已降臨，我佇立在水邊高地，那杜蘅香草漸漸地朦朧迷離。我滿腹文才，更有江淹彩筆，禁不住新題令人神傷的詩句。若問我的戀情愁思有幾多？猶如這暮春初夏時節，遍地叢生的萋萋碧草，滿城翻飛的潔白柳絮，和那梅子黃時的淫雨！

感皇恩

蘭芷滿汀洲①，遊絲橫路②。羅襪塵生步迎顧；整鬟顰黛，脈脈③兩情難語。細風吹柳絮、人南渡。　回首舊遊，山無重數。花底深、朱戶何處？半黃梅子，向晚一簾疏雨。斷魂分付與、春將去④。

〔注〕①蘭芷：即蘭草和白芷，均為香草。汀洲：水邊或水中的平地。②遊絲：指蜘蛛等昆蟲吐出的細絲。③脈脈：凝視，默默地以目傳情。《古詩十九首》有：「盈盈一水間，脈脈不得語。」④分付：交付。與：語助詞，無義。將：攜帶，帶走。

【譯文】

水邊長滿了蘭草和白芷，散發出微微的清香；路邊樹上的小蟲吐出的絲飄飄悠悠，不時橫過小路。她步履輕盈如淩波仙子，款款而來。迎顧之間，她略整秀鬟，微皺雙眉。我與她凝目相視，脈脈情深，胸中雖有千言萬語，卻又難以訴說。春風吹得柳絮飛舞，她默默地登船南去。

回頭再看那舊遊之地，只見無數山巒重重疊疊，隔斷了視線。百花錦簇，何處是她的閨閣？正是梅子半熟、春光將逝之時，傍晚一陣疏雨，勾起我滿腹愁思。就把我這破碎的心靈交付給春光，讓春光帶走吧！

薄倖

淡妝多態，更的的①、頻回眄睞②。便認得琴心③先許，欲綰合歡雙帶④。記畫堂、風月逢迎，輕顰淺笑嬌無奈⑤。向睡鴨爐邊，翔鴛屏裏，羞把香羅暗解。　自過了燒燈⑥後，都不見踏青挑菜⑦。幾回憑雙燕，丁寧⑧深意，往來卻恨重簾礙。約何時再，正春濃酒困，人閑晝永無聊賴。厭厭睡起，猶有花梢日在。

〔注〕①的的：形容眼神明豔。②眄睞：眄（ㄇㄢˇ），眄視，斜著眼睛看人；睞（ㄌㄞˋ），旁視，顧盼。曹植《洛神賦》：「明眸善睞，靨輔承權。」③琴心：即以琴音傳情。《史記・司馬相如列傳》載卓王孫女文君新寡，善音樂，司馬相如愛慕之，以琴心挑之，後文君與相如私奔。④欲綰合歡雙帶：綰（ㄨㄢˇ），盤繞成結。合歡雙帶，即合歡結。將絲帶結成雙結，以示男女歡愛。梁武帝《秋歌》：「繡帶合歡結，錦衣連理文。」⑤無奈：沒有辦

法。這裏是極了的意思。⑥燒燈：指正月十五日元宵節燈會。⑦踏青挑菜：古時有春日踏青郊遊的習俗，一般在三月初。挑菜，指二月二日的「挑菜節」。⑧丁寧：即叮嚀。

【譯文】

她淡妝素雅，風姿綽約，微微地低首頻頻顧盼，那雙眼睛明亮而傳神，宛如秋波流轉。她輕輕地撥動琴絃，從那時而低鳴婉轉，時而跳躍歡快的琴聲中，我聽出她已以心相許，想要和我結成合歡雙帶。記得那時，我和她來到畫堂，和風明月相迎，她輕皺雙眉、淺露笑容，極爲嬌羞可愛。在睡鴨形的香爐邊，在鴛鴦雙飛彩繪屛風裏，她羞赧地暗把香羅解。自從元宵節那晚相會之後，我再沒見過她。無論是郊外挑菜，還是春遊踏青，我苦苦尋覓，都不見她的身影。好幾次想托樑上雙燕，叮嚀囑託，捎去我的一片深情蜜意，卻恨重重帷簾阻礙了往來路徑。苦於不知何時再相約，重度那銷魂春夢。如今正是春意濃濃，人閑更覺百無聊賴，白天也彷彿特別漫長。一覺醒來，只覺得無精打采，看太陽還掛在花枝梢上。

浣溪沙

不信芳春厭老人，老人幾度送餘春，惜春行樂莫辭頻。　巧笑豔歌①皆我意，惱花顛酒拚君瞋②，物情惟有醉中真。

〔注〕①巧笑豔歌：嬌媚的笑容，美豔的歌聲。②惱：惹，撩撥。顛酒：顛狂地飲酒。拚：捨棄不顧。瞋（ㄔㄣ）：怒目而視。

【譯文】

我不相信春天會厭棄老人，老人已經沒有幾次可送殘春了，應該盡情地珍惜春天、及時行樂，不要嫌快樂太多而推辭。　嬌媚的笑容、豔美的歌聲都深合我意，我愛惹花、愛狂飲，也不顧因此而遭受君子的白眼，因爲惟有在大醉中才會有眞情。

浣溪沙

樓角初消一縷霞①，淡黃②楊柳暗棲鴉，玉人和③月摘梅花。　笑撚粉香歸洞戶④，更垂簾幕護窗紗，東風寒似夜來些⑤。

〔注〕①一縷霞：一抹落日餘輝。②淡黃楊柳：初春，柳芽初綻，嫩黃初綠。唐楊巨源《城東早春》曰：「詩家清景在新春，綠柳才黃半未勻。」③和月：連月，乘著月色。④洞戶：即美人深幽的臥房。房深數重，門戶相通連，因稱「洞戶」。⑤些：古代方言中的語助詞，無義。

【譯文】

小樓角上一抹晚霞剛剛消逝，新綻出嫩黃芽兒的楊柳枝上靜悄悄地棲息著歸鴉，一位佳人乘著月色在摘梅花。　她含著微笑，撚著芳香的梅花回到幽深的臥室，又放下簾幕護好窗紗，春風料峭比入夜時寒冷有加。

石州慢

薄雨收寒，斜照弄晴，春意空闊。長亭柳色才黃，倚馬何人先折？煙橫水漫，映帶幾點歸鴻，平沙消盡龍荒雪①。猶記出關來，恰如今時節。　將發，畫樓芳酒，紅淚②清歌，便成輕別。回首經年，杳杳音塵都絕。欲知方寸③，共有幾許新愁？芭蕉不展丁香結④。憔悴一天涯⑤，兩厭厭⑥風月。

〔注〕①平沙：關外初春時尚未長草的沙原。龍荒：指關外。②紅淚：胭脂染紅了淚水。③方寸：指心。④芭蕉不展丁香結：唐李商隱《代贈》：「芭蕉不展丁香結，同向春風各自愁。」形容愁心不解。⑤一天涯：天各一方。⑥厭厭：愁苦而委靡不振。

【譯文】

一場小雨過後，關外料峭的寒氣有所收斂，不再那麼逼人。夕陽斜照，像在逗弄初晴的天氣。在這關外的原野，春意顯得格外遼闊空曠。長亭邊，柳枝兒嫩黃，剛剛泛綠，不知何人已倚馬先折？暮靄橫空，春水漫漫，映帶著遠天幾隻歸雁。荒涼的沙原上，皚皚白雪也已消融。眼前的景象十分熟悉，我還記得，出關來到這裏時，正是現在這個時節。　想當年即將出發時，你在畫樓擺好酒宴為我餞行。你低吟著淒怨的歌曲，止不住的淚水沾濕了脂粉，就這樣便輕易地分別了。回首往事已經一年，彼此隔絕，杳杳無音信。你知道我心裏有多少新愁？猶如那捲曲不展的芭蕉葉、花蕾叢生的丁香花，難解難遣。如今，你我天各一方，一樣的憔悴；兩地苦苦想思，共對清風明月。

蝶戀花

幾許傷春春復暮，楊柳清陰，偏礙游絲度。天際小山桃葉①步，白花滿湔②裙處。　竟日微吟長短句③，簾影燈昏，心寄胡琴④語。數點雨聲風約住，朦朧淡月雲來去。

【注】①桃葉：晉王獻之的妾名，此處代指佳人。一說指金陵對岸真州六合縣的桃葉山。②湔

（ㄐㄢ）：洗。③長短句：即指詞。④胡琴：指琵琶，因從西域傳入，故稱胡琴。

【譯文】

春光逝去令我多麼傷感，然而春光依然逝去，又到了暮春時節。垂柳細密，清陰濃密，硬是礙得游絲難以飛渡。天邊那坐小山上，那位佳人曾在花前漫步；江邊開滿白花的地方曾見她浣洗裙衩的身影。

我終日低吟詞句，寄託愁緒情思。孤燈昏黃映著簾影，琵琶琴聲悠悠，訴說著我的心聲。聽得窗外幾滴雨聲，又被風兒攔住。月色朦朧，淡淡的月牙兒在浮雲間穿行，忽隱忽現。

天門謠

登采石娥眉亭①

牛渚天門險②，限南北、七雄豪占③。清霧斂，與閒人登覽。　待月上潮平波灩灩④，塞管輕吹新阿濫⑤。風滿檻，歷歷數，西州更點⑥。

〔注〕①采石：即采石磯，又名牛渚磯。在今安徽省馬鞍山市江東岸。牛渚山突入江中而成，是古代江防要地，兵家必爭之地。娥眉亭：宋熙寧年間，在牛渚磯上築亭以觀天門山勝景。因山上嵐浮翠拂，若美人娥眉，故稱娥眉亭。②天門：牛渚磯西南有兩山夾江聳立，稱天門，形勢險峻。③限南北、七雄豪占：限，劃分。七雄，指三國時吳、東晉，南朝

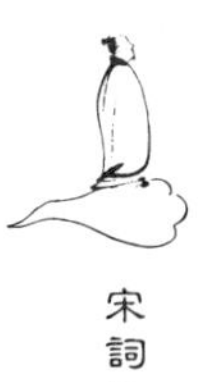

的宋、齊、梁、陳六朝和五代時的南唐，七雄均以金陵為都。豪占，雄踞之意。④灩灩：水光。「月上潮平波灩灩」梁何遜《望新月示同羈》詩：「灩灩逐波輕」。⑤塞管輕吹新阿濫：塞管，指羌笛。因其從西域塞上傳來，故稱。阿濫，即《阿濫曲》。據王灼《碧雞漫志》引《中朝故事》，說驪山有鳥名阿濫堆，唐玄宗以此鳥聲翻為曲，名《阿濫堆》，人爭吹奏。⑥歷歷數，西州更點：西州，東晉、劉宋間揚州刺史治所，因在金陵台城之西而得名。更(ㄐㄥ)點，古代計時，夜間分五更，一更約兩小時，每更又分五點，皆用鐘鼓報時。歷歷數，清晰可數。

【譯文】

牛渚磯絕壁嵌空，天門夾江聳立，形勢險峻；滔滔大江分神州為南北，七雄曾先後雄踞南國。天門山嵐浮翠拂，待清霧消散，人們才登磯遊覽。如果等到一輪明月升上清天，江水潮平，波光瀲灩，你會聽到羌笛輕輕吹奏《阿濫》新曲。江風陣陣，吹滿亭檻，可以清晰地聽到，西州的更鼓敲了幾點。

天香

煙絡①橫林，山沈遠照，迤邐②黃昏鐘鼓。燭映簾櫳，蛩催機杼③，共苦清秋

風露。不眠思婦，齊應和、幾聲砧杵④。驚動天涯倦宦，⑤駸駸歲華行暮。當年酒狂自負，謂東君⑥、以春相付。流浪征驂⑦北道，客檣⑧南浦，幽恨無人晤語⑨。賴明月曾知舊遊處，好伴雲來，還將夢去⑩。

【注】①煙絡：即煙靄籠罩。②迤邐（ㄧˇ ㄌㄧˇ）：曲折連綿，延續不斷。③蛩（ㄑㄩㄥˊ）催機杼：蛩，即蟋蟀。機杼（ㄓㄨˋ），織布機。機，織機。杼，織梭。唐溫庭筠《秋日旅舍寄義山李侍御》：「寒蛩乍響催機杼。」④砧杵：古代洗衣用的搗衣石和搗衣棒。⑤駸駸（ㄑㄧㄣ）：馬奔跑狀，此處形容時間過得很快。《莊子・知北遊》：「人生天地之間，若白駒之過（隙），忽然而已。」⑥東君：古人心目中的司春之神。⑦征驂（ㄘㄢ）：指馬車。⑧檣：船上的桅杆，代指船。⑨晤語：面談。⑩雲、夢：即夢雲，這裏暗用《高唐賦》中朝雲暮雨之事。

【譯文】

暮靄縈繞，籠罩著橫向延伸的林子；遠處，夕陽冉冉，沈沒在蜿蜒起伏的群山中，餘輝也漸漸消逝；隱隱約約傳來鐘鼓聲，夜暮降臨了。屋裏燭光昏黃，映照著窗簾；蟋蟀哀鳴，像是在催促快織秋衣。燭影、秋蛩，與我一道愁苦。伴著秋蟲鳴叫聲，傳來陣陣砧杵搗衣聲，驚動了我這個厭倦遊宦生活的天涯浪子。思念著遠方征人的婦人們，徹夜不寐，又在揮杵搗衣。歲月正如快馬飛馳，一年又即將結束。　想當年以酒狂自負，使酒任氣，自以爲春神東君已付與我一生春光明媚。不料想長年來竟仕途坎坷、四處流浪，不是乘馬車奔波在北方道上，就是寄宿在南方江邊的小船上。常常是孤身獨影，滿腹的幽恨既無人慰藉，又能向誰訴說。幸有天邊明月，曾見我幽會歡樂，知道我昔日冶遊的地方，那就仰賴明月陪伴伊人，化作彩雲飛進我的夢鄉。

望湘人

厭鶯聲到枕，花氣動簾，醉魂愁夢相半，被惜餘熏，帶驚剩眼①，幾許傷春春晚。淚竹②痕鮮，佩蘭香老，湘天濃暖。記小江風月佳時，屢約非煙③遊伴。須信鸞弦④易斷，奈雲和⑤再鼓，曲中人遠。認羅襪無蹤，舊處弄波清淺。青翰棹艤，白蘋⑥洲畔，盡目臨皋飛觀⑦。不解寄、一字相思，幸有歸來雙燕。

〔注〕①帶驚剩眼：典出《梁書・沈約傳》。沈約給徐勉寫信說：「百日數旬，革帶常應移孔。」喻人清瘦得快。②淚竹：相傳舜有二妃，名娥皇、女英，舜死後，二妃淚灑竹枝，成為斑竹。③非煙：相傳唐武公妾，姓步氏。皇甫枚有《飛煙傳》。這裏借指自己的情

人。④鸞弦：據《漢武外傳》說，漢武帝弓弦斷，用西海所獻的鸞膠續粘後，比以前更結實。後男子續娶稱續弦，這裏以鸞弦指情事。⑤雲和：古時琴瑟等樂器的代稱，一說為樂曲之名，這裏都可解通。⑥青翰棹艤：清翰，船名。船上刻有鳥形，塗以青色。艤，同「艤」，船靠岸。⑦臨：臨水邊的高地。

【譯文】

眞厭煩！那黃鶯鳥婉轉的啼鳴聲傳到了枕邊，溫暖的花香浮動窗簾陣陣飄來。我半是酒醉，半是愁夢，醉意醺醺愁更愁，愁魂縈繞酒難醒，錦被裏還留有她的體香，令我不時想起她，我的衣帶漸寬，扣眼頻移，朝思暮愁因而憔悴。憂傷春光之將逝，更感嘆春光之匆匆離去。望湘江古地，暮春氣息是那麼濃暖。湘妃斑竹，淚痕猶鮮；屈子佩蘭，其香已衰。我還記得，就在這小江之畔，在那清風明月之夜，曾多次約她作伴、幽會遊玩。看起來似乎應該相信，這愛戀之情猶如鸞弦一樣容易離斷。我曾把琴瑟一再彈奏，怎奈何一曲終了，人已遠離。我登上臨水高地上的樓觀，極目眺望，只見河洲上白蘋萋萋，有條畫著青鳥的船正停泊在洲畔。昔日我與她雙雙在水邊嬉戲弄波的地方，依舊是風平浪靜，江水清淺，然而不見的蹤影。她這一去竟毫無音訊，也不肯寄來一字相思情言，眞讓我黯然神傷。幸虧有舊時雙燕翩翩歸來，似乎來伴我寂寞，慰我心田。

綠頭鴨

玉人家，畫樓珠箔①臨津。托微風彩簫②流怨，斷腸馬上曾聞。宴堂開、豔妝叢裏，調琴思、認歌顰。麝蠟煙濃，玉蓮漏短，更衣不待酒初醺。繡屏掩、枕鴛相就，香氣漸暾暾③。回廊影、疏鐘淡月，幾許消魂？　翠釵分、銀箋封淚，舞鞋從此生塵。任蘭舟、載將離恨，轉南浦、背西曛④。記取明年，薔薇⑤謝後，佳期應未誤行雲。鳳城遠⑥、楚梅香嫩，先寄一枝春。青門外⑦，只憑芳草，尋訪郎君。

〔注〕①珠箔：珠子編的簾子。②彩簫：這裏借用了秦樓蕭史弄玉的故事。③暾暾（ㄊㄨㄣ）：明亮，這裏指香氣彌漫。④轉南浦，背西曛（ㄒㄩㄣ）：意謂到處漂蕩。南浦：水之南岸。西曛：西天日落時的餘輝。⑤「薔薇」二句：意謂薔薇花謝後，不要誤了歸來的佳期。唐杜牧《曾贈》詩：「不用鏡前空有淚，薔薇花謝即歸來。」行雲：漂浮行空之雲，喻行蹤不定之人。⑥鳳城：古時指京城。⑦青門：漢長安城東南門，本名霸城門，因門色青，時人稱為青門。這裏借指京城汴梁東門。

【譯文】

那座臨近渡口、掛著珠簾的華麗樓閣，就是那位美人的家。微風中傳來悠揚的彩簫聲，我騎在馬上仔細聽，那簫聲裏流露出幽怨之情，令人心碎。宴堂門開，我一眼望去，在豔麗盛妝的美人叢裏，我從耳熟的曲調、從琴聲裏傳出的情思、從唱歌者微皺雙眉的容貌，認定是她。我們心靈相通，不知不覺麝蠟將燃盡，煙香濃濃，玉漏頻滴、更柱已短。不待酒酣，我們便起身更衣。輕輕地掩上繡屏，鴛鴦枕上相親相依、情意繾綣，只覺得香氣漸漸濃烈。淡月灑下清輝，映出迴廊曲折的影子。遠處傳來幾聲鐘響，此夜此時，我有多麼歡快！　自從與她分釵離別，再沒相見。她寄來的信箋上淚痕斑斑，信上說自從與我分別，再無心思歌舞，舞鞋上已落滿灰塵。而我則任憑一葉小舟，載著滿懷離愁別恨的我，四處漂轉。請記住，明年薔薇花謝後我即歸來，我雖行蹤無定也不會誤了佳期。京城離這裏很遠，先寄回一枝楚國香嫩的梅花，送去春的訊息和我的相思。明年芳草遍生時，她就會到青門外去尋訪郎君。

❑張元幹

張元幹（一〇九一—一一七〇），字仲宗，號蘆川居士、眞隱山人，長樂（今屬福建）人。曾在抗金名將李綱手下當幕僚，後官至將作監丞，後因作詞贈送主戰派胡銓，觸怒秦檜，被削去官職。其詞風格豪邁，送胡銓和寄李綱的《賀新郎》，是南宋詞中的名作。另有所作，多清

麗婉轉。有《蘆川歸來集》、《蘆川詞》等。有詞百餘首。

石州慢

寒水依痕①，春意漸回，沙際煙闊②。溪梅晴照生香，冷蕊數枝爭發。天涯舊恨，試看幾許消魂？長亭門外山重疊。不盡眼中青③，是愁來時節。　情切，畫樓深閉，想見東風，暗消肌雪。孤負④枕前雲雨，尊前花月。心期切處，更有多少淒涼，殷勤留與歸時說。到得再相逢，恰經年離別。

〔注〕①寒水依痕：杜甫《冬深》：「早露隨類影，寒水依痕淺。」②沙際煙闊：杜甫《閬水歌》：「正憐日破浪花出，更復春從沙際歸。」③不盡眼中青：眼前是望不斷的青山。④孤負：即辜負。

【譯文】

清冷的溪水緩緩下落，岸邊的水痕還依稀可見。空闊的沙州上霧靄迷茫，春意漸漸回臨大地。天晴日麗，暖暖的陽光下，溪邊梅樹疏落的枝條上，梅花爭相綻放，吐出冷豔的花蕊，散發出陣陣幽香。我浪跡天涯，心裏積滿了離愁別恨，看我有多少痛苦，多少愁緒？長亭門外，山巒重重疊疊。眼前那片看不到盡頭的青山，把我的思緒帶向天邊。這初春的景象勾起了我的離怨，成了犯愁的時節。　思念之情何其殷切，想必你在家裏也是如此。閨閤樓門緊閉，東風吹醒萬物，你日思夜想，潔白如雪的肌膚暗暗消瘦。這都是因爲我辜負了你的一片情意，讓你獨守空閨，虛度了樽前花月的良辰美景。我的心裏急切地期盼著與你團聚，更有許多淒涼孤寂的情狀、殷殷思戀的衷腸，留待歸家時再向你細細訴說。等到再相逢，你我離別，已恰好是一整年。

蘭陵王

卷珠箔，朝雨輕陰乍閣①。闌杆外、煙柳弄晴，芳草侵階映紅藥。東風妒花惡，吹落梢頭嫩萼。屏山掩、沈水②倦熏，中酒心情怯杯勺。　尋思舊京洛③，正年少疏狂，歌笑迷著④。障泥油壁⑤催梳掠，曾馳道⑥同載，上林⑦攜手，燈夜初過早共約，又爭⑧信飄泊。　寂寞，念行樂。甚粉淡衣襟，音斷絃索，瓊枝璧月⑨春如昨。悵別⑩後華表，那回雙鶴。相思除是，向醉裏、暫忘卻。

〔注〕①乍閣：才停止。閣，通擱。②沈水：一種檀香名。又名沈香、伽南香等。③舊京洛：北宋以汴京為東京，洛陽為西京。京洛，即洛陽，這裏代指汴京。④迷著：如癡如狂，

著迷。⑤障泥油壁：代表華麗的馬車。障泥：指馬韉（ㄐㄢ），墊在馬鞍下，垂在馬背兩邊以擋泥土。這裏代指馬。油壁：用油漆塗飾車壁。⑥馳道：秦代專供帝王行駛馬車的大路，這裏泛指大街。⑦上林：秦漢時的皇家園林，這裏借指汴京的園林。⑧爭：即「怎」。⑨瓊枝璧月：形容女子姿容。陳後主《玉樹後庭花》：「璧月夜夜滿，瓊枝朝朝新。」⑩「悵別後」二句：此處用丁令威化鶴歸來之典，詳見王安石《千秋歲引》。

【譯文】

我登樓捲起了珠簾，早晨的一陣小雨剛停，陰天已轉晴。我倚欄眺望，細柳如煙，在和煦的陽光下輕輕擺動，碧綠的芳草延伸到臺階下，與豔紅的芍藥花相映照，東風似乎是嫉妒鮮花的嬌美，一陣作惡，吹落了樹梢上剛剛綻開的花朵。我緊掩屏風，懶得點燃沈水香來薰房間，也怕見酒杯，因爲喝得太多，頭腦沈沈，心中鬱悶。　回想昔日在汴京時，正當年少，疏狂不羈，縱情歡樂，沈迷於征歌選色。我備好華麗的車馬催促她趕快梳妝上路，同乘一車在大街上飛馳，攜手在園林裏遊賞。元宵燈夜剛過就早早約定下次的歡約，又怎能相信有一天我會獨自漂泊。　想起往日縱情歡樂，我有多麼寂寞。想必她衣襟上的香粉已經消淡，琴絃上也已落滿了塵埃，不知她那俏麗的姿容是否還同舊日一樣美好。悵恨分別之後，一切如過眼煙霧，我就像那華表上的鶴鳥，慨歎世事滄桑。什麼時候我也能化作仙鶴，回到日夜思念的家鄉故國。我的相思之情，只有在酒醉後，才能暫時忘卻。

□葉夢得

葉夢得（一〇七七—一一四八），字少蘊，號石林居士，蘇州吳縣（今屬江蘇）人。宋哲宗紹聖四年（一〇九七）中進士，歷官中書舍人、翰林學士、吏部尚書、龍圖閣直學士、尚書右丞等。他力主抗金，能詩工詞。詞風早年「甚婉麗」，中年學東坡，晚歲能「於簡淡時出雄傑」。有《石林詞》、《石林詩話》、《石林燕語》、《建康集》等。

賀新郎

睡起流鶯語，掩蒼苔、房櫳向晚，亂紅無數。吹盡殘花無人見，惟有垂楊自舞。漸暖靄、初回輕暑，寶扇重尋明月影①，暗塵侵、上有乘鸞女②。驚舊恨，遽如許。　江南夢斷橫江渚，浪粘天、葡萄漲綠③，半空煙雨。無限樓前滄波意，誰采蘋花寄取④？但悵望、蘭舟容與⑤，萬里雲帆何時到？送孤鴻、目斷千山阻。誰為我，唱《金縷》⑥。

〔注〕①明月影：指月形圓扇。古詩曰：「裁為合歡扇，扇扇似明月」。②乘鸞女：據《龍城錄》載，九月望日，明皇遊月宮，見素娥千餘人，皆皓衣乘白鸞。一說指扇上畫有秦穆公女乘鸞仙去的故事。③葡萄漲綠：唐李白《襄陽歌》：「遙看漢水鴨頭綠，恰似葡萄

初發醉。」④取：語助詞，無義。另本作「與」字。⑤容與：這裏是安閒自得之意。《漢・禮樂志》：「練時日，澹容與」，（師古）注「閑舒也。」⑥金縷：即《金鏤曲》。其詞曰：「勸君莫惜金縷衣，勸君須惜少年時，有花堪折直須折，莫待無花空折枝。」《金縷曲》，亦名《賀新郎》。

【譯文】

午睡起來，已是傍晚時分，忽聽得鶯聲婉轉；環顧四周，只見房門外滿地青苔蒼蒼，落花片片。殘花已被吹盡了，可歎無人看見，只有垂楊還獨自在隨風搖擺。暮靄中已漸覺暖意，春已將去，初夏的暑熱悄然來到。我尋出那把明月形的寶扇，扇面佈滿了灰塵，那隱約可見的月中乘鳳女則勾起了我的沈思，猛然間湧起一股舊恨，連我自己也很驚訝。洲渚橫江，綠水湧漲，江浪拍天，化作半空煙雨。那伊人也許正倚樓凝望，只見煙波蒼茫，情思無限。她會採那江渚花寄給我嗎？我又能收到嗎？我也只能悵然想望，也許她欲寄無由，只好泛舟江上，從容等待，那萬里之外的雲帆何時才能到啊？我與她相隔萬水千山，舟船難通，看來只有目送孤鴻，不免黯然銷魂。有誰能為我唱一曲《金縷》？

虞美人

雨後同干譽、才卿置酒來禽花下作①

落花已作風前舞，又送黃昏雨。曉來庭院半殘紅，惟有游絲，千丈嫋晴空②。

殷勤花下同攜手，更盡杯中酒。美人不用斂蛾眉，我亦多情，無奈酒闌③時。

〔注〕①來禽：即林檎，果樹名，又名沙果，花紅。②嫋晴空：在晴空繚繞、飄曳。③闌：殘、完，將盡。

【譯文】

昨天，落花已在風前飛舞，又送走了黃昏時的一場陣雨。今天早晨，天已放晴，只見滿院子都是殘紅一片，惟有小蟲們吐出的游絲，長若千丈，在晴空中繚繞飄升。　我殷勤地拉著友人的手，請他們在花下同入座，頻頻斟酒，相勸再飲一杯酒。我勸美人不必愁眉不展；我也為傷春惜別而多愁傷感，在這酒盡友人將散的時候，更覺無奈。

❑汪　藻

汪藻（一〇七九—一一五四），字彥章，饒州德興（今屬江西）人。崇寧五年（一一〇六）進士，累官著作佐郎、中書舍人、兵部侍郎、翰林學士。後因事被革職，晚年居永州。工駢文。有《浮溪集》，已散佚，清人有輯本。存詞四首。

點絳唇

新月娟娟，夜寒江靜山銜斗①。起來搔首，梅影橫窗瘦②。　好個霜天，閒卻傳杯手。君知否？亂鴉啼後，歸興濃如酒。

【注】①山銜斗：夜空中遠山與斗星相連接。斗，北斗星。此處泛指星斗。②梅影橫窗瘦：化用宋林逋《詠梅》詩：「疏影橫斜水清淺，暗香浮動月黃昏。」

【譯文】

寒夜漫漫，思緒煩亂難以成眠，我披衣起來。一彎秀媚的新月，映照得夜空繁星閃閃；遠處群山起伏，隱隱與星斗相連；江水靜靜地流淌著，聽不到水波聲。月已西斜，梅花那清瘦的影子已移向窗簾。　好一個清冷的霜天，已是飲酒驅寒的好時光。可是我已遠離宴席，經常舉杯傳飲的這雙手，倒是閒了下來。你知道嗎？一群亂鴉聒噪之後，歸隱田園的興致已遠勝過傳杯飲酒。

❑劉一止

劉一止（一〇七八—一一六一），字行簡，今浙江湖州人。宣和三年（一一二一）進士，曾任秘書省校書郎、給事中、敷文閣侍制等職。詞集有《苕溪樂章》。存詞四十二首。

喜遷鶯　曉行①

曉光催角，聽宿鳥未驚，鄰雞先覺。迤邐煙村，馬嘶人起，殘月尚穿林薄②。淚痕帶霜微凝，酒力沖寒猶弱。歎倦客，悄③不禁重染，風塵京洛④。　追念人別後，心事萬重，難覓孤鴻托。翠幌嬌深⑤，曲屏香暖，爭念歲寒飄泊。怨月恨花煩惱，不是不曾經著。者情味、望一成⑥消減，新來還惡⑦。

〔注〕①曉行：劉一止因此詞出名，人稱「劉曉行」。②林薄：林間樹木稀疏雜草叢生處。③悄：宋時口語，直、簡直的意思。④風塵京洛：化用晉陸機詩：「京洛多風塵，素衣化為緇。」句意。京洛，指京都。⑤翠幌：閨中華麗的帷幔等物。幌：布幔，帷幔。⑥一成：宋時口語，一點一點地，漸漸地，宋詞中常用。「者」，同這。⑦惡：甚，很，更加的意思。

【譯文】

天還未亮，微弱的天光已催得號角陣陣。樹上的鳥沒有什麼動靜，倒是鄰舍的雄雞先覺天將黎明，已在啼鳴。我走出驛舍，一眼望去，連綿曲折的村落上，晨霧繚繞；馬兒在嘶鳴，早

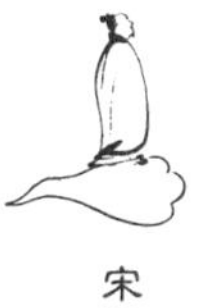

行人已起身；透過稀疏的樹林，依稀可見一彎殘月仍掛在西天邊。我淚痕未乾，好像被寒霜微微凝住了；出門前雖然喝了幾口禦寒酒，但靠酒力還難禦晨寒。可歎我久客外地，神形疲倦，實在不願意再去京都，重回那風塵之地。追想起來，自從與妻子相別後，總是心事重重，思緒萬千。但孤鴻難覓，也難找到誰能去傳訴我的相思之情。想她嬌弱之身，獨居在帷幔華麗的深閨之中，曲折的屏風護圍著香濃的暖意，怎能知道我在歲暮嚴寒中漂泊。我不禁怨恨於花好月圓，惹起我的煩惱。這種煩惱，我不是沒有過。只是以爲，這種宦遊滋味會習以爲常，漸漸地消退。誰知道，近來我的情緒還更低落。

❑韓　瞟

韓瞟，字子耕，號蕭閒。生卒年及生平事跡不詳。有趙萬理輯本《蕭閑詞》一卷。存詞六首。

高陽臺　除夜

頻聽銀籤①，重燃絳蠟②，年華衰衰③驚心。餞舊迎新，能消幾刻光陰？老來可慣通宵飲？待不眠、還怕寒侵。掩清尊、多謝梅花，伴我微吟。　鄰娃已試春妝了，更蜂腰簇翠④，燕股橫金。勾引東風，也知芳思⑤難禁。朱顏那有年年好，逞豔遊、贏取如今。恣⑥登臨、殘雪樓臺，遲日園林。

〔注〕①銀籤：指古時用以計時的更漏中的刻箭。②絳蠟：紅色的蠟燭。③年華衮衮：指歲月匆匆流逝。衮衮：繼續不斷，也作「滾滾」。④蜂腰簇翠：蜂腰及下句的燕股，皆指髮上裝飾物。簇翠，橫金，皆形容其華貴。⑤芳思：猶言懷春。⑥恣：放縱，沒有拘束。

【譯文】

除夕之夜守歲，已坐良久。聽更漏報時，滴滴之聲頻頻傳來；看紅蠟添喜色，已重燃新燭。歲月匆匆流逝，如流水滾滾，其聲可聞，令人暗自心驚。餞送舊歲，迎來新年，何須幾刻時光？年老體衰，怎堪通宵長飲？待要守夜不寐，又恐寒氣襲人。我輕掩酒樽不再飲，感謝梅花多情，前來伴我低吟、共迎新春。　忽聞鄰家少女已在試穿春妝，秀髮上翠簇蜂腰、橫金燕股，更是一派華麗氣象。竟引得東風也知春情難禁，該去打扮大地春色了。紅顏哪能年年如此嬌豔美好，青春年華豈能長駐，趁著青春年少，把握住今朝，快去遊樂吧！去盡情地享受春光，盡興地登臨遊賞，從殘雪未消的樓臺亭閣，直到那夕陽斜照的園林春色。

□李邴

李邴（一〇八五—一一四六），字漢老，號雲龕居士，山東濟寧人。崇寧五年（一一〇六）中進士，歷官翰林學士、參知政事、資政殿學士，卒於福建泉州，其詞清麗俊逸，人稱其爲「南

渡三詞人」之一。《全宋詞》存詞十二首。

漢宮春

瀟灑江梅，向竹梢疏處，橫兩三枝。東君也不愛惜①，雪壓霜欺。無情燕子，怕春寒、輕失花期。卻是有、年年塞雁，歸來曾見開時。　清淺小溪如練，問玉堂②何似，茅舍疏籬？傷心故人③去後，冷落新詩。微雲淡月，對江天、分付④他誰？空自憶、清香未減，風流不在人知。

〔注〕①東君：即春神。唐成彥雄《柳枝詞》之三：「東君愛惜與先春，草澤無人處也新。」②玉堂：豪貴的宅地。與「茅舍疏籬」相對。唐薛維翰《春女怨》詩云：「白玉堂前一樹梅，今朝忽見數花開。幾家門戶重重閉，春色因何入得來？」③故人：指北宋詩人林逋，他終身不娶，種梅養鶴，人稱「梅妻鶴子」。其詠梅詩中「疏影橫斜水清淺，暗香浮動月黃昏」一聯為寫梅名句。這裏說，林逋逝後，梅就失去了知音。④分付：委託。

【譯文】

江梅，清瘦、瀟灑，向著竹梢稀疏處，橫斜著伸出兩三枝。然而，春神東君卻不愛惜江梅，任憑雪壓霜欺。連那燕子，竟也如此無情，只因懼怕春寒，輕易地錯過江梅的開花期，匆匆地來去。也只有那塞外大雁，年年歸來時，還能趕上江梅花開。　小溪清淺如白色的絲絹，江梅疏影横斜清香幽遠。那白玉堂雖貴爲豪宅，爲什麼在茅舍疏籬前，自成風景、風流自在？最傷心的是，自從故人去後，難覓知音，詠梅新詩竟一時冷落。只有薄雲飄浮，淡月迷離。江梅獨對江天，心想這孤高芳潔的品行誰能理解，暗香浮動又請誰來欣賞？其實，江梅依舊清香不減：我風流瀟灑，自在自得，不在乎他人了解不了解。

❏陳與義

陳與義（一〇九〇——一一三八），字去非，號簡齋，洛陽（今屬河南）人。宋徽宗時進士，官至參知政事。其詩屬江西一派，亦能詞。南渡後，詩詞多感喟國事之作。有《簡齋集》、《無住詞》。

臨江仙

高詠楚辭酬午日①，天涯節序匆匆。榴花不似舞裙紅，無人知此意，歌罷滿簾風。　萬事一身傷老矣，戎葵②凝笑牆東。酒杯深淺去年同，試澆橋下水③，今夕到湘中。

【注】①「高詠」句：楚辭，是一種文學體裁，也是騷體類文章的總集。這裏代指屈原的作品。午日，指端午節（舊曆五月初五），後人為紀念屈原，在此日包粽子、賽龍船，相沿成習，成為節日。②戎葵：即今之蜀葵，花似木槿。③試澆橋下水：古人以酒澆地以示祭奠，屈原投水自殺，故用酒澆水來悼念他。

【譯文】

今天，是屈原的忌日，我崇敬他的高貴品格和愛國情懷，我吟誦他的作品來度過今年的端午節。雖然時逢兵亂，我流落在天涯，急匆匆迎來節日，又急匆匆地送走。五月裏的石榴花鮮豔燦爛，還是比不上那舞裙的豔紅。那輕快旋轉的舞裙，是歌舞昇平的年月，然而，誰能理解我此時的心情呢？我吟罷楚辭，只見滿簾是風。　身經世事萬端，多少榮辱歡哀，多少離亂安危，如今已深感老矣！那牆邊的蜀葵花，仍然迎著東邊的太陽，執意地露著笑臉。歲月匆匆，這酒杯依舊同去年一樣深淺。我斟上滿滿一杯，緩緩灑向江水。讓滔滔不絕的橋下水融入我的虔誠，今夜就流到湘中。

臨江仙

夜登小閣①憶洛中舊遊

憶昔午橋②橋上飲，坐中多是豪英。長溝流月去無聲，杏花疏影裏，吹笛到天明。　二十餘年如一夢③，此身雖在堪驚。閑登小閣看新晴，古今多少事，漁唱起三更。

〔注〕①小閣：時作者寄居在浙江湖州青墩鎮的僧舍中，閣即在僧舍旁邊。②午橋：即午橋莊，別墅名，在洛陽城南十里，中唐名相裴度的府第，號綠野草堂。③二十餘年：作者由於躲避「靖康之難」，從洛陽來到江南，至今已二十多年。

【譯文】

回憶往昔，在洛陽午橋莊橋上豪飲，在座的都是英雄豪傑。明月映照長河，時間如河水般悄悄流去。我們坐在杏花疏影裏，吹笛長歌直到天明。　二十餘年匆匆過去了，百事興廢如同一夢，我雖然健在，想起那場兵亂，想起故人舊友零落，眞是百感交集，猶覺心驚。如今已是閑來無事，便登上小樓，觀看初晴後的夜景。想那古今多少興亡事，已都成過眼煙雲，不如聽聽那江上漁歌，唱到三更。

❑蔡　伸

蔡伸（一〇八八—一一五六），字伸道，號友古居士，福建莆田人，宋徽宗政和五年（一一一五）中進士，歷任徐州通判，滁州、和州等地知州，及浙東安撫司參議官等職。其詞風兼收並蓄，既有婉約派的綺麗，又具豪放派的雄健。有《友古居士詞》。

蘇武慢

雁落平沙，煙籠寒水，古壘鳴笳聲斷①，青山隱隱，敗葉蕭蕭，天際暝鴉零亂。樓上黃昏，片帆千里歸程，年華將晚。望碧雲空暮②，佳人何處，夢魂俱遠。　憶舊遊、邃館朱扉③，小園香徑，尚想桃花人面④。書盈錦軸，恨滿金徽⑤，難寫寸心幽怨。兩地離愁，一尊芳酒淒涼，危欄倚遍。盡遲留、憑仗西風，吹乾淚眼。

【注】①古壘鳴笳聲斷：古戰場上胡笳聲已聽不到了。古壘：古營壘，指古戰場。笳：類似笛子的樂器，流行於塞北。②碧雲空暮：江淹《休上人怨別》詩：「日暮碧雲合，佳人殊未來。」③邃館朱扉：深深的庭院，朱紅的大門。邃（ㄙㄨㄟˋ）：幽深。扉：門。④桃花人面：指佳人容貌。語出唐崔護《題都城南莊》：「去年今日此門中，人面桃花相映紅。人面不知何處去，桃花依舊笑春風。」⑤金徽：金飾的琴徽。徽：用以繫琴絃的絲繩，此處代指琴。

【譯文】

暮色蒼茫，幾隻大雁掠過眼前，落在空曠的沙岸上；淒寒的江面上煙霧迷漫；古營壘那邊嗚咽的胡笳聲，也漸漸地斷了聲響。遠山起伏，敗葉在蕭蕭的秋風中飄落翻轉；幾隻昏鴉在天邊紛亂地飛旋。黃昏裏，樓上也是孤寂淒涼。忽又見，江面上漂過一片孤帆，年時已晚，這小小航船何時才能走完這千里歸程啊！碧雲暮合，此時此刻，不知伊人在何處？關山阻隔，雲水迢迢，就是在夢中我也難和她相聚啊！

我又想起了舊日歡樂的情景，朱紅大門掩映著幽深的樓閣亭台，小巧精緻的庭園裏百花吐豔，我和她同處共遊，至今我還清晰地記得她那豔如桃花的嬌容。我想她也一定苦苦地把我思念，縱然寫滿織錦、寄恨琴絃，也難以表達她內心的幽怨情思有多深。兩地離愁，一杯芳酒怎能解得了心中的苦思、無限的淒涼。我在樓上久久徘徊，倚遍了欄杆，任憑那蕭瑟西風，吹乾了我的眼淚。

柳梢青

丁香

數聲鶗鴃①，可憐又是、春歸時節。滿院東風，海棠鋪繡，梨花飄雪。

露泣殘枝，算未比②、愁腸寸結。自是休文③，多情多感，不干風月④。

〔注〕①鶗鴃：即子規，又名杜鵑，常在春分時鳴叫，鳴叫時春天將過去，百花亦將敗落。屈原《離騷》：「恐之先鳴兮，使夫百草為之不芳。」②算未比：算來還比不上。③休文：南朝梁文學家沈約，字休文，因在宋、齊兩代不被重用，抑鬱成疾，消瘦異常，有「沈腰」之稱。作者在此以休文自比。④風月：古詩文中常用風月借指男女情事。

【譯文】

杜鵑聲聲鳴叫，可歎又到了春歸時節。滿院東風陣陣，落得滿地海棠，猶如鋪開了綾羅錦繡一般。梨花隨風飛舞，如同紛紛揚揚的白雪。　丁香含露未乾，像是在殘枝上嚶嚶哭泣，但還比不上我愁腸寸寸纏結。我因太多情善感而日漸清瘦，猶如那抑鬱多病的沈腰沈約，與清風明月並不相干。

❑周紫芝

周紫芝（一〇八二—一一五五），字少隱，號竹坡居士，安徽宣城人。曾任樞密院編修、知興國軍，以詩著稱。其詞風格清新自然，質樸順暢。晚年詩文多有諛頌秦檜父子者。有《竹坡詩話》、《竹坡詞》等。

鷓鴣天

一點殘釭①欲盡時，乍涼秋氣滿屏幃。梧桐葉上三更雨②，葉葉聲聲是別離。

調寶瑟，撥金猊③，那時同唱鷓鴣詞。如今風雨西樓夜，不聽清歌也淚垂。

〔注〕①殘釭：殘燈。晏幾道《鷓鴣天》：「今宵剩把銀釭照，猶恐相逢是夢中。」②梧桐葉

上三更雨：此句化用唐溫庭筠《更漏子》詞：「梧桐樹，三更雨，不道離情正苦。一葉葉，一聲聲，空階滴到明。」③金猊（ㄋㄧˊ）：猊形的香爐。猊：狻（ㄙㄨㄢ）猊，即獅子。

【譯文】

一點燈焰喘息般撲閃著，忽明忽暗，燈油即將燃盡，夜已深。天氣剛剛轉寒，屏幃間充滿了秋夜寒濕的氣息。夜半三更，屋外秋雨滴打著梧桐，敗葉片片飄落。這聲聲雨滴、片片落葉，猶如滴落在我的心扉，生出多少離情別緒。　想起那時候我和她朝夕相處，情意繾綣，她調理琴音，我撥通香爐，同唱一曲《鷓鴣天》詞。如今，我獨宿西樓，孤燈燃盡，徹夜聽風雨吹打梧桐葉的聲音，不用聽那泣訴離情的清歌，我早已潸然淚下了。

踏莎行

情似游絲，人如飛絮，淚珠閣定①空相覷。一溪煙柳萬絲垂，無因繫得蘭舟②住。　雁過斜陽，草迷煙渚，如今已是愁無數。明朝且做莫思量，如何過得今宵去？

【注】①閣定：停止。閣，同擱。淚珠閣定，即含淚不流狀。②蘭舟：即木蘭舟，船的美稱。

【譯文】

離別之情，猶如游絲般繚繞難以排遣；離別之人，卻像柳絮般飄忽難留行蹤。滿含著淚水相對無語，也只是空悲傷。那溪邊楊柳如煙，千萬條垂柳也繫不住蘭舟，無法把離人留住。大雁掠過斜陽飛向遠處，沙州上暮靄沈沈，青草淒迷，已是一片朦朧。無窮的煩惱愁緒如今已壅塞心胸，暫且不要去思量明天如何，只說今天晚上，漫漫長夜如何熬得過！

李 甲

李甲，字景元，華亭（今上海松江）人。元符中曾任武康令，善畫鳥獸，詞存《樂府雅詞》，有周泳先輯《李景元詞》一卷。

帝台春

芳草碧色，萋萋遍南陌。暖絮亂紅，也似知人，春愁無力。憶得盈盈拾翠侶①，共攜賞、鳳城②寒食，到今來，海角逢春，天涯為客。　愁旋釋，還似織；淚暗拭，又偷滴。漫③倚遍危欄，盡黃昏，也只是，暮雲凝碧。拚④則而今已拚了，忘則怎生便忘得。又還問鱗鴻⑤，試重尋消息。

【注】①盈盈拾翠侶：一起踏青拾翠，體態輕盈的友伴。盈盈：體態輕盈。拾翠：拾取翠鳥羽毛以為首飾。後指婦女春日嬉遊的景象。三國魏曹植《洛神賦》有：「或采明珠，或拾翠羽。」②鳳城：指京都。③漫：徒，空，白白地。④拚：割捨之意。⑤鱗鴻：即魚、雁，古人認為魚、雁均可傳書。

【譯文】

碧綠的青草，鬱鬱蔥蔥，長滿了南面的大路。柳絮在暖風裏徐徐飄浮；百花紛亂，花瓣隨風舞起，又輕輕地飄落。好像它們也知道，我滿腹春愁，正慵懶倦怠，因而也少了神采。回想起我那風姿綽約的伴侶，在寒食節那天與我一起到京城的郊野共沐春風、踏青遊賞。如今，我流落在天涯海角，雖又逢春光明媚，東風和煦，卻是客居在異鄉外地，孤苦伶仃。愁緒剛剛消逝，又如絲網交織，密密地罩住我的心胸；淚水暗暗拭去，卻又好比玉珠斷絲，悄悄地滾落在我的衣襟。我煩躁不安，在高樓上四處眺望，把那欄杆倚遍，直到黃昏，只見暮雲四起，蒼穹碧合。這段難以割捨的情緣如今我也已割捨了；可要我忘掉她，又怎能憑相隔天涯便忘得掉？我還是再一次地去問魚雁，試探著重尋她的消息。

❑李重元

李重元，生平事跡不詳。傳世詞作僅《憶王孫》四首，分別以春、夏、秋、冬爲題，表現

思婦懷念行人遠遊未歸的主題。

憶王孫 春詞

萋萋芳草憶王孫①，柳外樓高空斷魂，杜宇聲聲不忍聞②。欲黃昏，雨打梨花深閉門③。

〔注〕①王孫：漢淮南小山《招隱士》：「王孫遊兮不歸，春草生兮萋萋。」王孫：古代貴族子弟的通稱。這裏代指遊子。②杜宇：即杜鵑鳥，相傳古時蜀帝杜宇之魂化成，故又名杜宇。其啼聲淒切。③雨打梨花：源自劉方平詩《春怨》：「寂寞空庭春欲晚，梨花滿地不開門。」

【譯文】

極目所見，芳草萋萋，那大路上也是鬱鬱蔥蔥，古道時隱時現，引著芳草直伸向無邊盡頭，化成迷茫一片。我思念中的遠行人兒更遠在芳草天涯外，我的思緒也彷彿飄到了天外。路邊楊柳依依，我在高樓上憑欄凝望，獨自神傷。忽聞幾聲杜鵑啼鳴，把我從淒迷中驚醒。那聲聲鳴歸，淒切如啼血，令我心碎，不忍聽聞。天已近黃昏，一陣春雨打得梨花亂紛紛，我深深地閉上了院門。

□万俟詠

万（ㄇㄛˋ）俟詠，字雅言，自號大梁詞隱。政和初，充大晟樂府制撰。能詩詞，通音律。詞多應制之作，風格纖弱，言律皆妙。其《大聲集》已佚。有今人輯本。

三臺

清明應制

見梨花初帶夜月，海棠半含朝雨。內苑①春、不禁過青門，禦溝漲，潛通南浦②。東風靜，細柳垂金縷，望鳳闕③、非煙非霧。好時代、朝野多歡，遍九陌④、太平簫鼓。

乍鶯兒百囀斷續，燕子飛來飛去。近綠水、台榭映鞦韆，鬥草⑤聚、雙雙遊女。餳香⑥更、酒冷踏青路，會暗識、夭桃朱戶⑦。向晚驟⑧、寶馬雕鞍，醉襟惹、亂花飛絮。

正輕寒輕暖漏永，半陰半晴雲暮。禁火天⑨、已是試新妝，歲華到、三分佳處。清明看、漢蠟傳宮炬⑩，散翠煙、飛入槐府⑪。斂兵衛、閶闔⑫門開。住傳宣⑬、又還休務⑭。

〔注〕①內苑：宮內園庭，即禁苑。青門，即漢長安城東門，因門色青而得名，這裏泛指京城城門。②南浦：南面的水邊。常用來代指送別之地。③鳳闕：漢代宮闕名，這裏代指都

城。④九陌：漢長安城有八街、九陌，後泛指都城的大道。劉禹錫詩云：「九陌人人走馬看」。⑤鬥草：用草來作比賽的一種遊戲，又叫鬥百草，一般為女性所玩。婦女清明節踏青，採得青草，互作比賽，或賽其韌度，或賽種類多寡，或賽應對草名等。⑥餳（ㄒㄧㄣˊ）香：麥芽糖的香氣。⑦夭桃朱户：即唐崔護「人面桃花」的故事。⑧向：臨近。驟：奔跑。⑨禁火：舊俗在寒食節禁止用火。⑩漢蠟傳宮炬：語出唐韓玠詩中：「日暮漢宮傳蠟燭，輕煙散入五侯家」句。⑪槐府：貴人宅門前往往植槐樹，後遂以「槐府」代指貴人宅第。⑫閶闔（ㄔㄤ ㄏㄜˊ）：傳說中的天門，亦指皇宮的正門，這裏泛指宮門。⑬傳宣：傳送宣讀皇帝詔令聖旨。⑭休務：宋人語，猶言停止公務。

【譯文】

看那潔白的梨花似乎還帶著昨夜的月色清輝，那淡粉色的海棠花半含著清晨的雨露。皇宮內苑關不住春色，春光已越過禁宮擴延到了城外。禦河裏漲滿春水，暗暗地通向南浦。東風微微，和煦閑靜，垂柳柔細，好似千萬條絲絲金縷。望鳳闕龍宮金碧輝煌，一塵不染。正逢太平盛世，朝野多歡娛，京城裏條條大路，到處是昇平歌舞、簫笙鑼鼓。

黃鶯鳥正時斷時續地婉轉歌唱，春燕兒輕巧地飛來飛去。綠水盈盈，倒映著岸邊近處的臺閣亭榭，還有那飛盪的鞦韆。雙雙對對的遊樂倩女，正相聚鬥草，歡笑陣陣。踏青路上瀰漫著麥芽糖的香氣，路邊閒散著被冷落的酒席。那些飲酒的人不知又去哪裡遊樂，也許暗識朱門，去會人面桃花。直到傍晚時分，才跨上寶馬雕鞍，飛馳而去，一個個酒氣醺醺，衣襟上沾滿了亂花飛絮。 天空半陰半晴，四野暮雲漸合。寒食前後，正不冷不熱的時令，白天越來越長，已是人們試穿新裝，一年中最好的季節。清明節那天，看宮室裏傳出蠟燭，翠煙縷縷，散入槐樹大院、貴人府第。宮門大開，衛兵也撤了，停止傳詔宣旨，官吏們也停止公務。

□涂 伸

徐伸，字幹臣，三衢（今浙江衢州）人，曾任太常典樂，常州知府。其所著《青山樂府》已佚。

二郎神

悶來彈鵲，又攪碎、一簾花影。漫試著春衫，還思纖手，熏徹金猊燼冷①。動是愁端如何向？但怪得新來多病。嗟舊日沈腰②，如今潘鬢③，怎堪臨鏡？

重省，別時淚濕，羅衣猶凝④。料為我厭厭，日高慵起，長托春酲⑤未醒。雁足⑥不來，馬蹄難駐，門掩一庭芳景。空佇立，盡日闌干倚遍，晝長人靜。

〔注〕①金猊燼冷：香爐中香已燃盡。②沈腰：南朝梁沈約寫信給徐勉，說自己越來越瘦了，

腰圍也變細了。後以沈腰表示腰圍減損。③潘鬢：西晉文學家潘岳在其《秋興賦序》中寫道：「餘春秋三十有二，始見二毛。」後遂以潘鬢作為未老而鬢髮斑白的代稱。南唐後主李煜《破陣子》詞：「一旦歸為臣虜，沈腰潘鬢消磨」之句。④羅衣猶凝：衣服上仍留有淚痕。羅衣：細絹製的衣服。⑤酲（ㄔㄥˊ）：病酒，醉酒，飲酒過量，神志不清猶病狀。⑥雁足：指書信，消息。《漢書・蘇武傳》載漢昭帝在上林苑中射下一雁，足上綁著書信，說蘇武在某澤中。此後鴻雁、雁足便成了書信的代稱。

【譯文】

煩悶中聽得喜鵲嘰喳，更覺心煩，彈走了喜鵲，卻又攪碎了一簾花影，又覺悵惘。隨手拿起春衫試穿，又想起了她那雙手爲我縫製春衫的纖手，曾爲我熏衣的香爐如今也香盡灰冷了。觸景傷情，叫我如何排遣？只怪近來多病，看來是太多太苦的思念積憂成疾。可歎我本已消瘦虛弱，如今又鬢髮斑白，讓我怎麼能忍心照鏡？　我又想起，與她分別時，她淚濕羅衫，怕是至今未乾。料想她如今正爲我憔悴不堪，日已高照還懶於起身，每每藉口春酒醉人，沈睡難醒。癡癡地苦等，既不見鴻雁送來書信，更不見駿馬帶回意中人，只有將門扉緊閉，關住一庭明媚春光。漫漫長日，一片寂靜淒冷，終日倚遍欄杆苦等，久久地站立，獨自傷感。

田　爲

田爲，字不伐，政和末，充大晟府典樂。宣和元年罷典樂，爲大晟府樂令。精通音律，詩詞俱佳。有《嘔集》，已佚。有趙萬里輯本。

江神子慢

玉臺①挂秋月，鉛素淺、梅花傅②香雪。冰姿潔，金蓮③襯、小小凌波羅襪。雨初歇，樓外孤鴻聲漸遠，遠山外、行人音信絕。此恨對語猶難，那堪更寄書說？　教人紅消翠減，覺衣寬金縷④，都為輕別。太情切，消魂處、畫角黃昏時節，聲嗚咽。落盡庭花春去也，銀蟾迥⑤，無情圓又缺。恨伊不似餘香，惹鴛鴦結。

〔注〕①玉臺：指華美的樓臺。②傅：同「附」，附著，點綴在。③金蓮：南朝齊東昏侯曾以金蓮花貼地，讓其寵愛的潘妃在上面行走，所謂「步步生蓮花」。後世遂以金蓮喻女人之纖足。④金縷：即金縷衣。飾有金線的羅衣。⑤銀蟾迥（ㄐㄩㄥˇ）：明月高遠。銀蟾：明月。傳說月中有蟾蜍，故稱。迥：深遠。

【譯文】

一輪秋月高掛在樓臺上空。望月的美人薄施淡妝，宛如梅花上附著一層香雪。在月色清輝映照下，風姿淡雅，冰清玉潔。她輕移金蓮，更顯其體態輕盈婀娜。一陣驟雨剛剛停歇，樓外傳來孤雁的哀鳴聲，漸漸遠去，消失在雲端。遠山重重，那遠在山外的遠行人一點音信都沒有。這離情別恨就是面對面也難以傾訴，更何況一封書信怎能寄託無窮的掛牽和幽思。都是因爲當初輕易離別，到現在教人紅顏憔悴、姿容消減，直覺得羅衣漸寬。這思念之情實在太殷切。最令人傷心、難以忍受的，便是那黃昏時分，畫角聲嗚嗚咽咽，好不叫人心酸。庭花盡落，春光逝去，連那遙遠的月亮也如此無情，圓了又缺；怨恨他還不如這香爐裏的絲絲餘香，依在我的身上，繞出一個鴛鴦結。

❑曹　組

曹組，字元寵，潁昌（今河南許昌）人，宣和三年（一一二一）中進士，後任給事殿中、防禦使。其詞喜用俗語，工諧詞，也有膾炙人口之作。有《元寵詞》。

驀山溪　梅

洗妝真態，不作鉛華御①。竹外一枝斜②，想佳人③天寒日暮。黃昏院落，無處著清香，風細細，雪垂垂，何況江頭路。　月邊疏影，夢到消魂處。結子欲黃時，又須作廉纖④細雨。孤芳一世，供斷有情愁，消瘦損，東陽也⑤，試問花知否？

【注】①鉛華御：鉛華，化妝品；御，用。②竹外一枝斜：蘇軾《和秦太虛梅花詩》：「江頭千樹春欲暗，竹外一枝斜更好」詩句。③佳人：杜甫《佳人》詩：「天寒翠袖薄，日暮倚修竹。」④廉纖：形容細雨不停。韓愈詩：「廉纖晚雨不能晴，池岸岸間蚯蚓鳴。」⑤東陽：南朝梁沈約曾為東陽太守，沈約曾說自己老病損瘦。作者在這裏把自己比作沈約。

【譯文】

梅花，你就像是洗去鉛華的美人，天生麗質，何須脂粉濃妝豔抹。在青翠的叢竹外你橫斜出一枝，猶如俏麗的美人，在天寒日暮時斜倚修竹，矜持自重。然而，黃昏時分，寒風細細，霏雪紛飛，那庭院裏的梅花尚無人賞清香，更何況在江邊路頭，你卻依然迎風傲雪，獨放清香。

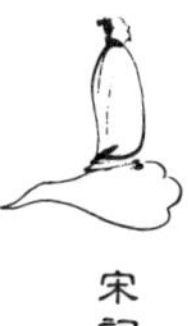

月邊梅花疏影婆娑，暗香浮動，你猶如幽夢中的美人，正自憐自傷。到了梅子泛黃時，卻又是陰雨連綿令人愁眉不展。梅花啊梅花，你一世孤芳自賞，引出有情人多少憂愁傷情。爲了你，我已瘦損如東陽太守，你可知道？

□李　玉

李玉，生平不詳，《全宋詞》存其詞一首。

賀新郎

篆縷消金鼎①，醉沈沈、庭陰轉午，畫堂人靜。芳草王孫②知何處？惟有楊花糝徑③。漸玉枕、騰騰春醒，簾外殘紅春已透，鎮無聊④、殢酒厭厭病⑤。雲鬢亂，未忺⑥整。　江面舊事休重省，遍天涯尋消問息，斷鴻難倩⑦。月滿西樓憑闌久，依舊歸期未定。又只恐瓶沈金井⑧，嘶騎不來銀燭暗⑨，枉教人立盡梧桐影。誰伴我，對鸞鏡。

〔注〕①篆縷：香爐上的香煙嫋嫋上升如線，盤繞似篆字。金鼎：香爐。②芳草王孫：用《楚辭・招隱士》：「王孫遊兮不歸，芳草生兮萋萋」語意。③楊花糝（ㄙㄢˇ）徑：落下的楊花

紛紛揚揚，灑滿了小路，糝：散料狀的東西。此處引申為飄灑。④鎮無聊：整天百無聊賴。鎮：整天。⑤殢（ㄊㄧˋ）：困乏已極。殢酒：困酒，病酒。厭厭：無精打采。⑥忺（ㄒㄧㄢ）：高興，適意。⑦斷鴻難倩：難以請孤鴻捎書信。倩：請人代自己做。⑧瓶沈金井：意出白居易《井底引銀瓶》。詩曰：「井底引銀瓶，銀瓶欲上絲繩絕；石上磨玉簪，玉簪欲成中央折。瓶沈簪折知奈何，似妾今朝與君別。」這裏以「繩斷瓶沈」作比，歎愛情破裂已無法挽救。⑨嘶騎（ㄐㄧˋ）：嘶鳴的馬。

【譯文】

香爐裏的香煙，嫋嫋上升，繚繞盤旋猶如篆文，又漸漸消散了。時間已過正午，庭院裏的樹影已偏東，畫堂裏寂靜無聲，我依然醉意沈沈。芳草萋萋，已到了暮春季節，我心中掛牽的人兒還不見歸來，路上只有飄灑的楊花如片片白雪。我獨臥玉枕，懶懶散散地從春夢中醒來。簾外殘紅遍地，春已將盡，整日裏百無聊賴，沈湎於酒，誰知愁未消，反而因酒致病，昏昏沈沈，無精打采。鬢髮零亂，亦無心情梳妝打扮。　那江南的舊情往事不堪回首，休要再重提。我也難請鴻雁尋遍天涯去問消息；當明月的銀輝灑滿西樓時，我久久地憑欄沈思，也許是他的歸期依然難定，才不見鴻雁捎來書信。又怕猶如銀瓶沈入金井，從此斷了情義，再無音信。夜已深沈，殘燭昏暗，我凝神細聽，不見駿馬帶來我的夜歸人，枉叫我在梧桐樹下癡等，直等到月落西天，梧桐影盡。又有誰來陪伴我，共對鸞鏡。

廖世美

廖世美，生平不詳，《全宋詞》存詞二首。

燭影搖紅　題安陸浮雲樓①

靄靄春空，畫樓森聳淩雲渚。紫微②登覽最關情，絕妙誇能賦。惆悵相思遲暮，記當日、朱闌共語③。塞鴻難問，岸柳何窮，別愁紛絮。催促年光，舊來流水知何處？斷腸何必更殘陽④，極目傷平楚⑤。晚霽波聲帶雨，悄無人，舟橫野渡⑥。數峰江上⑦，芳草天涯，參差煙樹⑧。

〔注〕①安陸浮雲樓：即今湖北安陸縣浮雲寺樓。②紫微：本指星宿名。唐代中書省稱紫微省，唐代杜牧曾任中書舍人，人稱杜紫微。杜牧有《題安州浮雲寺樓寄湖州張郎中》詩，這裏即言這首詩非常絕妙。③朱闌共語：以下幾句均是化用杜牧《題浮雲寺樓》詩云：「去夏疏雨餘，同倚朱闌語。當時樓下水，今日到何處？恨如春草多，事與孤鴻去。楚岸柳何窮，別愁紛若絮。」④「斷腸」句：語出杜牧《池州春送前進士蒯希逸》：「芳草復芳草，斷腸還斷腸。自然堪下淚，何必更斜陽。」⑤平楚：登高遠望樹林，樹梢齊平，

稱平楚。亦可代指平坦的原野。《君內登望》：「寒城一以眺，平楚正蒼然。」⑥「晚霽」三句：化用韋應物《滁州西澗》詩：「春潮帶雨晚來急，野渡無人舟自橫。」霽：雨後初晴。⑦數峰江上：化用錢起《省試湘靈鼓瑟》詩「曲終人不見，江上數峰青。」⑧芳草天涯：語出蘇軾《蝶戀花》詞：「枝上柳綿吹又少，天涯何處無芳草。」參差煙樹：語出杜牧《題宣州開元寺水閣閣下宛溪夾溪居人》詩：「調悵無因見范蠡，參差煙樹五湖東。」

【譯文】

濃雲低垂，建於渚洲上的浮雲寺樓畫棟雕梁，莊嚴肅穆，高聳入雲霄。想那杜紫微，凡有登高臨遠，必牽動情懷，有感而作。當年他登此浮雲寺樓，最為牽情，寫下絕妙好詩，不愧登高能賦之才。我登上高樓，時值日暮，所見一片迷茫之景，不覺悵惘傷感，引出無限相思。記得當日，我們曾一起憑欄共語，情意綿綿。如今，伊人一去，猶如塞外大雁北飛，再無蹤影，空留下無窮盡的岸邊楊柳，惹出我無限離愁別緒，如同那漫天柳絮紛起，惆悵難平。歲月如流，青春難駐。昔日倚欄共語時，那樓下流水，誰知道今日已流到了何處？如今登樓遠眺，只見芳草連天，平野蒼然，此景此情已使人悵然神傷，又何必再殘陽斜照呢？傍晚雨停初晴，水波聲中似乎還帶著雨聲，野外渡口悄然無人，一葉小舟孤零零地斜橫在渡口。江邊矗立著數座青青的山峰，江兩邊萋萋芳草伸向山外天涯，遠處樹木高矮錯落，翳翳如煙似霧，朦朧淒迷。

□呂濱老

呂濱老，一作渭老，字聖求，浙江嘉興人，南渡前曾做過小官。詞風秀婉，刻畫工麗，也不乏平易樸素之作。有《聖求詞》。

薄倖

青樓①春晚。晝寂寂、梳勻又懶。乍聽得、鴉啼鶯②，惹起新愁無限。記年時、偷擲春心，花前隔霧遙相見。便角枕題詩③，寶釵貰酒④，共醉青苔深院。　怎忘得、回廊下，攜手處、花明月滿。如今但暮雨，蜂愁蝶恨，小窗閑對芭蕉展。卻誰⑤拘管？盡無言，閑品秦箏⑥，淚滿參差雁⑦。腰肢漸小，心與楊花共遠。

〔注〕①青樓：古詩詞中或指妓女院，或指女性居所，此處泛指後者。②啼鶯（ㄥ）：鳥鳴。③角枕：以獸角裝飾的睡枕。④貰（ㄕˋ）酒：賒酒，這裏指用寶釵換酒或當酒。貰：賒欠。⑤誰：這裏引申為什麼，怎麼的意思。⑥秦箏：一種古代的絃樂器，相傳始於秦，故稱。⑦參差雁：指秦箏上的絃柱斜列如雁陣。

【譯文】

我獨居在高樓深閨中，已是晚春時節，晝日長長，樓裏寂無人聲，我百無聊賴，懶洋洋地提不起精神梳妝打扮。猛聽得鴉雀啼叫，鶯鳥流轉，更惹起我無限愁煩。記得那一年，我暗暗地愛戀上一位少年，站在花叢前隔著薄霧遠遠地把他相看。這以後，我們便在角枕邊題詩；以寶釵換回美酒，對斟對飲，情意綿綿，沈醉在這長滿青苔的深院裏。　怎能忘得了，那時候我們在迴廊下，雙雙攜手共賞那花好月圓。如今只見暮雨紛紛，如絲似麻，連蜂蝶也愁煩。我打開小窗，對著舒展的芭蕉葉，那綿綿細雨順著芭蕉葉匯成細流，緩緩流去。有什麼辦法能管束住這份情思、這份憂愁？我沈默無言，閒散地彈起秦箏，這哀怨的箏音又勾起心底的悲哀，淚水浸濕了箏上的絃柱。我的腰身日漸細瘦，我的心隨同那柳絮悠悠蕩蕩，飄向遠方。

❑查　荎

查荎，生平事跡不詳。

透碧霄

艤蘭舟①，十分端是載離愁。練波②送遠，屏山遮斷，此去難留。相從爭奈③，心期久要④，屢變霜秋。歎人生，杳似萍浮。又翻成輕別，都將深恨，付

與東流。想斜陽影裏，寒煙明處，雙槳去悠悠。愛渚梅、幽香動。須采掇，倩纖柔⑤。豔歌粲發⑥，誰傳餘韻，來說仙遊，念故人，留此遐州⑦。但春風老後，秋月圓時，獨倚江樓。

【注】①艤蘭舟：華貴的船在岸邊停靠著。艤（ㄧˇ），使船靠岸。②練波：如白練似的江波。練：白色絲織品。③爭奈：怎奈。④心期久要：內心一直牽掛著舊約。久要：指舊約。⑤倩纖柔：嬌柔圓潤的美麗手臂。⑥粲發：露出美麗的笑容。粲：露齒而笑。⑦遐（ㄒㄧㄚˊ）州：遠方。遐：遠。

【譯文】

蘭舟載滿了沈重的離愁停靠在岸邊，江波如平滑細膩的白絲綢緩緩流向遠方，在轉彎處被如屏的青山遮斷了，我這次遠離卻難以阻留。我與她曾相依相伴，怎奈一朝分離，徒懷悲傷。心中牽掛著舊日的盟約，擔心我和她將在年華流逝中容顏變老。可歎人生猶如浮萍漂泊不定。又後悔輕別，只好將那深深的離恨，都付諸東流的江水。想當年，我與她同乘一葉小舟，揮動雙槳，在斜陽輝映下，悠悠地泛舟在寒波之上。長在江邊的梅花幽香浮動，她伸出纖柔圓潤的手臂去採掇梅花，她笑容可掬，歡唱豔歌，如今餘韻已飄散，再聽不到她婉轉的歌聲了，又有誰來和我共訴那歡快的遊賞呢？我思念中的故人將留在這遙遠的地方。往事已如舊夢，只怕是春風過後，寒秋月圓夜，我將是孤零零地獨倚江樓。

□魯逸仲

魯逸仲，眞名孔夷，魯逸仲是其隱名，字方平，號滍皋先生、滍皋漁父。汝州龍興（今屬河南）人。詞意婉麗，其詞風頗似万俟詠。《全宋詞》錄其詞三首。

南浦

風悲畫角，聽單于①、三弄落譙門②。投宿駸駸③征騎，飛雪滿孤村。酒市漸闌燈火，正敲窗、亂葉舞紛紛。送數聲驚雁，乍離煙水，嘹唳④度寒雲。　好在⑤半朧淡月，到如今、無處不銷魂。故國梅花歸夢，愁損綠羅裙⑥。為問暗香閑豔，也相思、萬點付啼痕。算翠屏⑦應是，兩眉餘恨倚黃昏。

〔注〕①單于：唐代曲名，唐代《大角曲》中有《小單于》等曲，曲調悲涼。唐李益《聽曉角》詩曰：「無數寒鴻飛不度。秋風捲入小單于。」②譙門：古代在城門上建有望遠的小樓，稱譙門。③駸駸（ㄑㄧㄣ）：馬疾奔的狀態。④嘹唳：形容響亮而淒清的聲音，這裏指雁鳴。⑤好在：當時俗語，意思是依舊，無恙。⑥綠羅裙：指故園中的意中人。⑦算翠屏：算，

料想，算來。翠屏，指佳人。

【譯文】

寒風悲鳴，又夾帶著陣陣畫角的嗚咽聲，那是譙門上有人在吹奏單于曲，悲涼的曲調直落城下，又隨風飄散。風雪交加，我急於投宿歇腳，催得坐騎飛奔急馳，來到這風雪瀰漫的孤村。村中酒店燈火闌珊，人跡稀少，只聽見被大風吹得紛飛亂舞的樹葉撲打窗櫺聲。驀然間，傳來數聲雁鳴，想是那南歸之雁，歇宿之中遇驚急起，直穿雲空，那悲鳴之聲正是從高空穿過寒雲傳來，高亢悠長。悠悠地又把我的思緒勾向家鄉。　　風停雪霽，雲霧未散，朦朧中透出半輪淡月。依舊是這樣的月色！這熟悉的景象，如今無不引起我滿腹心酸、黯然魂銷。我常常在夢中魂歸故園，牽掛著那梅花的幽香，還有那苦苦思念著我、損瘦憔悴的她。我不禁問那暗香浮動的梅枝，你那點點花蕾恰似淚痕未乾，難道也是因爲相思而啼出淚痕萬點？料想我那夢中伊人，也必然微皺著雙眉，滿含怨恨地斜倚著屏風，在夕陽中思念著遠方的遊人。

❑岳飛

岳飛（一一〇三—一一四二），字鵬舉，相州湯陰（今屬河南）人。出身農家，是著名的愛國將領，歷任少保、河南北諸路招討使、樞密副使、封武昌郡開國公，因力主抗金，不附和議，而被奸相秦檜害死。孝宗時復官，謚武穆。嘉定四年時追封鄂王，淳祐六年時改謚忠武。存詞三首，有《岳武穆集》。

滿江紅

怒髮衝冠①，憑闌處、瀟瀟雨歇。抬望眼、仰天長嘯②，壯懷激烈。三十功名塵與土③，八千里路雲和月。莫等閒，白了少年頭，空悲切。靖康恥④，猶未雪；臣子憾，何時滅。駕長車踏破、賀蘭山缺⑤。壯志饑餐胡虜肉⑥，笑談渴飲匈奴血。待從頭、收拾舊山河，朝天闕⑦。

〔注〕①怒髮衝冠：頭髮上立，直頂帽子，形容憤怒之極。②長嘯：本指古人拉長聲調歌詠的一種方式，這裏表示長聲吼叫，一吐胸中憤懣之氣。③「三十功名」二句：三十，此時岳飛可能三十多歲，言三十是舉其整數。功名：指勳業。塵與土：指到處奔走，風塵僕僕。八千里路：指征途遥遠，萬里輾轉。也可解釋為直指遥遠的金國老巢。④靖康恥：宋欽宗靖康二年（一一二七），金兵攻陷宋都汴京，擄走徽、欽二帝及皇后嬪妃，是謂中原淪喪的奇恥大辱。⑤賀蘭山：在今寧夏與內蒙交界處，此處泛指金兵佔領區。缺：山口。⑥胡虜：與下句的「匈奴」均指金兵。⑦朝天闕：指戰勝敵人，凱旋回朝，晉見

皇帝。天闕：帝王所居之所，指皇帝或朝廷。

【譯文】

我怒髮衝冠，登高憑欄時，那急風驟雨剛剛停歇。我抬眼遠望，見遼闊大地，風煙澄淨，不禁滿懷熱血，仰天長嘯。想我有生三十多年來，精忠保國、建立勳業，到處奔走，風塵僕僕；征途遙遠、萬里輾轉，只有長雲與明月相伴。人生短暫，歲月易逝，休莫要空等待，消磨青春年華，待到兩鬢蒼白時，徒自悲切。　想起靖康年間，國君被虜，國土淪喪，這樣的奇恥大辱，至今未洗雪；作爲宋朝的臣子我抱恨無窮，何時才能泯滅！我要駕戰車，長驅直入，橫掃殘胡、踏破賀蘭山口、直搗敵巢。我壯志凌雲，要以敵寇之肉充饑；我談笑自若，以敵寇之血解渴。待我重新收復舊日山河，凱旋歸來時，再去朝拜宮闕，向皇帝奏報收復中原的喜悅。

張掄

張掄，字材甫，號蓮社居士，河南開封人。曾任寧武軍承宣使，詞作多描寫山水景物，詞風清麗，應制之作則極其華豔。有《蓮社詞》。

燭影搖紅　上元有懷

雙闕①中天，鳳樓十二②春寒淺。去年元夜奉宸遊③，曾侍瑤池宴。玉殿朱簾

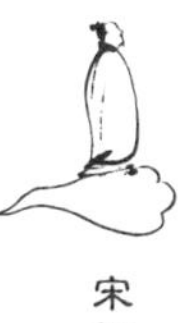

盡卷，擁群仙、蓬壺閬苑④。五雲⑤深處，萬燭光中，揭天絲管。馳隙⑥流年，恍如一瞬星霜⑦換。今宵誰念泣孤臣⑧，回首長安遠。可是塵緣⑨未斷，漫惆悵、華胥夢短⑩，滿懷幽恨，數點寒燈，幾聲歸雁。

【注】

①雙闕：闕是高臺上建有樓觀的高大建築，雙闕一般建於皇帝陵墓和祠廟前，這裏指宮門前的雙闕。②鳳樓十二：指宮禁內的樓閣。十二：謂十二重，言其多。③奉宸遊：侍奉皇帝出遊。宸：本指北辰所居，指帝王及其所居宮殿。奉：奉陪，陪侍。④蓬壺閬（ㄌㄤˋ）苑：傳說中的神仙住地。蓬壺：即蓬萊。閬苑：閬風之苑。皆指仙人居所。⑤五雲：指五色的祥雲。⑥馳隙：即白駒過隙，形容時光疾速流逝。⑦星霜：星辰在天上運行，一年迴圈一次，秋天始降霜，每年重複一次。因此以星霜代指年歲，一星霜即一年。⑧孤臣：本意指失勢無援的遠臣。這裏指失去故國的臣子，即北宋亡後南渡的臣子。⑨塵緣：佛教將色、聲、香、味、觸、法稱為六塵，認為它們是使人產生各種欲望的根源，叫塵緣。這裏是指對故國難以忘懷的情感。⑩華胥：傳說中的國名，用以指夢境。《列子・黃帝》曰：「（黃帝）晝寢，而夢遊於華胥氏之國。」

【譯文】

宮門前的雙闕高聳入雲天，宮禁內樓閣重重，閣殿裏春寒輕淺。去年上元夜我曾奉陪君王

巡遊，侍奉豪華的御宴。玉殿裏珠簾都高高捲起，妃姬宮女簇擁，個個如仙女，彷彿蓬萊仙境池苑。彩燈高掛，萬燭齊明，燭光氣色猶如五色祥雲；絲絃簫管齊奏，樂聲直上九天。流水年華猶如白駒過隙，恍惚在一瞬間星霜已換，又過了一年。狂歡今宵，有誰會顧及我這個故國的孤臣，暗暗泣涕漣漣。回首京師，千里遙遠，可是我思念故國的情懷至今未斷，想起故國的繁榮富貴，也只能徒自惆悵，彷若夢境一般短暫。到如今我只能滿懷幽恨，看遠處那寒燈數點，夜空裏傳來幾聲歸雁的哀鳴。

❑程　垓

程垓（ㄍㄞ），字正伯，眉山（今屬四川）人。工詩文，詞風淒婉錦麗，其詞多描寫思鄉之情。有《書舟詞》。

水龍吟

夜來風雨匆匆，故園定是花無幾。愁多怨極，等閒孤負①，一年芳意。柳困桃慵②，杏青梅小，對人容易。算③好春長在，好花長見，原只是、人憔悴。

回首池南舊事④，恨星星⑤、不堪重記。如今但有，看花老眼，傷時清淚。不怕逢花瘦，只愁怕、老來風味。待繁紅亂處⑥，留雲借月⑦，也須拼醉。

【注】①孤負：同「辜負」。②柳困桃慵：與下文的「杏青梅小」，均是表示春天已經逝去。③算：算來，看來。④池南舊事：指作者故園某地。⑤星星：形容鬢髮花白。晉左思《白髮賦》：「星星白髮，生於鬢垂。」⑥處：時，際。⑦留雲借月：意思是要挽留住大好時光。

【譯文】

昨夜裏一場急風驟雨，故園裏的鮮花定是所剩無幾。我心中充滿憂愁，怨恨之極，就這樣輕易地辜負了大好春光。柳絮困倦不再翻飛，桃花似乎也懶於開放，杏子青青，梅子還小，春光對人也太草草，就這樣隨便地去了。其實美好的春光本常在，好花本也常開，只是人的心已憔悴。回憶故園池南，舊事多歡樂；可惜我已兩鬢斑白，往事已不堪回首追憶。如今只有一雙看花老眼，感時傷世而清淚常垂。我並不怕看到花瘦春去，愁的是自己身心衰老，怕的是那老來滋味。趁著這繁花亂開、尚未凋盡之時，盡量地延長這美好的時光，拼命地去飲酒尋樂吧！

張孝祥

張孝祥（一一三二—一一六九），字安國，號于湖居士，今安徽和縣烏江鎮人。高宗時考中第一名進士，任中書舍人、直學士、建康留守、荊南湖北路安撫使等職，力主抗金，曾兩度

被投降派彈劾落職。有政績，因病退居。詞風豪放，多壓感懷時事之作。有《於湖詞》。

六州歌頭

長淮望斷①，關塞莽然平②。征塵暗，霜風勁，悄邊聲③，黯消凝④！追想當年事⑤，殆天數，非人力。洙泗⑥上，絃歌地，亦羶腥⑦。隔水氈鄉⑧，落日牛羊下，區脫縱橫。看名王宵獵⑨，騎火一川明，笳鼓悲鳴，遣人驚。　念腰間箭，匣中劍，空埃蠹⑩，竟何成！時易失，心徒壯，歲將零，渺神京⑪。干羽方懷遠⑫，靜烽燧，且休兵。冠蓋使⑬，紛馳鶩，若為情？聞道中原遺老，常南望、翠葆霓旌⑭。使行人到此，忠憤氣填膺，有淚如傾。

〔注〕①長淮望斷：長淮，淮河。當時宋金東部以淮河為界。望斷：極目遠望。②關塞莽然：關塞，這裏指邊防上的險關要塞。莽然，指茂密的草木。③悄邊聲：邊境沈寂，指宋兵不作抗敵的準備，無抗敵的聲勢。悄：寂靜。④黯消凝：因感傷而沈思凝想。⑤當年事：指靖康二帝被金兵擄走北宋滅亡之事。⑥洙泗：流經山東曲阜的洙水、泗水兩條河。此句與下文的絃歌地，均指文化發達的中原。⑦羶腥：羊的腥臊氣。⑧「隔水氈鄉」三句：隔水，隔著淮河。氈鄉，指北方遊牧民族居住在氈帳裏，故稱氈鄉。區（ㄡ）脫，為匈奴

語，稱邊境上屯戍或守望的土房為區脫。這裏代指哨所。⑨名王宵獵：指金國兵將在故土夜間打獵習武。名王：貴族頭領。⑩埃（ㄉㄨˊ）：塵埃和蠹蟲。⑪神京：指北宋的都城汴京（開封）。⑫干羽方懷遠：干羽，盾和雉尾，古時舞蹈時的道具。方：正在。懷遠：用禮儀懷柔遠方。據《尚書》記載，舜曾大修禮樂，舞干羽於兩階，以使遠方的有苗族來歸順。這裏指南宋統治者企圖用求和政策去對付緊張備戰的金兵。⑬冠：官帽。蓋：車蓋。冠蓋使：兩國間來往議和的使臣。馳騖：奔走忙碌。若為情：何以為情。⑭翠葆霓旌：翠羽裝飾的車蓋和繪有雲霓的彩色旌旗，均代表王師。這句是說中原父老渴望王師北伐。

【譯文】

極目千里淮河，竟是一片莽原，雜草叢生已無關塞可守。征塵不起，看不到調兵遣將的景象，聽不到廝殺的聲音，邊境沈寂，只有霜風勁吹的嘯聲。看到這種景象，我不由得沈思凝想，黯然神傷。追想當年靖康之變，徽，欽二帝被擄，宋室南渡，大約是天數，而非人事所爲。想那洙、泗兩水流經之處，本是孔聖人講學之地、禮樂教化之邦，如今竟亦是腥臊之處，怎不令人震驚、悲憤！隔水望去，昔日稼耕之地，已成遊牧氈鄉，看氈帳遍野，牛羊在夕照下被驅趕歸欄，更有那金兵的哨所縱橫，戒備森嚴。金兵的頭目夜獵，騎兵舉火照野，映照得一江通明，胡笳金鼓淒厲可聞，令人驚心動魄。

想我腰間挎著利箭強弓，匣中寶劍霜鋒森森，卻白白

白白地遭受蟲蛀塵封，要它有何用！時光易逝，空懷一腔熱血壯志。眼看著一年又將過去，故都京師還是那麼遙遠渺茫，光復失地猶如空夢。朝廷正準備舞干羽、以禮儀懷柔遠方，向金兵求和以平息戰事。報警的烽煙已息滅消靜，並且即將停戰休兵。乘著豪華車馬、衣冠楚楚的議和大臣們，紛紛奔走忙碌於宋金之間的道路上，這種羞辱的情景真令人情何以堪？聽說鐵蹄下的中原父老同胞，引頸南望，期盼著宋帝車駕帥王師北征。此情此景，即便過路行人看到，也會滿腔忠義氣憤填膺，熱淚湧流如大雨傾盆。

念奴嬌

洞庭青草①，近中秋、更無一點風色。玉界瓊田②三萬頃，著我扁舟一葉。素月分輝，銀河共影，表裏俱澄澈。怡然心會，妙處難與君說。　應念嶺海經年③，孤光④自照，肝膽皆冰雪。短髮蕭騷⑤襟袖冷，穩泛滄浪空闊。盡挹⑥西江，細斟北斗⑦，萬象為賓客。扣舷獨嘯⑧，不知今夕何夕⑨。

〔注〕①洞庭青草：兩湖名。洞庭湖在湖南岳陽西面，青草湖在洞庭湖南。二湖相連，總稱為洞庭湖。②玉界瓊田：形容月光下湖水清澈平靜，遼闊的湖面像美玉般光滑潔白。玉界：像玉一樣潔淨的境界。瓊田：美玉般的平田。③嶺海經年：兩廣北靠五嶺（大庾、始安、

臨賀、桂陽、揭陽），南臨南海，故稱兩廣之地為嶺海。經年：年復一年。作者曾任廣南西路經略安撫使，因被讒言中傷而罷官，由桂林北歸。④孤光：指月亮。陸龜蒙《月成玄》詩：「孤光照還沒。」⑤蕭騷：蕭條稀少的樣子。⑥盡挹（一）：舀盡。挹：舀取。⑦北斗：北斗七星，排列形似長勺。屈原《九歌・東君》：「援北斗兮酌桂漿。」⑧扣舷獨嘯：以手拍打船舷，獨自長聲吟詠。⑨今夕何夕：讚歎良夜而忘其日子。《詩經・綢繆》：「今夕何夕，見此良人。」

【譯文】

洞庭、青草兩湖，水面浩淼，臨近中秋時分，更是風平浪靜。方圓三萬頃的湖面寬廣遼闊，在明月映照下，平靜光滑得像是美玉鋪成的田野，潔白清澈猶如玉的世界。我駕著一葉小舟，怡然自得地蕩漾在萬頃碧波中。皎潔的月亮灑下萬頃清輝，湖面上星光點點，閃現著銀河的倒影。遼闊的夜空與廣袤的湖面之間一片空明澄澈，就連我和我的內心也被映照得通體透亮。我心中感悟到一種恬淡和安寧，一種無比親切的快意，這種十分美妙沁人肺腑的境界是無法言傳的。

回想在嶺海那一年的時間裏，只有明月的清光可以洞鑒我的心肺，我的忠義肝膽如同冰雪一樣晶瑩而無絲毫雜念。雖然我如今披散著稀疏的短髮、兩袖清風，穩坐小舟泛遊在滄浪空闊的洞庭湖。我將以北斗七星為勺，舀盡滔滔長江水，邀來天地萬物作客，細斟狂飲；拍打船舷擊節，引吭長歌。多麼醉人的良夜啊！眞不知今夜是哪一夜了！

□韓元吉

韓元吉（一一一八—一一八七），字無咎，號南澗，河南許昌人。曾與張元幹、張孝祥、范成大、陸游、辛棄疾等以詞唱和。曾任吏部尚書，致力於興學。有《南澗詩餘》、《南澗甲乙稿》。

六州歌頭

東風著意，先上小桃枝。紅粉膩，嬌如醉，倚朱扉。記年時，隱映新妝面①，臨水岸。春將半，雲日暖，斜橋轉，夾城西。草軟莎平，跋馬②垂楊渡，玉勒③爭嘶。認蛾眉，凝笑臉，薄拂燕脂④，繡戶曾窺，恨依依。　共攜手處，香如霧，紅隨步，怨春遲。消瘦損，憑誰問？只花知，淚空垂。舊日堂前燕⑤，和煙雨，又雙飛。人自老，春長好，夢佳期。前度劉郎⑥，幾許風流地，花也應悲。但茫茫暮靄，目斷武陵溪⑦，往事難追。

〔注〕①隱映新妝面：唐人崔護《題都城南莊》詩曰：「去年今日此門中，人面桃花相映紅。人面不知何處去，桃花依舊笑春風。」②跋（ㄅㄚˊ）馬：撥馬迴轉。③玉勒：裝飾漂亮的馬

籠頭，代指馬。④燕脂：即胭脂。⑤堂前燕：唐劉禹錫《烏衣巷》：「舊時王謝堂前燕。」詩句，又化用晏幾道《臨江仙》：「落花人獨立，微雨燕雙飛」詞意。⑥前度劉郎：源自劉禹錫「種桃道士歸何處？前度劉郎今又來。」後世文人重經某地，多愛以「前度劉郎」自稱。⑦武陵溪：這裏用陶淵明《桃花源記》典故，記述武陵漁人偶入桃花源理想國，後路徑迷失，再也找不到了。

【譯文】

春風情深，好似有意將春光送上了桃樹新枝，那嫩枝上初綻的桃花粉紅細膩，好像斜倚著朱門濃施紅粉的美人，嬌羞的臉上還帶著幾分醉意。記得那年初次見她時，桃花盛開，掩映著她那新妝的嬌容，臉上泛著豔如桃花的紅暈，她正在岸邊賞花。時值仲春，天氣暖和，如茵的芳草十分柔軟，我騎馬賞花，過斜橋，轉向夾城西面，跋馬來到垂柳依依的渡口，一眼見到了她的倩影，我那駿馬彷彿也解人意，嘶鳴著流連不前。她那雙美麗的秀眉、薄施脂粉的笑臉深深地烙印在我的記憶中。我曾悄悄地去尋訪她的繡戶，只留下說不盡的悵恨和依戀。　如今又來到昔日攜手共遊的地方，已是花香已淡如霧，落紅隨步了，我只怨恨時光太快，春光遲暮。我爲伊日漸消瘦，向誰去探問消息？只有桃花知道我的思情，我徒自暗暗流淚。舊日堂前的小燕，在小雨霏霏中又雙雙飛來。人會衰老，而春光年年依舊美好，只有在夢中才有相聚的佳期，多情的我又來到這曾有過多少風流歡快的地方，卻不知人面何處去，想那桃花也該爲我悲傷。

天色已晚，暮靄四起，迷迷茫茫，就算望斷武陵溪，也難追尋到往事的蹤影了。

好事近

凝碧舊池頭①，一聽管絃淒切。多少梨園②聲在，總不堪華髮③。 杏花無處避春愁，也傍野煙④發。惟有禦溝聲斷⑤，似知人嗚咽。

〔注〕①凝碧舊池頭：唐安史之亂時，王維被安祿山拘於菩提寺，安祿山在洛陽凝碧池大宴，令梨園弟子演奏。王維聞此，有詩曰：「萬户傷心生野煙，百官何日再朝天？秋槐葉落空宮裏，凝碧池頭奏管絃。」這裏借指金國接待宋使的地方，即北宋舊時虜使迎餞之所。②梨園：演練宮廷歌舞的地方，唐明皇曾置梨園弟子數百人。這裏指北宋教坊中的樂工。③華髮：白頭髮。④野煙：語出王維詩句「萬户傷心生野煙」。謂百姓因金兵燒殺搶掠，無家可歸，在野外露宿做飯。⑤禦溝：這裏指北宋都城汴京故宮裏的水道。聲斷：因戰亂水道阻塞，流水聲斷。

【譯文】

我回到故國京師，聽得一陣大宋朝舊時的宮廷樂曲，無限的悽楚和哀怨一齊湧上心頭。那熟悉的教坊樂曲，包含著多少昔日梨園子弟的哀聲，一字一腔，勾起多少往事，引起多少傷痛，催人衰老，頓生白髮。　那杏花也無法躲避早春料峭的寒風陰雨，只好在荒郊野外依傍著堆堆炊煙，又有誰會來顧憐欣賞。惟有那宮廷禦溝裏的流水不再流淌，似乎怕嗚咽的水聲會增添我的悲傷。

□袁去華

袁去華，字宣卿，江西奉新人。紹興十五年（一一四五）中進士，曾先後任善化（今湖南長沙）、石首（今屬湖北）縣丞。學問淵博，尤長詞賦。有《宣卿詞》。

瑞鶴仙

郊原初過雨，見數葉零亂，風定猶舞。斜陽挂深樹，映濃愁淺黛，遙山媚嫵。來時舊路，尚岩花、嬌黃半吐。到而今惟有、溪邊流水，見人如故。　無語，郵亭①深靜，下馬還尋，舊曾題處。無聊倦旅，傷離恨，最愁苦。縱收香藏鏡②，他年重到，人面桃花在否③？念沈沈小閣幽窗，有時夢去。

〔注〕①郵亭：古代設在官道上供過往行人歇宿的館舍。②收香：據《晉書・賈充傳》載，賈充女賈午與韓壽暗中相好，把皇帝賜給他父親的異香偷偷贈給韓壽。後以此指男女暗中

互贈情物。藏鏡：據《本事詩・情感》，指南朝陳亡後，駙馬徐德言與妻子樂昌公主因各執半鏡而得以重圓。③人面桃花：源自唐崔護詩句：「人面桃花相映紅」。

【譯文】

荒郊原野上，一陣驟雨過後，風停天晴；幾片墜落的枯葉，還在半空中飄舞。斜陽掛在一處濃密的樹林上空，把遠處妖媚的遠山映照得非常清晰，黛青色的山峰猶如美人緊皺著的雙眉，滿含著憂愁。這條路以前來時走過，那時山岩旁嬌黃的山花尚含苞待放，到如今只有路邊小溪潺潺流水還見人如故，好像在迎接我。　我默默無語。館舍裏寂靜冷清，我下馬後尋找舊日題詞的地方。旅途無聊令人十分倦困，因爲充滿離恨更令人傷感，最是愁苦不已。縱然我還珍藏著她贈我的情物，幾年後重來舊地，她是否還在？是否情深依舊？我日夜思念的小閣幽窗，只能在夢境中去。

劍器近

夜來雨，賴倩①得東風吹住。海棠正妖饒②處，且留取③。　悄庭戶，試細聽鶯啼燕語，分明共人愁緒，怕春去。　佳樹，翠陰初轉午。重簾未卷，乍睡起，寂寞看風絮。偷彈清淚寄煙波④，見江頭故人，為言憔悴如許。彩箋無數，去卻寒暄⑤，到了渾無定據⑥。斷腸落日千山暮。

【注】①賴倩：賴，多虧、幸虧。倩，請、央求。②妖饒：即妖嬈，花盛開貌。③且留取：姑且留住不去。且：姑且，暫且。取：語助詞，無義。④「偷彈」二句：化用孟浩然《宿桐廬江寄廣陵舊遊》詩句：「還將二行淚，遙寄海西頭。」⑤去卻寒暄：除去寒暄。⑥定據：准信。

【譯文】

昨夜春雨綿綿，幸虧東風勁吹，才雲收雨歇。雨後的海棠分外嫵媚嬌豔，暫且留住了春光。庭院裏靜悄悄的，只有黃鶯在婉轉啼鳴，小燕在呢喃軟語，仔細聽去，分明是與人一樣滿懷愁緒，生怕留不住春光。　綠樹枝葉繁茂，濃陰剛剛轉過正午。重重幃簾還未及捲起，我剛睡醒，正寂寞地看那柳絮在風中飄舞，我偷偷彈落相思的清淚，寄託給煙霧籠罩的江水。等到見到江頭故人，告訴伊人我是這樣憔悴。雖然寄來了無數書信，但除卻問候的話語，到頭來歸期仍沒約定。日落西山，暮色蒼茫，千山淒迷，相思之情更不能自已。

安公子

弱柳①絲千縷，嫩黃勻遍鴉啼處。寒入羅衣春尚淺，過一番風雨。問燕子來

時，綠水橋邊路，曾畫樓、見個人人②否？料靜掩雲窗，塵滿哀絃危柱③。庾信愁④如許，為誰都著眉端聚。獨立東風彈淚眼，寄煙波東去、念永晝春閑，人倦如何度？閑傍枕、百囀黃鸝語。喚覺來厭厭⑤，殘照依然花塢。

〔注〕①「弱柳」二句：弱柳，細柳。嫩黃，形容初春的柳色，新抽出的柳枝嫩黃，剛剛開始泛綠。②人人：宋時口語，對親愛者的昵稱。③塵滿哀絃危柱：琴上落滿了灰塵，以哀絃危柱代指琴，形容琴主人內心痛恨之深，因而無心彈奏。④庾信：南朝梁使，出使西魏被扣留在北方，長期不能回去。詩賦多思鄉念國愁若之情。曾作《愁賦》，不傳。⑤喚覺來厭厭：夢中被喚醒，精神委靡不振。

【譯文】

細細柳絲千條萬縷，一片嫩黃剛剛泛綠，鴉雀在搖曳的細枝間跳躍啼鳴。早春天氣，乍暖還寒，一場風雨又剛過去，寒意侵透了羅衣。我問那歸來的春燕，在來時路過的綠水橋邊，有一棟華麗的畫樓，可曾看到一位美人？我料想她正靜靜地佇立在半掩的雲窗邊思念著我，那經常奏出哀怨之聲的琴絃上也已落滿了塵埃。

想那庾信有那麼多的憂愁，爲什麼都聚集到我的眉端？我孤零零地站立在東風中，不禁流下滴滴清淚。啊！讓我把這相思淚彈向這霧氣的江中，寄淚於東去的江波，直到那綠水橋邊。眼前依然是漫長的晝日，春困倦慵，想我如何度過？

我閑靠在枕旁，聽著黃鸝婉轉柔語，漸漸睡去；又被這啼鳴聲喚醒，依舊是委靡不振、毫無精神，夕陽仍然照著花圃。

□陸淞

陸淞，字子逸，號雲溪、雪窗，山陰（今浙江紹興）人。陸游堂兄。曾任辰州（在今湖南省）太守。《全宋詞》錄其詞二首。

瑞鶴仙

臉霞紅印枕，睡覺來、冠兒還是不整。屏間麝煤冷①，但眉峰壓翠，淚珠彈粉。堂深晝永，燕交飛、風簾露井②。恨無人與說相思，盡日帶圍寬盡。重省，殘燈朱幌，淡月紗窗，那時風景。陽臺路迥③，雲雨夢，便無准。待歸來，先指花梢教看，欲把心期細問。問因循④過了青春，怎生意穩？

〔注〕①麝煤：製墨的原料，後又以為墨的別稱。詞裏指水墨畫。②露井：沒有蓋的井。賀知章《望人家桃李花》：「桃李從來露井傍。」王昌齡《春宮曲》：「昨夜風開露井桃。」③陽臺路迥：語出宋玉《高唐賦序》：「朝朝暮暮，陽臺之下。」指男女歡會的場所。迥：遙遠。④因循：遲延，拖拉。

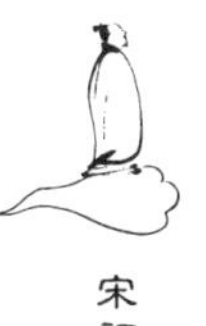

【譯文】

紅霞般的臉頰上還留著枕痕，顯然是剛剛睡醒，頭上的花冠還是歪斜不整。彩屏上的畫兒透出一片清涼，只見她雙眉緊鎖，淚珠兒帶著脂粉撲簌簌直滾。畫堂空寂幽深，白天是那麼漫長，燕子雙雙來回飛舞，風吹簾動，桃李依著露井。只恨無人可訴說相思情、離別恨。近日來，日見消瘦，衣帶越來越寬鬆。

我又想起那別離時的情景，一盞殘燈照著朱紅的帷幔，淡月映照著薄薄的窗紗，那痛苦的情景實在令人難忘。如今想起陽臺歡樂，卻與他隔著路途遙遙，縱使夢中歡會，終究是虛幻一場。待離人歸來，我先指著花梢讓他看看，花兒已枯黃；再把他的心思細細盤問。我要問他一問，爲什麼如此拖遝遲延，誤了大好青春，還能如此心平氣穩？

❑陸　游

陸游（一一二五—一二一〇），字務觀，號放翁。山陰（今浙江紹興）人。紹興二十三年（一一五三）應試禮部，因觸怒秦檜而被黜免。孝宗時賜進士出身。曾任鎮江、隆興、夔州通判。曾投身軍旅，官至寶章閣待制。一生主張抗金，不忘收復失地。晚年隱居山陰。是南宋最著名的詩人。留下詩作九千餘首，風格雄渾豪放，充滿愛國之情。亦工詞，纖麗處似秦觀，雄慨處似蘇軾。有《放翁詞》。

卜算子

驛外斷橋邊①，寂寞開無主②。已是黃昏獨自愁，更著③風和雨。　無意苦爭春，一任群芳妒。零落成泥碾作塵④，只有香如故。

〔注〕①驛外：驛站館舍外邊。②無主：無人注意和觀賞。③更著：又遭受到。④零落成泥碾作塵：梅花凋零飄落，被踏成泥又被碾成灰塵。

【譯文】

在郊野的驛站外，破敗的斷橋邊，有一株梅花孤獨寂寞地開放著，既無人欣賞，也無人顧憐。已是黃昏時分，暮色四起，梅花似乎在獨自傷感，更何況又遭遇到淒風苦雨的侵襲。梅花本無意於苦苦地去爭麗鬥豔，獨標高格，本是天生麗質，任憑百花群芳去嫉妒中傷，也不屑一顧。縱然片片零落成泥被碾成灰塵，梅花那幽幽清香、高雅氣質仍永存世間，依然如故。

漁家傲

東望山陰①何處是？往來一萬三千里。寫得家書空滿紙，流清淚，書回已是明年事。　寄語紅橋橋下水，扁舟何日尋兄弟？行遍天涯真老矣。愁無寐，鬢絲

幾縷茶煙裏②。

〔注〕①山陰：即今浙江紹興，陸游的家鄉。這首詞是寫給其堂兄仲高的。②鬢絲：指頭髮變白。杜牧《題禪院》詩：「觥船一棹百分空，十歲青春不負公。今日鬢絲禪榻畔，茶煙輕落花風。」

【譯文】

我向著東方極目遠眺，哪裡是我的家鄉山陰老家？來回路程一萬三千里，隔山隔水，怎能望得見！寫得家書萬言亦是空自徒勞，怎能寫盡我思鄉之情，更難解鄉愁之苦，不禁清淚漣漣；更何況要收到回信，已是明年的事了。　寄言遙問紅橋橋下流水，什麼時候我才能駕舟順流到紅橋，去尋找我的兄長？漂泊在外、走遍天涯，我已年老體衰，心中充塞著鄉思離愁夜不能寐，空對茶煙，年華流逝，只留下雙鬢幾絲白髮。

定風波

進賢道上見梅，贈王伯壽①。

攲帽②垂鞭送客回，小橋流水一枝梅。衰病逢春都不記。誰謂？幽香卻解逐人來。　安得身閑頻置酒，攜手，與君看到十分開。少壯相從今雪鬢③，因甚？流年羈恨兩相催④。

【注】①王伯壽：作者友人，事跡不詳。②攲帽：帽子歪斜地戴著。③雪鬢：頭髮斑白，指年紀已老。④流年羈恨：流年，指歲月流逝。羈恨，指羈留他鄉而生的愁悶和怨恨。

【譯文】

我送走了好友，心中惆悵，歪斜著帽子，馬鞭低垂，憂鬱地往回走。驀然間，看到小橋流水邊，一支梅花正獨自開放。想我體衰多病，心境憂煩，竟連節令都不記得了。再說，誰又會告訴我呢？倒是梅花卻善解人意，送來幽香報告春的信息。　什麼時候能落得一身清閒，我一定要頻頻置酒，與好友攜手共賞那盛開的梅花。想當年你我少年相從，正意氣風發、躊躇滿志；如今我卻是兩鬢如白雪。這是什麼原因呢？歲月蹉跎、壯志難酬，身居異鄉、羈旅思愁，兩相催人老也。

□陳　亮

陳亮（一一四三—一一九四），字同甫，人稱龍川先生，婺州永康（今屬浙江）人。陳亮力主抗金，反對議和，數次被誣下獄。光宗紹熙四年（一一九三）中進士第一，授建康軍節度判官廳公事，未到任而卒。他是南宋著名哲學家、文學家，是永康學派的代表人物。詞風豪放，與辛棄疾近。有《龍川詞》。

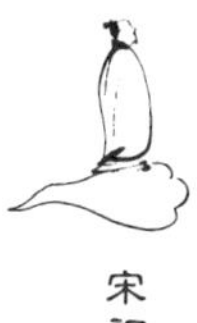

水龍吟

鬧花①深處樓臺，畫簾半卷東風軟。春歸翠陌，平莎茸嫩②，垂楊金淺③。遲日催花④，淡雲閣雨⑤，輕寒輕暖。恨芳菲世界⑥，遊人未賞，都付與鶯和燕。　寂寞憑高念遠，向南樓，一聲歸雁。金釵鬥草⑦，青絲勒馬⑧，風流雲散，羅綬分香⑨，翠綃封淚⑩，幾多幽怨？正消魂又是，疏煙淡月，子規聲斷⑪。

【注】①鬧花：盛開的花，繁花。②平莎茸嫩：平原上嫩草茸茸。莎：莎草，這裏泛指青草。③金淺：淺黃色。④遲日催花：春天白天變長了，天也暖和了，催著花兒開放。⑤閣雨：止住雨。閣，同「擱」。⑥芳菲世界：春天裏花草繁茂的景象。⑦金釵鬥草：以金釵作為賭注做鬥草遊戲。⑧青絲勒馬：用青色的絲繩做馬繩。⑨羅綬分香：分手時解下香羅帶相贈。羅綬：羅帶。⑩翠綃封淚：絲巾上還有分別時的淚痕。綃：生絲織成的綢子。封淚：拭淚。⑪子規：即杜鵑，其叫聲似「不如歸去」。

【譯文】

繁花深處掩映著一座樓臺，東風和煦，畫簾半捲。春光染得田野翠綠，平野上青草茸嫩，垂柳縷縷、泛著嫩黃，春日漸長，催動百花競放，淡雲飄浮、收住了雨絲，風和日麗、冷暖宜人。恨只恨如此美好景色、芳菲世界，遊人未曾欣賞，卻全都付與了黃鶯和燕雀。寂寞難耐，登樓憑欄思念遠行人，向著南樓問一聲歸雁，可有伊人消息？不禁想起昔日歡娛樂事。我輕拔金釵做鬥草遊戲，你用青絲繩做馬絡頭，這一切如今已風消雲散。想到分別時輕解香羅帶相贈留念，翠綠絲巾上還有分別時的淚痕，這裏有多少幽怨、多少愁恨！正傷心已極時，又看到了當年分別時的情景：疏煙嫋嫋，淡月迷離，子規淒厲的叫鳴聲時斷時續，怎不令人肝腸寸斷、黯然銷魂！

❑范成大

范成大（一一二六——一一九三），字致能，號石湖居士，吳郡（今江蘇蘇州）人。紹興二十四年（一一五四）中進士，歷知處州、靜江府兼廣南西道安撫使，參知政事等職。乾道六年（一一七〇）曾出使金國，不辱使命而歸。晚年隱居故鄉石湖。他的詩與陸游、楊萬里、尤袤齊名，人稱南宋詩壇四大家之一。詞作較少，詞風清逸淡遠。有《石湖詞》。

憶秦娥

樓陰缺，闌干影臥東廂月。東廂月，一天風露，杏花如雪。　隔煙催漏金虯咽

①，羅幃黯淡燈花結。燈花結，片時春夢②，江南天闊。

〔注〕①金虬（ㄑㄧㄡˊ）：銅製的有角的龍，裝飾在更漏上。②「片時春夢」二句：化用岑參《春夢》詩：「枕上片時春夢中，行盡江南數千里」句意。

【譯文】

素月懸空，濃密的樹蔭遮擋住了高樓，月光映照著東廂，欄杆的疏影隱隱約約，月明亮皎潔，滿天春風清露，盛開的杏花在月光下潔白如雪。透過淡淡的燭煙傳來更漏的滴滴水聲，猶如銅龍在哽噎嗚咽。殘燈將盡，燈芯結花，幃幔裏燈光黯淡。燈花已成結，倏忽間成眠片刻，夢魂已到了天地開闊的江南。

眼兒媚

萍鄉道中乍晴，臥輿中困甚，小憩柳塘①。

酣酣②日腳紫煙浮③，妍暖破輕裘。困人天色，醉人花氣，午夢扶頭④。春慵恰似春塘水，一片縠⑤紋愁。溶溶曳曳，東風無力，欲皺還休。

〔注〕①萍鄉：地名，在今江西省。乾道九年（一一七三）春，作者調任廣南西道安撫使，過江西萍鄉。輿（ㄩˊ）：車，也指轎。小憩（ㄑㄧˋ）：稍事休息。②酣酣：形容濃盛。此處比

喻陽光明亮充足。日腳：日光。紫煙浮：地面水蒸氣在日照下折射出紫光。③扶頭：即扶頭酒易醉人之酒。④縠：有皺紋的細紗。⑤溶溶曳曳：蕩漾的樣子。

【譯文】

春雨初晴，雲層低垂，穿過雲縫的陽光耀眼奪目，地面上浮騰起泛著紫光的水氣。我感覺到暖和和地，便敞開了薄襖。天氣宜人，使人極易疲倦；花香沁人心脾，更使人精神恍惚，午眠中昏昏沈沈就好像喝了扶頭酒一般。　春日裏困乏慵懶，心胸間似乎游動著一絲絲訴說不清的愁思，猶如滿塘春水，微風吹來蕩起皺紗般細密的波紋。塘水蕩漾，春風輕柔，那滿塘春水剛剛皺起，倏忽間又風靜紋平。

霜天曉角

晚晴風歇，一夜春威折①。脈脈花疏天淡，雲來去，數枝雪。　勝絕，愁亦絕，此情誰共說。惟有兩行低雁，知人倚畫樓月。

〔注〕①春威：初春乍暖還寒，春威即指春寒的威力。

【譯文】

春寒的威力已勢減威衰。傍晚，天氣放晴，風也停歇了。疏朗的梅花在安詳淡遠的天空映襯下，顯得含情脈脈。幾片閑雲飄來飄去，數枝梅花高潔如雪。　這景致美到了極點，而我的愁情也到了極點。空對這良辰美景，我寂寞孤獨，這愁情能向誰去訴說呢？惟有這兩行低飛的歸雁，知道我正獨倚畫樓，在春夜明月下思念著未歸人。

❑蔡幼學

蔡幼學，生平事跡不詳。

好事近

日日惜春殘，春去更無明日。擬把醉同春住，又醒來岑寂①。　明年不怕不逢春，嬌春怕無力。待向燈前休睡，與留連今夕。

〔注〕①岑（ㄘㄣˊ）寂：寂靜，寂寞。

【譯文】

每天都惋惜春光將殘、春日將逝，而春光一去再也不返，更無明日可盼。打算一醉忘卻時間流逝，在夢中我將與春光同在。可是酒醉又要醒來，春光已逝，更是清空寂寥倍感無奈。明年並不怕春不來，怕只怕春光嬌弱無力，到時候依然會隨風而逝，又是淒苦傷感。還是抓住今夜，好好享受春宵，守著孤燈不要睡。

❑辛棄疾

辛棄疾（一一四〇—一二〇七），字幼安，號稼軒，歷城（今山東濟南）人。二十一歲時在山東參加義軍抗金，後歸南宋，先後任建康通判，江西、湖南、湖北、福建、浙江安撫使等職。後遭讒落職，退居江西信州，長達二〇年之久。一生力主抗戰北伐，提出許多有關方略，均未被採納，壯志難酬，六十八歲病逝。他是南宋著名詞人，詞作反映當時社會現實，抒發愛國之情，詞風豪放，在詞史上與蘇軾齊名，並被列爲豪放派代表。善於熔鑄經史，語言多有創新，許多名篇歷傳不衰，存詞六〇〇餘首。有《稼軒長短句》。

賀新郎

別茂嘉十二弟①

綠樹聽鵜鴂②，更那堪，鷓鴣③聲住，杜鵑④聲切。啼到春歸無尋處，苦恨芳菲⑤都歇。算未抵，人間離別。馬上琵琶關塞黑⑥，更長門⑦，翠輦辭金闕。看燕燕⑧，送歸妾。　將軍百戰身名裂⑨，向河梁⑩、回頭萬里，故人長絕。

易水蕭蕭西風冷⑪，滿座衣冠似雪。正壯士，悲歌未徹。啼鳥還知如許恨，料不啼清淚長啼血。誰共我，醉明月。

〔注〕①茂嘉十二弟：辛棄疾的族弟，亦是愛國志士。名茂嘉，排行十二，因事貶官廣西。這首詞是辛棄疾的送行詞。②鵜鴂（ㄐㄩㄝˊ）：鳥名，常於夏至前後鳴叫。一說是杜鵑，一說是伯勞，作者取伯勞之說。③鷓鴣：鳥名，叫聲淒切似「行不得也哥哥。」④杜鵑：鳥名，又名杜宇、子規。暮春時常啼，叫聲淒厲似「不如歸去」，相傳為古蜀帝杜宇精魂所化。⑤芳菲：芳香的花草。⑥馬上琵琶：指漢王昭君遠嫁匈奴之事。昭君名嬙，漢元帝宮女，因和親賜嫁匈奴王呼韓邪單于。昭君在去匈奴的路上，騎在馬上彈琵琶。石崇《王明君辭序》：「昔公主嫁烏孫，令琵琶馬上作樂，以慰其道路之思，其送昭君亦必爾也。」關塞黑：關塞荒涼黑暗。⑦更長門句：漢武帝的陳皇后失寵事。漢武帝皇后陳阿嬌因妒而失寵，貶居長門宮。翠輦（ㄋㄧㄢˇ）：用翡翠羽毛裝飾的宮車。⑧看燕燕二句：指莊姜送歸妾事。⑨將軍：指漢李陵兵敗降匈奴事。李陵多次與匈奴作戰，後被圍兵敗投降。漢武帝殺其母親、妻子，李氏名敗。⑩河梁：指李陵送別蘇武事。蘇武歸漢，李陵為其送別。河梁：橋。李陵《與蘇武詩》：「攜手上河梁，遊子暮何之？」⑪易水蕭蕭：戰國時，燕太子丹派荊軻刺秦始皇，太子丹及賓客，送別至易水上，送行者皆白衣白冠。高漸離擊筑，荊軻慷慨高歌：「風蕭蕭兮易水寒，壯士一去兮不復還。」壯士：指荊軻。未徹：

沒有結束。

【譯文】

春將去也，聽到鶗鴂在綠樹叢中啼叫，哀切之聲使人感傷不已，更難以忍受的是，鷓鴣淒厲的叫聲剛停，又聽到杜鵑那更淒切的叫聲。聲聲淒咽，直啼叫到春光逝去、無處可尋春色，令人悵恨苦惱，那百花、芳草都相隨凋謝。但算起來這些令人悲切的事，還抵不上人世間的生離死別事。想當初王昭君含恨出關，馬上琵琶聲聲悲切，日暮後的塞外荒涼黑暗。更有那失寵的陳皇后，乘上翠羽宮車告別君王宮闕，幽居在長門宮裏，從此與富貴恩愛告別。再看看《燕燕》詩，想那莊姜遠送歸妾，心中該是何等悲切。　那李將軍出生入死身經百戰，一朝降敵身敗名裂，站在塞外橋上與故人永別。回頭看故園萬里，哪裡是他的歸路？易水蕭蕭西風凜冽，爲英雄送行滿座素衣白似雪，一曲悲歌未終，荊軻已毅然訣別，又是何等悲壯激越！那些杜鵑啼鳥們如果知道人間還有這麼多悲切離恨，料想牠們也不啼清淚，聲聲啼血。你走之後，有誰來伴我，共同舉杯對明月？

賀新郎　賦琵琶

鳳尾龍香撥①，自開元，《霓裳曲》②罷，幾番風月。最苦潯陽江頭客③，畫舸亭亭待發。記出塞，黃雲堆雪。馬上離愁三萬里④，望昭陽⑤，宮殿孤鴻

沒。絃解語，恨難說。遼陽驛使音塵絕，瑣窗寒，輕攏慢撚⑥，淚珠盈睫。推手含情還卻手⑦，一抹梁州⑧哀徹，千古事、雲飛煙滅。賀老定場⑨無消息，想沈香亭⑩北，繁華歇。彈到此，為嗚咽。

〔注〕①鳳尾：指琵琶。龍香撥：相傳楊貴妃用龍香板彈撥琵琶。②霓裳曲：即唐代著名的《霓裳羽衣曲》。③潯陽江頭客：指白居易。唐代詩人白居易被貶九江，一日送客至潯陽江頭，聞夜彈琵琶之聲，有感而作《琵琶行》，中有「潯陽江頭夜送客。」④馬上離愁：指王昭君懷抱琵琶，遠嫁匈奴之事。⑤昭陽：指漢代未央宮中的昭陽殿。⑥輕攏慢撚：攏、撚及下文的抹都是彈琵琶的不同手法。白居易《琵琶行》中有「輕攏慢撚抹複挑。」⑦推手：即琵琶。《釋名》：「琵琶本於胡中馬上所鼓，推手向前稱琵，卻手向後曰琶。」⑧梁州：唐代流行的琵琶曲，亦作「涼州」。⑨賀老：指唐朝最善彈琵琶的賀懷智。元稹《連昌宮詞》：「夜半月高絃索鳴，賀老琵琶定場屋。」定場：即壓場，猶言壓軸戲。⑩沈香亭：在唐長安興慶宮，相傳唐明皇與楊貴妃在這裏聽曲賞芍藥花。李白有詩曰：「沈香亭北倚欄杆。」

【譯文】

尾刻雙鳳，以龍香板為撥，這把楊貴妃懷抱過的檀木琵琶，何等精美名貴，令人想起歌舞盛世；然而，自那盛唐開元年間，紅紅火火的《霓裳羽衣曲》奏罷，才過了多少歲月繁華，便已國運衰微，動亂四起？最苦的要算那謫居九江、淪落天涯的白居易了，他聞聽琵琶哀音，便忘了畫舸即將出發。記得當年昭君出塞時，滿天黃雲映著堆堆白雪。此去故國三萬里，只有在馬上彈著琵琶訴離愁。遙望長安，不見漢家昭陽殿，只見孤鴻出沒。即使琴絃解人語，也難訴這悠悠長恨、無限愁怨。

久不見遼陽驛使來，遠征之人音信杳無。寒氣襲人，怎不叫瑣窗深閨中的思婦黯然神傷。她懷抱琵琶欲訴哀怨而又心緒懶慵，輕攏慢撚間，琵琶音亂，長長的眼睫上卻已是淚珠兒盈盈，晶瑩欲滴。她含情脈脈輕舉纖手時推時卻，把一曲《梁州》彈抹得哀傷欲絕。千古往事，盛衰榮辱，早已雲飛煙消。那開元年間的琵琶高手、賀老的定場絕活，早已無聲無息；沈香亭畔的繁華盛世也已消歇，這琵琶，彈到這裏，已是嗚咽不止了。

水龍吟

登建康賞心亭①

楚天千里清秋②，水隨天去秋無際。遙岑③遠目，獻愁供恨，玉簪螺髻。落日樓頭，斷鴻聲裏，江南遊子，把吳鈎④看了。欄杆拍遍⑤，無人會，登臨意。

休說鱸魚堪膾，盡西風，季鷹歸未⑥？求田問舍⑦，怕應羞見，劉郎才氣⑧。可惜流年，憂愁風雨，樹猶如此⑨，倩何人喚取，紅巾翠袖⑩，英雄淚⑪？

【注】①建康賞心亭：建康，今南京市；賞心亭，故址在南京水西門上，下臨著名的秦淮河，為當時遊覽勝地。②楚天：長江中下游一帶，戰國時為楚國，故稱楚天。③遙岑三句：遙岑（ㄘㄣˊ），指遠山。遠目，指縱目遠望。玉簪（ㄗㄢ）螺髻（ㄐㄧˋ），指山形像美人戴的玉簪或美人頭上螺旋形的髮髻。④吳鈎：春秋時吳王闔閭用的寶劍，形彎，故稱。⑤欄杆拍遍：拍遍欄杆，表示胸中有說不出的鬱悶之氣。⑥季鷹：晉人張季鷹在洛陽為官，秋風一起，想起家鄉味美的鱸魚，便棄官回鄉。歸未：回家了沒有？⑦求田問舍：三國時許汜向陳登請教買地置屋之事，陳登瞧不起他，便叫他睡下床。⑧劉郎才氣：指三國時蜀主劉備，有平天下的雄才大略。這裏泛指有大志之人。⑨樹猶如此：《世說新語》載桓溫北伐時見過去種的柳樹已十分粗大，慨歎道：「木猶如此，人何以堪？」⑩紅巾翠袖：指女子的裝束，這裏代指歌女。⑪揾（ㄨㄣˋ）英雄淚：替英雄拭淚。揾：擦拭。

【譯文】

楚天千里，遼遠空闊，天高氣爽，秋色無邊無際。浩浩大江映著秋光流向天邊，何處是它的盡頭？放眼遠望，那起伏的遠山，峭立挺拔者如玉簪倒立，平緩團巒者如美人頭上的螺髻，卻又都攢簇累積，像是在向我傾訴憂愁和憤恨。面對落日西沈，聽著失群孤雁的聲聲哀鳴，我這來到江南的遊子，不禁思念起北國故鄉。看我這腰間空自佩帶的寶劍，竟有何用？悲憤地把那亭上的欄杆拍遍，可是誰又能領會我這個登臨者的心情呢？

休要說什麼鱸魚如何鮮美可

膾，如今秋風已起，我能像張季鷹那樣爲吃鱸魚膾而歸去嗎？更不用說，像許汜那樣不顧國家安危，願自去置田蓋屋。許汜那樣的小人，有何面目去見劉備那樣有雄才大略的英雄？我所可惜的是年光如流，我所憂愁的是國事飄搖。樹木猶老，何況是人？眼看時光流逝，白白辜負我平生的雄心壯志。想到此，不由我悲憤交加，暗自垂淚。不知請誰去喚來那柔情少女，爲我拭去英雄淚？

摸魚兒

淳熙己亥，自湖北漕移湖南①，同官王正之②置酒小山亭，為賦。

更能消幾番風雨，匆匆春又歸去。惜春長怕花開早，何況落紅無數。春且住！見說道，天涯芳草無歸路。怨春不語，算只有殷勤，畫簷蛛網，盡日惹飛絮。

長門事③，准擬佳期又誤，蛾眉曾有人妒。千金縱買相如賦，脈脈此情誰訴？君莫舞！君不見，玉環飛燕皆塵土④。閑愁最苦，休去倚危欄，斜陽正在，煙柳斷腸處。

〔注〕①「淳熙己亥」二句：即宋孝宗淳熙六年（一一七九），辛棄疾那年四十歲。時辛棄疾由湖北轉運副使調任湖南轉運副使。漕：漕司的簡稱，即轉運司，掌管財賦及穀物轉運等事務。移：調任。②同官二句：同官，同僚。王正之，是辛的同僚和朋友。小山亭，

在漕司衙內。③長門事三句：相傳漢武帝時陳皇后失寵被打入長門宮，她用黃金百斤請當時著名文人司馬相如作《長門賦》獻給武帝，終於重新得寵。准似：約定好了的意思。佳期：指漢武帝與陳皇后相會的日子。蛾眉：美女的代稱。④玉環飛燕：指唐明皇的寵妃楊玉環和漢成帝的寵后趙飛燕。二人均未得善終，一被賜死，一被廢為平民後自殺。

【譯文】

如今已到了暮春天氣，還能經得住幾番風風雨雨，春就要匆匆歸去了。我珍惜春去，怕春去花落，因此常怕花開得太早，何況眼前已是落紅無數。春天啊，你暫且留住！聽說芳草已長到天涯海角，你已經沒有了歸路。然而春天依然沈默不語，我好不怨恨悵惘。看來對春天有眞情實意的，也只有那屋檐下的蜘蛛，不停結網，終日裏忙著粘惹那飄飛的柳絮，好留住殘春。

那位被冷落在長門殿的陳皇后，君王約好相會的日子被一拖再拖，還不是因爲面容姣好遭人讒毀嫉妒，縱然花費千金買得相如作賦，君王不肯見，內心的無限深情和怨愁又能向誰傾訴？那些靠讒毀中傷別人得寵的人們，你們也不要歡歌輕舞！難道你們沒有看到，那楊玉環、趙飛燕雖寵極一時，最後不都死於非命，化作了塵土？最苦的是心中鬱悶。不要希望憑欄遠望來排除鬱悶，那將要沈落的斜陽，正照著暮靄籠罩的楊柳，一片迷茫，正是令人痛斷衷腸的時候。

永遇樂

京口北固亭懷古①

千古江山，英雄無覓、孫仲謀處②。舞榭歌臺，風流總被、雨打風吹去。斜陽草樹，尋常巷陌，人道寄奴③曾住。想當年，金戈鐵馬，氣吞萬里如虎。　元嘉草草④，封狼居胥，贏得倉皇北顧。四十三年⑤，望中猶記、烽火揚州路。可堪回首、佛狸祠下⑥，一片神鴉社鼓⑦。憑誰問，廉頗老矣⑧，尚能飯否？

〔注〕①京口：今江蘇鎮江市。北固亭：在鎮江東北的北固山上，面對長江，形勢險要。②孫仲謀：三國吳主孫權字仲謀，是三國時的雄主，他曾在京口建都，後遷都建康。仍以京口為重鎮，北拒曹操。孫權知人善用，為一代風流人物。③寄奴：南朝宋武帝劉裕小字寄奴，他曾在京口起事，最後做了皇帝，成就一代霸業。④元嘉草草三句：指劉義隆元嘉年間草率北伐，因準備不足，結果大敗而回的事。元嘉：南朝宋文帝劉義隆（武帝劉裕之子）年號。草草：草率從事。封狼居胥：指西漢名將霍去病追擊匈奴，至狼居胥山築壇祭天，得勝而回。史載劉義隆想北伐，聽了大將王玄謨陳說北伐之策，對別人說：「聞玄謨陳說，使人有封狼居胥意。」狼居胥即狼山，在今內蒙古中部偏西北。贏得倉皇北顧：由於倉促起兵，結果大敗，反引得北魏拓跋燾大舉南侵，佔領瓜步山，聲言要渡江，宋文帝登石頭城北望，倉促佈防。⑤四十三年：辛棄疾於紹興三十年（一一六二）

率衆南歸，到寫這首詞時，正好四十三年。⑥佛狸祠下：北魏太武帝拓跋燾，小字佛狸，他擊敗王玄謨後，曾在長江北岸的瓜步山上建立過行宮，後人稱此行宮為佛狸祠。⑦神鴉社鼓：宋人在佛狸祠下迎神賽會，烏鴉來吃祭品，祭神的鼓聲不斷。⑧廉頗老矣：戰國名將廉頗晚年被黜奔魏。後因秦攻打趙國，聽說趙王還準備用他時，便在趙王使者面前一次吃了一斗米的飯和十斤肉，然後披甲上馬，以示老當益壯。但使者受人唆使，向趙王謊報廉頗已老邁，吃飯還行，但吃飯期間三次入廁，趙王終不用廉頗。

【譯文】

千古江山依舊，像孫權那樣的英雄豪傑卻無處可尋了。昔日繁華的舞榭歌臺、烜赫一時的風流人物，總將被那歷史的風風雨雨吹打而去，而他們的英雄業績則與千古江山相輝映。那斜陽映照、滿目枯樹荒草的地方，是普通人家住的街巷，據說南朝宋武帝曾在這裏住過。遙想當年，他曾二度揮戈北伐，兵強馬壯，氣吞山河，猶如猛虎下山，光復了大片故土。

想起元嘉年間，宋文帝欲像霍去病那樣封狼居胥，草率北伐，輕啓兵端，結果大敗，反引敵兵南侵，宋文帝倉皇登城北顧，倉促佈防，只落得兩淮殘破、胡馬飲江！想起四十三年前，至今記憶猶新，那時我在揚州一帶與南侵金兵激戰，烽火漫天，那是轟轟烈烈的戰鬥歲月。四十三年過去了，看看眼下時世，往事不堪回首，那瓜步山上、佛狸祠下，曾留下侵略者的足影，如今是神鴉盤旋，社鼓喧天，一片和平景象，全無戰鬥氣氛。想那廉頗聞趙王重用，便一飯斗米、肉十斤披甲上馬，又有誰來問我：廉頗老了，吃飯還好嗎？

木蘭花慢

滁州送范倅①

老來情味減，對別酒，怯流年。況屈指中秋，十分好月，不照人圓。無情水都不管，共西風、只管送歸船。秋晚蓴鱸②江上，夜深兒女燈前③。　征衫，便好去朝天，玉殿④正思賢。想夜半承明⑤，留教視草⑥，卻遣籌邊⑦。長安故人問我，道愁腸殢酒⑧只依然。目斷秋霄落雁，醉來時響空弦⑨。

〔注〕①滁州：即今安徽滁縣。作者時任滁州知州。范倅：名昂，時任滁州通判，是辛棄疾的副手和朋友。②蓴鱸：指吳中的蓴菜和鱸魚，比喻思鄉之情。相傳晉張季鷹在洛陽做官，見秋風起，想起家鄉的蓴菜、鱸魚，便毅然棄官而歸。③夜深兒女燈前：黃庭堅《寄叔父夷仲》：「兒女燈前語夜深」。④玉殿：皇宮寶殿。這裏指朝廷。⑤承明：即承明廬，漢代朝臣值夜的地方。⑥視草：替皇帝審定修改詔書。⑦籌邊：籌畫邊防大事。⑧愁腸殢酒：意為借酒澆愁，為酒所困。⑨空弦：翻用《戰國策》「虛弓落病雁」的典故。楚國人更嬴空弦虛發，驚落孤雁。原來那雁受過箭傷，心中充滿對弓箭的恐懼，聽見弓弦聲便被驚落了。

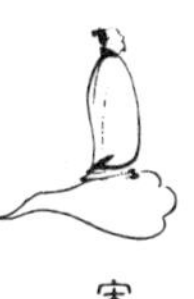

【譯文】

總覺得我已老了，生活情趣和興致都不如從前，面對這離別酒宴，甚至怕這年華流逝太快。更何況，屈指算來已近中秋佳節，待皎潔的明月升起，已照不到你我相聚團圓。那無情的流水也不管我們的心情，同那無情的西風，只管送走歸京的航船。好在中秋之夜，你將在江中享受到家鄉蓴菜鱸魚的美味；夜深之時，你就可以和妻子相聚燈前，共訴衷腸。　穿起旅途的衣衫，正好去朝見天子。朝廷正思賢如渴，想你歸朝後定被重用，留在承明廬當值，讓你審定修改詔書文稿，又派你去籌辦邊防軍務。京城裏的故友若問起我的情況，就說我愁腸百轉，依然是借酒澆愁。秋空中鴻雁遠飛，酒醉中，我也會弓開滿月，空弦虛射，驚落秋雁。

祝英臺近

寶釵分，桃葉渡①，煙柳暗南浦。怕上層樓，十日九風雨。斷腸片片飛紅，都無人管，更誰勸啼鶯聲住？　鬢邊覷②，試把花卜歸期③，才簪又重數。羅帳燈昏，哽咽夢中語。是他春帶愁來④，春歸何處？卻不解帶將愁去。

【注】①寶釵分二句：寶釵，婦女用以簪髮的首飾。寶釵分：古代婦女與情人離別，將寶釵分作二股，各留一股以示留念。桃葉渡：在今南京秦淮河與青溪合流處。晉人王獻之曾在

此送愛妾桃葉渡江，因名桃葉渡。詞中泛指送別之地。②覷（ㄑㄩˋ）：眼睛瞇成細縫注意地細看。③花卜歸期：用數花瓣來占卜，預測親人歸來的日期。④是他春帶愁來三句：此三句化用李邴《洞仙歌》：「歸來了，裝點離愁無數……驀地和春帶將歸去」和《鵲橋仙》：「春愁原自逐春來，卻不肯隨春歸去。」

【譯文】

桃葉渡口，岸邊煙柳迷，江面水霧茫茫。我直送他到渡口，寶釵從此分成了兩半。自他走後，我最怕上高樓，而又天天登樓遠眺，十日之中有九日是淒風苦雨。看那片片落紅在風雨中翻飛凋零，好不令人傷心腸斷，都無人管束得住，更沒有人去勸勸黃鶯，不要再聲聲哀啼，催春天歸去。　我懶懶地側著臉，瞇著眼睛對鏡細看，試把鬢髮上的花片取下，卜一卜他何時歸來。我數了又數，才簪上又取下細細重數。細羅帳裏燈火昏暗，我在夢中哽咽著訴說哀怨：是那春天給我帶來的愁怨，如今春天又歸向何處？卻爲什麼不懂情理，把這怨愁帶走？

青玉案　元夕

東風夜放花千樹①，更吹落星如雨②。寶馬雕車香滿路，風簫③聲動，玉壺④光轉，一夜魚龍⑤舞。　蛾兒雪柳黃金縷⑥，笑語盈盈暗香去。眾裏尋他千百度，驀然回首，那人卻在，燈火闌珊處⑦。

【注】①東風句：形容花燈衆多，張燈結綵，好像是東風一夜吹開了千樹萬樹的花。②更吹落句：指煙火落下時，好像東風吹灑滿天星雨。③鳳簫：即排簫，亦稱鳳律。用長短不同的竹管製成，其形如鳳翼，故名。一說，因鳳凰之鳴以制管定律。④玉壺：即指月亮。⑤魚龍：指魚形燈、龍形燈。⑥蛾兒雪柳：均是婦女頭上戴的裝飾品。⑦闌珊：冷落稀少的樣子。

【譯文】

張燈結綵，火樹銀花，彷彿東風一夜間吹開了千樹萬樹，頃刻間百花盛開；煙花齊放，彩星自空而落，又彷彿是東風吹落繁星，隕落如星雨。裝飾華麗的車馬熙熙攘攘，往來如梭，脂粉香氣瀰漫著大街小巷。四處飄散著鳳簫悠揚的旋律。一輪明月皎潔如玉，在空中緩緩移動，映照著龍燈、魚燈通夜翻舞。　俏麗的仕女們盛裝豔抹，霧鬢雲鬟，滿戴著精巧的鬧娥兒、雪柳和黃金縷，一個個歡聲笑語帶起一陣幽幽的清香飄然而過。我在眾多的遊女中尋找她，千百次地尋找，千百次地失望，不經意地一回頭，猛然發現，她卻站在那燈火稀疏冷落之處。

鷓鴣天

鵝湖歸病起作①

枕簟溪堂②冷欲秋，斷雲③依水晚來收。紅蓮相倚渾如醉，白鳥無言定自愁。

書咄咄④，且休休⑤，一丘一壑⑥也風流。不知筋力衰多少，但覺新來懶上樓⑦。

〔注〕①鵝湖：山名，在江西鉛山縣東北。原名荷湖，因晉人龔氏曾於此養鵝而改名。辛棄疾隱居鉛山、鵝湖一帶近二十年。病起：病癒初起。②枕簟（ㄉㄢˋ）溪堂：躺在水邊的溪堂裏的竹席上休息。簟：竹席。溪堂：築在溪邊上的樓閣。③斷雲：片段的雲。④書咄咄：據《晉書・殷浩傳》載，殷浩被免官後，雖口無怨言，卻終日在空中用手指書「咄咄怪事」四字，表示對朝廷不滿。咄咄：感歎聲，表示驚怪。⑤休休：算了吧。這裏指隱退。唐司空圖隱居中條山，作休休亭，表示對仕途失望，甘心退隱。⑥一丘一壑：此句用班嗣語。《漢書・敘語》載班嗣書簡云：「漁鈎於一壑，則萬物不奸其志；棲遲於一丘，則天下不易其樂。」⑦不知二句：化用劉禹錫《秋日書懷寄白賓客》詩：「筋力上樓知」句意。

【譯文】

在溪邊的堂屋裏，我躺在竹席上休息，微覺清涼，像是快入秋了。漂浮在水面上的片片雲彩在斜日餘輝中漸漸消散；溪水映著暮色流向天邊。紅蓮互相依偎著像是全都醉了；白鷺在水邊靜靜佇立似乎在暗自發愁。　何必要像殷浩那樣天天空書「咄咄怪事」，與事無補，空自

徒勞；姑且像司空圖那樣隱居山中，這一山一溝不也瀟灑超脫，怡然自得嗎？病癒初起，我也不知道身體有多弱，只覺得近來懶得上樓。

菩薩蠻 書江西造口壁①

鬱孤臺下清江水②，中間多少行人淚。西北望長安③，可憐無數山。　青山遮不住，畢竟東流去。江晚正愁餘，山深聞鷓鴣④。

〔注〕①造口：在今江西萬安縣西南三十公里，名皂口鎮。南渡初年，金兵曾追隆佑皇太后的乘舟至此。並大肆騷擾贛西一帶。作者寫此詞時調任江西提點刑獄，途經造口，有感於四十多年前金兵侵擾贛西事，而作此詞。②鬱孤臺：在今江西贛州市西南，因其孤峙而得名，唐宋時為一時名勝。清江：即指臺下流過的贛江。③長安：本為漢唐故都，這裏借指北宋的京城汴京，時被金人佔領。西北猶言東北。④聞鷓鴣：俗稱鷓鴣的叫聲似「行不得也哥哥」，這裏借喻恢複中原理想不能實現的苦愁。上文「餘」字，即我。

【譯文】

鬱孤臺下那濤濤的清江水，包藏著多少逃難者流不盡的傷心淚。我放眼北望故都汴京，只可惜群山疊障，遮住了我的視線。　但是，青山豈能擋住江水，看這江水浩浩蕩蕩畢竟東流而去。日落西山，暮色蒼茫，我胸中湧起萬般憂愁，亂山深處又傳來鷓鴣鳥的哀啼。

姜夔

姜夔（ㄎㄨㄟˊ）（一一五五—一二二一），字堯章，號白石道人。饒州鄱陽（今江西波陽）人。他終生布衣，過著清客詞人的生活。詩、書俱佳，尤以詞見長。精通音律，曾著《琴瑟考古圖》。其詞多自度曲，存有《工尺旁譜》十七首。詞風清空峻拔，韻律諧和，講究煉字鍛句，刻意求工而不流於浮豔輕靡，獨樹一幟，影響較大。有《白石道人歌曲》等。

點絳唇

丁未冬，過吳松作①

燕雁無心②，太湖西畔隨雲去。數峰清苦，商略③黃昏雨。　第四橋邊④，擬共天隨住⑤。今何許⑥？憑闌懷古，殘柳參差舞。

〔注〕①丁未：宋孝宗淳熙十四年（一一八七），這年作者由湖州去蘇州，途經吳松。吳松：即今江蘇吳江縣。②燕雁無心：北來的大雁無心在太湖停留。燕（ㄧㄢ）雁：燕地的大雁。無心：無心思。③商略：醞釀、商量之意。④第四橋：即吳松城外的甘泉橋，因其泉水被品評為全國第四，故名，見乾隆《蘇州府志》。⑤天隨：唐代詩人陸龜蒙號天隨子。

姜夔生最推崇陸龜蒙，他曾有詩云：「三生定是陸天隨，只向吳松作客歸。」吳松是龜蒙生前隱居之地。⑥何許：何處，什麼地方。

【譯文】

北來的大雁，無心在此停留，隨著雲彩，順太湖西畔南飛而去。湖邊那幾座山峰清寂愁苦，在這黃昏時分，像是在醞釀雨意。　我多麼希望能在第四橋邊，與平生最推崇之人天隨子相伴同住。想如今是什麼世道？我倚欄遠眺，懷古而傷今，滿腹憂愁。眼前所見，是那弱柳殘枝在西風中參差不齊地飄舞。

鷓鴣天

元夕①有所夢

肥水②東流無盡期，當初不合種相思。夢中未比丹青見③，暗裏忽驚山鳥啼。　春未綠，鬢先絲，人間別久不成悲。誰教歲歲紅蓮夜④，兩處沈吟各自知。

【注】①元夕：此詞作於寧宗慶元三年（一一九七）元宵節之時。②肥水：源於安徽合肥西南紫蓬山，東流至施口入巢湖。這裏點明了兩人相愛之地。③丹青：紅色、青色兩種顏料，泛指繪畫，這裏指畫像。④紅蓮夜：即元宵燈節，紅蓮即指紅色燈。歐陽修《驀山夕・元夕》有「剪紅蓮滿城開遍」。

【譯文】

肥水悠悠向東流去，永無盡期。當初眞不該種下戀情，惹出如今悠悠不盡的相思。夢中相見終究虛空，她的面容朦朦朧朧，也不比畫像看得眞切；幽暗之中虛幻恍惚的夢境又被山鳥的啼鳴驚醒。　春風尚未染綠草木，我的兩鬢已佈滿銀絲。有道是人間離別得太久，再深的悲哀也會漸漸淡忘。是誰讓我如此相思情深，年年歲歲的元夕之夜，兩地相思。沈吟相思之情，也只有各自心裡明白。

踏莎行

自沔東來，丁未元日，至金陵江上，感夢而作①

燕燕②輕盈，鶯鶯嬌軟，分明又向華胥③見。夜長爭得薄情知？春初早被相思染。　別後書辭，別時針線，離魂暗逐郎行④遠。淮南皓月冷千山，冥冥⑤歸去無人管。

〔注〕①沔（ㄇㄧㄢˇ）東：沔東即沔州，今湖北漢陽。丁未元日：孝宗淳熙十四年（一一八七）正月初一，即元旦。金陵：今江蘇南京。②燕燕：與下句之「鶯鶯」本女人名，這裏借指意中人。蘇軾《張子野八十五歲尚聞買妾述古令作詩》曰：「詩人老去鶯鶯在，公子歸來燕燕忙。」③華胥：傳說中的故國名。典見《列子．黃帝》：「黃帝晝寢，夢遊華胥之國」。後代指夢境。④郎行：郎那邊。⑤冥冥：幽暗。

【譯文】

我分明在夢中與你相見，又看見了你那像燕子一樣輕盈的體態，又聽見了你那如黃鶯一般嬌軟的聲音。你含情脈脈地說：「在這漫漫春夜中，你這個薄情郎，怎麼會知道我相思的深重呢？你也不會理解，春天剛剛來臨，我已被相思之情折磨得難以排遣。」我時時念叨著你別後寄來的書信，我仍然穿著你爲我縫製的衣衫。你思念心切，你的魂魄竟脫離軀體，暗暗追隨著我，來到這天涯海邊。在皎潔的月光下，淮南的千山是這樣的清冷，你神情黯然，幽幽地獨自歸去，竟無人照顧相伴。

慶宮春

紹熙辛亥①除夕，余別石湖②歸吳興，雪後夜過垂虹③，嘗賦詩云：「笠澤④茫茫雁影微，玉峰重疊護雲衣，長橋寂寞春寒夜，只有詩人一舸歸。」後五年冬，復與俞商卿、張平甫、銛朴翁，自封禺同載⑤，詣梁溪⑥。道經吳松，山寒天迥，雲浪四合，中夕相呼步垂虹，星斗下垂，錯雜漁火，朔吹凜凜，卮⑦酒不能支。朴翁以衾自纏，猶相與行吟，因賦此闋。蓋⑧過旬，塗稿乃定。朴翁咎⑨餘無益，然意所耽⑩不能自已也。平甫、商卿、朴翁皆工於詩，所出奇詭，餘亦強迫逐之。此行既歸，各得五十餘解。

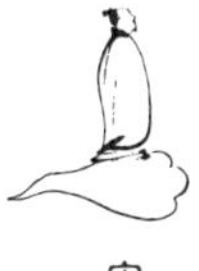

雙槳蓴波⑪，一蓑松雨，暮愁漸滿空闊。呼我盟鷗⑫，翩翩欲下，背人還過木末⑬。那回歸去，蕩雲雪孤舟夜發。傷心重見，依約眉山，黛痕低壓。采香徑⑭裏春寒，老子婆娑⑮，自歌誰答？垂虹西望，飄然引去，此興平生難遏。酒醒波遠，正凝想明璫素襪⑯，如今安在？惟有闌干，伴人一霎。

〔注〕①紹熙辛亥：即光宗紹熙二年（一一九一）。②石湖：范成大號石湖居士，在石湖有別墅。③垂虹：即今江蘇省吳江縣垂虹橋，亦稱利往橋，建於宋慶曆年間，構造精美，前臨太湖，風景絕勝。因橋亭曰「垂虹」故名。④笠澤：太湖的別名。⑤俞商卿：即俞灝，字商卿。張平甫：即張鑒，字平甫。銛（ㄒㄢ）朴翁：本名葛天民，字無懷，曾為僧，號義銛，後還俗。上述三人皆作者好友。五年冬：宋寧宗慶元二年（一一九六）冬天。封禺（ㄩˊ）：封山、禺山，兩山相近，在浙江武康。同載：同乘一條船。⑥梁溪：在江蘇無錫城西門外，相傳因梁鴻居此而得名，後成為無錫的別稱。⑦卮（ㄓ）：古代酒器。⑧蓋：虛詞，承上文申說理由或原因。⑨咎：責備。⑩耽：喜好。⑪蓴波：長滿蓴菜的水面。⑫盟鷗：對海鷗的稱呼，好像與其有約似的。⑬木末：即樹梢。此句指海鷗上下翻飛，與人相戲，不時掠過樹梢。⑭采香徑：在蘇州香山，是一條小溪。據《吳郡志》載：「吳王種香於香山，使美人泛舟於溪以采香。今自靈岩望之，一水直如矢，故俗又稱箭徑。」

⑮老子婆娑：婆娑，這裏是流連、彷徨的意思。老子，是作者自稱。⑯明璫素襪：本為女人的裝飾和用品，這裏借指美人。

【譯文】

紹熙二年辛亥（一一九一）除夕，我告別隱居在蘇州石湖別墅裏的范成大返回吳興。雪夜裡經過垂虹橋，曾寫詩曰：「笠澤茫茫雁形微，玉峰重疊護雲衣，長橋寂寞春寒夜，只有詩人一舸歸。」五年後的冬天，我又和俞商卿、張平甫、銛朴翁從封山、禺山一同乘船去無錫梁溪。途經吳松，時正山風冷冽，天際遼闊，雲浪四合。半夜間我們相互呼喚著頂風步行過垂虹橋。點點星星下垂，星火與漁火錯雜輝映，北風勁吹，寒氣凜凜，喝幾杯酒也抵不住寒氣。朴翁以被裹身，還邊走邊相互吟詩唱和，我因此寫下這首詞。又經過十幾天，修改後才定稿。朴翁怪我如此費神沒有必要，但我喜好塡詞，捨棄不下，非改好不行。平甫、商卿和朴翁都工於詩，所寫的詩詞多綺麗詭異，我亦勉強追隨。這次旅行歸來，每人都寫得五十餘首。

我划動雙槳，一葉小舟蕩漾在蓴菜湧動的湖面上。岸邊松林裏一陣清風，帶來稀稀落落的雨點，打在蓑衣上，疏而有聲。暮靄漸漸籠罩湖上，令人生愁。我招呼那彷彿與我有約的沙鷗，牠盤旋飛翔而來，似乎要落下，卻又背我飛去，掠過樹梢飛向遠處。記得五年前那次由石湖回吳興，我和她乘著一葉孤舟，冒著寒雲飛雪，連夜出發。我彷彿又看見了當時的情景，隱隱約約的遠山上籠罩著青黑色的陰雲，猶如秀眉低垂正暗自傷心。

小舟駛入香山邊的采香小溪，

春寒襲人，我望著香山流連悵惘，不禁放聲高歌，可又有誰來酬唱作答？向西望去正是垂虹橋，小舟飄然蕩向遠處，那種興致平生難以忘懷。等我從酒醉中醒來，船已駛出很遠，湖面上煙波茫茫。我正默默地想念那位耳垂明璫、足穿素襪的女子，那位女子如今在什麼地方呢？惟有那欄杆，可以伴我度過相思難耐的時刻。

齊天樂

丙辰歲與張功甫會飲張達可之堂①，聞屋壁間蟋蟀有聲，功甫約余同賦，以授歌者。功甫先成，詞甚美；余徘徊茉莉花間，仰見秋月，頓起幽思，尋②亦得此。蟋蟀，中都③呼為促織，善鬥。好事者或以三二十萬錢致一枚，鏤④象齒為樓觀以貯之。

庾郎先自吟《愁賦》⑤，淒淒更聞私語。露濕銅鋪⑥，苔侵石井，都是曾聽伊處。哀音似訴，正思婦無眠⑦，起尋機杼。曲曲屏山，夜涼獨自甚情緒？　西窗又吹暗雨，為誰頻斷續，相和砧杵⑧？候館⑨迎秋，離宮吊月，別有傷心無數。〈豳〉詩⑩漫與，笑籬落呼燈，世間兒女。寫入琴絲⑪，一聲聲更苦。

〔注〕①丙辰：寧宗慶元二年（一一九六）。張功甫：名鎡，字功甫，抗金名將張浚之孫，作者的好友。②尋：不一會，隨即。③中都：京師。④鏤：雕刻，鏤空。⑤庾郎：即南北

朝後期的著名詩人庾信，他初仕南朝梁，出使西魏時梁朝滅亡，因而長期留在北方。《愁賦》是庾信的名作。這裏指張功甫。⑥銅鋪：即鋪首。舊時門上銜住門環的銅質底座，獸面形，故稱鋪首。這裏代指門。⑦思婦無眠：蟋蟀一名促織，思婦正想念遠方征人而難以入睡，聽到蟋蟀叫聲，便起床找尋織具，準備為征人製備寒衣。機杼（ㄓㄨˋ）：織布機。⑧砧杵（ㄓㄣ ㄔㄨˇ）：搗衣石和捶衣棒。⑨候館：即客館。⑩〈豳〉詩：指《詩經・豳風・七月》：「七月在野，八月在宇，九月在戶，十月蟋蟀入我床下。」漫與：即不經意地。⑪寫入琴絲：把蟋蟀的叫鳴聲譜成琴曲。作者自注：「宣政間，有仕大夫制《蟋蟀吟》。」

【譯文】

慶元二年，我和張功甫在張達可的廳堂裏一同宴飲，聽到屋壁間有蟋蟀的叫聲。功甫約我一同作詞，交給歌女演唱。功甫先寫成，詞甚美。我徘徊在茉莉花間，抬頭望見秋月，頓時生起了幽遠的情思，不一會兒也寫成了這首詞。蟋蟀，京城裏叫促織，善鬥。愛好此道的人有的花二三十萬錢買上一隻，用象牙雕成樓臺形的籠子來養牠。

功甫先自吟成一首充滿愁思的詞章，猶如庾信的《愁賦》，哀婉淒涼；又聽到蟋蟀的悲鳴叫聲，像是淒淒切切的私語聲。露水打濕的大門上，苔蘚滋生的石井臺邊，都是常常聽到蟋蟀叫的地方。牠的叫聲哀楚悲涼，如泣如訴，那思婦正思念遠行征人而難以入眠，聽得蟋蟀哀鳴便起床織布以遣愁。夜深秋寒，思婦獨自望著屏風上那重重遠山，心中該是什麼樣的淒涼情緒啊？　不知什麼時候又下起了秋雨，秋風秋雨敲打著西窗，那蟋蟀也不知道究竟是爲誰時斷時續地悲吟，伴隨著遠處隱約傳來的搗衣聲。旅舍裏的謫臣遷客、漂泊遊子，離宮裏的君王後妃、宮娥彩女，當他們悲秋對月，聽到蟋蟀悲鳴更引出種種苦愁。《詩經》裏那首〈豳風〉寫得太隨意了，像是隨口吟出，率意而成。世間不知愁苦的少兒少女們，聽到蟋蟀鳴叫便互相招呼著、嬉笑著打著燈籠到籬笆牆下捕捉。把蟋蟀的悲鳴聲譜寫成琴曲，那一聲聲啼鳴聽起來就更淒苦難耐了。

琵琶仙

《吳都賦》云：「戶藏煙浦，家具畫船」①，惟吳興為然；春遊之盛，西湖未能過也。己酉歲②，余與蕭時父載酒南郭③，感遇成歌。

雙槳來時，有人似舊曲桃根桃葉④。歌扇輕約飛花，蛾眉正奇絕。春漸遠，汀洲自綠，再添了幾聲啼⑤。十里揚州⑥，三生杜牧⑦，前事休說。　又還是宮燭分煙⑧，奈愁裏匆匆換時節。都把一襟芳思，與空階榆莢⑨。千萬縷、藏鴉細柳，為玉尊、起舞回雪。想見西出陽關⑩，故人初別。

【注】①《吳都賦》：指唐李庾之《西都賦》，所引字句與李賦原文也略有不同。原句：「戶閉煙浦，家藏畫舟。」②己酉：即淳熙十六年（一一八九），時作者寓居吳興。吳興，今浙江湖州。③蕭時父：千岩老人蕭德藻之侄，作者的內弟。南郭：城南。郭：外城。④桃根桃葉：晉王獻之妾名桃葉，桃葉之妹名桃根。作者在這裏用此典借指自己舊日情人。舊曲：舊日坊曲。坊曲，歌妓集聚之地。⑤啼鴂，即杜鵑，啼聲悲涼淒苦，惹人愁思。⑥十里揚州：源自唐杜牧詩句「春風十里揚州路，卷上珠簾總不如」。杜牧曾客居揚州十載，與歌女過從甚密。這裏借杜牧隱寓自身情事，不一定實指揚州。⑦三生杜牧：源自宋黃庭堅詩句「春風十里珠簾卷，彷彿三生杜牧之。」三生：指前生、今生和來生。⑧宮燭分煙：指的是清明寒食季節皇宮分送火燭。⑨榆莢：榆錢。唐韓愈《晚春》詩曰：「楊花榆莢無情思，唯解漫天作雪飛。」⑩西出陽關：作者緬懷當年與意中人分離時難捨難分之情。唐王維詩：「勸君更進一杯酒，西出陽關無故人。」

【譯文】

水面上有一隻畫船，划著雙槳徐徐過來。船上那位女子，猛一看竟酷似我舊日曲坊裏的情人，細看卻又不是。她輕輕舉起團扇，輕輕地去接那飛舞的柳絮。她眉清目秀，奇麗豔絕。春光已漸漸遠去，江邊沙洲上長滿了碧綠的青草，又不時地傳來幾聲杜鵑鳥淒切的啼鳴。想當年，十里揚州路上何等繁華，我猶如杜牧盡興冶遊。昔日舊遊已恍若隔世、煙消雲散，不必再提說了。　又到了寒食時節，想那宮中，又在分送煙燭。奈何我愁緒滿懷，寂寞悵惘中春光已匆匆離去，換了時節。我把滿腔情思，都付與那無情的榆錢，灑落在空空蕩蕩的庭階。千絲萬縷的細柳又厚又密，已能藏鴉；紛飛如雪的楊花爲酒客們飄舞迴旋。眼前的景象，又勾起我的思緒，想當年與她離別時，也是楊柳依依、柳絮纏綿。

八歸　湘中送胡德華①

芳蓮墜粉，疏桐吹綠，庭院暗雨乍歇。無端抱影②銷魂處，還見筱③牆螢暗，蘚階蛩④切。送客重尋西去路，問水面⑤、琵琶誰撥？最可惜，一片江山，總付與啼鴂。　長恨相逢未款，而今何事，又對西風離別？渚寒煙淡，棹移人遠，飄渺行舟如葉。想文君⑥望久，倚竹⑦愁生步羅襪。歸來後，翠尊雙飲，下了珠簾⑧，玲瓏閑看月。

〔注〕①湘中：湖南，時作者客居於此。胡德華：作者友人，生平不詳。②無端抱影，無端，無奈，沒來由。抱影，守著自己的身影。③筱（ㄒㄧㄠˇ）：小竹。④蛩（ㄑㄩㄥˊ）：蟋蟀。蘚階：長滿苔蘚的臺階。⑤水面句：化用唐白居易《琵琶行》：「忽聞水上琵琶聲，主人忘歸客不發」句意。⑥文君：漢司馬相如妻卓文君，宋人多借指妻子，這裏指胡德華妻。⑦

倚竹句：化用杜甫《佳人》詩：「天寒翠袖薄，日暮倚修竹。」和李白《玉階怨》詩：「玉階生白露，夜久侵羅襪」句意。⑧「下了珠簾」二句：化用李白《玉階怨》：「卻下水晶簾，玲瓏望秋月」句意。

【譯文】

芬芳的蓮花墜落了粉色的花瓣，稀疏的梧桐吹落了綠葉，庭院裏寂靜幽暗，一場夜雨剛剛停歇。我正無奈地守著自己的身影悲愁傷心，又見竹籬笆牆邊螢火蟲暗淡的螢光，聽得長滿蘚苔的庭階下蟋蟀淒切的鳴叫。爲送客人再一次探尋西去的路程，在這送別的江邊水面上，有誰爲我們撥動琵琶琴絃？最可哀歎的是，這一片大好江山，總是讓杜鵑悲鳴，抹不掉惜別的悲傷。

我常常埋怨相聚時間太短，不能款款細談。而今爲什麼又要在這西風蕭瑟中匆匆離別？渚洲上寒氣襲人，煙霧慘澹。客船啓程，友人也隨之漸漸遠去。客船越行越遠，猶如一片樹葉消失在水天飄渺間。想那友人的妻子久盼他歸去，正倚著翠竹愁思縈繞，任憑清露浸濕了羅襪。待到夫君歸來，夫妻雙雙舉起翠玉酒杯對飲，放下珠簾，共同欣賞那明亮的秋月。

念奴嬌

余客武陵①，湖北憲治在焉②；古城野水，喬木參天。余與二三友，日蕩舟其間，薄③荷花而飲，意象幽閒，不類人境。秋水且涸，荷葉出地尋丈，因列坐其下，上不見日，清風徐來，綠雲自

動；間于疏處，窺見遊人畫船，亦一樂也。揭來吳興④，數得相羊荷花中⑤，又夜泛西湖，光景奇絕，故以此句寫之。

鬧紅一舸⑥，記來時嘗與鴛鴦為侶。三十六陂人未到⑦，水佩風裳無數。翠葉吹涼，玉容消酒⑧，更灑菰蒲雨⑨。嫣然搖動，冷香飛上詩句。　日暮，青蓋亭亭，情人不見，爭忍淩波去？只恐舞衣寒易落，愁入西風南浦。高柳垂陰，老魚吹浪，留我花間住。田田多少⑩，幾回沙際歸路。

〔注〕

①武陵：今湖南常德。②憲治：宋朝荊南荊北路提點刑獄使的官署。③薄：靠近。④揭(ㄐㄝ)來：來到。發語詞。吳興：今浙江湖州。⑤相羊：即徜徉。語見屈原《離騷》：「聊逍遙以相羊。」數：屢次，幾次。⑥鬧紅：指荷花盛開貌。⑦三十六陂(ㄆㄛ)：泛指陂塘之多。王安石詩有「三十六陂春水，白頭想見江南」。⑧玉容消酒：荷花呈淺紅色，宛如美人酒後嬌紅的面容。消酒：酒醉消退。⑨菰(ㄍㄨ)蒲：兩種水生植物。⑩田田：指荷葉相連貌。古樂府《江南》：「江南可采蓮，蓮葉何田田。」

【譯文】

我客居武陵，湖北路提點刑獄使的官署在這裏。古城郊外池塘水邊，喬木參天。我與二、三位好友，天天在水中泛舟遊賞，傍著荷花飲酒，意境幽雅清閒，宛如在仙境一般。待秋水乾枯時，荷花葉高出地面約有一丈左右，我們圍坐在荷葉下，向上看不見天日，清風徐徐吹來。濃密的荷葉猶如綠色的雲彩微微浮動；間或通過荷葉稀疏的空隙處，窺見遊客的畫船，也是一種樂事。來到吳興，幾次徜徉遊玩於荷花叢中；又曾在夜間泛舟西湖，風景綺麗至極，所以寫了這首詞。

正是荷花盛開的時候，我們乘著畫舸蕩漾在荷花叢中，記得來時有一對鴛鴦伴著船兒嬉戲。像這樣的荷花塘多極了，有許多池塘，遊人還未曾到過，那裏只有以水爲佩玉、風爲衣裳的無數荷花。從那碧綠的荷花間吹來陣陣涼爽的風，那鮮豔的荷花，猶如美人的玉容，帶著酒意消退時的微紅。一陣細雨從那菰蒲叢中飄灑過來，荷花倩影搖曳，宛如美人嫣然一笑，吐出清冷的幽香，飛入我的詩篇，我的詞句似乎浸透了荷花的冷香。　時間悄悄地過去，日暮來臨，那一個個荷葉猶如青色的傘蓋，亭亭玉立，就像是沒見到情人的仙女，怎忍心就此踏著水波離去呢？我只怕西風吹來，那舞衣般的荷葉禁不住蕭條的秋寒而容易凋落，更使我發愁的是在西風侵入南浦一片蕭條時悵然離去。高高的柳樹垂下綠陰，大魚吹起浪花，彷彿都在挽留我在荷花叢中住下。相連成片的荷葉啊！你多得難以計數，可曾記得我多少次依戀徘徊在沙堤旁邊的歸路上不忍離去。

揚州慢

淳熙丙申至日①，余過維揚②。夜雪初霽，薺麥彌望③。入其城則四顧蕭條，寒水自碧，暮色漸起，戍角悲吟④。余懷愴然，感慨今昔，因自度此曲。千岩老人以為有〈黍離〉之悲也⑤。

淮左名都⑥，竹西佳處⑦，解鞍少駐初程⑧。過春風十里⑨，盡薺麥青青。自胡馬窺江去後⑩，廢池喬木⑪，猶厭言兵。漸黃昏，清角吹寒，都在空城。

杜郎俊賞⑫，算而今、重到須驚。縱豆蔻詞工⑬，青樓夢好⑭，難賦深情。二十四橋仍在⑮，波心蕩冷月無聲。念橋邊紅藥⑯，年年知為誰生？

〔注〕①淳熙丙申至日：宋孝宗淳熙三年（一一七六）的冬至那日。②維揚：即今江蘇揚州。③薺麥：野生的麥子。④戍角：駐軍中的號角。⑤千岩老人：即蕭德藻，號千岩老人。姜夔學詞於他，也是他的侄女婿。〈黍離〉指《詩經．黍離》篇，因首句「彼黍離離」而得名。據《毛詩序》說，周平王東遷後，有一個大夫經過被犬戎焚掠後的西周故都，看到都城荒涼，宮殿裏長滿了黍稷，因而寫下〈黍離〉，憫周室之覆。後即以「黍離」代指故國之思。⑥淮左名都：宋代在淮水下游南岸設淮南東路，稱淮左。揚州是淮南東路的著名都會。⑦竹西佳處：在揚州城東禪智寺側有竹西亭，環境幽雅。唐杜牧《題揚

州禪智寺》云：「誰知竹西路，歌吹是揚州。」佳處：風景優美之處。⑧初程：意謂進城剛走了一段路。⑨春風十里：引自唐杜牧《贈別》詩：「春風十里揚州路，卷上珠簾總不如。」春風十里，指繁華的揚州。⑩胡馬窺江：指宋高宗建炎三年（一一二九）和宋高宗紹興三十一年（一一六一）金兵二次南侵到長江附近，第二次一度侵佔揚州。⑪廢池喬木：廢毀的池塘和古樹。⑫杜郎：指唐代詩人杜牧，他曾長住揚州並寫過不少讚美揚州的詩句。俊賞：風流瀟灑，會賞玩。⑬豆蔻：指杜牧的《贈別》詩，其中有「豆蔻梢頭二月初」的名句。⑭青樓：杜牧《遣懷》詩：「十年一覺揚州夢，贏得青樓薄倖名。」⑮二十四橋：指揚州西郊吳家磚橋，相傳古代有二十四個美女吹簫於此，故名。又名紅藥橋。杜牧《寄揚州韓綽判官》詩曰：「二十四橋明月夜，玉人何處教吹簫。」宋沈括在其《補筆談》中說唐時揚州確有二十四座橋。⑯橋邊紅藥：二十四橋，一說即紅藥橋，橋邊盛產紅色的芍藥花。

【譯文】

淳熙三年冬至那天，我路過揚州。夜雪初停，滿眼所見盡是野麥。進城後，環顧四周則是一片蕭條，寒水碧清，暮色漸漸降臨，宋軍營裏號角悲鳴。我悲愴滿懷，感慨今昔盛衰之變，因而自創這首詞曲。千岩老人認爲我這首詞有故國之思。

揚州是淮南東路的著名都城，城東有竹西亭，風景幽雅。我進城剛走了一段路，便解下了

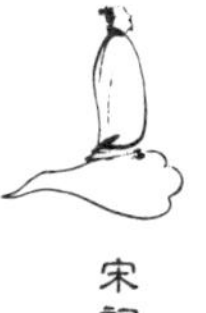

馬鞍，暫作逗留。這原來繁華的十里長街，如今到處是青青野麥，一片荒涼。自金兵南侵長江，洗劫揚州退去之後，連荒廢的池塘和古老的大樹，至今還怕提起戰事。天色漸晚，黃昏中響起淒清的號角聲，在空城的寒風中迴蕩。

風流瀟灑精於遊賞的杜牧，如果今天來到這裏，料想他也定會大吃一驚。縱然他那豆蔻詞寫得極工，青樓夢的詞句寫得再好，如今怕也難述其沈痛的心情。那著名的二十四橋還在，橋下水波蕩漾，映出冷月那默默無言的光影。想那橋邊的紅芍藥，冬去春來盛開時，一年一度不知是爲誰開？又會有誰來欣賞呢？

長亭怨慢

余頗喜自制曲。初率意為長短句，然後協以律，故前後闋多不同。桓大司馬①云：「昔年②種柳，依依漢南；今看搖落，悽愴江潭；樹猶如此，人何以堪？」此語余深愛之。

漸吹盡，枝頭香絮③，是處人家，綠深門戶。遠浦縈回④，暮帆零亂向何許？閱人多矣，誰得似長亭樹？樹若有情時，不會得青青如此！　日暮，望高⑤城不見，只見亂山無數。韋郎⑥去也，怎忘得、玉環分付。第一是早早歸來，怕紅萼⑦無人為主。算空有並刀⑧，難剪離愁千縷。

【注】①桓大司馬：指東晉大司馬桓溫。②昔年六句：此六句是北周庾信《枯樹賦》中的句子，

不是桓溫的原話，是姜夔誤記。③枝頭香絮：柳枝上的柳絮。④遠浦縈回：遠處的河岸曲折迴環。⑤高城：化用唐歐陽詹《贈太原妓》詩句：「高城已不見，況複城中人。」⑥韋郎：據唐范攄《雲溪友議》記載，韋臯和婢女玉簫有情，相約七年後再會，韋臯並將玉環相贈。分別八年，玉簫未等到韋臯，絕食而死。這裏作者以韋郎自比。⑦紅萼：紅花，此處指女子。⑧並刀：古時山西並州出產的剪刀，以鋒利聞名。

【譯文】

東風漸漸吹盡了枝頭上的柳絮，已是暮春時節，家家戶戶門前柳蔭濃綠。遠處的河岸迴環曲折，暮色中零亂的白帆不知去向何處？誰也比不上長亭邊的柳樹，看到過那麼多的離人送別。柳樹若是也有情意，也就不會長得這樣青翠濃綠了。　太陽已下山了，暮色中回望，高高的城樓已不見了，只見群山縱橫盤亙。我也像韋郎那樣離你而去了，但我怎麼也不會忘記留贈玉指環時你的殷殷囑咐。你一再叮嚀要早早回來，怕紅花在家無人愛護做主。就算我有並州利剪，也難以剪斷我心中千絲萬縷的離愁。

淡黃柳

客居合肥南城赤闌橋之西①，巷陌淒涼，與江左異；惟柳色夾道，依依可憐。因度此曲，以紓②客懷。

空城曉角，吹入垂揚陌，馬上單衣寒惻惻③。看盡鵝黃嫩綠，都是江南舊相識。正岑寂④，明朝又寒食。強攜酒，小橋宅⑤，怕梨花落盡成秋色。燕燕飛來，問春何在？惟有池塘自碧。

〔注〕①赤闌橋：姜夔於宋光宗紹熙二年（一一九一）寄居合肥。他在《送范仲訥往合肥》詩中寫道我家曾住赤闌橋。②紓（ㄕㄨ）：緩解，緩和。③惻惻：輕寒的樣子。④岑（ㄘㄣˊ）寂：寂靜，寂寞。⑤小橋宅：指戀人的住宅。作者在詞中曾提到他在合肥有相好的姊妹二人。如《解連環》云：「為大喬能撥春風，小喬妙移箏，雁啼秋水。」喬姓，字本作「橋」。這裏的「小橋」，即指「小喬」。

【譯文】

我客居在合肥南城赤闌橋的西側，街巷淒涼，與江左不同。惟有兩旁的柳樹夾道成行，垂柳依依，十分可愛。因此而創作此詞，以排解遊子的愁懷。

天剛拂曉，空落落的城中響起了淒涼的畫角聲，這聲音隨風吹入垂柳依依的街道。我騎著馬踽踽獨行，衣著單薄只覺得陣陣寒氣襲人。看遍垂柳的鵝黃嫩綠色，彷彿都是昔日江南的舊相識。

我正感到淒苦寂寞，偏巧明天又是偕侶踏青的寒食節。我強打起精神帶酒來到小喬的宅院，邀她同遊。我怕這春天也難久長，擔心梨花落盡便是秋天。燕子飛來，問春光在哪裡？惟有池塘還泛著碧色。

暗香

辛亥之冬①，余載雪詣石湖②。止既月③，授簡索句，且征新聲，作此兩曲。石湖把玩不已，使二妓肄習之，音節諧婉，乃名之曰《暗香》、《疏影》。

舊時月色，算幾番照我，梅邊吹笛？喚起玉人，不管清寒與攀摘④。何遜而今漸老⑤，都忘卻春風詞筆。但怪得竹外⑥疏花，香冷入瑤席。　江國，正寂寂，歎寄與路遙⑦，夜雪初積。翠尊易泣，紅萼無言耿相憶。長記曾攜手處，千樹壓，西湖寒碧⑧。又片片，吹盡也，幾時見得？

〔注〕①辛亥：即宋光宗紹熙二年（一一九一）。②石湖：宋代詩人范成大晚年居住在蘇州西南的石湖，號石湖居士。詣：到達。③止既月：住了一個多月。止：停留，住下。既月：過了一個月。④清寒與攀折：冒著清寒一同攀折梅花。與：一同。⑤何遜：南朝梁代詩人，有《詠早梅》詩，很有名，這裏作者以何遜自比。⑥竹外二句：竹林外稀疏的梅花。瑤席：宴席的美稱。⑦歎寄與路遙：這裏暗用南朝宋陸凱寄范曄梅花及詩句的典故。陸詩：「折梅逢驛使，寄與隴頭人。」⑧千樹壓，西湖寒碧：指宋時杭州西湖孤山有千樹梅花林。

【譯文】

辛亥年冬天，我冒雪乘船去拜訪石湖居士，住了一個多月。石湖居士給我紙張索要詩詞，並要我作新調，於是我創作了這二首詞。居士吟賞不已，讓樂工歌女學習演唱，曲調和諧動聽，於是將二首詞命名為《暗香》、《疏影》。

回憶昔日，我曾有多少次在皎潔的月色下，在梅樹邊吹笛。我喚起美人，冒著清寒一同去攀折梅花。如今我已漸漸老了，昔日詠梅的才情和興致也漸漸消失了。只是覺著奇怪，那竹林外幾枝稀疏的梅花，它們的幽香總是飄到我的宴席上，撩起我的情思。　江南水鄉的雪夜，是多麼寂靜。我想折梅花寄給遠方的友人以表相思之情，可歎路途遙遠，何況雪夜茫茫，積雪阻隔。面對翠綠的酒杯，我極易傷感流淚，默默無言的紅梅，伴著我陷入深切的懷念追憶。我永遠記得曾經和她在梅林攜手賞梅時的情景，那千樹萬樹盛開的紅梅，映照著西湖寒冷的碧波。如今眼看梅花又被片片吹落，何時才能再次相見？

疏　影

苔枝綴玉①，有翠禽②小小，枝上同宿。客裏相逢，籬角黃昏，無言自倚修竹③。昭君④不慣胡沙遠，但暗憶，江南江北。想佩環⑤月夜歸來，化作此花幽

獨。　猶記深宮舊事⑥，那人正睡裏，飛近蛾綠⑦。莫似春風，不管盈盈⑧，早與安排金屋⑨。還教一片隨波去，又卻怨玉龍哀曲⑩。等恁時，重覓幽香，已入小窗橫幅⑪。

〔注〕①苔枝綴玉：長滿苔蘚的枝頭上，綴著像玉一樣的梅花。②翠禽：綠羽小鳥。據《龍城錄》載：隋代趙師雄在羅浮松林中遇一女子，同到酒店對飲，有一綠衣童子歌舞助興。趙酒醉臥於林中。次日醒來，見自己在大梅樹下，樹上有翠鳥歡鳴，才醒悟所遇女子是梅花女神，綠衣童子即翠鳥。作者以翠禽點出此典，以「苔枝綴玉」狀寫羅浮女神。③自倚修竹：化用杜甫《佳人》詩句：「絕代有佳人，幽居在空穀……天寒翠袖薄，日暮倚修竹。」④昭君：西漢宮女王嬙，漢元帝時遠嫁匈奴呼韓邪單于。⑤佩環：女子衣上所繫的玉飾，這裏代指王昭君的靈魂。杜甫有「佩環空歸月夜魂」之句。⑥深宮舊時：指南朝宋武帝之女壽陽公主的故事。據《太平御覽》載：一日公主臥於含章殿簷下，有梅花飄落在公主額上，拂之不去，成五出花，宮女競相效之，時稱梅花妝。⑦蛾綠：指女子細長的眼眉。⑧盈盈：本指儀態美好，這裏指梅花。⑨金屋：漢武帝小時，曾對姑母說，若得阿嬌為婦，當用金屋藏之。這裏用此典比喻對梅花要像對美人那樣愛惜。⑩玉龍哀曲：玉龍指玉笛，哀曲指古笛曲《梅花落》。語出唐李白《與史郎中欽聽黃鶴樓上吹笛》詩句：「黃鶴樓中吹玉笛，江城五月落梅花。」⑪橫幅：指掛在牆上的畫幅。

恁時：那時。幽香：指梅花。

【譯文】

長滿苔蘚的枝頭上，綴著玉一般美麗的梅花，羽毛翠綠的小鳥在枝頭上偎著梅花歇宿。客居他鄉的我，又和梅花相遇。黃昏中，梅花在籬笆牆邊依傍著挺拔的竹子，默默無語地佇立著，有如幽居的絕代佳人。又像那遠嫁匈奴的王昭君，不習慣遼遠漠北的風沙，只能暗自思念大江南北風光秀麗的故國。想必是昭君的靈魂在月夜中歸來，化成這幽靜孤獨的梅花。 我還記得壽陽宮中的舊事，那公主正在夢中，一朵梅花輕快地飄落在她的眉宇間。不要像春風那樣無情，不憐惜梅花的嬌美而隨意吹打。應該像愛惜美人那樣愛護梅花，早早爲她準備好金屋。但這也只是白費心思，還是擋不住梅花一片片凋零墜落，隨波飄逝，那時又只得埋怨玉笛吹奏的《梅花落》曲子太哀怨。等到那時再去尋覓梅花，也只能在小窗旁的畫幅裏才能看到梅影了。

翠樓吟

淳熙丙午冬①，武昌安遠樓成②，與劉去非諸友落之，度曲見志。余去武昌十年，故人有泊舟鸚鵡洲者，聞小姬歌此詞，問之，頗能道其事。還吳③，為余言之，與懷昔遊，且傷今之離索也。

月冷龍沙④，塵清虎落⑤，今年漢酺⑥初賜。新翻胡部曲⑦，聽氈幕元戎⑧歌

吹。層樓高峙，看檻曲縈紅，簷牙飛翠。人姝麗，粉香吹下，夜寒風細。此地宜有詞仙，擁素雲黃鶴⑨，與君遊戲。玉梯凝望久，但芳草萋萋千里。天涯情味，仗酒祓⑩清愁，花消英氣。西山外⑪，晚來還卷，一簾秋霽。

〔注〕①淳熙丙午年：即宋孝宗淳熙十三年（一一八六）。②安遠樓：即武昌南樓，在武昌西南黃鶴山上。③還吳：回到吳興。吳：浙江吳興。④龍沙：原指邊塞沙漠之地，這裏泛指邊境。⑤虎落：護城的籬笆。⑥漢酺：漢律，三人以上無故不得聚飲，違者罰金四兩。朝廷有喜慶，特許軍民聚飲，稱賜。漢文帝曾為延壽，犒賞天下百姓聚飲五日。宋孝宗時，為慶祝高宗八十壽誕，亦曾仿漢制，賞賜天下軍民錢一百六十萬緡。⑦胡部曲：唐時西涼少數民族的樂曲。⑧元戎：主將，軍事長官。⑨擁素雲句：化用唐崔顥《黃鶴樓》詩句：「黃鶴一去不復返，白雲千載空悠悠」。⑩祓（ㄈㄨˊ）：古代為除災驅邪而舉行儀式的習俗，這裏指消除。⑪西山外三句：唐王勃《滕王閣序》中有句云：「虹銷雨霽，彩徹雲衢。落霞與孤鶩齊飛，秋水共長天一色。」其詩云：「畫棟朝飛南浦雲，珠簾暮卷西山雨。」這裏化用《滕王閣序》句意及其詩意，流露出冷清索寞之感。

【譯文】

淳熙丙午年冬，武昌安遠樓落成，我與劉去非等諸位友人去參加落成典禮，創作此詞以抒懷明志。我離開武昌十年，有位老友在鸚鵡州泊舟住宿，聽到年輕歌女演唱這首詞。友人問她，還能詳細講述當時情景。回吳興後，友人告訴了我，引起我懷念昔日之遊及同遊諸友之情，且感傷今日的離群索居。

空漠寂寥的邊境月色清冷，護城的竹籬上也沒有戰塵，又逢朝廷有喜慶吉事，剛頒賜允許軍民聚飲。宴席上演奏著新改編的胡部曲，營帳裏傳來官兵的歌樂聲。安遠樓高高聳立，紅色的欄杆曲折回環，翠綠的屋檐似展翅欲飛。樓內佳麗簇擁，歌舞奏樂，冬夜裏細細的寒風吹來脂粉香氣。　這裏是名勝之地，應該有擅長詞章的仙人騎著黃鶴駕著彩雲前來題詞慶賀，與人同樂。我登上玉梯凝神遠眺，只見茂密的芳草綿延千里。流落天涯的愁悶情懷難以排遣，我只好靠著飲酒來解愁除悶，靠賞花來消磨平生志氣。到傍晚時分，高卷起珠簾，看看西山外雨後的秋景。

杏花天

丙午①之冬，發沔口②。丁未③正月二日，道金陵，北望淮楚，風日清淑，小舟挂席，容與④波上。

綠絲低拂鴛鴦浦，想桃葉，當時喚渡⑤，又將愁眼與春風，待去，倚蘭橈⑥更少駐。　金陵路，鶯吟燕舞，算潮水知人最苦。滿汀芳草不成歸⑦，日暮，更移舟向甚處？

【注】①丙午：宋孝宗淳熙十三年（一一八六）。②沔口：漢水入長江處。發：從……出發。③丁未：宋孝宗淳熙十四年（一一八七）。④容與：遲緩不前。⑤桃葉：晉書法家王獻之愛妾名。王獻之曾在秦淮河畔的渡口作歌送別桃葉。這裏用桃葉故事，表達對戀人的情思。喚渡：招呼渡船。⑥蘭橈（ㄋㄠˊ）：船槳之美稱。這裏指船。⑦芳草不成歸：化用《楚辭・招隱士》：「王孫遊兮不歸，芳草生兮萋萋」句意。

【譯文】

丙午年冬，我從沔口出發，丁未年正月初二日，途經金陵，北望淮楚之地，風清日和，天氣爽朗。小船掛上風帆，緩緩而行。

已綻出綠芽的柳枝隨風輕拂著鴛鴦浦，這情景使我想起了戀人當時招呼渡船的情景。如今，我又只得用滿含愁苦的雙眼注視那春光風物。我欲離去，卻又留戀，倚在船旁想再停留一會兒。金陵自古是歌舞繁華之都，到處是秦淮歌女們的輕歌曼舞。然而，算來只有這江中潮水，才知我內心深深的愁苦。整個汀洲已是芳草成茵，而我仍漂流外鄉不能歸去。看天色已晚，我的船又要駛向何處靠岸？

一萼紅

丙午人日①，余客長沙別駕之觀政堂②，堂下曲沼，沼西負古垣，有盧桔幽篁③，一徑深曲。穿徑而南，官梅④數十株，如椒如菽，

或紅破白露，枝影扶疏。著屐⑤蒼苔細石間，野興橫生，亟命駕登定王臺⑥，亂湘流⑦，入麓山：湘雲低昂，湘波容與，興盡悲來，醉吟成調。

古城陰，有官梅幾許，紅萼未宜簪。池面冰膠，牆腰雪老，雲意還又沈沈。翠藤共、閑穿徑竹，漸笑語、驚起臥沙禽。野老林泉，故王臺榭，呼喚登臨。

南去北來何事，蕩湘雲楚水，目極傷心。朱戶粘雞⑧，金盤簇燕⑨，空歎時序侵尋⑩。記曾共、西樓雅集，想垂柳、還嫋萬絲金。待得歸鞍到時，只怕春深⑪。

〔注〕①丙午人日：指宋孝宗淳熙十三年（一一八六）。人日：陰曆正月初七。②長沙別駕：指作者妻子的叔叔蕭德藻，時任長沙通判，通判一稱別駕。③盧桔幽篁：金桔和幽深的小竹林。盧：墨色，因金桔初生時色青黑，故名。④官梅：官府種植的梅。⑤著屐（ㄐㄧ）：穿著鞋。這裏指步行。⑥定王臺：西漢長沙定王所築，在長沙東。亟：急忙。命駕：動身前往。⑦亂湘流句：亂，橫渡。湘流，湘江。麓山，即嶽麓山，在今長沙西南。⑧朱戶粘雞：據《歲時記》載，古時風俗，在人日把剪畫的雞貼到大門上，旁邊插上符篆，可以辟邪。⑨金盤簇燕：金盤即春盤。古人風俗，立春日取生菜、果品、餅、糖等

放置盤中，稱春盤。簇燕，據《武林舊事》載，立春時供春盤，有金雞玉燕，備極精巧。簇：聚集一起。⑩時序侵尋：時光慢慢流逝。時序：時光。侵尋：漸漸逝去。⑪只怕春深：只恐怕春天早已遠去了。

【譯文】

丙午年正月初七日，我客居在長沙別駕的觀政堂。堂下有一個長而彎曲的池塘，池塘西頭背靠古城牆，池邊植有金桔和幽深的竹林，一條曲折的小徑通向幽深之處。穿徑向南，有數十枝官府種的梅花正含苞待放，花蕾小的如花椒，大的如豆子；有的已微露淺紅，有的已略顯微白，枝葉茂盛紛披、疏密有致。我與友人漫步於長滿蒼苔的小石間，野趣盎然，遊興大發。於是，急忙忙動身前往城東的定王臺，又渡過城西的湘江，登上嶽麓山。俯瞰湘雲上下起伏翻騰，湘水緩緩流動。不禁興盡悲來，於是在醉中吟成此詞。

古城牆根，有官梅數十枝，花萼還嫩小，不到摘下插鬢的時候。池塘裏凝冰未化，互相膠連著。牆腰的積雪未融，落滿了灰塵。天上彤雲沈沈，像是又在醞釀新雪，我與友人一起漫步同遊，穿過翠藤、竹林小徑，興致漸高，談笑風生，驚起了正棲臥在沙灘上的水鳥。我們相互呼歡著；遊賞先賢野老遊歷過的林木泉石，登臨古長沙定王所築的臺榭樓閣，一時樂而忘憂。

我放眼天際，看湘雲起伏，湘水粼粼，不禁悲從中來，黯然神傷，想我南去北來，漂泊江湖，究竟爲什麼？又是一年新春，人們在朱門上貼上畫雞，在春盤中供滿了金雞玉燕。而我在客居之中，只能空歎時光流逝。我還記得，曾與戀人在西樓幽會。如今又逢早春，想那窗外萬縷嫩黃的柳絲，仍然在春風中婀婀起舞吧！等到我騎馬歸去時，只恐怕已是春光闌珊了。

霓裳中序第一

丙午歲①，留長沙，登祝融②，因得其祠神之曲，曰《黃帝鹽》、《蘇合香》。又于樂工故書中得商調《霓裳曲》十八闋，皆虛譜無辭。按沈氏《樂律》③，《霓裳》道調，此乃商調。樂天詩云：散序六闋，此特兩闋，未知孰是？然音節嫻雅，不類今曲；余不暇盡作，作《中序》④一闋傳於世。余方羈遊，感此古音，不自知其辭之怨抑也。

亭皋⑤正望極，亂落江蓮歸未得。多病卻無氣力，況紈扇漸疏，羅衣初索⑥。流光過隙，歎杏梁⑦雙燕如客。人何在⑧？一簾淡月，彷彿照顏色。　幽寂，亂蛩吟壁，動庾信清愁似織。沈思年少浪跡，笛裏關山，柳下坊陌。墜紅無信息。漫暗水涓涓溜碧。飄零久，而今何意，醉臥酒壚⑨側。

〔注〕①丙午：宋孝宗淳熙十三年（一一八六）。②祝融：湖南衡山之最高峰名。衡山，古稱五嶽中的南嶽，在今湖南衡山縣西。③沈氏《樂律》：北宋著名學者沈括在他的名作《夢

溪筆談》中有〈論樂集〉一節。④中序：相傳《霓裳羽衣曲》分三段。第一段，散序，六遍；第二段，即中序，遍數不詳；第三段，破，十二遍。⑤臯：水邊高地。⑥索：通疏。⑦杏梁：語出漢司馬相如《長門賦》：「飾文杏以為梁。」⑧人何在三句：化用唐杜甫《夢李白》：「落日滿屋梁，猶疑照顏色」。⑨醉臥酒壚：出自劉義慶《世說新語・任誕》載：「阮公（籍）鄰家婦有美色，當壚沽酒。阮……常從婦飲酒，阮醉，便臥眠其側。夫始殊疑之，伺察，終無他意。」酒壚：置酒甕的土臺。

【譯文】

丙午年，我滯留在長沙。一次我登上祝融峰，因而得到祭祀山神的曲譜，叫《黃帝鹽》、《蘇合香》。又在樂工用的舊曲譜中得到商調《霓裳曲》十八闋，但都只有曲譜而沒有歌詞。據沈括《夢溪筆談・樂律》說，《霓裳》應是道調，而我得到的是商調。白樂天詩云：「散序六闋」，這裏只有兩闋，不知誰說的對？但音律閒雅，不像如今的曲調。我沒有時間全部配上歌詞，只作《中序》傳於後世。我正在漂泊客居於外地，有感於故曲調的悲涼，所作的歌詞在不知不覺中也顯得悲怨。

我站在水邊高地的亭臺上遠望，江中的荷花都已凋零，一片狼藉，而我卻歸家不得。我多愁亦多病，且全身無力，更何況夏去秋來天氣漸冷，紈扇漸漸不用而被擱置，單薄的羅衣也開始被疏遠了。光陰過得飛快，猶如白駒過隙。可歎樑上的那對雙燕，也和我一樣在此客居，又該南飛了，好在牠們成雙成對。而我的戀人又在哪裡呢？素淡的月光射進簾內，朦朧中彷彿照見了她的容顏。　在這幽淒寂寞之中，只聽見蟋蟀在牆根下紛亂地悲鳴，撩起我像庾信那樣繁亂如紛的鄉愁。回想起我年輕時就萍蹤浪跡，常常伴著悲涼的笛聲跋涉關山，在柳絲低垂的坊曲中與她相遇。落花墜地再無音訊，只有那涓涓綠水靜靜地流淌。飄零離散久了，如今已沒有當年那種意緒興致，像那阮籍斜臥在酒壚旁了。

❑章良能

章良能（？—一二一四），字達之，麗水（今屬浙江）人。宋孝宗淳熙五年（一一七八）進士，曾任著作佐郎、樞密院編修、起居舍人、宗正少卿、御史中丞等職，官至參知政事。其《嘉林集》已佚，《全宋詞》僅存這首詞。

小重山

柳暗花明①春事深，小闌紅芍藥、已抽簪②。雨餘風軟碎鳴禽。遲遲日③，猶帶一分陰。　往事莫沈吟，身閑時序好、且登臨。舊遊無處不堪尋，無尋處、惟有少年心。

【注】①柳暗花明：柳蔭濃、花色明的暮春景色。②抽簪：紅芍藥花抽出了尖尖的花苞，狀如髮簪。③遲遲日：春日遲遲，由春入夏，白天越來越長。

【譯文】

正是暮春季節，一場春雨過後，柳蔭濃郁，百花明媚，春意深濃。小花欄裏的紅芍藥已抽出了花苞，好像美人頭上尖尖的髮簪。雨後春風和暢，各種鳥雀歡快啼鳴。春日遲遲，太陽緩慢地移動著，晴空中依然帶著一分陰沈。　以往的事情不要再去思索沈吟了。趁著閒暇無事而又風景優美，暫且登臨遊賞。昔日遊玩過的蹤跡，記憶猶新，處處可尋，無法尋回的，是那少年時代無憂無慮純眞的心。

❑劉過

劉過（一一五四—一二〇六），字改之，號龍洲道人，吉州太和（今江西泰和）人。一生屢試不第。政治上力主抗金，恢復中原。曾數次上書，陳述政見而不被採用。流落江湖間，與陸游、辛棄疾等有交往。其詞風格豪放，一生懷才不遇。有《龍洲詞》。

唐多令

安遠樓①小集，侑觴②歌板之姬黃其姓者，乞詞於龍洲道人③，為賦此。同柳阜之、劉去非、石民瞻、周嘉仲、陳孟參、孟容，時八月五日也。

蘆葉滿汀洲，寒沙帶淺流。二十年重過南樓。柳下繫船猶未穩，能幾日，又中秋。　黃鶴斷磯頭④，故人曾到否？舊江山渾是新愁。欲買桂花同載酒，終不似，少年遊。

〔注〕①安遠樓：即武昌南樓。在黃鶴山頂，亦為登臨遊覽之勝地。參見姜夔《翠樓吟》。②侑觴（ㄕㄤ）：勸人飲酒。③龍洲道人：即作者本人。④黃鶴斷磯頭：即黃鶴磯，位於黃鶴山西北，面臨長江，上建黃鶴樓。斷磯：險峻的臨江峭壁。

【譯文】

我同柳阜之、劉去非、石民瞻、周嘉仲、陳孟參、孟容等人在安遠樓小聚，席上一位姓黃的勸酒歌女請我賦詞，我便寫了這首詞。時爲八月五日。

登上安遠樓，舉目所見，枯黃的蘆葦葉子已落滿了沙洲，淒冷的沙地上，一條淺溪流過。二十年時光轉瞬即逝，如今我重經此樓。柳樹下小船尚未繫穩，我便匆匆登樓，不消幾天，中秋節便又要到了。　破殘的黃鶴磯頭，我的故人曾經到過嗎？江山破舊，滿目盡是舊恨新愁。本想買上桂花、載上美酒去泛舟遊樂，以消愁緒，然而，終究不似少年時代，已沒有那樣的遊興。

□嚴　仁

嚴仁，字次山，號樵溪，今福建邵武人。與嚴羽、嚴參並稱邵武三嚴。詞多豔情之作，《全宋詞》錄其詞三〇首。有《清江欸乃集》，今不傳。

木蘭花

春風只在園西畔，薺菜花繁蝴蝶亂。冰池晴綠照還空①，香徑落紅吹已斷。意長翻②恨游絲短，盡日相思羅帶緩③。寶奩如月不欺人④，明日歸來君試看。

〔注〕①冰池晴綠：形容池水光潔，瑩澈如冰。池水在晴日映照下泛出了新綠。照還空：化用李白詩《望廬山瀑布》：「江月照還空」句意。②翻：反而，反倒。③羅帶緩：人消瘦而覺衣帶寬。④寶奩（ㄌㄧㄢˊ）：婦女裝銅鏡用的鏡匣。此二句化用李白《長相思》二首之一：「不信妾腸斷，歸來看取明鏡前」句意。

【譯文】

和煦的春風似乎只吹到了庭園的西畔，吹起這裏一片生機，遍地的薺菜開出繁密的小白花，引來無數蝴蝶上下紛飛。池塘裏的水光瀲如冰，在陽光映照下瑩澈清碧、透明無比。枝頭的花瓣都被吹落，小路上堆滿了落花，傳來陣陣芳香。我相思的情意悠悠綿長，反倒怨怪那游絲太短。日夜相思而日見消瘦，顯得羅帶漸漸鬆寬。我今天對鏡自照，梳妝匣裏皎如明月的圓鏡是不會欺人的。待到來日夫君歸來，再讓他看看我這爲他憔悴的面容。

❑俞國寶

俞國寶，生平事跡不詳，臨川（今江西撫州）人，淳熙太學生。《全宋詞》收其詞五首。

風入松

一春長費買花錢，日日醉湖邊。玉驄①慣識西湖路，驕嘶過、沽酒樓前。紅杏香中簫鼓，綠楊影裏鞦韆。　暖風十里麗人天②。花壓鬢雲偏③，畫船載取春歸去，餘情付、湖水湖煙。明日重扶殘醉，來尋陌上花鈿④。

〔注〕①玉驄：青白色相雜的駿馬。②麗人天：指麗人踏青遊春的季節，源自唐杜甫《麗人行》：「三月三日天氣新，長安水邊多麗人。」③花壓鬢雲偏：滿頭插花把頭髮都壓扁了。杭州三月三日有男女皆戴薺花的風俗，民諺曰：「三春戴薺花，桃李羞繁華。」

④花鈿：婦女戴的髮飾。

【譯文】

整個春天裏我常常爲買花而破費，我天天陶醉在西湖邊。我的玉驄馬也熟識了遊覽西湖的路徑；每到走過沽酒樓前都要嘶鳴幾聲。紅杏飄散著幽淡的芳香，送來優雅的簫鼓歡歌聲。綠楊濃密的蔭影裏，悠盪著輕盈的鞦韆。

正是麗人踏青春遊的豔陽天，十里長堤上和風送暖，麗人如雲。她們插著五彩繽紛的花朵，壓扁了高束的髮髻。暮色中畫船載著春光歸去，遊冶未盡的情趣都留給了湖面上暮靄嵐煙。明天我將帶著殘存的醉意，到湖堤上來尋找遺落的花鈿。

□張　鎡

張鎡（ㄗ）（一一五三—？），字功甫，亦作功父，又字時可，號約齋，西秦（今屬陝西）人。南宋名將張俊之孫。曾官大理司直、司農少卿等職，後被流放，死於象州。他工書畫，善詩詞，風格清婉工麗。有《玉照堂詞》（又名《南湖詩餘》）。

滿庭芳　促織兒①

月洗高梧②，露溥③幽草，寶釵樓④外秋深。土花⑤沿翠，螢火墜牆陰。靜聽寒聲斷續，微韻轉，淒咽悲沈。爭求侶、殷勤勸織，促破曉機心。　兒時曾記得，呼燈灌穴，斂步隨音，任滿身花影，獨自追尋。攜向華堂戲鬥，亭台小，籠巧妝金⑥。今休說，從渠床下⑦，涼夜伴孤吟。

【注】①促織兒：即促織，蟋蟀的別名，以其叫聲如催促織布得名。姜夔《齊天樂》詞序云：「丙辰歲（慶元二年，一一九六）與張功甫會飲張達可之堂，聞屋壁間蟋蟀有聲，功甫約余同賦，以授歌者。功甫先成，詞甚美。」就是這首詞。②月洗高梧：月光如水，洗浴著高大的梧桐。③露溥（ㄆㄨˇ）：露水遍地。溥：廣大，多。④寶釵樓：借指張達可家的樓臺。⑤土花：苔鮮。⑥籠巧妝金：相傳唐時宮中嬪妃用小金籠裝蟋蟀，放在枕邊，聽其吟唱。⑦從渠床下：源於《詩經・七月》：「十月，蟋蟀入我床下。」從：任憑。渠：他，這裏指蟋蟀。

【譯文】

月光如水，沐浴著挺拔高大的梧桐樹；夜露遍地，滋潤著偏僻處的秋草，寶釵樓外秋色濃郁夜晚。苔蘚沿著牆根延伸，鋪出一片翠綠，一隻螢火蟲飛墜在牆腳。那裏傳出蟋蟀的鳴叫聲，我側耳靜聽那時斷時續的苦寒之聲，時而低沈微吟又轉向淒咽悲沈。牠們似乎在爭求伴侶，也似乎是在殷勤地催促織婦、盡心盡力地催促織婦們紡織到曉。

我還記得兒時捕捉蟋蟀的情景，我與小夥伴們招呼著、提著燈籠四下找尋，用水灌進蟋蟀躲藏的洞穴，又輕斂腳步仔細辨

聽，躡手躡腳地追尋蟋蟀跳跑的蹤影。任憑月光花影飾滿全身，只剩下我獨自一人也會忘情地追尋。我帶著蟋蟀興致勃勃地來到華堂，與他們鬥蟋蟀，我裝蟋蟀的亭臺式金籠十分小巧玲瓏。如今不必再提過去的事情了，蟋蟀就在我床下哀鳴，在這清涼孤寂的秋夜裏伴著我低吟，但我已失去了兒時的那份歡樂童趣。

宴山亭

幽夢初回，重陰未開，曉色催成疏雨。竹檻氣寒，蕙畹聲搖①，新綠暗通南浦。未有人行，才半啟回廊朱戶。無緒，空望極霓旌②，錦書難據。　苔徑追憶曾遊，念誰伴鞦韆，彩繩芳柱。犀簾黛卷③，鳳枕雲孤，應也幾番凝佇。怎得④伊來，花霧繞，小堂深處。留住，直到老不教歸去。

〔注〕①蕙畹（ㄨㄢˇ）：屈原《離騷》中有「余既滋蘭之九畹兮，又樹蕙之百畝」。蕙：即香草。畹：面積單位，十二畝為一畹，或說三十畝為一畹。②霓旌：原指皇帝出行時的儀仗。這裏借指雲霓。③犀簾黛卷：以犀角為飾物的黛色簾子。④怎得：怎樣才能。

【譯文】

我剛剛從幽幻迷離的睡夢中醒來，只見烏雲密布天色未開，拂曉時陰暗的天空下起了淅淅瀝瀝的小雨。竹欄檻內透出寒氣，蘭花香草在風雨中搖顫，池子裏新漲起的綠水暗暗通向南邊的河道。院內還沒有人行走，迴廊盡頭的朱紅角門才開半邊，我心煩意亂，徒自遠望天邊的雲霓，只歎寫好的錦書無法傳遞。

我在長滿苔蘚的小徑上徘徊，追憶著昔日曾與戀人同遊的情景，思忖如今有誰陪伴她在彩繩芳杜的鞦韆架上輕盈地飛蕩。那鑲嵌著犀角的黛色珠簾高高捲起，鳳雲枕孤零零地留在床上，想必她也是多次倚窗佇立，凝視著遠方把我思念。怎樣才能讓她來到我的身邊，讓她那氤氳的氣息，如花似霧般充滿這小屋深處。我將留她在身邊，直到遲暮年老也不讓她離去。

□史達祖

史達祖，字邦卿，號梅溪，汴（今河南開封）人。一生屢試不第，後爲權相韓侂胄門下堂吏，負責文書工作。韓侂胄垮臺，他被處黥刑，死於窮困。其詞以詠物見長，清新可讀，亦有感慨國事之作。有《梅溪詞》。

綺羅香　詠春雨

做冷欺花①，將煙困柳，千里偷催春暮。盡日冥迷②，愁裏欲飛還住。驚粉重③、蝶宿西園，喜泥潤、燕歸南浦。最妨他佳約風流，鈿車不到杜陵路④。

沈沈⑤江上望極，還被春潮晚急，難尋官渡。隱約遙峰，和淚謝娘⑥眉嫵。臨斷岸、新綠生時，是落紅、帶愁流處。記當日門掩梨花⑦，剪燈深夜語⑧。

【注】①做冷欺花：春雨添寒意，猶如欺侮春花。做：製造，醞釀。欺花：不讓花開。②冥迷：模糊，形容下雨的樣子。③粉重：蝴蝶翅膀上有粉，淋雨便變沈重。這裏以粉代指翅膀。④鈿車：華麗的車子。杜陵：本漢宣帝陵園，在長安南，唐時為登臨勝地，這裏泛指風景勝地。⑤沈沈：無邊無際的樣子。春潮晚急：唐韋應物《滁州西澗》：「春潮帶雨晚來急，野渡無人舟自橫。」官渡：公用的渡船。⑥謝娘：唐宋詩詞家常用語，泛指婦女。⑦門掩梨花：化用李重元《憶王孫》詩中「雨打梨花深閉門」。⑧剪燈深夜語：化用唐李商隱詩：「何當共剪西窗燭，卻話巴山夜雨時。」

【譯文】

細細的春雨帶來微微的清冷，似乎在欺負剛剛盛開的鮮花。那如煙似霧般的水氣，籠罩得鬱鬱蔥蔥的柳枝難以搖曳。瀰漫千里的絲絲春雨，悄悄催送著春光，匆匆轉向暮春。連綿春雨時下時停，整日天地昏暗，惹人春愁重重。那淋了雨水的蝴蝶驚歎自己的翅膀太重，棲宿在西園不敢再輕飛。那春燕卻欣喜雨水濕潤了泥土，不斷飛向水邊銜來春泥築新巢。然而春雨最妨礙與佳人的風流約會，道路泥濘，那裝飾華麗的馬車無法到風景勝地赴約。　極目遠望，江水浩淼，春雨無邊無際，加上春潮晚來迅急，難以尋到渡船。雨露中隱隱約約的遠山，宛如含淚的美女那秀美好看的眉峰。來到高聳陡峭的岸邊，只見綠波高漲，無數飄落的紅花帶著怨愁漂流而去。我還記得當初也是一個下雨天，我們關門閉戶，夜半剪燈，有說不盡的深情私語。

雙雙燕

詠　燕

過春社了①，度簾幕中間，去年塵冷②。差池欲住③，試入舊巢相並。還相雕梁藻井④，又軟語商量不定，飄然快拂花梢，翠尾分開紅影⑤。　芳徑，芹泥雨潤，愛貼地爭飛，競誇輕俊。紅樓歸晚，看足柳昏花暝。應自棲香正穩，便忘了天涯芳信⑥。愁損⑦翠黛雙蛾，日日畫闌獨憑。

〔注〕①春社：農村祭祀社神的節日，春、秋各一次，在立春後清明前為春社。相傳燕子這時從南方飛回北方。②去年塵冷：去年舊巢冷冷清清，佈滿灰塵。③差（ㄘ）池：參差不齊。《詩經・燕燕》：「燕燕於飛，差池其羽。」④還相雕梁藻井：又仔細相看雕花的屋樑和繪有水草紋的天花板，相：仔細看。藻井：即天花板，用方木架成井字形，上面繪有花草紋。⑤紅影：花影。⑥芳信：情書。⑦愁損：愁懷，愁煞。

【譯文】

春社過後，一雙燕子從南方飛回。牠們在重重的簾幕中間穿來飛去，看到去年在此築巢的紅樓落滿了灰塵、冷冷清清，想收住參差不齊的羽翼，試著飛入舊巢並肩共棲，又仔細地看看屋樑和天花板，又親密地軟語呢喃，像有什麼事商量不定。牠們飄然輕快地飛掠花梢，漂亮的燕尾撥開了花影。　花間小徑瀰漫著芳香，芹草下的泥土被春雨滋潤得細膩柔軟。牠們喜歡在這裏貼著地面低飛，競相誇耀自己飛得輕捷、俊俏。等雙燕飛回紅樓已經很晚，牠們飽覽了暮色昏暗中花柳朦朧的姿影。牠們定是自顧相依相偎，睡得安穩香甜，卻忘了從遠方帶來的給思婦的情書。愁煞了那閨中思婦，天天獨倚畫欄遙望，愁眉不展。

東風第一枝

春雨

巧沁蘭心①，偷黏草甲②，東風欲障新暖。漫凝碧瓦難留，信知暮寒猶淺。行天入境③，做弄出④，輕鬆纖軟。料故園，不卷重簾，誤了乍來雙燕。　青未了，柳回白眼⑤，紅欲斷，杏開素面。舊遊憶著山陰⑥，後盟⑦遂妨上苑。熏爐重熨，便放慢春衫針線。怕鳳靴挑菜⑧歸來，萬一灞橋⑨相見。

【注】①蘭心：蘭花心。②草甲：草的外皮。③行天入鏡：唐韓愈《春雪》：「入鏡鸞窺沼，

行天馬度橋。」以鏡和天來喻池面、橋面積雪的明淨。這裏化用其意，寫雪之潔白鬆軟。④做弄出：使成為，使變成。做：使。⑤柳回白眼：柳葉初生時如人眼睡眠初醒，雪落在其上，成白眼。⑥舊遊句：《世說新語．任誕》載，晉王徽之居住在山陰，深夜大雪中想起戴逵，便冒雪乘船訪戴逵，走至其門，未入即返。人們問他什麼原因，他說：「乘興而來，興盡而去，何必見？」⑦後盟句：謝惠連《雪賦》載司馬相如參加梁王兔園之宴，因下雪而遲到。妨：阻礙。上苑：即兔園。⑧鳳靴挑菜：宋沿唐習，每年陰曆二月二為挑菜節，宮中舉辦挑菜宴，藉以遊樂。鳳靴：女子穿的帶鳳紋的鞋，這裏借指挑菜的宮女。⑨灞橋：隱指灞橋風雪。孫光憲《北夢瑣言》卷七載，有人問相國鄭綮最近是否有新詩。鄭答：「詩思在灞橋風雪中驢背上，此處何以得之？」

【譯文】

春雪巧妙地滲入蘭花心，暗暗地粘在草芽上，一場春雪帶來春寒，彷彿要擋住東風送暖。那春雪在青瓦上凝結，料想夜來寒意尚淺，屋瓦難以留住薄薄的一層春雪。春雪把大地裝點得一片潔白、輕柔細軟，地上如浮白雲，水面澄如鏡面。料想故園家鄉也因春雪微寒而簾幕重垂不捲，耽誤了剛剛飛來的春燕未及傳來鄉音。

柳枝尚未綠遍，剛抽出的柳芽因落上了春雪，猶如白眼一般；初開放的杏花正想紅遍枝頭，也因蒙上春雪而變成素白容顏。面對一派雪景，不由得想起古時文人雅士踏雪出遊的故事。那王徽之雪夜訪友，造門不入而返，意在盡興；而

司馬相如卻因雪而誤了梁王的兔園宴，遵梁王命而賦雪。這些想起來令人心馳神往。春雪帶來春寒，閨中又生起熏爐，做春衫的針線活也可放慢了。恐怕到了挑菜節，那穿著鳳鞋的挑菜女歸來時，還會遇上灞橋風雪。

喜遷鶯

月波疑滴，望玉壺①天近，了無塵隔。翠眼圈花②，冰絲織練，黃道寶光相直③。自憐詩酒瘦，難應接許多春色。最無賴，是隨香趁燭，曾伴狂客。蹤跡，漫記憶，老了杜郎④，忍聽東風笛。柳院燈疏，梅廳雪在，誰與細傾春碧⑤？舊情拘未定，猶自學當年遊歷。怕萬一，誤玉人夜寒簾隙⑥。

〔注〕①玉壺：喻指明亮的月亮。②翠眼圈花：指各式花燈。③黃道：《漢書·天文志》載「日有中道，月有九行。中道者，黃道，一曰光道。」這裏借指月光。相直，碰在一起，互相輝映。④杜郎：指唐代詩人杜牧，這裏作者藉以自比。⑤春碧：春日新酒。新酒呈綠色。⑥玉人：意中人。

【譯文】

月光如水，好像流波滴入人間，天空了無纖塵，明月似乎近在眼前。各種彩燈五光十色，

有的彩燈用透明的絲羅製成，光柱如絲，月光與燈光交相輝映，令人眼花目眩。可憐我因沈湎於作詩飲酒而日漸消瘦，難以承受這麼多美好的春色。最無可奈何的是伴隨幾個狂傲的朋友到處去觀賞香燭彩燈。　依稀還能記起當年的情景，如今我已老矣，怎能再忍心聽得東風裏傳來嗚咽的笛聲。楊柳院落裏燈火已稀疏，廳堂裏如雪的梅花猶在，可是有誰能與我一同把春酒而話舊，品味人生？我雖有意拘束舊日風情卻未能克制住，仍舊去學少年遊興。怕的是耽誤了那在寒夜中仍然斜倚簾櫳、等待著我的佳人。

三姝媚

煙光搖縹瓦①，望晴簷多風，柳花如灑。錦瑟橫床，想淚痕塵影，鳳絃常下②。倦出犀帷③，頻夢見、王孫④驕馬。諱道相思，偷理綃裙，自驚腰衩⑤。

惆悵南樓遙夜，記翠箔張燈，枕肩歌罷。又入銅駝⑥，遍舊家門巷，首詢聲價⑦。可惜東風，將恨與閑花俱謝。記取崔徽模樣⑧。歸來暗寫。

【注】①縹（ㄆㄧㄠˇ）瓦：即琉璃瓦。縹：青白色。②鳳絃常下：琴絃常常旋鬆。③犀帷：指帷帳，這裏代指閨門。④王孫：指作者自己。⑤自驚腰衩：穿上舊裙時，驚奇地發現，裙腰太寬，顯然是消瘦了許多。綃（ㄒㄧㄠ）：絲綢。腰衩（ㄔㄚˋ）：腰身下開口處。⑥銅駝：本為洛

陽街道名，這裏借指臨安。⑦聲價：名氣，名聲。暗指其人消息。周邦彥《瑞龍吟》：「前度劉郎重到，訪鄰尋里，同時歌舞，惟有舊家秋娘，聲價如故。」⑧崔徽：唐代的歌妓。元稹《崔徽歌並序》載，崔徽與裴敬中相戀。裴敬中走後，崔徽請畫家丘夏畫自己的肖像寄給裴，不久即相思抱恨而亡。

【譯文】

一眼望去，青白色的琉璃瓦閃爍著煙光；晴日多風，房檐下柳絮飄灑。我急匆匆來到她的閨房，卻是人去樓空，只見錦瑟橫放在琴床，想她在我走後，必定是常常傷心流淚而無心操琴，琴絃鬆弛，琴瑟上只有淚痕和灰塵。想她懶於走出閨門，常常在夢中見到我的模樣。卻又不願在人前說出自己的相思情深。當她暗中整理舊羅裙時，才突然發現自己腰圍瘦損。我好不惆悵，想起初次在南樓相見已是很久的事了。記得那天晚上，在翠綠的碧紗燈下，她親昵地靠在我的肩頭，滿含深情地吟唱著情歌。我又來到臨安，遍訪舊日街巷，到處打聽她的消息，可惜無情的東風，摧殘了無依無靠的鮮花，吹走了遺恨，吹走了芳香。我還記著她的容貌，回來後暗暗描繪那深情的模樣。

秋霽

江水蒼蒼，望倦柳愁荷，共感秋色。廢閣先涼，古簾空暮，雁程最嫌風力①。

故園信息，愛渠入眼南山碧②。念上國，誰是、膾鱸江漢未歸客③。還又歲晚、瘦骨臨風，夜聞秋聲，吹動岑寂。露蛩悲、青燈冷屋，翻書愁上鬢毛白。年少俊遊渾斷得④，但可憐處，無奈苒苒魂驚，采香南浦⑤，剪梅煙驛⑥。

〔注〕①雁程：雁飛的行程。嫌：怕。②渠：指故園。③膾鱸：晉人張翰在洛陽為官，見秋風起而思念家鄉吳中的鱸魚膾等美味，遂辭官歸鄉，以後便以膾鱸作為思鄉的典故。江漢未歸客又指作者自己。④年少俊遊：少年時暢快地漫遊。⑤南浦：源自屈原《九歌・河伯》：「與子交手兮東行，送美人兮南浦」，後以南浦代指送別之地。⑥剪梅煙驛：這裏化用陸凱寄贈一枝梅花給在長安的好友范曄的典故。煙驛：水邊驛站，與上文「廢閣」、「冷屋」同指作者住處。

【譯文】

江水浩渺一片蒼茫，看那衰疲的弱柳和含愁的殘荷，彷彿也同我一樣，都感受到了秋天的枯黃與淒涼。廢舊的古閣，早已透進陣陣秋涼，破舊的簾幕，在暮色中更顯得空蕩淒涼。大雁在行程中最怕大風，秋風勁吹，自然難以帶給我家鄉的消息。我印象裏的家鄉，我最喜愛的是收入眼底的南山，是那樣鬱鬱蒼蒼、青翠欲滴。想那繁華的京師之中，有誰像我這樣遠謫江漢、思念家鄉卻不能歸？　眼看又到歲末，我瘦骨嶙峋、憔悴困頓，面臨秋風蕭颯，何其淒涼。

夜裏又聽得一片草木凋零肅殺之聲，更牽動我寂寥之情、滿腹愁腸。蟋蟀在屋外寒露中悲鳴，清冷的破屋裏只有孤燈閃動著青光，只能翻撿舊籍以打發漫長時光，憂愁已使我兩鬢染霜。少年時也曾與好友相約在這江淮一帶暢快漫遊，那情景至今未忘。可憐如今被貶謫在這裏，處於萬般無奈，驚魂不定惶惶不安之時，只好在南浦摘香花相送，待以後在煙水迷茫的驛站剪下一枝梅花，再寄贈給你。

夜合花

柳鎖鶯魂，花翻蝶夢①，自知愁染潘郎②。輕衫未攬，猶將淚點偷藏。念前事，怯流光，早春窺，酥雨池塘③。向消凝裏，梅開半面，情滿徐妝④。風絲一寸柔腸，曾在歌邊惹恨，燭底縈香。芳機瑞錦，如何未識鴛鴦。人扶醉，月依牆，是當初，誰敢疏狂！把閑言語，花房夜久，各自思量。

〔注〕①蝶夢：典出《莊子・齊物論》：「昔者莊周夢蝴蝶，栩栩然蝴蝶也。」以後便稱夢為蝶夢。翻：打亂。②潘郎：指西晉詩人潘岳，他曾作《秋興賦》，賦中有愁得鬢髮斑白之句。這裏為作者自指。③酥雨：指小雨，細雨。語出唐韓愈《早春》詩：「天街小雨潤如酥」。④徐妝：《南史・梁元帝徐妃傳》載元帝瞎一目，徐妃（徐昭佩）每次知道

元帝將來時，都只化妝半邊臉等待元帝到來。元帝見則大怒而去。

【譯文】

濃密的柳枝遮住了黃鶯的影子，也聽不見牠在歌唱，百花攪亂了我的春夢，我知道自己滿腹愁腸，已像潘郎一樣愁白了鬢髮。我雖然沒有攬起輕軟的羅衫遮掩臉面，還是將傷心的淚痕偷偷掩藏。早春已悄然降臨到細雨霏霏的池塘，回憶起昔日往事，我眞害怕這飛逝的時光。我正沈浸在感傷之中，又看見梅花欲開而又未全開，好像那徐妃的半面妝。　柳絲在微風中輕飛，猶如你那寸寸柔腸。你曾爲我深情歌唱，牽扯出多少離別惆悵。我們曾在燈燭下輕輕絮語，縈繞著軟玉溫香。既然有精緻的織機和美麗的錦絲，卻又爲何沒有織成鴛鴦成對成雙。我醉意朦朧，月光已爬上高牆。想當初，你若全無情意，誰又敢如此輕狂，大膽表露衷腸！如今在漫漫長夜，獨臥花房時，把當時互相傾訴的甜言蜜語、海盟山誓，各自細細思量。

玉蝴蝶

晚雨未摧宮①樹，可憐②閑葉，猶抱涼蟬。短景③歸秋，吟思又接愁邊。漏初長、夢魂難禁，人漸老、風月俱寒。想幽歡土花庭甃④，蟲網闌干。　無端啼蛄⑤攪夜，恨隨團扇⑥，苦近秋蓮⑦。一笛當樓⑧，謝娘懸淚立風前。故園晚、強留詩酒，新雁遠、不致寒暄。隔蒼煙、楚香羅袖，誰伴嬋娟？

〔注〕①宮樹：宮中大樹。此處泛指一般大樹。②「可憐」二句：化用王安石《題葛溪驛》：「鳴蟬更亂行人耳，猶抱疏桐葉半黃。」③短景：景指日光，秋日漸短，故云短景。④庭甃：庭院中磚砌的井垣。⑤啼蛄：即螻蛄，蟲名，穴居土中而鳴。古詩云：「螻蛄夕鳴悲。」⑥團扇：漢成帝時班婕妤失寵，作《團扇歌》自傷。詩中以團扇自喻，表達了秋天來到，團扇被捐棄、疏遠的怨恨。⑦苦近秋蓮：蓮心味苦，喻女子內心的淒苦。⑧一笛當樓：化用唐代詩人趙嘏《長安秋望》詩：「長笛一聲人倚樓」。

【譯文】

晚來一場風雨並未摧折大樹，可憐那未落的枯葉上，仍然蜷縮著寒蟬。入秋後，白天漸漸縮短，我的情思又含著無限的愁思。夜晚越來越長，我整夜夢魂繚繞而難以排遣。人逐漸衰老了，對於風月情事已心灰意冷。想那昔日幽會歡娛之處，如今庭院裏的井壁上已爬滿了青苔，欄杆上佈滿了蛛網塵埃。　螻蛄無緣無故地悲鳴，攪得她徹夜未寐，可恨自己竟像團扇一樣被疏遠，內心的苦楚如同那苦澀的蓮心。她獨倚高樓，迎風佇立，聽得笛聲嗚咽，便清淚漣漣。故園天色已晚，我強打起精神在飲酒賦詩中流連，過路的大雁已經飛遠，無法捎書帶去我的問候。她羅袖輕拂，飄出楚香陣陣，卻與我隔著茫茫蒼煙，有誰來陪伴她，安慰她的寂寞孤單？

八歸

秋江帶雨，寒沙縈水①，人瞰畫閣愁獨。煙蓑②散響驚詩思，還被亂鷗飛去，秀句難續。冷眼盡歸圖畫上，認隔岸，微茫雲屋。想半屬、漁市樵村，欲暮競然竹③。　須信風流未老，憑持尊酒，慰此淒涼心目。一鞭南陌，幾篙官渡，賴有歌眉舒綠④。只匆匆殘照，早覺閑愁挂喬木。應難奈故人天際，望徹淮山，相思無雁足⑤。

【注】①寒沙縈水：秋水在寒沙上迴旋。②蓑：漁人穿的蓑衣，這裏代指漁人。散響：指漁歌飛散。③然竹：然，同「燃」。柳宗元《漁翁》詩：「漁翁夜傍西岩宿，曉汲清湘然楚竹。」④歌眉舒綠：歌眉，歌女之眉，代指歌女。舒綠，眉目舒展。古代女子以黛綠畫眉，故云舒綠。⑤雁足：大雁傳書，因書繫於雁足，後以雁足代指信使。

【譯文】

一江秋水夾帶著綿綿秋雨，茫然無際，荒涼寒冷的沙灘曲折縈繞在江水邊。我獨坐在畫樓上，俯看這荒涼的秋景不禁愁緒滿懷。煙雨中漁人悠長飛揚的漁歌驚擾了我的詩思，又被紛紛

亂飛的鷗鳥攪亂了思緒，吟成的秀麗詩句難以接續。我冷眼環顧，眼前這秋江秋景好像全在圖畫中。隔岸相望，對岸那房屋籠罩在雲霧繚繞裏，隱約可辨。想來那多半是樵村漁市，暮色降臨，家家燃起竹柴，升起嫋嫋炊煙。　要知道我還不老，風情尚在，憑藉杯酒，來慰藉我這顆淒涼的心。我在大道上揚鞭策馬，在渡口點篙撐舟，全賴歌女舒展黛眉爲我消愁。只可惜夕陽殘照匆匆欲沒，我的一懷愁緒早已隨著夕陽掛上喬木。我實在難以忍受故人遠在天際的事實，望斷江淮的群山，不僅看不見她，連可爲我傳遞相思之情的大雁也沒有。

❑劉克莊

劉克莊（一一八七—一二六九），字潛夫，號後村，莆田（今福建莆田）人。他是權貴之後，以世家入官場，因作《落梅》詩，被免官。至淳六年（一二四六），宋理宗賜他同進士出身，官至龍圖閣學士。他關懷國家命運，其詞繼承了辛棄疾的愛國主義傳統和豪放風格，被稱爲「辛派詞人」。有《後村長短句》。

生查子　元夕戲陳敬叟①

繁燈奪霽華②，戲鼓侵明發③。物色舊時同，情味中年別。　淺畫④鏡中眉，深拜樓中月。人散市聲⑤收，漸入愁時節。

〔注〕

①陳敬叟：名以莊，字敬叟，號月溪，建安人，作者友人。戲：逗趣。②霽華：指月光。③侵明發：一直到拂曉。侵：一直。明發：天發明，拂曉。④「淺畫」句：用張敞畫眉之典，表現夫妻恩愛。《漢書・張敞傳》：「又為婦畫眉，長安中傳張京兆眉憮。」⑤市聲：都市各種喧鬧的聲音。

【譯文】

繁華璀璨的燈光奪走了晴朗的月光，嬉戲的鼓樂聲徹夜鳴響，直到黎明。節日的景物風情與過去一樣，只是人到中年，情趣畢竟與往昔有別。　友人像漢朝的張敞那樣，對著明鏡為佳人畫上淡淡的雙眉，共同在樓中深深地叩拜明月。待到遊樂的人們漸漸散去，街市上喧鬧的聲音漸漸安靜，此時此刻，憂愁卻漸入我的心頭。

賀新郎　端午

深院榴花吐，畫簾開、練衣①紈扇，午風清暑。兒女紛紛誇結束，新樣釵符艾虎②。早已有遊人觀渡③。老大逢場慵作戲④。任陌頭，年少爭旗鼓，溪雨急，浪花舞。　靈均⑤標致高如許，憶生平既紉蘭佩⑥，更懷椒醑⑦。誰信騷魂⑧千載後，波底垂涎角黍⑨。又說是蛟饞龍怒。把似⑩而今醒到了，料當

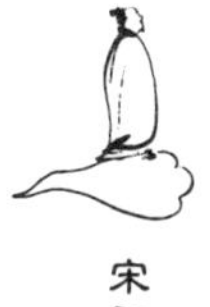

年，醉死差無苦⑪、聊一笑，弔千古。

〔注〕①練衣：粗布做的衣服。練：粗絲織成的布。②釵符艾虎：釵符即釵頭符，用彩布剪成，綴在髻鬟上。艾虎，用艾草紮成虎形，或剪綵為虎、粘上艾葉。釵符艾虎即是端午節避邪之物。③觀渡：指端午節觀看龍舟競渡。④逢場慵作戲：歲數大了，已經懶得逢場作戲。慵：懶。⑤靈均：指戰國楚詩人屈原，屈原字靈均。⑥紉蘭佩：語出屈原《離騷》：「紉秋蘭以為佩」。紉：聯綴成串。蘭：香草。佩：佩戴。⑦椒醑：用花椒浸漬的酒，祭神用。醑（ㄒㄩˇ）：美酒。⑧騷魂：即屈原的魂魄。因其代表作名《離騷》，故稱。⑨角黍：即今之粽子。屈原投江後，百姓向江裏投粽子，以報屈原之魂。或說為了不讓蛟龍去傷害他，便紛紛向江中拋投粽子。後相沿成習。⑩把似：假如。⑪差無苦：沒什麼差別。差：差別。苦：特別的意思。

【譯文】

幽深的庭院裏石榴花兒正鮮紅吐蕊，我拉開畫簾，穿著粗布衣、搖著細絹扇走出庭院，清風撲面驅走了正午的暑熱。青年男女們紛紛誇耀自己的裝束打扮，頭上插著新式的釵符艾虎。岸邊早已擠滿了遊人，前來觀看龍舟比賽。我已年老，懶得去湊熱鬧，任憑岸頭上年輕人手搖彩旗，擊鼓吶喊；任憑江面上浪花飛舞，濺起水滴如急雨一般。

那屈原的風度韻致是如此

高標，回想他的一生，芳香的秋蘭佩帶於身，又懷揣清醇的美酒，誰能相信在千載之後，他的靈魂會在波底垂涎粽子。又說什麼怕蛟龍嘴饞，於是拋下粽子給蛟龍解饞。假如他獨自清醒地活到今天，到不如死在當年，反而免去許多煩惱。想到此，權且以此笑談，把千古冤魂憑弔。

賀新郎　九日①

湛湛長空黑，更那堪、斜風細雨，亂愁如織。老眼平生空四海②，賴有高樓百尺。看浩蕩、千崖秋色。白髮書生③神州淚，盡淒涼不向牛山④滴。追往事，去無迹。　少年自負凌雲筆⑤，到而今春華落盡，滿懷蕭瑟⑥。常恨世人新意少，愛說南朝狂客⑦，把破帽年年拈出。若對黃花孤負⑧酒，怕黃花也笑人岑寂。鴻去北，日西匿。

〔注〕①九日：指農曆九月九日，即重陽節。②空四海：望盡天下。空：望盡。四海：古時泛指天下。③白髮書生：指作者自己。④牛山：地名，在今山東臨淄縣南。《晏子春秋·內篇諫上》載，齊景公遊於牛山，北望齊國的都城臨淄，流淚說：「為什麼我要離開這裏去死呢？」後世遂以「牛山淚」為戀生懼死的典故。⑤凌雲筆：大手筆。據《史記·司馬相如傳》載，漢武帝讀司馬相如《大人賦》，飄飄然有凌雲之意。⑥蕭瑟：悲涼。

這裏指家國之思。⑦南朝狂客：指晉孟嘉。據《晉書·孟嘉傳》載，孟嘉為大將軍桓溫參軍，九月九日登龍山，風把孟嘉的帽子吹落，孟嘉不覺。桓溫命孫盛作文嘲笑孟嘉，孟嘉見後答作一篇，其文甚美。這便是後世「破帽」之典。⑧孤負：辜負。

【譯文】

登樓望遠，遼闊長空一片昏暗。難以忍受的是那斜風細雨，惹得人愁緒如織。幸虧有高樓百尺，任我登臨。我平生最喜歡登高遠眺，望盡天下。放眼望去，浩渺無邊，千山萬壑盡在秋色裏。我這一介白髮書生，常爲神州淪陷而落淚，縱使再怎樣悲傷淒涼，也絕不像那齊景公因爲貪生懼死而垂淚牛山。追念往事，一切都已杳無蹤跡。　少年時我意氣風發，自負有凌雲手筆，如今已是才華耗盡，只剩滿懷悲涼的家國之思。我常常怨恨世人的詩文缺少新意，津津樂道那南朝狂客的舊事，年年重陽吟詩句，動不動就搬出孟嘉落帽的典故。如果對著菊花不飲酒，菊花也會笑話我太孤僻。只見鴻雁向北遠去，斜陽西落漸漸隱匿。

木蘭花

戲林推①

年年躍馬長安②市，客舍似家家似寄。青錢③換酒日無何，紅燭呼盧④宵不寐。　易挑錦婦機中字⑤，難得玉人⑥心下事。男兒西北有神州⑦，莫滴水西橋⑧畔淚。

〔注〕①林推：即林節推，作者的同鄉，姓林的節推官。節推官即節度推官，宋代在節度使下設推官，掌管勘問刑獄等事。戲：逗趣。別本題作「戲呈林節推鄉兄」。②長安：這裏指南宋京都臨安。③青錢：古時銅錢因成色不同而有黃錢與青錢之分，顏色青的叫青錢。④呼盧：即賭博。古擲骰子，以五子全黑稱「盧」，擲得「盧」者即獲全勝。因此，賭徒賭博時，均連聲呼「盧」。⑤錦婦機中字：前秦竇滔任秦州刺史，後被流放，其妻蘇氏於錦上織出回文詩《璇璣圖》寄去，表達殷殷思念之情。挑：一種刺繡方法。⑥玉人：這裏指妓女。⑦西北有神州：其時中原淪落，此句意謂西北還有廣大的淪陷地區沒有收復。⑧水西橋：妓女集聚之地。

【譯文】

年年騎著馬在京城裏遊玩，把客舍當成了家，自己的家反而成了暫時寄居的客舍。白天無所事事，拿著青錢買酒狂飲，晚上點著蠟燭賭博，大喊大叫擲骰子，常常徹夜不睡直到天亮。妻子的情義眞摯易得，妓女的心意虛假難以捉摸。西北還有大片國土淪陷，男子漢大丈夫應該以國事爲重，要有收復神州的雄心大志，不要爲女色垂淚。

□盧祖皋

盧祖皋，字申之，又字次夔，號蒲江，永嘉（今浙江溫州）人。宋寧宗慶元五年（一一九九）進士，歷任秘書省正字、校書郎、著作郎、權直學士院等。詞風纖巧淡雅，多相思離別、傷春惜時之作。有《蒲江詞稿》。

江城子

畫樓簾幕卷新晴，掩銀屏，曉寒輕。墜粉飄香，日日喚愁生。暗數十年湖上路，能幾度、著娉婷①。　年華空自感飄零，擁春酲②，對誰醒？天闊雲閑，無處覓簫聲。載酒買花年少事，渾不似，舊心情。

【注】①娉婷（ㄆㄧㄥ ㄊㄧㄥˊ）：原指姿態美好，這裏指歌女。②春酲（ㄔㄥˊ）：春酒。酲：原意為酒醉後有些神志不清。這裏指酒。

【譯文】

畫樓上捲起簾幕，只見天氣新晴，清晨還帶著輕輕的寒意，我把銀色屏風掩緊。墜落的花瓣飄來陣陣芳香，天天如此，喚起我心中的愁情。心中暗算十年來在湖上漂泊，有幾回攜著佳人同行。

我徒然感到年華流逝，終日沈醉在春酒之中，即使醒來又是爲了誰？天宇廣闊，白雲悠閒，無處可尋那悠揚歡樂的簫聲。縱使再像年輕時那樣載酒買花，也全沒了舊時的心情。

宴清都

春訊飛瓊管①，風日薄，度牆啼鳥聲亂。江城次第②，笙歌翠合、綺羅香暖。溶溶澗淥冰泮③，醉夢裏，年華暗換。料黛眉，重鎖隋堤，芳心還動梁苑④。

新來雁闊雲音，鸞分鑑影⑤，無計重見。春啼細雨，籠愁淡月，恁時⑥庭院。離腸未語先斷，算猶有憑高望眼。更那堪衰草連天，飛梅弄晚。

〔注〕①瓊管：古時候為了預測節氣，把葭莩（ㄐㄧㄚ ㄈㄨˊ）即蘆葦裏的薄膜燒成灰，放在律管內，到了某個節候，相應律管內的灰就會自行飛出。律管以玉製成，所以稱瓊管。②次第：迅急之詞。③澗淥冰泮：冰已消融，澗水清澈見底。淥（ㄌㄨˋ）：清澈。泮（ㄆㄢˋ）：融解。④梁苑：亦稱梁園、兔園，漢梁孝王劉武所建，園在今河南商丘東。這裏泛指華美的園林。⑤鸞分鑑影：據范泰《鸞鳥詩序》，傳說晉賓（今喀什米爾）王有一鸞鳥，不鳴。後懸鏡照之，鸞鳥見自己影子，整夜鳴叫，一奮而絕。這裏以鸞鳥與鏡中自己影子分開，比喻男女分離。⑥恁時：此時。

【譯文】

玉管裏飛出了春天的訊息，春風日漸和暖，飛過牆頭的小鳥鳴叫聲婉轉零亂。江城裏頃刻間充滿了春意，笙歌在綠樹叢中飄飛，身穿羅衣綢緞的佳人送來陣陣芳香暖意。山澗裏冰雪融化，漲滿河床的澗水清澈見底。當我沈醉在溫暖的夢境時，年華已被春風暗暗轉換。料想那柳枝上黛眉般的新葉已將堤岸重新裝扮，園林裏的鮮花又把芳心搖動。　近來很少看到彩雲間傳遞信息的大雁，我與她就像那鸞鳥已與鏡中的鸞影相分離，沒有辦法再重逢相見。此時的庭院裏好不淒涼，春像是在啼哭，灑下綿綿細雨；明月又被憂愁籠罩，暗淡無光。離別之情尚未訴說，已先柔腸寸斷。如今就算還有憑高遠眺的雙眼，又怎能忍受那衰草萋萋遠連天邊，飛落的梅花點綴著傍晚的淒涼景色。

潘牥

潘牥（一二〇四—一二四六），字庭堅，號紫岩，福建人。宋理宗端平二年（一二三五）進士，歷官太學正、潭州通判。有《紫岩集》。《全宋詞》錄其詞五首。

南鄉子　題南劍州妓館①

生怕倚闌干，閣下溪聲閣外山。惟有舊時山共水，依然，暮雨朝雲②去不還。

應是躡飛鸞③，月下時時整佩環。月又漸低霜又下，更闌④，折得梅花獨自看。

【注】①南劍州：即今福建南平。②暮雨朝雲：用宋玉《高唐賦序》中楚襄王和巫山神女相會的典故，指懷念作者的舊情人。③躡（ㄋㄧㄝˋ）飛鸞：傳說中仙人多騎鸞乘鳳。躡：踩，騎。④更闌：夜將盡。闌：將盡。

【譯文】我生怕獨倚欄杆，樓閣下是溪水潺潺，樓閣外是翠綠的青山。惟有這舊時的山和水面目依然，而她卻像暮雨朝雲般一去不返。　好像她已變成了仙女，應是騎著飛鸞飄然而來，朦朧的月光之下，不時整理衣衫佩環。月亮逐漸低落，寒霜降臨大地，夜已將盡天將明，我摘下梅花一朵，獨自觀賞。

❑陸睿

陸睿（？—一二六六），字景思，號雲西，會稽（今浙江紹興）人。宋理宗紹定五年（一二三二）進士，歷官禮部員外郎、秘書少監、起居舍人、集英殿修撰等。《全宋詞》有其詞三首。

瑞鶴仙

溼雲①粘雁影，望征路，愁迷離緒難整。千金買光景，但疏鐘催曉，亂鴉啼暝。花悰②暗省，許多情，相逢夢境。便行雲③都不歸來，也合寄將音信。

孤迥④，盟鸞心在，跨鶴程高，後期無准。情絲待剪，翻⑤惹得舊時恨。怕天教何處，參差雙燕，還染殘朱剩粉。對菱花⑥與說相思，看誰瘦損？

〔注〕①溼雲：含雨之雲。②花悰（ㄘㄨㄥˊ）：花叢中的歡樂。悰：歡樂。③「便行雲」二句：便，縱使，即使是。合：應該。將：語助詞，無義。④孤迥：志意高遠，孤獨清高。⑤翻：反而，反倒。⑥菱花：鏡子。古代銅鏡背面刻有菱花，故稱。

【譯文】

烏雲溼漉漉地粘著雁影，望征途，愁悶淒迷，離別的情緒難以排遣。千金難買寸光陰，只聽得疏落的鐘聲才催天明，又聽得亂鴉聒噪又帶來昏冥，到頭來還得離別。花叢中的歡樂，只有暗自思念，只有在夢境中相逢重溫。即便你化作行雲不再歸來，也該給我寄來音信。我寂寞孤獨而又志高意遠，你我當初相愛的盟約銘記在心，只是我難以騎鶴高飛，後會的佳期無法約定。欲剪斷思戀的情絲，反倒惹出舊日的離別怨恨。怕只怕天意不知要遣你我到何處！看見那比翼雙飛的燕子，還想塗抹那殘紅剩粉，對著菱花鏡，與鏡中人訴說相思之情，看誰更加憔悴瘦損？

❑蕭泰來

蕭泰來，字則陽，一字陽山，號小山，臨江（今江西撫州）人。宋理宗紹定二年（一二二九）中進士，曾知隆興府，御史等職。有《小山集》，《全宋詞》錄其詞二首。

霜天曉角　梅

千霜萬雪，受盡寒磨折。賴是①生來瘦硬，渾②不怕，角③吹徹。　清絕。影也別，知心惟有月。原沒春風情性，如何共，海棠說。

【注】①賴是：幸虧。②渾：完全。③角：古代軍中的一種樂器。

【譯文】

經歷了千萬次霜欺雪壓，受盡了嚴寒的折磨，仍然傲然挺立，生氣蓬勃。全憑這副天生的瘦硬枝條，猶如錚錚鐵骨，全不怕那淒厲的畫角，伴著凜冽寒風吹徹寒夜。　天生麗質，清絕脫俗，連身影也與眾不同，超逸出塵。漫漫長夜，疏影暗香，惟有一輪素月知我心事，與我

相依相伴。自來孤芳自賞，本無春風情性，一腔幽愫如何去向那以姿色爭豔的海棠訴說？

□吳文英

吳文英（約一二〇〇－一二六〇），字君特，號夢窗，又號覺翁，四明（今浙江寧波）人。他一生未做官，曾任吳潛浙東安撫使幕僚，出入權貴門庭。他是南宋後期重要詞人，精通音律，能自度曲，講究詞藻格律，藝術成就頗高。詞風濃豔密麗。有《夢窗詞》甲乙丙丁四稿。存詞約三五〇首。

霜葉飛　重九

斷煙離緒，關心事，斜陽紅隱霜樹。半壺秋水薦黃花，香噀①西風雨。縱玉勒、輕飛迅羽②，淒涼誰弔荒臺古③。記醉踏南屏，彩扇咽寒蟬，倦夢不知蠻素④。

聊對舊節傳杯，塵箋蠹管，斷闋經歲慵賦。小蟾⑤斜影轉東籬，夜冷殘蛩語。早白髮⑥、緣愁萬縷，驚飆從卷烏紗去，漫細將⑦、茱萸看，但約明年，翠微高處。

【注】①香噀（ㄙㄨㄣˋ）：花香四溢。噀：噴。②輕飛迅羽：馬跑得飛快，像鳥飛一般。③荒臺：彭

城（今江蘇徐州）戲馬臺，西楚霸王項羽曾在此閱兵。這裏泛指古跡。④蠻素：相傳唐白居易有二妾，樊素善歌，小蠻善舞。此處借指歌女。⑤小蟾：指月亮。⑥「早白髮」二句：化用杜甫《九日藍田崔氏莊》：「羞將短髮還吹帽，笑倩旁人為正冠」句意。杜詩用的是孟嘉落帽的典故。⑦「漫細將」三句：化用杜甫《九日藍田崔氏莊》「明年此會知誰健，笑把茱萸仔細看」句意。茱萸（ㄓㄨˊ ㄩˊ）：落葉喬木，古時人們在重陽節佩帶其枝葉以避邪。

【譯文】

那斷斷續續的炊煙猶如離情別緒，牽動著我的思緒。日間秋風細雨，到了傍晚見那斜陽，隱沒於霜樹之中。我摘來數枝菊花，插在半壺水中，菊花在風雨中還噴發著香氣。在這淒涼的風雨中，誰還會騎馬驟馳去登上荒臺弔古呢？記得當年我與她在重九日同登南屏，共用歌舞之樂。她輕舉彩扇，曼聲清歌，扇底飄出的歌聲如泣如訴，似乎是與寒蟬的悲鳴共聲嗚咽。而我則酒酣臥榻，漸入夢鄉，幾乎忘卻了她在身旁。　如今人已逝事已去，逢此重九舊節，我毫無心情，只是無聊地傳杯飲酒，那畫箋上已落滿了灰塵，筆管也被蟲蛀，那未寫完的詞篇，經年來也懶得續寫。月光斜影漸漸轉向東籬，秋夜寒冷，只有那蟋蟀還在幽鳴。愁思千絲萬縷，我早已滿頭白髮，縱使狂風捲走了帽子我也毫不在意。我漫不經心地隨手扶起茱萸細看，心想著明年重陽與誰相約，共登青山高處，但也只是空想想而已。

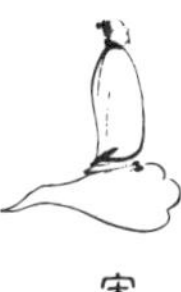

宴清都

連理海棠

繡幄鴛鴦柱，紅情密、膩雲低護秦樹①。芳根兼倚，花梢鈿合，錦屏人妒。東風睡足交枝②，正夢枕瑤釵燕股。障灩蠟③、滿照歡叢，嫠蟾冷落羞度。　人間萬感幽單，華清慣浴④，春盎風露。連鬟⑤並暖，同心共結，向承恩處。憑誰為歌長恨⑥？暗殿鎖⑦、秋燈夜語。敘舊期⑧、不負春盟，紅朝翠暮。

〔注〕①秦樹：指連理海棠。《閱耕錄》記載秦中有雙株海棠，高數十丈。②交枝：海棠樹枝葉相交，海棠花在交合的枝頭睡足。③「障灩蠟」二句：化用蘇軾《詠海棠詩》：「只恐夜深花睡去，故燒高燭照紅妝」句意，寫人們夜秉高燭賞花。障：障燭以避風。灩蠟：燭大蠟淚多。嫠（ㄌㄧˊ）蟾：嫠指寡婦，蟾指嫦娥。嫠蟾，形容嫦娥之孤單冷落。④華清慣浴：唐玄宗妃楊玉環常在華清池洗浴。白居易《長恨歌》中：「春寒賜浴華清池，溫泉水滑洗凝脂。」⑤「連鬟」二句：古代女子出嫁後將雙鬟合為一髻，以示有所歸，還要綰結羅帶同心，以示夫妻恩愛。⑥長恨：指白居易詩《長恨歌》。⑦「暗殿鎖」句：隱括《長恨歌》：「夕殿螢飛思悄然，孤燈挑盡未成眠。遲遲鐘鼓初長夜，耿耿星河欲曙天。」⑧「敘舊期」二句：化用《長恨歌》詩：「臨別殷勤重寄詞，詞中有誓兩心知。七月七日長生殿，夜半無人私語時。在天願作比翼鳥，在地願為連理枝」句意。「舊期」

即指七月七日，「春盟」即願生生世世為夫婦之意。

【譯文】

彩繡的帷帳護衛著連理海棠，那支撐帷帳的柱子也似鴛鴦成雙成對。海棠花花團錦簇，翠葉護著紅花，猶如美女的雲鬢襯著紅紅的香腮。連理海棠兩根相倚，花梢交合，親密的樣子讓深閨中的孤單女子見了羨妒不已。海棠花沐浴著徐徐東風，枕在交合的枝頭上酣睡，睡夢中那交枝彷彿成了燕股玉釵。人們連夜秉燭來賞花，以手障燭避風，那燭光明亮，照得海棠花叢通明豔紅，連月宮中孤單冷落的嫦娥彷彿也自慚弗如而羞見連枝海棠花。　人世間有多少不成連理的夫妻，感受著孤單寂寞。那賜浴華清池的楊貴妃，卻占盡風情雨露，彷彿置身於春風盎然雨露滋潤之中。看那貴妃雙鬟連為髻，羅帶更結同心，獨承聖上恩澤，形影不離，何其恩愛。曾幾何時，是誰唱出了那淒涼的《長恨歌》？那貴妃氣絕馬嵬，深邃的宮殿宮門緊鎖，夜雨昏燈，伴著孤君長夜難眠。說什麼七月七日相約長生殿，不負那生生世世夫妻情，猶如那連理海棠，朝朝暮暮、倚紅偎翠，永不分離。

齊天樂

煙波桃葉西陵路①，十年斷魂潮尾。古柳重攀，輕鷗驟別，陳迹危亭獨倚。涼

颸②乍起，渺煙磧③飛帆，暮山橫翠。但有江花，共臨秋鏡照憔悴。　華堂④燭暗送客，眼波回盼處，芳豔流水。素骨⑤凝冰，柔蔥⑥蘸雪，猶憶分瓜⑦深意。清尊未洗，夢不濕行雲⑧，漫沾殘淚。可惜秋宵，亂蛩疏雨裏。

〔注〕①桃葉：典出王獻之《桃葉歌》：「桃葉復桃葉，渡江不用楫」，指王獻之與愛妾送別之處。西陵：是杭州西湖孤山下一小橋，橋邊有南朝名妓蘇小小墓。②涼颸：即涼風。颸（ㄙ）：冷風。③磧：淺水中的沙岸，沙洲。④「華堂」句：語出《史記・滑稽列傳》：「堂上燭滅，主人留（淳于）髡而送客……」意謂主人送客，獨留下作者。⑤素骨：指情侶的手臂，形容肌膚素潔白皙。⑥柔蔥：指情侶的手指，形容手指柔細雪白。白居易詩《詠箏》：「雙眸剪秋水，十指剝春蔥。」⑦分瓜：暗用周邦彥《少年遊》：「纖指破新橙」句意。⑧行雲：宋玉《高唐賦》中之巫山神女「旦為朝雲，暮為行雨」，這裏用「行雲」代指情侶。漫：枉自，空自，徒然。

【譯文】

眼前煙波迷茫，我又來到與她分手的桃葉渡口西陵路上，十年前的情事讓我傷感，讓我魂斷夢牽，猶如錢塘江潮天天湧漲。想當年折柳話別，竟像那鷗鳥一樣驟然輕別，可如今我重攀古柳、獨倚危亭，面對眼前景物，忽然刮起了秋風，吹來陣陣冷意，輕煙籠罩著沙岸渺茫迷，

隱約間幾點船帆在秋風中急馳，暮色中遠山蒼蒼，江水茫茫。只有江邊的幾朵殘花，陪伴著我，在秋水如鏡的江面上，映照出一樣憔悴的面容。　想當年，華堂燈暗，你送走賓客，卻獨獨留下我，你回眸顧盼，眼波如清澈的秋水，情意深長。你天生麗質，手腕潔白如冰肌玉骨，纖纖手指柔細雪白。我還記得你爲我剖分瓜果的情景，是那般深情厚意。你我共同用過的清樽，我至今未洗，留著殘酒消愁。我們在夢中相會，未及歡會即風流雲散，我的枕邊空自沾濕了那麼多相思淚。蟋蟀的哀鳴和稀疏不斷的秋雨聲，伴著我度過這孤寂可憐的不眠秋夜。

花犯

郭希道送水仙索賦

小娉婷①清鉛素靨②，蜂黃③暗偷暈，翠翹④攲鬢。昨夜冷中庭，月下相認。睡濃更苦淒風緊，驚回心未穩。送曉色、一壺蔥茜⑤，才知花夢準。　湘娥⑥化作此幽芳，淩波路，古岸雲沙遺恨。臨砌影，寒香亂、凍梅藏韻。熏爐畔、旋移傍枕，還又見、玉人垂紺鬢⑦。料喚賞、清華池館，臺杯⑧須滿引。

〔注〕①娉婷：姿態美麗。這裏指水仙亭亭玉立。②素靨（ㄧㄢˋ）：素妝的美人臉上綻出了酒渦，形容水仙潔白的花瓣。③蜂黃：本是古代婦女化妝用的顏料，形容水仙的黃花蕊。④翠翹：翠玉妝飾，形容水仙碧綠的葉子。攲：斜倚。⑤蔥：青翠色。茜：紅色。⑥湘娥：

傳說中的湘江女神，即湘妃。相傳舜南巡不返，其妃往南方尋覓，未能找到，淚滴竹上，成斑竹，死後化為湘水女神。⑦紺鬒：青色的秀髮。紺：青色。鬒（ㄓㄣˇ）：美髮。⑧臺杯：套杯。

【譯文】

猶如嬌小的仙女亭亭玉立，潔白的花瓣帶著微微的笑紋，蜂黃色的花蕊彷彿暗自含羞，露出淺淺的紅暈，碧綠的花葉宛如翡翠頭飾斜倚在兩鬢。昨夜在淒冷的庭院中，朦朧的月光下我忽然看見了你。我正睡意濃濃，苦的是北風淒緊，驚醒了我的好夢，心中久久不能平靜。東方才露曉色，友人就送來一盆碧綠青翠的水仙，那水中壺形的塊莖被朝陽映照得鮮紅透亮。我才知昨晚月下見水仙的夢是那麼準。　這幽香的水仙花是湘江女神化成，她輕盈而去，古岸邊雲沙迷茫，留下了苦苦尋覓不著的遺恨。如果庭院階下出現水仙花的身影，冷香迷亂，連那經冬耐寒的冬梅也要悄悄地藏起她的神韻。把水仙花放在熏爐旁，不一會兒又移放到床頭傍靠著繡枕，這樣我才能時時看見她，猶如一位美人披著濃密的秀髮。料想友人也和我一樣珍愛水仙花，在他的清華池館裏，精美的套杯斟滿美酒，不停地舉杯飲酒，觀賞和讚歎水仙的芳姿。

浣溪沙

門隔花深夢舊遊，夕陽無語燕歸愁，玉纖①香動小簾鈎。　落絮無聲春墮淚，行雲有影月含羞，東風臨夜冷於秋。

〔注〕①玉纖：纖纖玉手。

【譯文】

我在夢境裏回到了當年的庭院，繁花錦簇遮掩了你的房門。夕陽斜照，歸來的雙燕也默默無語，黯然生愁。她那溫暖馨香的纖纖玉手，輕輕拉開了門簾。　柳絮悠悠墜落，悄無聲息，猶如春在默默垂淚。浮雲遮月，陰影遊動，彷彿是明月含羞。臨夜的東風吹來，竟比那蕭瑟的秋天還淒冷。

浣溪沙

波面銅花冷不收①，玉人垂釣理纖鉤②，月明池閣夜來秋。　江燕話歸成曉別，水花紅③減似春休，西風梧井葉先愁。

〔注〕①波面銅花：指水面平靜如鏡。銅花：古時銅鏡背面刻有花紋，故稱銅花。②纖鉤：即月亮彎細的影子。語出黃庭堅《浣溪沙》詞句：「驚魚錯認月沈鉤。」③「水花紅」句：此句化用柳永《八聲甘州》詞：「是處紅衰翠減，苒苒物華休」句意。

【譯文】

清澈平靜的水面在月光下猶如一面銅鏡，在這清冷的秋夜裏誰忘了將這銅鏡收起。細細的彎月倒映在水面，隨著波微晃動，猶如正在垂釣的玉人整理她的沈鈎。明月映照著池邊寂寥的樓閣，夜風掠過已感到秋的涼意。　江邊燕子呢喃話南歸，我和她在清晨中依依分手。如今江邊的紅花，一片片紅裝褪去，春天的景色已經消歇。陣陣秋風吹拂著井邊的梧桐樹，那樹葉聲聲抖動已先自憂愁。

點絳唇

試燈①夜初晴

卷盡愁雲，素娥臨夜新梳洗。暗塵②不起，酥潤淩波地。　輦路重來③，彷彿燈前事。情如水，小樓熏被，春夢笙歌裏。

〔注〕①試燈：據周密《武林舊事・元夕》載，南宋臨安在頭年陰曆九月賞菊燈之後，宮中經常試掛彩燈，稱「預賞」，又叫「試燈」。一進入第二年正月，燈火便一天盛過一天，直至元宵節達到高潮。另據《百城煙水》載：「吳俗十三日為試燈日。」從詞題看，似是後說。②暗塵：化用唐蘇味道《正月十五夜》：「暗塵隨馬去，明月逐人來」詩意。下文「酥潤」，語出唐韓愈《早春呈水部張十八員外》詩：「天街小雨潤如酥。」③輦路：古時帝王車駕行經之路。這裏指繁華的京都大道。

【譯文】

入夜雨停，晚風吹散了滿天烏雲，月亮在臨近夜晚時露出了面容，朗朗明月猶如剛剛梳洗沐浴過。通往燈市的路上車馬不絕，卻沒有塵埃揚起，剛下過雨的街道濕潤，步履輕盈的遊女來去如梭。　我又來到這繁華的京都大道，眼前的景象彷彿又回到了昔日相偕遊賞的歡樂中。然而往事如煙，柔情似水；眼前景已非舊日歡。獨上小樓，暖被而寐，街上那笙歌歡樂聲持續不斷，伴著我進入春夢。

祝英臺近

春日客龜溪遊廢園①

采幽香，巡古苑，竹冷翠微路。鬥草②溪根，沙印小蓮步③。自憐兩鬢清霜，一年寒食，又身在雲山深處。　晝閑度，因甚天也慳春④，輕陰便成雨？綠暗長亭，歸夢趁風絮。有情花影闌干，鶯聲門徑，解留⑤我霎時凝佇。

〔注〕①龜溪：即今浙江德清縣餘不溪之上游。相傳古代賢者孔愉在此見漁者得一白龜於溪上，買而放之，故亦稱孔愉澤。廢園：荒廢的園林。②鬥草：一種古代婦女中流行的遊戲，又叫鬥百草。③蓮步：指女子纖小的足跡。④天也慳（ㄑㄢ）春：連天也吝惜春光。⑤解留：能留。

【譯文】

我漫步在已經荒廢的古園裏，隨手摘一朵散發著幽香的野花。青翠的叢竹掩映下，小徑上長滿了青苔，顯得清冷淒寂。龜溪之畔的沙灘上空寂無人，卻留有不少女子纖小的足跡，還有許多花草，想必是寒食節女子在此鬥草嬉戲丟棄的。可憐我已是兩鬢斑白如霜，眞是光陰如箭，逢此一年一度寒食節，卻孤零零隻身一人在這雲山深處。 白日無聊，趁天晴閑遊。可是爲什麼老天如此吝惜春光，一點陰雲就下起雨來？天色陰暗，只見那濃鬱的綠蔭遮斷了長亭歸路，我思歸故鄉的夢魂也彷彿那隨風輕飛的柳絮，悠然飄蕩。欄杆上搖曳著多情的花影，園門口又傳來婉轉動聽的鶯語，它們彷彿理解我此時此刻的心情，滿含同情、殷勤挽留，使得我佇立凝思，又不忍離去。

祝英臺近

除夜立春

剪紅情①，裁綠意，花信②上釵股。殘日③東風，不放歲華去。有人添燭西窗，不眠侵曉④，笑聲轉新年鶯語。 舊尊俎⑤，玉纖曾擘黃柑，柔香繫幽素。歸夢湖邊，還迷鏡中路⑥。可憐千點吳霜⑦，寒消不盡⑧，又相對落梅如雨。

【注】①「剪紅情」二句：古代風俗，立春日剪綵為花花綠綠的各種春幡，戴在頭上。②花信：即花信風的簡稱，應花期而來的風。③殘日：一年的最後一日，即除夕。④不眠侵曉：舊時有除夕守歲之習俗。侵：將近，接近。⑤「舊尊俎」二句：舊砧板上，意中人曾用纖纖玉手剖開黃柑。尊俎（ㄗㄨˇ）：古代盛酒的器皿和祭祀時載牲的禮器，這裏代指宴席。擘（ㄅㄛˋ）：剖，分開。⑥鏡中路：湖上路。⑦吳霜：語出李賀《還自會稽吟》詩句：「吳霜點歸鬢」，形容自己兩鬢花白。

【譯文】

剪一朵紅花，裁幾片綠葉，製成春幡戴在頭上，春風吹上股釵，像是吹開了滿頭花朵。在這歲暮的最後一天，夕陽欲下；東風徐徐吹拂，送來新春的氣息，又像是在挽留將盡的年華，不放舊歲匆匆離去。西窗下有人增添了新燭，除夕守歲，徹夜不眠，直至天將拂曉，在歡笑聲中迎來了新春黃鶯鳥的鳴唱。　我想起舊日與家人迎春飲宴，伊人白皙的纖手曾為我剖分黃柑，那溫馨的柔情至今仍縈繞在我心頭。我在夢中回到了湖邊，夢境朦朧，湖水如鏡，我卻迷失了尋找你的歸路。往事已逝，可憐我如今已是兩鬢斑白如霜，那東風能吹融冰雪，卻永遠消不盡我兩鬢的寒霜；更何況，那凋零的梅花如雨點般紛紛飄落，斑斑白髮與點點白梅相對，這淒涼的情景怎不叫我悲傷。

澡蘭香　淮安重午①

盤絲繫腕②，巧篆垂簪③，玉隱紺紗睡覺④。銀瓶露井，彩箑雲窗⑤，往事少年依約。為當時曾寫榴裙⑥，傷心紅綃褪萼。黍夢⑦光陰，漸老汀州煙蒻⑧。莫唱江南古調，怨抑難招，楚江沈魄⑨，熏風燕乳，暗雨梅⑩黃，午鏡澡蘭簾幕⑪。念秦樓、也擬人歸，應剪菖蒲自酌⑫。但悵望一縷新蟾⑬，隨人天角。

〔注〕①重午：陰曆五月五日，也稱重五，即端午節。②盤絲繫腕：在腕上繫五色絲線以避邪，是端午節民間習俗。③巧篆垂簪：在髮簪上畫符篆，以避刀兵災禍，亦是端午節民俗。④玉隱紺（ㄍㄢˋ）紗睡覺：意中人在天青色的紗帳中剛剛睡醒。紺：天青色。睡覺：睡醒。⑤「銀瓶」二句：銀瓶，即酒器，這裏代指酒宴。露井：即沒有井蓋的井。化用漢樂府《雞鳴高樹顛》：「桃生露井上，李樹生桃旁。」這裏泛指花前樹下。彩箑（ㄐㄧㄝˊ）：彩扇，為歌舞者所持，這裏代指歌舞。⑥曾寫榴裙：《宋書．羊欣傳》載：「羊欣著白練裙晝臥，王獻之詣之（到其家），書其裙數幅而去。」榴裙：石榴裙。⑦黍夢：即黃粱夢。典出唐沈既濟《枕中記》，言盧生赴舉途中在邯鄲客店遇道者呂翁，生自歎窮困，

呂翁授之以枕，生睡在枕上，夢見自己歷盡榮華富貴。醒來，主人炊黃粱尚未熟。⑧菖蒲：柔弱的蒲草。⑨楚江沈魄：湖南在戰國時為楚地，故稱汨羅江為楚江。沈魄：沈於江中的屈原亡魂。⑩梅：一本作「槐」字。⑪午鏡澡蘭：端午節午時所鑄的鏡子，民俗以為能避邪，稱「百煉鏡」。澡蘭：古代風俗，端午節用蘭湯洗浴，故又稱端午節為浴蘭節。⑫「念秦樓」二句：秦樓指女子居處，這裏代指意中人。擬：盤算。剪菖蒲：民俗端午節以菖蒲一寸九節者浸泡酒中飲之，避瘟祛病。⑬新蟾：新月。

【譯文】

睡在天青色紗帳裏的玉人剛剛睡醒，便在臂腕上繫上五色絲帶，在髮簪上戴上畫好的符篆。在庭院的花前樹下擺上酒宴，在鏤刻精美的窗前輕歌曼舞。這些少年往事，現在想來恍如隔世，已隱約難辨。當時我曾在她的石榴裙上題寫詩詞，如今窗外的石榴花已紅顏褪盡，想起來令人傷心不已。光陰似箭，舊事如夢，看那汀洲依舊，嫩柔的蒲草卻已漸漸衰老了。　請不要再唱那江南古詞了，那哀怨抑鬱的招魂曲，怎能招回沈沒汨羅江中的屈原亡魂。春風和煦，那燕子已為下雛燕；陰雨連綿，那梅子已漸漸黃熟。已是正午，看家家百煉鏡高懸，驅鬼避邪；戶戶簾幕低垂，蘭湯洗浴。想我那意中人正剪碎菖蒲浸在酒中自酌自憐，盤算我何時才能返回，然而她也只能惆悵地仰望著那一彎新月，在苦苦相思中追隨我來到這天涯海角。

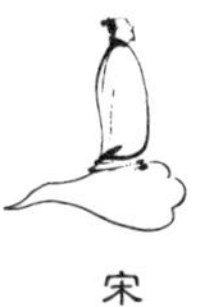

風入松

聽風聽雨過清明，愁草瘞花銘①。樓前綠暗分攜路，一絲柳、一寸柔情。料峭春寒②中酒，交加曉夢啼鶯。　西園日日掃林亭，依舊賞新晴。黃蜂頻撲鞦韆索，有當時纖手香凝。惆悵雙鴛③不到，幽階一夜苔生④。

〔注〕①瘞（ㄧˋ）花銘：南朝梁庾信曾寫過《瘞花銘》，這裏借指葬花辭。瘞：埋葬。②料峭春寒：初春的寒意。料峭：形容微寒。③雙鴛：繡有鴛鴦的鞋子，這裏指女子的足跡。④「幽階」句：化用南朝庾肩吾《詠長信宮中草》：「全由履跡少，亦欲上階生」句意。

【譯文】

聽著那淒風苦雨的聲響，想著那落花凋零的慘狀，在寂寞愁苦中度過了清明節。我埋葬了遍地的落花，滿懷憂愁地起草葬花辭。樓前路口，是我和伊人惜別的地方，如今是一片濃密的綠色，一枝柳絲含著一寸柔情，千絲萬縷寄託著我們的無限深情。春寒料峭，我借酒消愁因此飲酒過量，迷困在雜遝的夢境中正欲與伊人相逢，卻又被鶯啼聲驚醒。　我天天去你我曾相偕同遊的西園，把樹林亭臺打掃得乾乾淨淨，依舊去西園欣賞新晴後的美景。看那黃蜂頻頻撲向鞦韆的繩索，那是因爲繩索上還凝留著你纖手的馨香。我惆悵悲歎久久等待而不見你到來，幽寂的臺階上因不見你的足跡，一夜間便生出苔蘚青青。

鶯啼序

春曉感懷

殘寒正欺病酒①，掩沈香繡戶。燕來晚、飛入西城，似說春事遲暮。畫船載、清明過卻，晴煙冉冉吳宮②樹。念羈情③、遊蕩隨風，化為輕絮。　十載西湖④，傍柳繫馬，趁嬌塵軟霧。溯紅漸⑤招入仙溪，錦兒偷寄幽素。倚銀屏、春寬夢窄，斷紅濕⑥、歌紈金縷。暝堤空，輕把斜陽，總還鷗鷺。　幽蘭旋老，杜若還生，水鄉尚寄旅。別後訪、六橋⑦無信，事往花委，瘞玉埋香⑧，幾番風雨。長波妒盼，遙山羞黛，漁燈分影春江宿。記當時、短楫桃根渡⑨，青樓彷彿。臨分敗壁題詩，淚墨慘澹塵土。　危亭望極，草色天涯，歎鬢侵半苧⑩。暗點檢、離痕歡唾，尚染鮫綃⑪。嚲鳳迷歸⑫，破鸞慵舞⑬。殷勤待寫，書中長恨，藍霞遼海⑭沈過雁。漫相思、彈入哀箏柱。傷心⑮千里江南，怨曲重招，斷魂在否？

〔注〕①「殘寒」二句：晚春的淒寒。欺：侵襲。病酒：飲酒過量而不適。沈香：沈香木，香

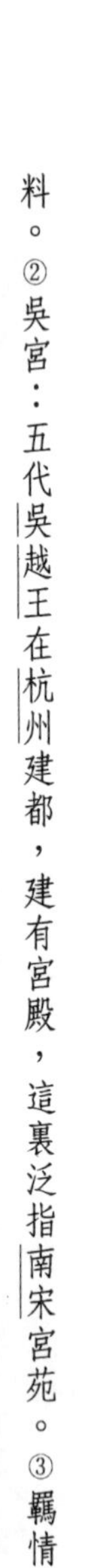

料。②吳宮：五代吳越王在杭州建都，建有宮殿，這裏泛指南宋宮苑。③羇情：旅人的離情別緒。④「十載西湖」三句：作者曾在杭州一住十年。嬌塵軟霧：遊春的佳人如雲，揚起香豔塵霧。這裏代指遊春佳人。⑤「溯紅漸」二句：用劉義慶《幽明錄》中劉晨、阮肇遇仙女事，代指自己的這次豔遇。錦兒：錢塘妓女楊愛愛的侍婢名。此處泛指侍女。幽愫：情思，情愫。⑥「斷紅濕」句：即淚濕。女子臉上有脂粉，淚流下變紅，故以「紅」稱。歌紈：歌女手執的扇子。金縷：即金縷衣，用金線刺繡的舞衣。⑦六橋：指宋時蘇東坡在西湖中修堤時所建的映波、鎖瀾、望山、壓堤、東浦、跨虹六橋。⑧瘞玉埋香：埋葬美人。玉香：借喻美人，這裏隱指作者杭州亡妾。⑨桃根渡：晉王獻之妾名桃葉，其妹名桃根，這裏借桃葉渡之典，指分別的地方。⑩苧：一種麻科植物，色白。這裏指作者已頭髮半白了。⑪鮫綃：薄絲織成的手帕。⑫嚲鳳迷歸：鳳凰垂下了翅膀，找不到回歸的路徑。嚲（ㄉㄨㄛˇ）：下垂的樣子。⑬破鸞慵舞：失偶的鸞鳥懶得再起舞。⑭藍霞遼海：蔚藍的天空和遼闊的大海。⑮「傷心」三句：化用《楚辭・招魂》：「目極千里兮傷春心，魂兮歸來哀江南」詩意。斷魂：亡妾的靈魂。

【譯文】

時已暮春，寒氣猶存，我正因飲酒過量而不適，經受不住寒氣侵襲，便關上了散發著沈香味的居室的房門。遲歸的燕子飛進西城，似乎在告訴我春天已快過去了。清明過後，我乘畫船遊賞西湖，晴空裏煙靄緩緩浮動，縈繞在宮闕樹林上空。這情景引發我一片離情別緒，化爲柳絮，隨風遊蕩飄向遠方。　我在西湖居住了十年，常常在柳樹下拴好馬，去追隨那遊春的佳人仕女。我乘舟溯著溪流而上，兩岸春花爛漫，漸漸地被引入仙境般的去處，遇見了貌若仙女的你，侍女暗暗傳遞情思。春日雖長而歡會夢短，你斜倚著銀屏，欣喜激動的淚水浸濕了手中的歌扇和身上的金縷衣。時已黃昏，湖堤上暮色降臨，遊人盡去；我把那添愁惹恨的斜陽，全給了湖中的鷗鷺。　幽蘭轉眼間就枯萎，春草還在生長，我依然在這水鄉漂泊。分別後我曾重訪六橋故地，卻得不到你的音信，往事如煙，紅花滿地，多少次風雨摧殘，你如春花被埋葬在塵泥裏。回想初遇你時，你是那麼豔麗，連春波也妒忌你顧盼生情的明眸，蒼翠的遠山也羞比你的蛾眉而自愧弗如。水面倒映著點點漁燈，我與你同宿春江。我還記得當年渡口分別時的情景，你住過的妝樓依然如故如今卻已是人去樓空。分別時我曾在牆壁上題寫詩句，那淚墨凝成的字跡，如今慘澹無光，蒙滿了塵土。我登上高亭遠望，只見芳草連天，可歎我鬢髮半白如苧麻。我默默地翻檢你的遺物，那一方薄絲手帕上，還留有你離別時的淚痕。我就像那垂翼的孤鳳迷失了歸途，又像那失偶的孤鸞懶得飛舞。我情意殷殷，想把滿腔悲恨寫成長書，但蔚藍的天空不見雁的身影，遼闊的大海不見沈魚，有誰來爲我傳書？只有把心中相思之情寄託在那怨哀的琴箏聲中。千里江南處處令我傷心，我彈出哀怨的招魂曲，聲聲招喚，不知你的靈魂是否在近處？

惜黃花慢

次吳江小泊，夜飲僧窗惜別。邦人趙簿攜小妓侑尊，連歌數闋，皆清真詞。酒盡已四鼓，賦此詞餞尹梅津①。

送客吳皋，正試霜②夜冷，楓落長橋。望天不盡，背城漸杳，離亭黯黯，恨水迢迢③。翠香零落紅衣老，暮愁鎖、殘柳眉梢。念瘦腰，沈郎④舊日，曾繫蘭橈⑤。　仙人鳳咽瓊簫⑥，悵斷魂送遠，《九辯》⑦難招。醉鬟留盼，小窗剪燭，歌雲載恨，飛上銀霄。素秋不解隨船去，敗紅趁一葉寒濤。夢翠翹⑧，怨鴻料過南譙⑨。

〔注〕①尹梅津：名煥，字惟曉，山陰（今浙江紹興）人，是作者的好友。趙簿：姓趙的主簿。②試霜：秋霜初降如試。③恨水迢迢：化用歐陽修《踏莎行》：「離愁漸遠漸無窮，迢迢不斷如春水」句意。④沈郎：南朝文士沈約，稱己腰圍減損，老病不堪，後人以此為典，稱消瘦為「沈腰」或「沈郎」。⑤蘭橈：本指槳，借指華麗的船。⑥鳳咽瓊簫：指蕭史、弄玉吹簫，其後夫婦成仙事，以此典比喻小妓歌聲美妙，好似蕭史、弄玉作鳳鳴一般。⑦九辯：屈原弟子宋玉曾寫過《九辯》，藉以招屈原之魂。⑧翠翹：女子的一種首飾，這裏用來代表作者的意中人。⑨南譙：即南樓。譙：城樓上望遠的小樓。

【譯文】

船到吳江短暫停留，夜裏在寺院窗前餞別。同鄉人趙簿帶來一位小歌女唱歌以勸酒，連唱幾曲，都是周邦彥的詞。喝完酒已到四更天，寫此詞以送尹梅津。

我送客人來到吳江岸邊，正當白霜初降秋夜淒涼，片片楓葉飄落在吳江長橋仰。望長空沒有盡頭，背後的城頭則越來越遠了，送別的長亭已模模糊糊隱約不清，離別之恨如一江秋水迢迢不斷。翠綠的荷葉已乾枯零落，鮮豔的荷花衰謝香消。岸堤上瀰漫著暮靄愁霧，殘柳枝葉黃落緊鎖眉梢。想我如今已是憔悴消瘦，過去也曾在此小泊，在江邊繫過蘭木船橈。　餞別酒宴上，小歌女歌聲美妙，好似弄玉吹簫作鳳鳴一般。然而即使有弄玉吹鳳簫那般悲咽，縱使有宋玉作《九辯》那樣的才氣，也無法招回我送友遠行的斷腸魂魄。歌女微醉顧盼間亦是情意流連，像是理解我們的心情，在小窗前頻剪燭花，歌聲裏滿含離愁別恨直飛九霄雲外。悲愁傷別之情不知隨客而去，只有衰敗的紅葉，在寒江中追隨著一葉小舟帶起的波濤。夢幻中忽見遠方的情人，我怨那鴻雁，料想牠此時已過了南樓。

高陽臺　落梅

宮粉雕痕，仙雲墮影，無人野水荒灣。古石埋香①，金沙鎖骨②連環。南樓不恨吹橫笛③，恨曉風千里關山④。半飄零、庭上黃昏，月冷闌干。　壽陽⑤空

理愁鸞，問誰調玉髓⑥，暗補香瘢？細雨歸鴻，孤山⑦無限春寒。離魂⑧難倩招清些，夢縞衣解佩溪邊。最愁人，啼鳥清明，葉底清圓⑨。

【注】①古石埋香：山石掩埋了美人芬芳的遺骨。鮑照《蕪城賦》曰：「東都妙姬，南國麗人……莫不埋魂幽石，委骨窮塵」。這裏指掩埋梅花。②金沙鎖骨：這裏用以比喻梅花為聖潔之軀。③吹橫笛：古笛曲中有《梅花落》。李白《與李郎中飲聽黃鶴樓上吹笛》：「黃鶴樓中吹玉笛，江城五月落梅花。」④千里關山：化用唐高適《塞上聽吹笛》：「借問梅花何處落，風吹一夜滿關山」詩意。⑤壽陽：化用壽陽公主梅花妝事。詳見姜夔《疏影》。⑥誰調玉髓：唐段成式《酉陽雜俎》前集卷八，載孫和因酒醉舞如意誤傷鄧夫人，面頰上留下疤痕。後孫和聽太醫的話，用白獺髓雜玉與琥珀屑合成膏，為鄧夫人治好了疤痕。⑦孤山：在杭州西湖邊，北宋林逋隱居於此，遍種梅花。⑧「離魂」二句：倩，即請，請人代辦。些：句末語助詞，無義。縞（ㄍㄠˇ）衣：白衣。「解佩溪邊」：典出劉向《江妃二女》。記曰：「江妃二女者，不知何許人也，出遊於江漢之湄，逢鄭交甫。見而悅之，不知其神人也，謂其仆曰：『我欲下請其佩。』……遂手解佩交甫。」⑨葉底清圓：化用杜牧《歎花》詩：「綠葉成陰子滿枝」句意。

【譯文】

猶如宮娥粉臉上脫落的粉妝，又如仙山雲朵墜落的倩影，仙姿綽約的梅花飄落在空寂無人的野水荒灣。山石掩埋了你芬芳的遺骨，金沙灘下深藏著你聖潔的軀體。我不恨南樓吹奏幽咽哀怨的《梅花落》，只恨晨風將梅花吹向千里關山。黃昏中，庭院裏殘存的梅花飄浮著幽香，清冷的月光下梅枝疏影孤寂地交錯橫斜，空自搖曳。壽陽公主空對鸞鏡愁眉不展，梅花已落盡難尋，誰能調和玉髓來彌補額上的疤痕，爲她助妝添色？細雨中鴻雁紛紛歸飛，綿延無際的春寒仍然籠罩著遍種梅花的孤山。梅花飄落枝頭，難以復返，幽魂遠去請誰才能招還；只能在夢中再見穿著白衣素裙的你，在溪邊解下玉佩贈我留念。最令人愁悵的是，當梅雨過盡，天晴鳥啼，我在綠葉濃陰下看見那點點梅子又清又圓。

高陽臺

豐樂樓分韻得如字①

修竹凝妝②，垂楊駐馬，憑闌淺畫成圖。山色誰題？樓前有雁斜書。東風緊送斜陽下，弄舊寒、晚酒醒余。自消凝，能幾花前，頓老相如③？　傷春不在高樓上，在燈前攲枕④，雨外熏爐。怕艤⑤遊船，臨流可奈清臞⑥？飛紅若到西湖底，攪翠瀾、總是愁魚。莫重來，吹盡香綿，淚滿平蕪。

〔注〕①豐樂樓：酒樓，作者曾在樓壁題書自己的名作《鶯啼序》，一時為人傳誦。分韻得如

字：數人共寫一題，每人用什麼韻字，以抓鬮或其他規定的辦法來分配，然後依韻作詞。②凝妝：濃妝、盛妝。③相如：指漢代大文學家司馬相如。作者在這裏自指。④攲枕：即倚枕。⑤艤：停船靠岸。⑥清臞：即「清臒」，消瘦。

【譯文】

修長高拔的青竹猶如盛裝的美人，我騎馬穿過竹林來到樓前，把馬拴在樓前垂柳上，登上高樓憑欄遠望，眼底群山青青，碧波萬頃，宛如一幅淡雅的圖畫。如此美麗的山色，是誰在上面題詩？看那樓前橫斜的雁陣，分明就是一行詩句。東風緊吹，催送斜陽西下，晚風送寒，吹醒了我的酒意。我獨自感傷出神，在花前傷春還能有幾度？想不到我竟衰老得如此之快。傷春不只是在登樓遠眺的時候，夜晚倚枕難眠之時，外面風雨淒淒、屋內獨對香爐之際，都令人傷心不已。我怕泊船靠岸，面臨清流，看見自己瘦削的面容身影，怎能忍受得了？那落花若是飄落到西湖水底，攪起綠波的總是那些傷心憂愁的魚兒。千萬不要再來這裏，因爲那柳絮也將被吹盡，如點點清淚灑滿在平遠的草地上。

三姝媚

過都城舊居有感

湖山經醉慣，漬春衫，啼痕酒痕無限。又客長安①，歎斷襟零袂，涴塵誰浣

②。紫曲③門荒，沿敗井、風搖青蔓。對語東鄰，猶是曾巢，謝堂雙燕④。春夢人間須斷，但怪得當年，夢緣能⑤短。繡屋秦箏，傍海棠偏愛，夜深開宴。舞歇歌沈，花未減、紅顏先變。佇久河橋欲去⑥。斜陽淚滿。

〔注〕①「又客長安」二句：長安是秦漢時都城，這裏代指南宋京都臨安。斷襟零袂（ㄇㄟˋ），指殘破不全的衣服。②涴（ㄨㄛˋ）塵：為泥塵所汙。污染。浣（ㄨㄢˇ）：洗。③紫曲：指妓女居住的坊曲。④謝堂雙燕：唐劉禹錫《烏衣巷》詩：「舊時王謝堂前燕，飛入尋常百姓家。」⑤能：通「恁」，如此，這麼。⑥河橋：此處泛指舊居。

【譯文】

經常醉飲湖上，已經看慣了那湖光山色，春衫上沾染的的斑斑淚痕和酒漬至今猶在。我如今又客居京都，可歎我殘破塵汙的衣服，再沒有人爲我縫補洗刷。她昔日的舊居已是門徑荒蕪，頹敗的井沿四周，野草在微風中搖曳。東鄰屋內傳來燕語呢喃，那是一對曾在高門大戶巢居過的雙燕。我知道人間歡樂難久，猶如春夢，但未料到的是當年我倆的春夢爲何如此短暫。可如今追憶當年，在她的繡房裏擺下秦箏，聽她彈奏；她最喜歡緊挨著海棠花枝，深夜設宴。可如今那歡樂的歌舞早已消歇沈寂，紅花依然嬌豔，而似花的容顏卻先自凋殘。我久久地佇立在河橋，欲離去，在斜陽餘輝中，滿含淚花告別了舊居。

八聲甘州

靈岩①陪庾幕諸公遊

渺空煙四遠，是何年、青天墜長星。幻蒼崖雲樹，名娃金屋②，殘霸③宮城。箭徑④酸風射眼，膩水⑤染花腥。時靸雙鴛響⑥，廊葉秋聲。　宮裏吳王沈醉，倩五湖倦客⑦，獨釣醒醒。問蒼波無語，華髮奈山青。水涵空、闌干高處，送亂鴉、斜日落漁汀。連呼酒、上琴臺去⑧，秋與雲平。

〔注〕①靈岩：山名，在今蘇州市西，上有春秋時吳國遺跡，山頂有靈岩寺，相傳為吳王夫差所建館娃宮遺址。庾幕：即倉幕。作者曾在蘇州為倉台幕僚，即轉運使的僚屬。此詞即是作者與同僚遊靈岩山而作。②名娃金屋：指吳王夫差為西施築館娃宮事。名娃：即有名的美女。吳地方言稱絶美女子為娃，此處指西施。③殘霸：指吳王夫差霸業有始無終。夫差先後曾破越敗齊，爭霸中原，後為越國所敗，身死國滅，霸業未終。④箭徑：即采香徑。范成大《吳郡志》卷八古跡條：「采香徑在香山之旁，小溪也。吳王種香於香山，使美人泛舟于溪以采香。今自靈岩望之，一水直如矢，故俗又名箭徑。」酸風：指冷風。語出唐李賀《金銅仙人辭漢歌》：「東關酸風射眸子。」射眼：刺眼。⑤膩水：漂浮著脂粉垢膩的溪水。語出唐杜牧《阿房宮賦》：「渭流漲膩，棄脂水也。」腥：指脂粉香氣。⑥「時」二句：，無根拖鞋。雙鴛：鴛鴦履，婦女的鞋子。廊：指響廊，在靈岩山

寺，相傳吳王為西施所建，以梓鋪地，廊虛而響，故名。⑦「倩五湖倦客」二句：五湖倦客指越臣范蠡，他提議送美女西施給吳王，在幫助越王勾踐擊敗了吳國後，他便功成身退。倩：請。醒醒：指范蠡助越王打敗吳國後即隱居江湖，才是真正的清醒。⑧琴臺：在靈岩山西北絕頂，相傳為西施彈琴處。

【譯文】

眺望四方，長空萬里，雲煙渺渺，不知是何年何月。青天墜下一顆星，幻化出蒼翠的山林，爲絕世美人居住的金屋，和那霸業未竟的吳王的宮殿。靈岩山前采香徑筆直如箭，冷風淒厲刺眼，溪水中漂浮著脂粉垢膩，兩岸的花朵都染上了脂粉的香腥。響廊裏不時傳來颯颯聲，不知是冷風吹動秋葉，還是西施穿著鴛鴦拖鞋在廊上走動。　吳王在深宮裏沈迷於酒色，斷送了家國性命；那范蠡助越王敗吳後，棄官歸隱，垂釣於太湖，才是眞正的覺醒。我問蒼茫碧波，蒼波默默無語。青山長在，無奈我已年老，滿頭白髮。浩瀚的江水映照著無垠的長空，我憑倚著高亭上的欄杆，目送一群紛亂的烏鴉落在夕陽斜照下的沙洲上。我連連呼喚上酒，直往琴臺攀登，在這絕頂高處，秋光與雲彩齊平。

踏莎行

潤玉①籠綃，檀櫻②倚扇，繡圈③猶帶脂香淺。榴心空疊舞裙紅，艾枝④應壓

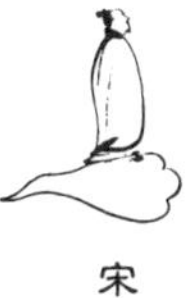

愁鬟亂。午夢千山，窗陰一箭⑤，香瘢新褪紅絲腕⑥。隔江人在雨聲中，晚風菰葉生秋怨⑦。

〔注〕①潤玉：形容肌膚光潤如玉。②檀櫻：淺紅色的櫻桃小口。檀：淺紅色。③繡圈：繡花的圈飾。④艾枝：端午節婦女剪艾枝成虎形以為頭飾，以避邪袪病。⑤一箭：指漏箭，言刻漏移動之微。作「光陰似箭」解，亦可。⑥紅絲腕：舊時婦女端午節在腕上繫紅色絲線以辟鬼袪災。⑦菰：水生植物，即茭白。

【譯文】

肌膚光潤如玉，罩著薄如羽翼的紗衫；淺紅的櫻桃小嘴挨著團扇；繡花的項圈，還帶著淡淡的脂粉香。石榴花紋的紅舞裙空自疊在那裏，艾枝插在散亂的鬢髮間壓著深深的憂愁。一場午夢，我的魂魄歷盡了萬水千山；醒來卻見窗前的陰影似乎未動，那滴漏裏的漏箭亦似動未動。想必是你太過憂愁而消瘦了，在手腕上的紅絲線寬鬆了，勒出的疤痕都已褪去。細雨朦朧中隔江望去不見你的蹤影，晚風吹來菰葉颯颯作響，更增添我秋怨重重。

瑞鶴仙

晴絲①牽緒亂，對滄江斜日，花飛人遠。垂楊②暗吳苑，正旗亭煙冷，河橋風

暖。蘭情蕙盼③，惹相思、春恨酒畔。又爭知④、吟骨縈消，漸把舊衫重剪。淒斷流紅千浪，缺月孤樓，總難留燕。歌塵凝扇，待憑信，拚分鈿⑤。試挑燈欲寫，還依不忍，箋幅偷和淚卷。寄殘雲剩雨蓬萊⑥，也應夢見。

【注】①晴絲：春夏季節，晴空中飄蕩的昆蟲吐的絲，諧音「情思」。②「垂楊」二句：吳苑，指春秋時吳王闔閭所建的宮苑，在蘇州。暗：掩映，遮蔽。旗亭：酒樓。③蘭情蕙盼：形容嬌柔的情態和脈脈含情的眼波。④爭知：怎知。⑤拚：甘願，不惜。分鈿：分釵，表示男女分別。⑥蓬萊：本指仙境，這裏指意中人的居所。

【譯文】

那嫋嫋情絲牽動我的離情別緒，面對著茫茫江水，夕陽西下，令人心煩意亂，伊人猶如那落紅飄逝已離我遠去。楊柳濃陰，掩映著吳宮林苑。正逢寒食節酒樓裏不開炊煙，河橋畔東風陣陣送來暖意。酒店裏歌女體態嬌柔，流目傳情。暮春酒啊！又惹起我對伊人苦苦相思。她怎能知道我這的身體如今是瘦得這般可憐，只好一次次地把舊日衣衫重新剪裁。我淒然魂斷，眼看著千重浪花捲走落紅。一彎冷月伴著孤樓，燕子呢喃，卻不願進樓築巢，總難留住。她那把唱歌跳舞用的小扇子也已落滿了塵土，我想寫一封書信，不惜與她分手永斷情緣。然而幾次挑亮燈盞提起筆管準備寫信，卻還是遲疑不決，只好暗暗將信箋與淚水一同捲起。即使寄魂魄

於蓬萊山的殘雲剩雨，也應該與她在夢中相見。

鷓鴣天

化度寺作①

池上紅衣伴倚闌，棲鴉常帶夕陽還。殷雲②度雨疏桐落，明月生涼寶扇閑。鄉夢窄，水天寬，小窗愁黛淡秋山。吳鴻③好為傳歸信，楊柳閶門④屋數間。

【注】①化度寺：據《杭州府志》記載，在仁和縣北江漲橋，原名水雲寺，宋英宗治平二年（一〇六五）改為化度寺。②殷雲：厚密的雲層。③吳鴻：指吳地來的大雁。④閶門：蘇州西門。

【譯文】

我在池邊獨依欄杆，只有池中的朵朵紅蓮陪我作伴，臨近黃昏，烏鴉帶著夕陽的餘輝飛回附近棲宿。濃濃的烏雲灑下一陣急雨，稀疏的梧桐葉還在飄落。雨過天晴，夜空如洗，一輪明月帶來初秋的涼意，伴我度暑的寶扇閒置不用。　思鄉的夢境總是那麼短促，而藍天碧水卻寬闊無比，眞可謂天長水遠。倚窗遠眺，遠處淡淡的秋山猶如美人的黛眉，似乎也含著幽幽的愁意。空中飛過的大雁好像是從吳地來的，正好爲我傳送歸去的訊息，蘇州城西閶門外，楊柳掩映下有數間小屋，正是我夢繞魂牽的家。

夜遊宮

人去西樓雁杳，敘別夢，揚州一覺①。雲淡星疏楚山曉，聽啼鳥，立河橋，話未了。　雨外蛩②聲早，細織就霜絲多少？說與蕭娘③未知道，向長安，對秋燈，幾人老④？

【注】①揚州一覺：化用唐杜牧詩「十年一覺揚州夢」句意，表明是在夢中。②蛩：蟋蟀，又稱「促織」。③蕭娘：對所愛女子的泛稱。④幾人老：即人幾老。

【譯文】

西樓空空人已離去，鴻雁一去也杳無音訊。我向你敘述別情，誰知竟是一場虛夢。雲淡星稀天將拂曉，遠處楚山還迷濛不清。我和你站立在河橋上喁喁私語，傾訴離情別緒，話未說完，卻被鳥啼聲驚醒。　秋雨瀟瀟，蟋蟀哀鳴，那促織之聲猶如催動機梭穿行，織出我頭上白髮絲絲知多少？我淒苦的心情即使告訴伊人怕他也體會不到。遙望京師，面對這秋夜孤燈，心中淒涼苦寂，我又怎能不憂愁衰老？

喬木生雲氣，訪中興②、英雄陳迹，暗追前事。戰艦東風慳借便③，夢斷神州故里。旋小築、吳宮閑地，華表④月明歸夜鶴，歎當時、花竹今如此，枝上露，濺清淚。　遨頭⑤小簇行春隊，步蒼苔、尋幽別墅，問梅開未？重唱梅邊新度曲，催發寒梢凍蕊。此心與東君同意⑥，後不如今今非昔，兩無言相對滄浪水，懷此恨⑦，寄殘醉。

賀新郎

陪履齋先生滄浪看梅①

〔注〕①履齋：即吳潛，號履齋，淳年間曾為相，封慶國公。作者曾為其幕僚。滄浪：亭名，在今蘇州市南，南宋時曾為韓世忠的別墅。②中興：指韓世忠。韓世忠於建炎四年（一一三〇）擊退金兵進攻，被譽為「中興武功第一」。③「戰艦」句：韓世忠在建炎四年駕海船在鎮江與金兵大戰，取得黃天蕩大捷。東風慳借便：化用唐杜牧《赤壁》詩：「東風不與周郎便，銅雀春深鎖二喬」句意。慳（ㄑㄢ）：吝嗇。借便：借給方便。④華表：用遼東人丁令威化鶴歸鄉之典。詳見王安石《千秋歲引》。⑤遨頭：據《成都記》載，宋時成都正月至四月浣花，太守出遊，仕女縱觀，稱太守為「遨頭」。吳潛此時為平江知府，故稱。⑥東君：原指司春之神，此指吳潛。同意：心意相同。⑦此恨：指前文「後不如今今非昔」。

【譯文】

高大的樹木，雲氣繚繞。我陪履齋先生來到這裏，追尋中興英雄韓世忠的抗金事跡，追憶前朝舊事。可歎東風吝嗇，不肯借給戰艦一臂之力，致使抗金大業功虧一簣，致使韓將軍收復神州故里的夢想破滅。隨後，不得意而含恨休官，在此吳王故宮舊地歸隱閒居。英雄如像丁令威那樣化作仙鶴月夜歸來，一定會深深歎息，當年繁茂的花竹如今竟是如此冷落沈寂。枝梢上清露點點，猶如飛濺的淚滴。　吳太守領著遊春的隊伍，沿著長滿青苔的小路，在別墅裏探幽訪春，尋問梅花開了沒？在梅樹邊我們不斷地唱著新編的歌曲，想用歌聲來催開在寒冷的枝頭上沈睡的梅花花蕊，讓春光重回大地。我催梅早開之心，與吳先生是相同一致的。如今的情形已不如往昔。面對滄浪亭下涓涓流水，我和吳先生默默無言，心情沈重，只有將滿懷悲恨和憂懼，寄託杯中餘酒。

唐多令

何處合成愁？離人心上秋①，縱芭蕉、不雨也颼颼②。都道晚涼天氣好，有明月，怕登樓。　年事夢中休，花空煙水流，燕辭歸、客尚淹留。垂柳不縈裙帶住，漫長是、繫行舟。

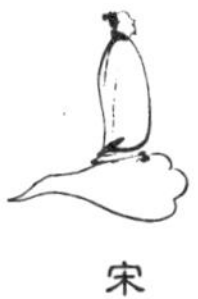

〔注〕①心上秋：「心」、「秋」二字合起來即是「愁」字。②不雨也颼颼：用芭蕉雖無雨但遇風也颼颼作響的特點，寫出了秋天的蕭瑟。

【譯文】

什麼時候會產生愁緒呢？本已傷感的離人之心，又逢淒涼蕭瑟的秋天，便合成愁意了。縱然不下雨，芭蕉葉在風中也颼颼作響，令人淒然。都說雨後的秋夜天氣涼爽宜人，又有朗朗明月，我卻怕在此時登上高樓。　往事如夢，年華流逝，猶如眼前花飛花謝，煙波東流。那群燕已辭別舊巢飛回南方，而我這客子還羈留在他鄉。絲絲垂柳不把她的裙帶繫住，卻總是把我的行舟牢牢拴住。

❑黃孝邁

黃孝邁，字德夫，號雪舟，生平事跡不詳。詞集《雪舟長短句》已佚，存詞四首收入《全宋詞》。

湘春夜月

近清明，翠禽枝上消魂。可惜一片清歌，都付與黃昏。欲共柳花低訴，怕柳花輕薄①，不解傷春。念楚鄉②旅宿，柔情別緒，誰與溫存？　空尊夜泣，青山不語，殘照當門。翠玉樓前，惟是有、一陂湘水，搖蕩湘雲。天長夢短，問甚時、重見桃根③？者次第④、算人間沒個並刀，剪斷心上愁痕。

〔注〕①柳花輕薄：語出北宋謝逸詞《花心動》：「風裏楊花輕薄性。」②楚鄉：時作者客居之湖南，古為三楚之地，故稱「楚鄉」。③桃根：本晉王獻之妾之妹，後代借指戀人。④「者次第」三句：者，同「這」。次第：情形。算：推測之詞。並刀：山西並州（今太原）出產剪刀很有名，稱並刀。「算人」二句語出姜夔《長亭怨慢詞》：「算空有並刀，難剪離愁千縷。」

【譯文】

臨近清明時節，翠鳥在枝頭上唱得哀婉動人。可惜這一片清歌，全都付予寂寞的黃昏。想對柳花低訴心曲，又怕柳花輕薄，不理解我傷春的情懷。想我漂泊楚鄉獨宿旅舍，滿懷柔情別緒，誰能給我溫存，讓我得到安慰？　夜晚我面對空空的酒杯哭泣，青山默默無語，門前只見一彎殘月灑下冷光。在華麗的客舍樓前，惟有一池湘水，倒映著朵朵浮雲，微風吹來，水天搖蕩，波光朦朧迷茫。天長地久，日月悠悠，人生如夢，何其短促，什麼時候才能與她重逢？這情形看來，人間並沒有一把快刀，能剪斷我心中的愁思。

□潘希白

潘希白，字懷古，號漁莊，浙江永嘉人，寶祐元年（一二五三）進士，曾任幹辦臨安府節制司公事。存詞一首，收入《全宋詞》。

大有 九日

戲馬臺前①，采花籬下②，問歲華、還是重九。恰歸來、南山翠色依舊。簾櫳昨夜聽風雨，都不似登臨時候。一片宋玉情懷③，十分衛郎清瘦④。 紅萸佩⑤，空對酒。砧杵動微寒，暗欺羅袖。秋已無多，早是敗荷衰柳，強整帽檐⑥欹側，曾經向天涯搔首。幾回憶、故國蓴鱸⑦，霜前雁後。

〔注〕①戲馬臺：在彭城（今徐州），相傳楚項羽曾在此閱兵。南朝宋武帝劉裕曾於重陽節時在此大會賓僚賦詩。劉裕曾統率大軍北伐，一度收復洛陽。②「采花」句：化用陶淵明《飲酒》其五：「采菊東籬下，悠然見南山。」③宋玉：楚文學家，曾作《九辯》，以悲秋著稱。④衛郎：見前周邦彥「大酺」注。⑤紅萸：即茱萸，古人重陽節佩戴茱萸以避邪。⑥帽檐：指晉孟嘉重陽登高落帽之典。詳見劉克莊《賀新郎》。⑦蓴鱸：典出《晉書・張翰傳》。見前辛棄疾「水龍吟」注。

【譯文】

來到戲馬臺前，在東籬下採得幾株菊花，詢問眼下節令，才知又到了重陽佳節。正好此時歸來，看南山依然是一片青翠景色。昨夜聽得窗外風雨瀟瀟，一點也不像重陽登高的季節。我像宋玉那樣滿懷悲愁，又如衛郎那樣清瘦羸弱。　我佩戴著朱萸，空對一杯清酒。聽到隱約傳來搗衣的砧杵聲，想起已是做寒衣的時候，好像一陣寒意暗暗侵入衣袖。秋日所剩無多，已是滿目敗荷殘柳。我勉強整理好歪向一邊的帽檐，因為我不時地向遙遠的天邊搔首，以排遣愁緒。我多少次回想起家鄉的風物，正是在這霜凍之前，鴻雁飛歸之後。

❑無名氏（黃公紹）

黃公紹，字直翁，邵武人。隱居樵溪。有《在軒詞》。

青玉案①

年年社日停針線②，怎忍見、雙飛燕？今日江城春已半，一身猶在，亂山深處，寂寞溪橋畔。　春衫著破誰針線？點點行行淚痕滿。落日解鞍芳草岸，花無人戴，酒無人勸，醉也無人管。

【注】①這首詞，上村民據《詞林萬選》、《歷代詩全》，均作黃公紹詞，但不見於黃集。《陽春白雪》、《翰墨大全》等書均作無名氏詞，唐圭璋編《全宋詞》，也未列入黃詞。黃公紹，字直翁，福建邵武人。宋度宗咸淳元年（一二六五）進士，不仕。有《在軒集》。

②社日：古時祭社神之日，有春社、秋社之分，這裏指春社。停針線：唐宋時婦女在社日不動針線。張邦基《墨莊漫錄》：「今人家閨房，遇春秋社日，不作祖訓，謂之忌作。」

【譯文】

每年春社祭祀社神的日子裏，婦女不做針線活，結伴閒遊，到處迎神賽會。我客居異鄉，怎忍心看到雙燕呢喃、飛回舊巢的情景？如今，江城的春天已過去了一半，我依然孑然一身，投宿在這亂山深處、寂寞幽暗的溪橋邊。　我的春衫已穿破，有誰爲我漿洗縫補？衣服上點點行行，皆是傷心淚痕。斜陽西下，餘輝昏暗，我在長滿花草的溪岸邊下馬解鞍。那鮮豔的花朵無人採戴，醇香的美酒也無人相勸同飲，我喝醉了也無人理會。

朱嗣發

朱嗣發（一二三四—一三〇四），字士榮，號雪崖，烏程（今屬浙江）人。專志奉親。宋亡，舉充提學學官，不仕。僅存此一首詞，收入《全宋詞》。

摸魚兒

對西風，鬢搖煙碧，參差前事流水。紫絲羅帶鴛鴦結，的的鏡盟①釵誓。渾不記，漫手織回文②，幾度欲心碎。安花著葉，奈雨覆雲翻，情寬分窄，石上玉簪脆③。

朱樓外，愁壓空雲欲墜，月痕猶照無寐。陰晴也只隨天意，枉了玉消香碎。君且醉，君不見長門④青草春風淚。一時左計⑤，悔不早荊釵⑥，暮天修竹⑦，頭白倚寒翠。

〔注〕①鏡盟：這裏用樂昌公主的故事。《本事詩》載南朝太子的舍人陳德言娶陳後主妹樂昌公主為妻。陳衰，德言謂妻曰：「以君之才容，國亡必入權豪之家。」便破鏡為二，與樂昌各執其半，相約他年正月十五賣於都市以通訊息相認。陳亡，公主為楊素所得。德言依約至京，見有老僕賣半鏡，出己之半鏡合之，並題《破鏡詩》一首。公主見詩，悲泣不食。楊素詢之，召德言，還樂昌公主，使其「破鏡重圓」。釵誓：陳鴻《長恨歌傳》記載唐玄宗與楊貴妃定情之夕，授金釵鈿合為信物，願世世為夫婦。鏡盟、釵誓皆代指愛情的盟誓。②回文：相傳前秦秦州刺史竇滔被徙流沙，其妻蘇蕙便在錦上織出回文《璇

璣圖》詩相贈。詩循環可讀，詞甚淒婉。後常以「回文」、「錦書」等代指妻子給丈夫的書信。③石上玉簪脆：化用白居易《井底引銀並》。詩：「石上磨玉簪，玉簪欲成中央折。並沉簪折知奈何？似妾今朝與君別。」④長門：即長門宮。漢武帝時的陳皇后曾被打入長門宮。⑤左計：錯誤的主意。⑥荊釵：古時貧困婦女以荊木枝為髮釵，後便以「荊釵」表示貧賤。⑦暮天修竹：化用杜甫《佳人》：「天寒翠袖薄，日暮倚修竹。」

【譯文】

我迎風佇立，任憑西風把我濃密的鬢髮吹得如一團碧色煙雲，想起過去那些悲歡情事，如同流水般逝去。想當年，他曾用紫絲羅帶打成鴛鴦結，明確地向我立下海誓山盟。然而這些已被他忘得乾乾淨淨，我多少次傷心欲絕地給他寫信寄詩。把落花重新安到花蒂上去，無奈他雲覆雨翻心已變，儘管我一片眞情但緣分太淺，我倆恩情已絕，猶如石上磨簪，忽地折斷。朱樓外，空中雲霧層層，彷彿被我心頭沈重的愁緒壓得要墜落下來。慘澹的月光照著我，使我久久難以入睡。天晴天陰自是天意，他的情意既絕，爲此而憔悴憂鬱，即使玉消香碎也是枉然。乾脆一醉解愁，你看那寵極一時的陳皇后，到頭來也不過落得個獨守長門宮，對著青草春風空流淚。怪我一時打錯了主意，眞後悔當初應該荊釵布裙，像暮色中獨倚修竹的佳人一樣，在清貧生活中固守情操到老。

□劉辰翁

劉辰翁（一二三二—一二九七），字會孟，號須溪，廬陵（今江西吉安）人。景定元年（一二六〇）補太學生。景定三年廷試對策忤奸相賈似道，被置丙第。宋亡後，隱居不仕。詞風遒勁，慷慨悲涼。宋亡前多揭露南宋腐敗政治之作，宋亡後詞作重在抒發亡國之恨。有《須溪詞》。存詞三五四首。

蘭陵王　丙子送春①

送春去，春去人間無路。鞦韆外，芳草連天，誰遣風沙暗南浦。依依甚意緒？漫憶海門飛絮②。亂鴉過、斗轉③城荒，不見來時試燈處。　春去誰最苦？但箭雁④沈邊，梁燕⑤無主，杜鵑聲裏長門暮。想玉樹凋土⑥，淚盤如露⑦。咸陽送客⑧屢回顧，斜日未能度。　春去尚來否？正江令恨別⑨，庾信愁賦⑩，蘇堤盡日風和雨⑪。歎神遊故國，花記前度⑫。人生流落，顧孺子⑬，共夜語。

〔注〕①丙子：宋景炎元年（一二七六）是丙子年，是年正月，元軍攻破臨安，南宋亡。送春：作者以「春」象徵南宋王朝，「送春」即哀悼南宋之亡。②海門飛絮：暗指逃往海濱的

南宋皇帝。③斗轉：星斗轉移，暗喻朝代更換。④箭雁：喻指被俘的南宋君臣。⑤梁燕：喻已淪落異族統治的宋朝臣民。⑥玉樹凋土：《漢書・楊雄傳》有「翠玉樹之青葱兮。」顏師古注：「玉樹者，武帝所作，集衆寶為之，用供神也。」玉樹凋土：比喻亡國。⑦淚盤如露：漢武帝在建章宮前造神明台，上有金銅仙人手托盛接露水的銅盤。魏明帝時命人將銅人從長安遷至洛陽，銅人潸然淚下。⑧咸陽送客：出自李賀《金銅仙人辭漢歌》中「衰蘭送客咸陽道，天若有情天亦老。」這裏化用李詩句意以喻被俘北行的恭帝君臣。⑨江令恨別：即南朝梁文學家江淹，曾任建安吳興令，有《別賦》、《恨賦》。⑩庾信愁賦：庾信初仕梁為臣，出使北周被留不得南歸。著有《愁賦》。這裏作者原注「二人皆北去。」⑪蘇堤：即杭州西湖之蘇堤。這裏以蘇堤風雨暗喻淪陷後臨安局勢動蕩不安。⑫花記前度：化用劉禹錫《再遊玄都觀》詩：「百畝庭中半是苔，桃花淨盡菜花開。種桃道士歸何處，前度劉郎今又來。」意為重回臨安，感傷不已。⑬孺子：指作者的兒子劉將孫。

【譯文】

送春天歸去，春去後人間再無路。鞦韆外邊，芳草萋萋伸向天際，不知是誰驅遣如此猛烈的風沙把江南岸吹得昏天黑地。我心煩意亂只覺內心依依不捨，也不知究竟是什麼情緒？我空自思念著飄向海外四處無著落的飛絮。一陣亂鴉飛過，星斗轉移，時過境遷，京城裏荒敗不堪，

再也看不見我來時試燈的熱鬧景象。　春已歸去，誰最憂愁痛苦？只見那中箭受傷的鴻雁，沈落在荒蕪的邊地已無回歸之日；那樑上飛燕因失去了故主而無所依傍；黃昏暮色中宮苑裏傳來杜鵑悲切的啼聲。那珍貴的國寶玉樹已凋墜於塵埃之中，那金銅仙人手托的承露盤清淚如露。被迫遷離咸陽的金銅仙人留戀故土，行動遲緩，在令人心碎的黃昏時分頻頻回顧。　春已歸去，春還歸來嗎？江淹北去了，庾信北去了，去而無還。我像江淹那樣恨離別，像庾信那樣充滿離愁。蘇堤天天陷於淒風苦雨之中，可歎我只有在夢裏神遊故國了，故國昔日美好的風光也只有在記憶中思念了。人生漂泊流落如此，只有在深夜裏與兒子共語沈痛了。

寶鼎現

紅妝春騎，踏月影竿旗穿市。望不盡，樓臺歌舞，習習香塵蓮步底。簫聲斷、約彩鸞①歸去，未怕金吾②呵醉。甚輦路③、喧闐且止，聽得念奴歌起。　父老猶記宣和④事，抱銅仙、清淚如水。還轉盼、沙河⑤多麗。滉漾明光⑥連邱第，簾影凍、散紅光成綺。月浸葡萄⑦十里，看往來、神仙才子，肯把菱花撲碎⑧。　腸斷竹馬兒童，空見說、三千樂指⑨。等多時春不歸來，到春時欲睡。又說向燈前擁髻⑩，暗滴鮫珠⑪墜。便當日親見霓裳⑫，天上人間⑬夢裏。

〔注〕

①彩鸞：據林坤《誠齋雜記》載，唐太和末，書生文簫遇仙女吳彩鸞，甚美，生駐足不去，女亦回盼，於是結為夫婦。此處借指遊女。②金吾：官名，掌警衛京城夜禁等。元宵節前後三日內金吾不禁，准市民夜飲狂歡。③「甚輦路」二句：甚，為什麼。輦路：供皇家車馬行經的道路，這裏泛指通衢大道。喧闐（ㄊㄧㄢˊ）：熱鬧擁擠。闐：充滿。念奴：唐天寶中的著名歌女。這裏指當時的著名歌女。④宣和：北宋宋徽宗年號（一一一九—一一二五），金兵滅北宋在一一二六年，但敗象在宣和時已顯露無異了。⑤沙河：宋時杭州城南五里有沙河街，居民很多，終日歌舞不絕。此處代指臨安。⑥滉漾明光：宋時富户在水邊設燈燭煙火，燈光在水中晃動，十分耀眼好看。⑦葡萄：指湖水的碧綠澄澈。⑧菱花撲碎：徐德言和樂昌公主破鏡重圓之典。詳見朱嗣發《摸魚兒》。菱花：指銅鏡。⑨三千樂指：一人十指，這裏指三百人的大型樂隊。⑩擁髻：漢伶玄妾樊通德聽説趙飛燕的故事，以手擁髻淒然泣下。擁髻，是表示愁苦的動作。⑪鮫珠：晉張華《博物志》載，南海中有鮫人，水居如魚，不廢織績，其眼能泣珠。這裏即指眼淚。⑫霓裳：即唐玄宗十分欣賞的名曲《霓裳羽衣曲》。這裏指盛世音樂。⑬天上人間：化用南唐李煜《浪淘沙》詞中「流水落花春去也，天上人間」詞意。

【譯文】

一群盛裝女子和騎馬男士，踏著月影觀賞彩燈；官員或軍人也出來巡行，由旌旗引導穿過街市。樓臺上那美妙的歌舞令人陶醉，台下觀眾雲集，美女過處蕩起陣陣香塵。等到鼓樂簫管聲漸漸沈寂、歌舞停歇，美少年約俏佳人一同歸去，有的則醉飲街頭，也不怕執行警衛的士兵前來干涉遏止。爲什麼喧鬧擁擠的通衢大道上忽然鴉雀無聲？原來是著名的女歌手要演唱了。

上了年紀的人們還記得北宋宣和年間的盛事，北宋亡國，那金銅仙人被遷走時，顧念舊土，清淚如水。回過頭來看南宋，那涉河塘是多麼繁華多麗。每逢元夕，大家府第張掛彩燈，水中燈影搖動，燭火更燦然連成一片，那四散的彩光把門簾照得如同美麗的織錦。月光映照著十里長河，河水如同葡萄酒般碧綠澄澈，看那些往來遊玩的美人才子，有誰會像南朝徐德言那樣預料到國之將亡，肯把菱花鏡打破？　眞令人傷心，如今正騎著竹馬玩的兒童，沒見過盛世景象，只能空聽老人講說那當年宋朝三百人大樂隊的盛況。人們久等多時不見美好的春光歸來；待到春來時，卻又昏昏欲睡。婦女們面對孤燈又提起往事，泣然淚下，不勝其悲。即使親眼見過歌舞昇平盛世景象的老人，也覺得如同夢境。今昔之比，猶如天上人間，差之萬里。

永遇樂

余自乙亥上元，誦李易安《永遇樂》①，為之涕下，今三年矣。每聞此詞，輒不自堪，遂依其聲，又托之易安自喻，雖辭情不及，而悲苦過之。

壁月初晴，黛雲遠淡，春事誰主？禁苑嬌寒，湖堤倦暖，前度遽如許。香塵暗

陌，華燈明晝，長是懶攜手去。誰知道斷煙禁夜，滿城似愁風雨。　宣和舊日，臨安南渡②，芳景猶自如故。緗帙流離③，風鬟三五④，能賦詞最苦。江南無路，鄜州今夜⑤，此苦又誰知否？空相對殘釭⑥無寐，滿村社鼓⑦。

【注】

①乙亥：即宋德祐元年（一二七五），南宋滅亡之前一年。李易安：李清照，號易安居士。《永遇樂》：即李清照之《永遇樂》（落日熔金）詞，寫於北宋亡後流落江南之時。

②臨安南渡：宋欽宗靖康年間，二帝被擄，北方淪陷，高宗趙構遷都臨安，建立南宋。

③緗（ㄒㄧㄤ）帙流離：書卷失落，指李清照夫婦所收藏的古籍珍本在南渡中大都散失。緗帙：淺黃色書套，此處代指書籍。流離：散失，遺落。④風鬟三五：三五指正月十五元宵節，風鬟指頭髮散亂。李清照《永遇樂》詞中有「如今憔悴，風鬟霧鬢，怕見夜間出去」等語。⑤鄜（ㄈㄨ）州今夜：唐代詩人杜甫於安史亂中被困於淪陷的長安，妻兒在（今陝西富縣），因作《月夜》詩，中有「今夜鄜州月，閨中只獨看。」作者當時在元軍統治下的臨安，家人在吉安，境況與杜甫同，故以杜甫自比。⑥殘釭：即殘燈。⑦社鼓：社日祭神時的鼓聲。

【譯文】

我自乙亥上元日，吟誦李易安的詞《永遇樂》，爲之感動而泣然淚下。至今已三年了，每次聞聽此詞，就不能控制悲哀的感情。於是就依其原韻填詞，並以李易安自喻，寫李易安之事，抒自己之情。雖辭情不及她，而悲苦之情卻超過了她。

暮雨初晴，滿月如璧，青黑色的浮雲緩緩飄過，漸遠漸淡。這美好的春光風物有誰來享用？宮廷禁苑中一片輕寒，西湖長堤卻又溫暖得讓人疲倦。此次重來臨安，想不到變化竟如此急遽。記得從前元夕夜車水馬龍，揚起的香塵遮暗了道路，華麗的彩燈照耀得如同白晝，而我卻總是懶於與人攜手同遊。誰料到今日上元夜竟會斷絕燈火，禁止宵行，彷彿滿城皆在愁今夕有風雨。

南渡臨安後，上元節的熱鬧繁盛景象與昔日宣和年間汴京城的景象是一樣的。珍貴的書籍在南渡途中散失遺落，元宵節這天面容憔悴、頭髮散亂，怕於夜間出去，只能寫寫傾訴憂愁的詞章，這又是最苦的事情。江南如今已無路可走，又與家人離散，天各一方，這樣的苦楚又有誰能知道呢？我空自面對殘燈，難以入睡，只聽得村落裡傳來社祭的鼓聲。

摸魚兒

酒邊留同年徐雲屋①

怎知他、春歸何處？相逢且盡尊酒。少年嫋嫋②天涯恨，長結西湖煙柳。休回首，但細雨斷橋③，憔悴人歸後。東風似舊，問前度④桃花，劉郎能記，花復認郎否？　君且住，草草留君剪韭，前宵正恁時候，深杯欲共歌聲滑，翻濕春衫半袖。空眉皺，看白髮尊前，已似人人有。臨分把手，歎一笑論文，清狂顧

曲⑤，此會幾時又？

〔注〕①徐雲屋：古時稱同一年中進士者為「同年」，徐是作者的同年和好友。②嫋嫋：形容姿態美好。③斷橋：即杭州西湖白堤上的斷橋。④「問前度」三句：唐詩人劉禹錫從貶謫地返回長安，前去玄都觀看花，並寫詩諷刺新貴，又遭貶。十四年後回京寫了《再遊玄都觀》詩，曰：「種桃道士知何處？前度劉郎今又來。」這裏翻用劉詩詩意。⑤顧曲：典出《三國志·周瑜傳》：「瑜精於音樂，宴會上聽曲，凡有錯，必回頭看樂隊。」故時人謠曰：「曲有誤，周郎顧。」這裏指宴會上聽曲。

【譯文】

怎麼知道他春天歸向何處？你我好友相逢姑且盡興喝酒。不管是昔日的翩翩美少年，還是今日漂泊的天涯淪落人，總是和這西湖煙柳結下淵源。往事不要回首，只見斷橋上細雨，我面容憔悴又回歸故地。東風依然如故，我癡情地問以前看過的桃花：「我還記得你的花容，你還能認出滿面憔悴的我嗎？」　你姑且在我這裏稍做停留，我爲你準備了便飯，割來了春韭。前天夜裏也是這個時候，我與你深杯飲酒，大聲狂歌，打翻了酒杯，弄濕了春衫半袖。而今天酒宴上相對無言，看到你我都已生白髮，空自歎息緊鎖雙眉。臨別時我握著你的雙手不忍放開別，可歎我們談笑論文章，狂熱地聽樂曲，這樣的聚會何時再會有？

□周密

周密（一二三二—一二九八），字公謹，號草窗，又號蕭齋、弁陽嘯翁，山東濟南人。曾於宋理宗淳中任浙江義烏令。宋亡則隱居，自號四水潛夫。善詩詞，詞講究格律。曾編選《絕妙好詞》，有《齊東野語》、《武林舊事》、《草窗詞》等。

瑤華

後土之花①，天下無二本。方其初開，帥臣以金瓶飛騎，進之天上，間亦分致貴邸。餘客輦下，有以一枝（下缺。他本題改作「瓊花」）。

朱鈿②寶玦，天上飛瓊，比人間春別。江南江北，曾未見、漫擬梨雲梅雪。淮山③春晚，問誰識、芳心高潔？消幾番、花落花開，老了玉關④豪傑。金壺剪送瓊枝，看一騎紅塵⑤，香度瑤闕。韶華正好，應自喜、初亂長安⑥蜂蝶。杜郎⑦老矣，想舊事花須能說。記少年一夢揚州⑧，二十四橋明月。

〔注〕①後土之花：即瓊花，因生於揚州後土祠，故名。相傳此花別處不生，一移即枯。②「朱鈿」二句：朱鈿，紅色珠寶製成的飾物；寶玦（ㄐㄩㄝˊ），有缺口的玉環。此處以朱鈿、寶玦

比喻瓊花的珍貴、美麗。飛瓊：即西王母之侍女許飛瓊。這裏是把瓊花比為天上的仙女。③淮山：指都梁山，在南宋北部邊界的淮水旁。是邊關地區，胡塵飛漲，動盪不安。④玉關：即玉門關，此處泛指邊關。⑤一騎紅塵：唐杜牧《過華清池》：「一騎紅塵妃子笑，無人知是荔枝來。」這裏喻飛騎送瓊花。⑥長安：指臨安。⑦杜郎：即指詩人杜牧。其詩中多詠揚州之繁華者。⑧一夢揚州：源自杜牧《遣懷》詩：「十年一覺揚州夢，贏得青樓薄倖名」，及《寄揚州韓綽判官》詩：「二十四橋明月夜，玉人何處教吹簫。」

【譯文】

揚州後土祠的瓊花，世上無雙。當它初開時，地方官吏便剪下插在金瓶裏，派人騎快馬飛馳進京送上朝廷，有時也分送達貴。我客居京師，有人把一枝……那瓊花珍貴無比，美麗異常，猶如朱鈿和寶玦；又宛如天上的仙女，與人間的百花自然有別。江南江北未曾有人見過，只好隨意地把她想像似繁密如雲的梨花和潔白如雪的梅花。淮山地處邊關，春色已盡，有誰能理解瓊花的芳心高潔？幾度花開花落，瓊花經受著長年的寂寞，而那些戍守邊關的英雄豪傑也老了。

待瓊花初開放，便被剪下花枝插入金瓶，看那快馬揚起紅塵，瓊花被奉送進了皇宮。正是含苞初放的美好時節，應暗自欣喜，初到京師便招來了諸多尋花覓香的蜂蝶。那稱道揚州繁華感慨興亡的大詩人杜郎已經故去了，想那古今往來多少玩物喪志風流韻事，瓊花定能述說。還記得少年時代，揚州是那樣繁華，那二十四橋的明月夜是那般寧靜，風光旖旎。

玉京秋

長安①獨客，又見西風、素月、丹楓，淒然其為秋也，因調夾鍾羽一解。

煙水闊，高林弄殘照，晚蜩淒切。碧砧度韻，銀床飄葉。衣濕桐陰露冷，采涼花②時賦秋雪。歎輕別，一襟幽事，砌蟲能說。　客思吟商③還怯，怨歌長、瓊壺暗缺④，翠扇恩疏⑤，紅衣香褪，翻成消歇。玉骨西風⑥，恨最恨、閑卻新涼時節。楚簫咽，誰倚西樓淡月。

〔注〕①長安：借指南宋都城臨安。②「采涼花」句：涼花指蘆葦花。賦：這裏指吟唱。秋雪：代指《詩經・蒹葭》這首詩。詩中有「白露為霜」一句。「蒹葭蒼蒼，白露為霜，所謂伊人，在水一方。」為押韻，這裏以「雪」代「霜」。蒹葭（ㄐㄢ ㄐㄚ）：蘆葦。③吟商：吟詠秋天。商：古代五音之一，配屬秋天。怯：弱，味不足。④瓊壺暗缺：《世說新語・豪爽》載晉王敦酒後，每每吟詠曹操詩句：「老驥伏櫪，志在千里；烈士暮年，壯心不已。」邊唱邊以如意擊唾壺為節拍，把壺口都敲缺了。瓊壺：唾壺色白，美稱為瓊壺。⑤翠扇恩疏：扇子因秋涼而用不著了，被疏遠擱置。古詩文中常以此比喻君恩斷絕。這裏藉以比喻荷葉殘敗凋零。⑥玉骨西風：形容秋來精神爽潔。

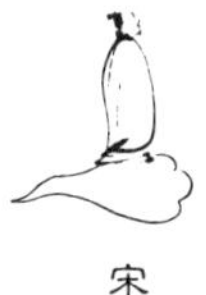

【譯文】

我獨自客居在京師，又見到西風、淡月、紅色的楓葉，凄清蕭瑟的秋色令人凄然，於是創作夾鍾羽一曲。

煙水蒼茫、湖天遼闊。高大的樹林在秋風中輕輕搖曳，閃爍著落日餘暉。秋蟬的鳴叫聲凄涼嗚咽。爬滿青苔的砧杵發出有節奏的搗衣聲，黃綠的梧桐葉飄落在白石砌成的井欄上。寒露打濕了衣衫，站在梧桐樹陰下邊採蘆花，邊吟唱《蒹葭》詩。追悔昔日輕易的離別，感歎今日無法相見，那臺階下蟋蟀的低吟，彷彿在爲我訴說滿懷的幽怨。　用悲涼的商調來吟詠客中的愁思，還嫌意味不足。哀怨的歌唱得太長，隨著拍子敲擊唾壺，不覺把唾壺敲缺了。猶如夏日裏用的扇子已被擱置，那翠綠如扇的荷葉已殘敗零落，鮮豔的荷花也已香氣散失、顏色褪盡，沒想到荷花竟這樣凋寒了。秋來精神爽潔，卻獨居客舍，最恨把這初涼時節白白虛度。隨風飄來了凄聲的簫聲，是誰在這幽淡的月光下，倚著西樓吹奏？

曲遊春

禁煙湖上薄遊①，施中山②賦詞甚佳，余因次其韻。蓋平時遊舫，至午後則盡入裏湖③，抵暮始出斷橋，小駐而歸，非習於遊者不知也。故中山亟擊節余「閑卻半湖春色」之句，謂能道人之所未云。

禁苑④東風外，颺暖絲晴絮，春思如織。燕約鶯期，惱芳情偏在，翠深紅隙。漠漠香塵隔，沸十里、亂絲叢笛。看畫船盡入西泠⑤，閑卻半湖春色。柳陌，新煙凝碧，映簾底宮眉⑥，堤上遊勒⑦。輕暝籠寒，怕梨雲夢冷，杏香愁冪⑧。歌管酬寒食，奈蝶怨良宵岑寂。正滿湖碎月搖花⑨，怎生去得？

【注】①薄遊：即遊歷。薄為發語詞，無義。②施中山：名岳，字中山，蘇州人，是周密的詞友。③裏湖：白堤將西湖又分外西湖、裏西湖。④禁苑：皇家園林。禁苑外，指西湖一帶。⑤西泠：西湖橋名，在白堤上，西泠橋內即稱作裏西湖。⑥簾底宮眉：樓中之美人。⑦堤上遊勒：堤岸上乘馬的遊人。⑧杏香愁冪：紅杏掛滿枝頭。冪（ㄇㄧˋ）：覆蓋，罩。⑨碎月搖花：作者夜遊，月光中水波粼粼。

【譯文】

寒食節遊西湖，施中山寫了一首妙詞，我因而和了一首。平時乘遊舫遊湖，至午後已盡入裏湖，黃昏時才出斷橋，稍事停留歇息便返回。不熟悉遊湖的人不知道這種情形，所以施中山屢次擊拍稱讚我「閑卻半湖春色」一句，能道出他人未說出的意境。

東風從皇家園林吹到西湖，帶起暖意的游絲柳絮，惹出我思緒萬千，紛亂如織、難以言說。偏偏樹底花間鶯燕呢喃軟語，更撩起我的春思。遊春的仕女往來如雲，西湖上香塵瀰漫，猶如

霧障；到處是悠揚的江南絲竹，歡歌笑語、聲振十里。看畫船一艘艘穿過西泠橋底，外湖頓顯冷清，被仕女們閑卻的這半湖春色，正好容我閒心縱賞。　湖堤上垂柳翳翳，柳色如煙似靄凝成一片新綠。柳色映現著遊春男女的身影，車簾裏的仕女畫著宮眉、馬背上的少年風流俊逸。黃昏時，輕輕的暮靄漸漸變濃，籠住了寒意。遊人漸散，歌管聲消，春色亦寂寞。只怕美如雲霞般的梨花猶如夢一樣消逝，那杏花的幽香被即將凋謝的愁緒所籠罩。在歡歌笑語中度過了寒食節，無奈在那花叢中紛飛了一天的蝴蝶，卻埋怨這美好的夜晚太寂寞清靜了。月光清澈，微風陣陣，滿湖的碎月花影，如此美景令我怎忍離去？

花犯

水仙花

楚江湄①，湘娥再見②，無言灑清淚，淡然春意。空獨倚東風，芳思誰寄？凌波路冷秋無際，香雲隨步起。漫記得，漢宮仙掌③，亭亭明月底。　冰絃寫怨④更多情，騷人恨，枉賦芳蘭幽芷。春思遠，誰歎賞國香風味？相將共、歲寒伴侶⑤，小窗靜，沈煙熏翠被。幽夢覺、涓涓清露，一枝燈影裏。

〔注〕①湄：岸邊，指水草交接之地。②湘娥：即傳說中的湘水之神湘妃，這裏用來借指水仙花。③漢宮仙掌：《三輔故事》載，漢武帝建金銅仙人以掌承露，以盤蓄露水。亭亭：

聳立的樣子。明月底：喻盤中水清亮能映明月。④冰絃寫怨：這裏把水仙比作湘靈，暗用湘靈鼓瑟事。《楚辭・遠遊》：「使湘靈鼓瑟兮，令海若舞馮夷」。下文騷人：指屈原。杬：白白地。蘭、芷：都是草名。⑤歲寒伴侶：古人以松、竹、梅為歲寒三友。水仙開在冬末春初，品行高潔，故比作歲寒三友。

【譯文】

那盆中水仙，猶如楚江江畔再現的湘水女神，她風神清潔，凝睇含淚，帶來淡淡的春的氣息。她獨倚東風空自佇立，滿懷芳情向誰寄託？她淩波微步盈盈走來，帶起香雲香氣，卻又散發出無限的輕冷，給人秋寒的感覺。水仙亭亭玉立、風姿綽約，使我很自然想起漢宮裏那承接甘露的金銅仙人，腳下一汪清水映出明月和他聳立的身影。　水仙猶如湘靈鼓瑟，冷絃彈怨，更爲多情，那屈原欲抒發牢騷怨恨，卻白白地寫了那麼多蘭草香芷。水仙春思綿遠，韻味深長，可是有誰來讚歎這國色天香的名花呢？我和水仙相依相共，她是和我共度歲寒的忠誠朋友。在寂靜的小窗前，沈水香的煙霧繚繞著她翠綠的葉子。我從幽夢中醒來，見一枝水仙，獨立在燈影下，晶瑩的露珠點點滴下。

❑蔣　捷

蔣捷，字勝欲，號竹山，陽羨（今江蘇宜興）人，宋度宗咸淳十年（一二七四）進士。宋

亡，隱居太湖竹山，不仕元朝。其詞文字精鍊、風格多樣。存詞九〇餘首。有《竹山詞》。

賀新郎

夢冷黃金屋①，歎秦箏、斜鴻陣裏②，素絃塵撲。化作嬌鶯飛歸去，猶認紗窗舊綠。正過雨、荊桃如菽③。此恨難平君知否？似瓊臺、湧起彈棋局④。消瘦影，嫌明燭。　鴛樓碎瀉東西玉⑤，問芳蹤、何時再展？翠釵難卜。待把宮眉橫雲樣⑥，描上生綃畫幅。怕不是、新來妝束。彩扇紅牙⑦今都在，恨無人解聽開元曲⑧。空掩袖，倚寒竹⑨。

〔注〕①黃金屋：典出《漢武故事》。漢武帝曾對其姑母說，如能娶阿嬌為婦，當以金屋貯之。這裏代指南宋故宮，亦借阿嬌寫一位美人。②斜鴻陣：秦箏絃柱斜列如雁陣。③荊桃如菽：即櫻桃如豆大。荊桃：即櫻桃。④彈棋：一種古代的賭博遊戲。彈棋局：中央隆起，周圍低平。李商隱《無題》：「莫近彈棋局，中心最不平。」《柳枝》：「玉作彈棋局，心中亦不平。」這裏以彈棋局形容心中難平之恨。瓊臺：這裏指棋盤。⑤碎瀉東西玉：杯碎酒瀉。東西玉：酒器名。⑥宮眉橫雲：雙眉如纖雲橫在額前。⑦紅牙：即紅牙拍板，擊拍節的樂具。⑧開元曲：唐開元（唐玄宗的年號）盛世的歌曲。這裏借指宋

朝盛世時的歌曲。⑨倚寒竹：源自唐杜甫《佳人》：「天寒翠袖薄，日暮倚修竹。」

【譯文】

美人在夢中回到了宮殿，可是昔日華麗的宮殿已是一片空寂淒冷。可歎自己撫弄過的秦箏紘柱上已蒙上了厚厚的灰塵。美人的夢魂是化作嬌小的黃鶯飛回去的，她還認得那紗窗，依然綠如從前。天正下著陣雨，看那櫻桃已有豆粒般大。美人胸中的怨恨，猶如那玉石棋盤上湧起的彈棋局，起伏難平，可是有誰知道？因爲怕看到自己消瘦的身影，便嫌那蠟燭太明亮。鴛鴦樓裏東西玉酒杯已碎，杯中酒已瀉盡。美人的芳蹤何在，我什麼時候能再見她的舊日丰采？我用翠釵占卜，也卜不出她的去向。我要把她那姣美的容顏描繪在生綃畫幅上，那雙眉如同纖雲橫在額前；她身上的衣服，恐怕不會是新近的妝束，一定是宮人舊時的妝束。她過去歌舞用的彩扇和紅牙拍板如今還在，恨只恨竟沒有人理解我聆聽開元盛世樂曲的情感。只好以袖掩淚，獨倚寒竹。

女冠子

元夕

蕙花香也，雪晴池館如畫。春風飛到，寶釵樓①上，一片笙簫，琉璃②光射。而今燈漫挂③，不是暗塵明月④，那時元夜。況年來、心懶意怯，羞與蛾兒爭耍⑤。　江城⑥人悄初更打，問繁華誰解，再向天公借？剔殘紅灺⑦，但夢裏

隱隱，鈿車羅帕⑧。吳箋銀粉砑⑨，待把舊家風景⑩，寫成閒話。笑綠鬟鄰女，倚窗猶唱，夕陽西下⑪。

〔注〕①寶釵樓：此處泛指歌樓舞榭。②琉璃：這裏指琉璃燈，南宋都城盛行琉璃燈。③燈漫挂：幾盞燈隨隨便便地掛著。④暗塵明月：化用唐蘇味道《上元》詩：「暗塵隨馬去，明月逐人來。」形容車水馬龍，遊人衆多。⑤蛾兒：舊時以彩紙剪成，插在頭上鬧元宵，稱作「撲燈蛾」，或稱「鬧蛾兒」。⑥江城：指原南宋都城臨安，因在錢塘江北岸，故稱。⑦紅灺（ㄆㄛˇ）：蠟燭燒殘的餘灰。這裏是說夜已深了。⑧鈿車羅帕：華麗的車上歌妓用香羅帕與遊人相招。這裏是說，現在只有在夢裏才能看到昔日的繁華。⑨吳箋：即宋時蘇州出產的一種有名的紙。銀粉砑（ㄧㄚˋ）：有光澤的銀粉紙。⑩舊家：指故國。⑪夕陽西下：指南宋康與之（一說為范周）《寶鼎現》詠元夕詞，首三句為：「夕陽西下，暮靄雲隘，香風羅綺。」這裏歎息鄰家女不知亡國之痛。

【譯文】

蕙蘭花發出陣陣幽香；雪霽天晴，月光雪色映照得池館樓臺美如圖畫。和煦的東風吹到歌樓舞榭，簫笙管樂隨風飄揚，處處可聞。五色琉璃彩燈隨處可見，彩光四射。而今，隨隨便便掛上幾盞小燈，再也不像是以前的上元夜，那時候車水馬龍，觀者如潮。何況近年來我已心灰意懶，更怕出去觀燈戲耍鬧娥兒了。臨安城裏人聲寂靜冷冷清清，聽鼓點才打初更。誰知道如何向天公再借來繁華？我無奈地，剔除紅燭燒殘的灰燼準備入睡。只覺得那轔轔滾動的鈿車，揮動著香羅手帕的仕女，依稀闖入了夢境。我正想用最精美的銀粉箋紙，把故國元夕的繁華景象寫成閒話文字，忽然聽得鄰家少女還在倚著窗戶，吟唱舊日元宵詞，我不由笑歎，她竟還記得這「夕陽西下」。

❑張　炎

張炎（一二四八—一三一四後），字叔夏，號玉田，又號樂笑翁。祖籍成紀（今甘肅天水）人，南宋時遷至臨安（今杭州市）。南宋初大將張俊的後裔。宋亡，落拓北遊，後南歸。未仕。晚年窮困，落魄而死。祖輩皆通音律。張炎是南宋格律派的最後一位重要詞人。其詞用字工巧，追求典雅。早年多反映貴族公子的優遊生活，宋亡後則多追懷往昔之作，表現了遺民的亡國之痛。對詞的音律、技巧、風格皆有論述。著有《詞源》，是一部有影響的論詞專著。詞集《山中白雲詞》。存詞約三〇〇首。

高陽臺　西湖春感

接葉巢鶯①，平波卷絮，斷橋斜日歸船。能幾番遊？看花又是明年。東風且伴

薔薇住，到薔薇、春已堪憐。更淒然，萬綠西泠，一抹荒煙。　當年燕子②知何處？但苔深韋曲③，草暗斜川④。見說新愁，如今也到鷗邊⑤。無心再續笙歌夢，掩重門、淺醉閑眠。莫開簾，怕見飛花，怕聽啼鵑。

【注】①接葉巢鶯：緊密相接的樹葉遮住了鶯巢。源自唐杜甫詩《陪鄭廣文遊何將軍山林》十首之二「卑枝低結子，接葉暗巢鶯。」②燕子：化用唐劉禹錫《烏衣巷》：「舊時王謝堂前燕」，暗示朝代變遷。③韋曲：在陝西長安縣。唐代望族韋氏世居於此。這裏代指南宋貴族居住的熱鬧繁華之地。④斜川：在江西星子、都昌二縣間。晉朝詩人陶淵明歸隱後常遊此地。這裏指幽雅名勝之地。⑤也到鷗邊：意謂自由自在的白頭沙鷗也因為感染了憂愁而白了頭。這裏作者暗用了辛棄疾《菩薩蠻》：「拍手笑沙鷗，一身都是愁」詩意。作者不仕，故又以沙鷗自比。

【譯文】

茂密的枝葉叢中棲宿著黃鶯，平靜的水波上漂捲著柳絮，緩緩流去；夕照下，歸船搖過斷橋。然而還能有幾次出遊？重睹花容又得等到明年了。請東風暫且陪伴薔微花留住腳步，待到薔微花開，春光已無幾時，堪當可憐。更令人淒然的是，如今春光如舊，而往日熱鬧的西泠橋畔卻只剩下一抹荒煙了。　當年朱門大戶畫樑上的雙燕，如今又飛向何處？只見往日繁華熱鬧的地方已長滿了厚厚的苔蘚，風景尤勝的去處，荒草已掩沒了亭臺曲欄。就連那些自由自在的沙鷗，竟也因新愁而白了頭。我也無心去重續那縱情歡樂的舊夢，關緊重重房門，借酒消愁，獨自閑眠。不要拉開窗簾，我怕見那落花片片，怕聽那杜鵑聲聲悲切。

八聲甘州

辛卯歲①，沈堯道同余北歸②，各處杭越③。逾歲，堯道來問寂寞，語笑數日，又復別去。賦此曲，並寄趙學舟④。

記玉關⑤，踏雪事清遊，寒氣脆貂裘。傍枯林古道，長河飲馬，此意悠悠。短夢依然江表⑥，老淚灑西州⑦。一字無題處，落葉都愁。　載取白雲歸去⑧，問誰留楚佩⑨，弄影中洲？折蘆花贈遠，零落一身秋。向尋常、野橋流水，待招來、不是舊沙鷗⑩。空懷感，有斜陽處，卻怕登樓⑪。

〔注〕①辛卯歲：即元世祖至元二十八年（一二九一）。②沈堯道：名欽，是作者的詞友。北歸：從燕京（今北京）回歸南方。③杭越：杭州和越州（今浙江紹興）。時沈堯道住在杭州，張炎在越州。④趙學舟：即趙與仁，號學舟，也是張炎的詞友。別本作曾心傳。⑤玉關：即玉門關，這裏借指北方。⑥依然江表：依然身在江南。⑦西州：古城名，在今南京市西。《晉書．謝安傳》載，羊曇為謝安所重，安死後，羊曇行不由西州路，後

因酒醉不覺至西州門，慟哭而去。作者以此典喻自己見故國而生悲，不禁老淚灑落。⑧載取白雲歸去：白雲，象徵隱居山林，此言沈氏來訪後又歸隱故居。⑨「問誰留」二句：此二句化用屈原《九歌・湘君》：「捐余兮江中，遺餘佩兮澧甫」、「君不行兮夷猶，蹇誰留兮中洲？」比喻作者對沈堯道依依惜別之情。楚佩：楚地之佩。⑩舊沙鷗：喻指舊朋友。⑪登樓：建安時期的辭賦家王粲避亂荊州時，寫過《登樓賦》，表達對故國、故鄉的懷念之情。

【譯文】

辛卯年，我與沈堯道一同南歸，分別居住在越州和杭州。過了一年，沈堯道來看望我，慰問我的寂寞，笑談歡語數日，再次分別而去。我特地寫了這首詞，並寄給趙學舟。

還記得去年我們一同在北國踏雪遊歷的往事吧，北風凜冽，寒氣襲人，貂皮大衣凍得又脆又硬。我們依傍著枯林古道，在荒寒的長河飲馬。想起此情此景，令我愁思悠悠。北地之遊猶如短夢一場，醒來依然身在江南，然而見到故土西州仍不免徒生悲感，不禁老淚灑落。別後不曾致書問候，並非不想紅葉題贈，只因那片片紅葉盡是憂愁，竟無可題一字之處。

你匆匆而來慰我寂寞，又飄然而去歸隱白雲深處，是誰把玉佩留在江邊，又是誰在洲渚上徘徊不去，顧影流連？我折一枝蘆花寄贈遠方的故友，我就像這秋日的殘葉枯葦，隻身飄零在殘秋。雖然在這野橋流水的尋常之地，也能結識幾個朋友，但總不是故朋老友。百感交集，徒自悵惘寂寞，本想登樓遠眺以排遣憂愁，然而斜陽所照正是傷心景色，因此又怕登樓。

解連環　孤雁

楚江空晚，恨離群萬里，怳然驚散①。自顧影、卻下寒塘，正沙淨草枯，水平天遠。寫不成書②，只寄得、相思一點。料因循誤了，殘氈擁雪③，故人心眼。　誰憐旅愁荏苒，漫長門夜悄④，錦箏彈怨⑤。想伴侶、猶宿蘆花，也曾念春前，去程應轉⑥。暮雨相呼⑦，怕驀地、玉關重見。未羞他、雙燕歸來，畫簾半卷。

〔注〕①怳（ㄏㄨㄤˇ）然：悵然失意，同「恍」。②寫不成書：大雁南飛時，成群結伴，總是排成「人」字形或「一」字形，孤雁則不可能排成字，只是筆畫中的「一點」，故云。③「殘氈擁雪」二句：用蘇武事。《漢書．蘇武傳》載匈奴「幽武置大窖中，絕不飲食。天雨雪，武臥齧雪與氈毛並咽之，數日不死。」④長門：即漢武帝幽禁陳皇后的長門宮。又暗用杜牧《早雁》：「仙掌明月孤影過，長門燈暗數聲來。」⑤錦箏彈怨：用錢起《歸雁》：「二十五絃彈夜月，不勝清怨卻飛來。」⑥去程應轉：從飛去北方時的路線迴轉。⑦暮雨相呼：這裏用唐崔塗《孤雁》「暮雨相呼失，寒塘欲下遲」的詩意。玉關：即甘

肅之玉門關。

【譯文】

天色已晚，楚江上空漠寂靜，一隻大雁與飛越萬里的雁群失散了，牠悲傷悵惘，驚恐悵然，成了一隻離群的孤雁。牠顧影自憐，又驚魂未定，躊躇徘徊，欲飛下寒塘。只見枯草乾沙，平靜的水面直伸向天邊，亦是一片寂寞。孤雁身單影隻，原本只是雁陣中的一點，自然排不成字，寫不成書，只能寄去相思一點。料想孤雁短暫的逗留會耽誤了寄書，誤了吞雪嚼氈的北方故人的一番心事。　有誰會憐憫輾轉遷延中與日俱增的旅愁？徒然聽得那夜靜悄然的長門宮中，錦瑟彈奏出無限的清怨。料想那些夥伴們依然棲宿廝守在蘆叢裏；也許夥伴們也曾想到，在春天到來之前該飛回北方了。在黃昏春雨之中，孤雁彷彿聽到了夥伴們的呼喚鳴叫，卻又怕驀然間在玉關相見。如能找到夥伴，待到春天到來，畫簾兒半捲，當燕子雙雙歸來時，孤雁就不會自慚孤獨了。

疏影　詠荷葉

碧圓自潔，向淺洲遠浦，亭亭清絕。猶有遺簪①，不展秋心，能卷幾多炎熱？鴛鴦密語②同傾蓋，且莫與、浣紗人說。恐怨歌忽斷花風，碎卻翠雲千疊。

回首當年漢舞，怕飛去漫皺，留仙裙褶③。戀戀青衫，猶染枯香，還歎鬢絲飄雪。盤心清露如鉛水④，又一夜西風吹折。喜淨看、匹練飛光，倒瀉半湖明月。

〔注〕①遺簪：荷葉尚未展開，挺立如簪。簪：髮飾，其形細長。②「鴛鴦密語」二句：傾蓋，兩車在途中相遇，乘者相交談，車蓋傾斜相近，稱傾蓋，意謂一見如故。此處形容荷葉相交如車蓋。浣紗女：指怨女。此二句又化用唐鄭穀《蓮葉》：「多謝浣紗人未折，雨中留得鴛鴦蓋」句意。③留仙裙褶：漢成帝後趙飛燕善舞，酒酣風起，飛燕飄飄欲仙。成帝令左右抓住她的裙子，不使離去，遂留下了裙褶。後宮女便做出了有褶的裙子，名「留仙裙」。這裏指荷葉多皺褶，像褶裙。④鉛水：鉛呈青白色，用以比喻露珠晶瑩亮白。

【譯文】

圓圓的荷葉高潔自愛，從近處淺淺的沙洲直到遠處的水濱，到處都是荷葉亭亭玉立的身影。還有一些仍然捲著的嫩葉，似乎是怕熱而不肯展開芳心，像是美女遺落的碧玉簪；這樣捲著，能捲走多少炎熱？寬大的荷葉猶如車蓋，一對鴛鴦在葉下嬉水，竊竊私語好不親熱。且不要告訴那浣紗女，恐怕風會吹斷她的怨歌，她會折碎荷葉，猶如一陣大風吹散了千疊彩雲。回

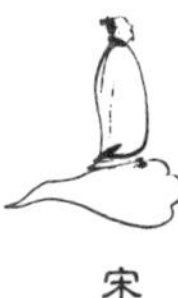

想當年那趙飛燕在漢宮歌舞，天子怕她乘風仙逝，綠裙被拽出幾多皺折；這荷葉眞如那留仙裙一般。我心中愛戀的一領青衫，如今似乎還沾著荷葉的清香；可歎自己鬢髮已如飄雪。荷葉如盤承著如鉛水般晶瑩明亮的露水，卻被一夜秋風吹折。欣喜地看明淨的月光自天空倒瀉，半湖皆成明月，猶如一匹白絲，白光飛射耀眼。

月下笛

孤遊萬竹山中①，閑門落葉，愁思黯然，因動〈黍離〉②之感。時寓甬東③積翠山舍。

萬里孤雲，清遊漸遠，故人何處？寒窗夢裏，猶記經行舊時路。連昌④約略無多柳，第一是難聽夜雨。漫驚回淒悄，相看燭影，擁衾無語。　張緒⑤歸何暮？半零落依依，斷橋鷗鷺。天涯倦旅，此時心事良苦。只愁重灑西州淚⑥，問杜曲⑦人家在否？恐翠袖天寒⑧，猶倚梅花那樹。

〔注〕①萬竹山：在浙江天臺縣西南二十餘公里。②〈黍離〉：《詩經》中的篇名，篇中有「彼黍離離」句。離離：行列整齊的樣子。《毛詩・序》載，周平王東遷後，有一個大夫經過西周故都，見宗廟宮室已夷為平地，長滿黍稷，心中淒然，故作此詩以「憫周室之顛覆」。後成為故園家國之思的代名詞。③甬東：在今浙江定海縣。④連昌：唐別宮名，

在河南宜陽縣，宮中廣植柳樹。唐詩人元稹的名作《連昌宮詞》，即寫戰亂後連昌宮的荒廢景象。⑤張緒：南齊時吳郡人，風姿綽約。南齊武帝嘗言道：「楊柳風流可愛似張緒。」此處是作者自比。⑥西州淚：指晉羊曇事。此處借用字面意。西州，借指杭州。⑦杜曲：在陝西長安縣南，這裏借指杭州風景名勝區。⑧翠袖：源自唐杜甫《佳人》：「天寒翠袖薄，日暮倚修竹。」此處借指隱居不仕的南宋遺民。

【譯文】

我獨自在萬竹山中漫遊，當時我正寓居在甬東積翠山舍。寂靜的門前落滿敗葉，不由黯然神傷，愁思淒苦，牽動〈黍離〉之感。

我猶如萬里晴空中的一片孤雲，獨自飄遊，漸漸地遠離故鄉，也不知故友在何方？寒窗下沈入夢中，還能記得舊時走過的路。那故宮舊苑裏大約已沒有多少垂柳了，那婀娜的身影，那飄逸的翠綠。最難忍受的，是窗外夜雨淅淅，聽得我心中悲涼。我無端地被雨聲驚醒，四周寂靜，面對燭光如豆，孤影搖曳，我擁著寒涼的被子默默無語。　想當年我猶如張緒風姿清雅，如今已是遲暮之年，爲何還不歸家？想那斷橋邊的鷗鳥怕也已零落過半，見了面定是依依相憐。我浪跡天涯倦於行旅，此時心事重重。我思歸又愁歸，只愁見到故土又重灑西州淚，不知原先那繁華的名勝之地是否荒蕪？舊時人家是否還在？雖然翠袖難耐天寒，恐怕那故人仍然倚著那梅花樹共度風雪。

□王沂孫

王沂孫，字聖與，號碧山、中仙等。會稽（今浙江紹興）人。南宋亡後，他曾任慶元路學正，不久即歸隱。擅長詠物詞，通過詠物表現亡國哀痛，有《碧山樂府》（一名《花外集》）。

天香 龍涎香①

孤嶠蟠煙②，層濤蛻月③，驪宮④夜采鉛水。汛遠槎風⑤，夢深薇露⑥，化作斷魂心字⑦。紅磁候火⑧，還乍識、冰環玉指⑨。一縷縈簾翠影，依稀海天雲氣。　幾回殢嬌⑩半醉，剪春燈、夜寒花碎。更好故溪飛雪，小窗深閉。荀令⑪如今頓老，總忘卻尊前舊風味。漫惜餘熏，空篝素被。

〔注〕①龍涎香：一種源自南海的名貴香料，由抹香鯨腸內的分泌物提煉而成。②孤嶠：孤聳的險峰，此處指海中礁石。蟠煙：雲煙繚繞。蟠：盤曲而伏。③蛻：蛇、蟬等脫去皮殼。④驪宮：相傳是驪龍所居之處。鉛水：借指龍涎。相傳龍涎香是蛟人採集到的龍涎沫，實際上是香鯨的分泌物。⑤槎（ㄔㄚˊ）：木筏。⑥薇露：薔薇香水。⑦心字：龍涎香製作成心字形狀的盤香。⑧紅磁：紅色瓷盒。候火：守候著用文火焙製。⑨冰環玉指：龍涎香

製成後的形狀。⑩殢嬌：撒嬌纏人。⑪荀令：漢侍中荀文若，守尚書令，人稱荀令君。相傳他愛熏香，衣帶常有香氣。《襄陽記》：「荀令君至人家，坐幕三日，香氣不歇」。

【譯文】

一塊巨大的礁石，孤獨地高聳在海洋中，礁石上雲煙繚繞，霧氣升騰。入夜，月光在層層雲濤中閃動，當層雲蛻盡，明月便吐湧而出。鮫人們乘著月色下到驪宮去採鉛水般的龍涎。鮫人們帶著龍涎坐上木筏隨風乘潮而遠去，至夜夢深沈之時，取龍涎與薔薇水共同研和，便製成了令人神傷魂斷的心字篆香香坯。將香坯放入紅色瓷盒，等候適當的火候用慢火焙製。焙好後打開紅瓷盒，才看見那龍涎香晶瑩潤潔，猶如初見美人的纖指玉環，令人驚喜不已。點燃後，香煙如一縷翠影在空中浮動，在簾前縈回，結而不散，又像是那礁石上隱約可見的海天雲氣。

回想當年曾有好幾回，她喝得半醉時便借酒撒嬌，春夜輕寒，她把燈花兒輕輕剪碎。在故鄉飛雪瀰漫的日子裏，我們關緊門窗，點燃龍涎香，芳香馨鬱令人陶醉。如今那以喜愛熏香聞名的荀令早已老去了，那品酒熏香的舊日風味想必是忘卻了吧！然而我仍然愛戀那昔日熏香之風味，明知香籠內已空，還是把素被覆於籠上，難忘那昔日殘留的一縷餘香。

眉嫵　新月

漸新痕①懸柳，淡彩穿花，依約破初暝。便有②團圓意，深深拜③，相逢誰在

香徑？畫眉未穩，料素娥、猶帶離恨。最堪愛、一曲銀鉤小，寶匳④挂秋冷。千古盈虧休問，歎慢磨玉斧⑤，難補金鏡⑥。太液池⑦猶在，淒涼處、何人重賦清景？故山夜永，試待他窺戶端正⑧。看雲外山河⑨，還老桂花舊影。

〔注〕①新痕：即如鈎的新月。②「便有」句：引自牛希濟《生查子》詞：「新月曲如眉，未有團圓意。」作者反其意而用之。謂新月一出，人們便盼望團圓。③拜：古時婦女有拜新月的風俗。唐李端《拜新月》：有「開簾見新月，即便下階拜。」④寶簾：華美的簾幕，這裏指天穹。⑤玉斧：此處用「玉斧修月」之典。唐段成式《酉陽雜俎·天咫》載大和中（唐文宗年號），鄭仁本的表弟遊嵩山，見一人熟睡，將他喚醒，問其來自何處，那人回答自己是持斧子、鑿子等工具修補月亮的。⑥金鏡：即圓月。⑦太液池：漢代宮苑池沼名，這裏喻宋代宮苑。「重賦清景」：陳師道《後山詩話》載宋太祖於後池賞新月，盧多遜應詔賦《詠月》：「太液池邊看月時，好風吹動萬年枝。誰家玉匣開新鏡，露出清光些子兒。」另周密《武林舊事》卷七載：淳熙九年中秋，宋高宗和孝宗於後苑大池賞月，曾覲獻《壺中天慢》。詞有「雲海塵清，山河影滿，桂冷吹香雪。何勞玉斧，金甌古無缺」句以歌頌昇平。作者「歎慢」數句，似由此感發。⑧窺户端正：入户的是圓月的月光。作者仍對國土抱著一線希望，希望缺月再圓。窺户：透過窗户。端正：圓月美好。⑨雲外山河：指月中影陰。《酉陽雜俎》：「佛氏言，月中所有，乃大地山河

影也。」桂花舊影：指舊日故國山河。

【譯文】

一彎新月冉冉升起，掛上柳梢。淡淡的光華穿流於花叢，隱約間劃開了剛剛降下的夜暮。新月彎彎，已孕育漸滿漸圓之意，人們虔誠地禮拜新月，企盼親人團聚，合家團圓。可我和誰相逢在香徑呢？那纖纖新月像是尚未畫好的蛾眉，看來嫦娥也有離愁別恨，慵慵懶於梳妝。夜空無垠，秋氣清寒，那一彎新月猶如小小的銀鈎，高掛在高遠的天幕上，最值得人憐愛。

千古以來，月盈月虧循環往復，休要問是什麼道理。可歎的是玉斧磨得再快也是徒然，難以把月亮修補得永不殘缺。那歷代君王觀賞新月的太液池苑依然存在，但已是一片凄涼，還有誰來吟詠新月讚頌盛世光景？故國山河長夜漫漫，正期待著月亮圓滿澄明，照耀我的庭堂家院。然而，待到月圓月明時，那月中映顯的已是殘山剩水，不是那昔日桂花舊影。

齊天樂

蟬

一襟余恨宮魂斷①，年年翠陰庭樹。乍咽涼柯②，還移暗葉，重把離愁深訴。西窗過雨，怪瑤佩③流空，玉箏調柱，鏡暗妝殘④，為誰嬌鬢⑤尚如許？銅仙鉛淚⑥似洗，歎移盤去遠，難貯零露⑦。病翼驚秋，枯形閱世，消得斜陽幾

度？餘音更苦，甚獨抱清商⑧，頓成悽楚。漫想熏風⑨，柳絲千萬縷。

〔注〕①宮魂斷：據馬縞《中華古今注》，相傳古時齊王妃憤恨而死，屍化為蟬，在樹上啁啁悲鳴。②涼柯：秋天的樹枝。③「瑤佩」二句：指箏聲和玉佩響聲，以此比喻動聽的蟬鳴。④鏡暗妝殘：指蟬到了秋天猶如女子青春已過。⑤嬌鬢：指蟬翼嬌美。崔豹《古今注》載魏文帝宮人莫瓊樹在髮際妝飾蟬鬢，縹緲如蟬。⑥銅仙鉛淚：漢代在長安曾建金人承露盤，到魏明帝時，被拆毀運往洛陽。金銅仙人臨走時潸然淚下。鉛淚：語出唐代詩人李賀《金銅仙人辭漢歌》：「空將漢月出宮門，憶君清淚如鉛水。」此典喻亡國之痛。⑦難貯零露：出自溫嶠《蟬賦》：「饑晨風，渴飲朝露。」承露盤已遠去，蟬又到哪兒去飲露呢？⑧清商：即《清商曲辭》，其音多哀怨，故取以為名。⑨熏風：南風，指夏天。

【譯文】

那齊后忿然而死，滿腔餘恨無消處，竟化作苦蟬，年年棲息在庭樹翠陰之中。蟬剛剛在秋天的寒枝上嗚咽悲鳴，一會兒又移到幽暗的密葉中，把離愁傾訴。西窗外剛下過一陣秋雨，寒意襲來，奇怪的是那蟬鳴聲不再那樣凄苦，卻如佳人腰間玉佩相擊聲在空中流響，又如佳人纖纖素手撫弄玉箏彈奏出美妙的樂聲。你長期無心梳妝修飾容顏，致使寶鏡蒙塵黯然無光，今天爲何妝飾蟬鬢，如此刻意打扮？　那金銅仙人離鄉去國，清淚如洗，可歎他帶著承露盤已去遠，難以再用它貯存清露供蟬飲用。那病弱的雙翼驚懼秋寒，怎能抵擋陣陣秋風的侵襲？枯槁的形骸已閱盡人間滄桑，還能經得住幾度黃昏日暮？身將亡矣，餘鳴不絕，爲什麼獨自把那哀怨的曲詞反覆悲吟，令人一聽頓生悽楚。那蟬還在徒自追憶，夏風吹暖，柳絲搖曳，那正是蟬的黃金時代。

高陽臺

和周草窗《寄越中諸友》韻①

殘雪庭陰，輕寒簾影，霏霏玉管春葭②。小帖金泥③，不知春是誰家。相思一夜窗前夢，奈個人、水隔天遮。但淒然、滿樹幽香，滿地橫斜④。　江南自是離愁苦，況遊驄古道，歸雁平沙。怎得銀箋⑤，殷勤說與年華。如今處處生芳草，縱憑高不見天涯。更消他，幾度東風，幾度飛花。

〔注〕①周草窗：即周密，字草窗。越中：今浙江紹興一帶。②玉管春葭：古代測試節候的方法。古人認為，十二音律與二十四節氣相對應，因此用玉製的十二根律管，各塞以蘆葦灰，置密室中，觀察各管內蘆灰外飛的時間，便可測出相應節氣的到來。葭：蘆葦。霏霏：蘆灰紛飛的樣子。③小帖金泥：古代風俗，立春日貼「宜春帖子」，帖上或寫「宜

春」二字，或寫詩句。金泥：即泥金，用金粉粘著於物體上。④横斜：此處化用林逋《山園小梅》：「疏影横斜水青淺，暗香浮動月黄昏」句意。⑤銀箋：潔白的信紙。

【譯文】

庭院裏背陰的地方還有殘雪，微風掀動窗簾傳來輕寒。律管裏的蘆灰紛紛飛出，已到了立春時節。宜春帖子貼上了，卻不知春光到了誰家？我深切地思念著你，以致窗前一夜幽夢，無奈夢醒後你的身影依然被水隔絕，被天遮斷。只是夢見到滿樹梅花幽香，滿地疏影橫斜，那是你的住地，竟是如此淒涼。　江南春色讓人感到離愁之苦，更何況想起曾縱馬遊過古道、行舟中見過平沙落雁。我正想著如何找到潔白的信紙，懇切地向你訴說我與日俱增的思念。江南已是處處長滿芳草的季節，縱然我登高遠眺，也望不見遠在天涯的友人。更何況，人將老去，還能承受幾次春風來，幾度春花謝呢！

法曲獻仙音

聚景亭梅次草窗韻①

層綠峨峨②，纖瓊皎皎③，倒壓波痕清淺。過眼年華，動人幽意，相逢幾番春換。記喚酒尋芳處，盈盈褪妝晚④。　已消黯，況淒涼近來離思，應忘卻明月，夜深歸輦⑤。荏苒一枝春，恨東風人似天遠。縱有殘花，灑征衣、鉛淚都滿。但殷勤折取，自遣一襟幽怨。

〔注〕①聚景亭：即杭州聚景園雪香亭，在西湖之東。南宋孝宗、光宗、寧宗三朝皇帝常來此遊賞。②層綠：指苔梅。③纖瓊：細玉，這裏指白梅。④褪妝：指梅花零落。⑤歸輦：這是指孝宗屢次進園探望高宗，乘輦夜歸的情景。暗指南宋盛時。

【譯文】

梅樹高大巍峨，長滿綠苔的梅枝層層疊疊。樹梢梅花盛開，猶如潔白的瓊玉。千樹梅花倒映在湖面，碧波更顯清淺。年華如過眼煙雲，匆匆離去，相逢時已換了幾度春光，而你動人的姿態和清雅的幽香卻依然如故。還記得當年與友人同喚飲酒、共尋幽芳之際，總看到你久開不敗，宛如姿態美好的佳人遲遲不願卸妝。　近來心緒悲愁而黯然神傷，更何況又添離思，心中淒涼，該忘卻昔日那明月下輦車夜歸的歡樂盛況。時光荏苒，可惜辜負了這一枝春色，恨東風無情又送春晚，友人卻似相隔在天邊。縱然殘花點點飄落在我的衣襟上，如同清淚灑滿征衣，我還是深情地折取一枝花獨自欣賞，以排遣我滿腔的幽怨。

❑彭元遜

彭元遜，字巽吾，廬陵（今江西吉安）人。景定二年（一二六一）解試，與同鄉劉辰翁交

好。劉詞集《須溪詞》內屢有與彭唱和之作。宋亡，不仕，隱居山林。存詞二〇首，皆收入《全宋詞》。

疏影　尋梅不見

江空不渡①，恨蘼蕪杜若，零落無數。遠道荒寒，婉娩②流年，望望美人遲暮。風煙雨雪陰晴晚，更何須春風千樹。盡孤城、落木蕭蕭③，日夜江聲流去。　日晏山深聞笛④，恐他年流落，與子同賦。事闊心違，交淡媒勞⑤，蔓草沾衣多露。汀州窈窕餘醒寐，遺佩環、浮沈澧浦⑥。有白鷗、淡月微波，寄語逍遙容與⑦。

〔注〕①「江空不渡」二句：出自唐杜審言《和晉陵陸丞早春遊望》：「雲霞出海曙，梅柳渡江春」。梅花不渡，春風不至，故不見其影。蘼蕪、杜若：皆是香草名。②婉娩：指天氣溫和，也指儀態柔順。③落木蕭蕭：化用杜甫《登高》：「無邊落木蕭蕭下，不盡長江滾滾來。」④笛：指《梅花落》笛曲。下文「子」，指笛子。把梅花與笛子同賦，就是將梅花寫進笛子曲中。⑤媒勞：語出《楚辭・九歌》：「心不同兮媒勞，恩不甚兮輕絕」。意謂交情淡薄，努力也是枉然。⑥澧浦：澧水之濱。⑦容與：自得自在之貌。《楚

辭・九歌》：「聊逍遥兮容與。」

【譯文】

江岸空寂，春風不渡，不見梅影，連那蘼蕪、杜若也已零落將盡，心中不免怨恨。路途遙遠而又荒蕪清寒，美好的年華流逝，我苦苦尋覓，她卻如美人遲暮難以相見。經過多少風煙雨雪、多少陰晴黃昏，都不見她的倩影，更何須說春風吹開千樹萬花。整個孤城只見落葉蕭蕭，只聽見江水奔騰日夜不息。　暮色中從深山裏傳出《梅花落》的笛曲，那是人們惟恐梅花他年流落，便把梅花也譜進了樂曲。世事疏闊，一睹梅花風采的心願難遂，看來是交情太淺太淡，再殷勤努力也是枉然，徒然讓蔓草上的濃露沾濕了我的衣襟。姿態窈窕的梅花也許在沙洲上，剛從小睡中醒來，她那佩環遺留在澧水之濱，正隨水沈浮。那汀上白鷗、天邊淡月，連同江中微波，似乎都在勸我：姑且自在逍遙，何必牽掛傷神，憂悶不已。

六醜　楊花

似東風老大，那復有當時風氣。有情①不收，江山身是寄，浩蕩何世？但憶臨官道，暫來不住，便出門千里。癡心指望回風墜②，扇底相逢，釵頭微綴。他家萬條千縷，解遮亭障驛，不隔江水。　瓜洲曾艤③，等行人歲歲。日下長

秋，城烏夜起。帳廬好在春睡，共飛歸湖上，草青無地。愔愔④雨，春心如膩，欲待化、豐樂樓前⑤帳飲，青門⑥都廢。何人念、流落無幾。點點摶作雪綿鬆潤，為君裛淚⑦。

〔注〕①有情：出自杜甫《白絲行》：「落絮游絲亦有情，隨風照日宜輕舉。」此處化用其意。②回風：指旋風。③「瓜洲」二句：瓜洲又稱瓜埠洲，在大運河入長江處，與鎮江隔江相對，是長江南北水路要衝。此處泛指渡口。艤：泊船靠岸。行人：旅居在外的人。長秋：漢宮名，皇后所居。④愔愔：寂靜無聲的樣子。⑤豐樂樓：在杭州湧金門外，是南宋京城的著名樓觀。⑥青門：即漢長安城的霸城門，後泛指京城的城門，這裏指南宋都城門。⑦裛（ㄧˋ）：沾濕。

【譯文】

有如暮春時節的東風，哪裡還有當初的得意灑脫、躊躇滿志？那楊花雖有情，卻無處留身，只得寄身於空闊的江山，不知要飄蕩到何時何世？只記得曾依傍京都大道，卻未能長久居留，又悠悠出門淪落千里。癡心指望著能隨旋風吹墜，飄至佳人扇底，或落在釵頭上作爲點綴。別人家的柳條千絲萬縷，知道遮掩長亭、障蔽驛站，卻不隔斷流逝的江水。　她曾在瓜州渡口停泊靠岸，一年又一年地等著離人返歸。白天看著夕陽落下故宮，夜晚聽城上烏鴉被月光驚起。

也曾在帳幕裏沈沈春睡，又同友伴同飛湖上，四處都是青青芳草卻無落足之地。空中下起綿綿細雨，寂靜無聲，她被雨淋濕，如同沾了油膩。想化卻這油膩飛到豐樂樓前餞別的宴席，又想到青門外去，都因飛不動而枉費了力氣。又有誰會憐念她，到處流落已所剩無幾，滾動成球猶如鬆潤雪白的綿團，我為之流淚。

❑姚雲文

姚雲文，字聖瑞，江西高安人。南宋咸淳年間進士，入元，任承直郎，撫、建兩路儒學提舉。存詞九首，收入《全宋詞》。

紫萸香慢

近重陽、偏多風雨，絕憐此日暄明。問秋香濃未，待攜客、出西城。正自羈懷多感，怕荒臺①高處，更不勝情。向尊前、又憶漉酒②插花人，只座上已無老兵③。

淒清，淺醉還醒，愁不肯、與詩平。記長楸走馬④，雕弓搾柳⑤，前事休評。紫萸⑥一枝傳賜，夢誰到、漢家陵。盡烏紗便隨風去⑦，要天知道，華髮如此星星⑧，歌罷涕零。

〔注〕①荒臺：指項羽閱兵處，彭城（今徐州）戲馬臺。南齊宋武帝重陽日曾在戲馬臺大會賓客。這裏泛指高臺。②漉（ㄌㄨˋ）酒：即過濾酒。蕭統《陶淵明傳》載晉陶淵明曾取下頭上的葛巾漉酒。漉酒插花人：代指作者友人。③老兵：《晉書》載晉謝奕曾逼大將桓溫飲酒，桓溫避走，謝奕便拉著桓溫的一個部下共飲，並說：「失一老兵，得一老兵」。老兵：代指作者友人。④長楸（ㄑㄧㄡ）：種滿楸樹的大道。曹植《名都篇》有「鬥雞東郊道，走馬長楸間。」此處化用其意。⑤雕弓搾（ㄓㄚˋ）柳：即百步穿楊的意思。⑥紫萸：即茱萸，古人重陽有登高插茱萸之俗。⑦烏紗：這裏用孟嘉落帽事。《晉書・孟嘉傳》載晉孟嘉重陽登高時其帽被風吹落，孟嘉安之若素。這裏作者以孟嘉自況。⑧華髮星星：人老頭髮斑白。

【譯文】

臨近重陽節，天氣偏偏多雨，因此我特別珍惜今日這晴朗和暢的天氣。不知秋色是否深濃，我準備和友人一同出遊西城。我正滿懷羈旅愁思，怕登上古高臺，更令不勝悲哀，情不自禁。酒席宴上又憶起從前濾酒插花的友人，眼前在座的已沒有當年的故朋老友。　我心中無限淒清，想以酒澆愁，只是微醉卻還清醒，我心中的憂愁太深太濃，詩詞也難遣愁，二者相比難以相平。記得當年在種滿楸樹的大道上縱馬馳騁，輕舉雕弓，百步穿楊，這些當年的風流事也不必去評說它了。還記得以往每到重陽佳節，朝廷便傳賜一枝紫萸，而如今，連夢中也難到故國陵墓。任憑帽子隨秋風飄落，讓老天知道，我的頭髮已斑白，長歌一曲，歌罷已是涕零滿面。

❑僧 揮

僧揮，即僧仲殊，俗姓張名揮，字師利，安州（今湖北安陸）人。曾舉進士，後因事出家爲僧，法名仲殊。曾先後住蘇州承天寺、杭州闕山寶月寺。與蘇軾交往甚厚，能文善詩詞。詞集名《寶月集》。存詞四十六首。

金明池

天闊雲高，溪橫水遠，晚日寒生輕暈①。閑階靜、楊花漸少，朱門掩、鶯聲猶嫩。悔匆匆、過卻清明，旋占得、余芳已成幽恨。卻幾日陰沈，連宵慵困，起來韶華②都盡。 怨入雙眉閑鬥損③，乍品得情懷，看承全近④。深深態、無非自許，厭厭意、終羞人問。爭知道、夢裏蓬萊，待忘了余香，時傳音信。縱留得鶯花，東風不住，也則⑤眼前愁悶。

〔注〕①輕暈：淡淡的光圈。②韶華：美好的時光。③閑鬥損：終日愁眉緊鎖。閑：閑來，此處作「整日」解。鬥：本指相鬥，這裏形容雙眉緊鎖。損：極了，非常的意思。④看承

全近：特別看待，十分親近。⑤也則：依然。

【譯文】

天空遼闊，雲彩高浮，溪水潺潺流向遠處。日落餘暉如暈，晚暮漸漸生出輕微的寒意。庭院裏空階寂靜，朱門輕掩，楊花日漸稀少，小黃鶯啼聲婉轉還顯嬌嫩。眞後悔匆匆忙忙過了清明節，等到後來觀賞剩下的春光時，又生出許多幽愁暗恨來。這幾日天氣陰沈，連著幾夜疲倦困乏，待起來時春日芳景都已消逝。

眉宇間充滿怨愁，終日裏愁眉緊鎖。才領略到春的相知情深，便看顧得我那麼親近。深情思念，無非是自己心中所期許。百無聊賴，相思愁緒卻又羞於讓別人知道。有誰知道，相逢只能在蓬萊仙境，那裏才有永駐的春色。我正想忘卻相逢時的溫馨餘香，只願時時傳送音信。縱然留得住鶯語花香，也留不住東風，眼前的殘春敗景，依然使我憂愁、煩悶。

❑李清照

李清照（一〇八四—一一五一？），號易安居士，山東濟南人。其父李格非是當時的著名學者，夫趙明誠是金石考據學家。婚後致力於收集和研究金石書畫、整理校勘古籍。她是宋代著名女詞人。詞作以一一二七年北宋覆亡，她隨夫南渡爲界分爲前後兩個時期。前期主要寫兒女相思離別，侷限於個人生活。南渡後詞風有變，以抒發亡國之痛爲基調，既寫個人悲苦，也表現時代悲劇。藝術成就很高，有不少傳世之作。詞風婉約，偶有豪放之致。著有《詞論》一書，提出「詞是一家」的看法，在詞史上有重要參考價值。詞集名《漱玉集》，不傳，後人輯有《漱玉詞》。存詞四十多首。南渡不久其夫即死，晚境悲慘。

如夢令

昨夜風疏雨驟，濃睡不消殘酒。試問捲簾人，卻道海棠依舊。知否？知否？應是綠肥紅瘦。

【譯文】

昨夜裏疏雨迅急，狂風猛驟。我從沈睡中醒來，隔夜的殘酒乃未消盡。急問捲簾侍女庭院中的海棠如何了？她卻說海棠花依然如舊。你是否知道？你是否知道？應該是綠葉茂盛，紅花卻已凋零消瘦。

鳳凰臺上憶吹簫

香冷金猊①，被翻紅浪②，起來慵自梳頭。任寶奩塵滿③，日上簾鈎。生怕離

懷別苦，多少事、欲說還休。新來瘦，非干病酒，不是悲秋。休休④，者回去也，千萬遍《陽關》⑤，也則⑥難留。念武陵人遠⑦，煙鎖秦樓⑧。惟有樓前流水，應念我、終日凝眸⑨。凝眸處，從今又添，一段新愁。

【注】①香冷金猊：狻猊形的銅香爐中的香早已滅了。狻猊（ㄙㄨㄢ ㄋㄧˊ）：即獅子。②被翻紅浪：紅色的錦被亂攤在床上，沒有折疊。③寶奩：華貴漂亮的梳妝匣。④休休：罷了，算了。⑤陽關：即王維詩《送元二使安西》，一稱《陽關三疊》，詩中有：「勸君更盡一杯酒，西出陽關無故人」之句，後人送別中往往用此典。⑥也則：「即使……也……」的意思。⑦武陵人遠：陶淵明《桃花源記》中載有武陵漁人誤入桃花源的事，此處借指丈夫去了遠方。北宋韓琦在《點絳唇》：「武陵回睇，人遠波空翠」的句子，其意境與此相彷彿。⑧秦樓：即鳳凰臺，是蕭史與秦穆公女兒弄玉婚後所居之地。一夕蕭史吹簫引鳳，夫婦乘之而去。詞人這裏指自己的住所已是人去樓空。⑨凝眸：久久地注視。

【譯文】

獅形銅香爐裏香已滅灰已冷，錦被胡亂地攤在床上恍似紅色的波浪，起床後懶洋洋地也不想梳頭，任隨梳妝匣落滿了灰塵，日光已高照簾鉤。我最怕離別的痛苦，有許多心事要向他訴說，可是話到嘴邊又不忍開口。近來我日見消瘦，不是因爲多喝了酒而不適，也不是因爲悲秋。

算了罷！這次他離開，即使唱千萬遍《陽關》曲，也難留住他。想到他已遠離，也許正回眸妝樓，卻只見煙霧籠罩，看不到我正獨守空樓。惟有樓前潺潺流水，知道我終日倚樓凝望的情思。就在這凝望的時候，又增添一段盼歸的新愁。

醉花陰

薄霧濃雲愁永晝①，瑞腦消金獸②。佳節又重陽，玉枕紗廚③，半夜涼初透。
東籬④把酒黃昏後，有暗香⑤盈袖。莫道不消魂，簾卷西風，人比黃花瘦。

〔注〕①永晝：漫長的白天。②瑞腦：即龍腦，一種名貴的香料。金獸：獸形銅香爐。③紗廚：皆碧紗。臥床周圍豎以木架，蒙上輕紗作帳，以避蚊蠅。④東籬：晉陶淵明詩：「采菊東籬下」，這裏指重陽賞菊。⑤暗香：一般指梅花的幽香，這裏指菊花的香氣。

【譯文】

天空佈滿了薄霧濃雲，整日都是陰沈沈的。我看著獸形香爐裏瑞腦香的嫋嫋青煙獨自發愁，百般無聊，這漫長的一天如何度過。今天是相偕登高、把酒賞菊的九九重陽節日，他卻不在。玉枕孤眠，紗獨寢，半夜裏初秋的涼意襲人，更是輾轉反側，難以入眠。　悶坐整日，直到黃昏後我才來到東籬下，舉杯獨酌；只有那菊花清淡的香氣襲滿了衣袖。休要說這良辰美景不

會愁損柔腸、黯然神傷，當秋風吹捲起門簾，你就會看到，閨中人竟比外邊那黃菊還要消瘦！

聲聲慢

尋尋覓覓，冷冷清清，淒淒慘慘戚戚。乍暖還寒時候①，最難將息②。三杯兩盞淡酒，怎敵他、曉③來風急。雁過也，最傷心，卻是舊時相識。　滿地黃花堆積，憔悴損、如今有誰堪摘？守著窗兒，獨自怎生得黑④？梧桐更兼細雨，到黃昏、點點滴滴。者次第⑤，怎一個愁字了得！

〔注〕①乍暖還寒：乍暖乍寒，忽冷忽熱。②將息：休息，調養。③曉：別本多作「晚」字。今據俞平伯《唐宋詞選釋》注作「曉」字。④怎生：怎麼。生：語助詞，無義。⑤者次第：這種狀況，這種日子。者：這。

【譯文】

猶如失落了什麼東西，空落落的，便東尋西覓，四周都是冷冷清清，徒然感到淒慘憂戚。秋日的清晨，還是剛暖猶冷的時候，最難保養，不知如何是好。喝了三、二杯淡酒，也抵不住曉風的寒氣。秋風吹來雁聲，最令人傷心的是，那飛過的大雁竟是昔日在北方見過的舊時相識。　庭院裏滿地菊花盛開，而我憔悴瘦損，如今哪有心思去摘花賞花；但等到那菊花敗謝，又不堪摘了。我守著窗戶獨坐，天色還早，怎麼能挨到入夜？待到黃昏時，又下起了綿綿細雨。梧桐蕭蕭，雨聲滴滴，聲聲入耳，令人心碎。此情此景，又怎能用一個「愁」字說得盡。

念奴嬌

蕭條庭院，有斜風細雨，重門須閉。寵柳嬌花寒食近，種種惱人天氣。險韻詩成①，扶頭酒醒②，別是閑滋味。征鴻過盡，萬千心事難寄。　樓上幾日春寒，簾垂四面，玉闌杆慵倚。被冷香消新夢覺，不許愁人不起。清露晨流，新桐初引③，多少遊春意。日高煙斂，更看今日晴未④？

〔注〕①險韻：用冷僻、生疏、難押的字做韻腳。②扶頭酒：一種容易讓人喝醉的酒。③新桐初引：語出宋劉義慶《世說新語・賞譽》：「于時清露晨流，新桐初引。」引：滋長。④未：用法同「否」，表示詢問。

【譯文】

庭院深深，寂靜寥寞，飄下斜風細雨，我便把重重門戶緊緊關閉。臨近寒食節，春回大地，已是垂柳依依，鮮花盛開，人們寵愛柳花，在柳下花前流連賞玩，可這個時節陰雨紛紛，不能

出遊賞玩，又擔心花受摧殘，實在惱人。難做的險韻詩已寫成，喝了易醉的扶頭酒也已清醒，無可名狀的閑愁又襲上心頭。北歸的大雁已經過盡，鬱積胸中的萬千心事難以寄託。　連日來春寒料峭，樓上四面低垂著幃簾，我悶坐樓中，已懶得憑欄眺望。縱使欄杆倚遍，又有何用？錦被清冷，爐香已滅，剛入夢鄉便被寒冷凍醒，即使憂愁煩惱，也不由我不起床。清晨甘露輕流，新抽出的梧桐葉開始滋長，一片碧翠，增添多少出遊賞春的情趣，旭日高照，霧氣散消，再看看今日晴否？

永遇樂

落日熔金，暮雲合璧，人在何處？染柳煙濃，吹梅笛怨，春意知幾許？元宵佳節，融和天氣，次第①豈無風雨。來相召、香車寶馬，謝他酒朋詩侶。　中州②盛日，閨門多暇，記得偏重三五③。鋪翠冠兒④，撚金雪柳⑤，簇帶爭濟楚⑥。如今憔悴，風鬟霧鬢⑦，怕見⑧夜間出去。不如向簾兒底下，聽人笑語。

〔注〕①次第：轉眼間。②中州：今河南省一帶，古時稱中州，因地處九州之中，此處借指北宋都城汴京。③三五：指正月十五日元宵節。④鋪翠冠：插有羽毛的女式帽子。⑤撚金雪柳：用金線彩紙搓成柳枝模樣的裝飾物。⑥簇帶：插，打扮。濟楚：整齊。⑦風鬟霧

鬢：頭髮散亂鬢髮變白，形容衰老的樣子。⑧怕見：害怕。

【譯文】

落日的餘暉，像熔化的金子一樣赤黃璀璨；暮雲浮動，圍著一輪初升如璧玉般的明月。恍惚間一陣迷惘，我究竟在什麼地方？濃濃的煙靄籠罩著垂柳，柳色朦朧如染，笛子吹奏著哀怨的《梅花落》曲調，春前早開的梅花似乎已經凋落，這眼前的春色究竟有多少？雖是元宵佳節天氣融和，但是轉眼間誰說不會有風雨呢？那些酒朋詩友，乘著寶馬香車來邀我去參加元宵節的詩酒盛會，我都婉言辭謝了。　記得汴京繁盛的年月裏，我有的是閒暇遊樂時間，那時最重視正月十五的元宵節。我和閨中同伴戴上嵌插著翠鳥羽毛的帽子和金線彩紙撚成的雪柳，一個個穿戴打扮得整整齊齊，歡笑蜂擁地去參加遊樂。可是如今呢？我已是一個憔悴滿容、蓬頭亂髮、鬢髮斑白的衰老婦人，更怕夜間出去。不如掩在窗簾兒底下，聽聽別人家的歡聲笑語。

JA 中國文學欣賞 25K

JA001	陶淵明	方祖燊	200
JA002	李漁研究	黃麗貞	350
JA003	李白評傳	陳　香	300
JA004	詞壇偉傑李清照	黃麗貞	250
JA005	韓愈傳	羅聯添	250
JA006	謝靈運	林文月	250

R 中國文化巨人叢書 25K

R001	李叔同	蘇　遲	250
R002	蘇曼殊	邵盈午	280
R003	胡　適	小田・季進	280
R004	張恨水	聞　濤	280
R005	林語堂	李　勇	280
R006	郁達夫	方　忠	250
R007	徐志摩	楊新敏	280
R008	豐子愷	徐國源	250
R009	朱自清	徐德明	280
R010	聞一多	劉志權	250

RA 國家風水叢書 25K

RA01	陽宅問題集錦	周建男	250
RA02	陽宅格局面面觀	周建男	300
RA03	陽宅科學大廣場	周建男	400
RA04	陽宅新觀采風錄	周建男	350
RA05	透視陽宅專輯（全套四冊）	周建男	2600
RA05-1	陽宅科學論	周建男	1000
RA05-2	陽宅方位學	周建男	400
RA05-3	陽宅格局選	周建男	600
RA05-4	陽宅古今談	周建男	600

RC 中國民間神祇故事系列 25K

RC01	媽　祖	周濯街	250
RC02	炎　帝	周濯街	250
RC03	和合二仙	周濯街	250
RC04	灶王爺	周濯街	250
RC05	閻王爺	周濯街	280
RC06	玉皇大帝	周濯街	250
RC07	觀世音	周濯街	250
RC08	月下老人	周濯街	250
RC09	財神爺	周濯街	250
RC10	呂洞賓	周濯街	250
RC11	人間鬼王	周濯街	280
RC12	濟公活佛	周濯街	280
RC13	關聖帝君	周濯街	280
RC14	彌勒佛	周濯街	280

RD 中國神祇文化全書 25K

RD01	中國佛教諸神	馬書田	320
RD02	中國道教諸神	馬書田	320
RD03	中國民間諸神	馬書田	280
RD04	中國冥界諸神	馬書田	280

ZC 中國學術叢書 25K

ZC01	孟子的智慧	樵　叟	180
ZC02	莊子的智慧	玄　默	180
ZC03	韓非子的智慧	秋　圃	200
ZC04	孝經新解	林宇牧	180
ZC05	論語故事	王進祥	250
ZC06	諸葛亮的智慧	焦韜隱	200
ZC07	老子的智慧	蔡為熞	200
ZC08	孔子的智慧	陳　香	200

RE 中華文明史話 25K

RE01	飲茶史話	王仁湘等	200
RE02	飲酒史話	袁立澤	200
RE03	禮俗史話	王貴民	200
RE04	喪葬史話	張捷夫	200
RE05	服飾史話	趙聯賞	200
RE06	家具史話	李宗山	200
RE07	宰相史話	劉暉春	200
RE08	醫學史話	朱建平等	200
RE09	體育史話	崔樂泉	200
RE10	雜技史話	崔樂泉	200
RE11	造紙史話	張大偉等	200
RE12	印刷史話	羅仲輝	200
RE13	文房四寶史話	李雪梅等	200
RE14	書法史話	朱守道	200
RE15	繪畫史話	李福順	200
RE16	石刻史話	趙　超	200
RE17	石器史話	李宗山	200
RE18	陶瓷史話	謝端琚等	200
RE19	青銅器史話	曹淑芹等	200
RE20	貨幣史話	劉精誠等	200
RE21	古玉史話	盧兆蔭	200
RE22	兵器史話	楊　毅等	200
RE23	玄學史話	陳咏明	200
RE24	史學史話	謝保成	200
RE25	哲學史話	谷　方	200
RE26	詩歌史話	陶文鵬	200
RE27	戲曲史話	王衛民	200
RE28	小說史話	周中明等	200
RE29	散文史話	鄭永曉	200
RE30	儒家史話	孫開泰	200
RE31	法家史話	孫開泰	200

國家圖書館出版品預行編目資料

宋詞三百首／陳文豹．陳連康注譯．-- 初版．--
台北市：國家，2003［民92］
425面；21公分．--（國家文史叢書：60）
ISBN 957-36-0836-7（平裝）

833.5　　92010186

國家出版社 KUO CHIA

◉國家文史叢書60

宋詞三百首

定價：280元

注譯者／陳文豹．陳連康
發行人／林洋慈
出版者／國家出版社
社址／台北市北投區大興街9巷28號
電話／（〇二）二八九五一三一七（代表號）
傳真／（〇二）二八九四二四七八
郵撥帳號／〇〇一八〇二七—七
電子信箱／kcpc@ms21.hinet.net
執行編輯／謝滿子
責任編校／郭永妍．余秋媛
封面設計／楊華恩
法律顧問／林金鈴律師
排版／泓茂電腦排版公司
製版／國華製版有限公司
印刷／名揚印刷有限公司
日期／二〇〇三年九月初版一刷